Susan Meissner

Ein Garten voller Träume

Roman

Über die Autorin

Susan Meissner ist eine vielfach ausgezeichnete Zeitungskolumnistin, Ehefrau eines Pastors und lehrt Journalismus an einer Highschool. Sie lebt mit ihrem Ehemann Bob und den vier gemeinsamen Kindern in Minnesota.

Vier ihrer Romane wurden bereits erfolgreich ins Deutsche übersetzt: „Leih mir deine Flügel", „Die Stimme meines Herzens", „Die Weite des Himmels" und „Die Farben des Lebens".

Susan Meissner

Ein Garten voller Träume

Roman

Aus dem Englischen übersetzt von Antje Balters

Gerth Medien

FSC
Mix
Produktgruppe aus vorbildlich bewirtschafteten Wäldern und anderen kontrollierten Herkünften
Zert.-Nr. SGS-COC-1940
www.fsc.org
© 1996 Forest Stewardship Council

Verlagsgruppe Random House FSC-DEU-0100
Das FSC-zertifizierte Papier *Super Snowbright* für dieses Buch liefert Hellefoss AS, Hokksund, Norwegen.

Die Originalausgabe erschien
im Verlag Harvest House Publishers, Eugene, Oregon 97402, USA,
unter dem Titel „Blue Heart Blessed".

1. Auflage 2010
Bestell-Nr. 816 489
ISBN 978-3-86591-489-7

Umschlaggestaltung: Hanni Plato
Umschlagfoto: Corbis
Lektorat und Satz: Nicole Schol
Druck und Verarbeitung: GGP Media GmbH, Pößneck
Printed in Germany

Für Stephanie,
weil sie Liebesgeschichten liebt …

„Drei Dinge sind mir rätselhaft,
und auch das Vierte verstehe ich nicht:
der Flug des Adlers am Himmel,
das Schleichen der Schlange über einen Felsen,
die Fahrt des Schiffes über das tiefe Meer
und die Liebe zwischen Mann und Frau!“
Sprichwörter 30,18–19

Eins

Sie sieht absolut fantastisch aus, die Frau, die da in meinem Brautkleid vor mir steht.

Sie heißt Vanessa und sieht so umwerfend aus, wie Vanessas eben aussehen: glänzendes Haar, zart gebräunte Haut und dunkelbraune Augen, Zähne, nach denen sich jeder Zahnarzt auf der Straße umdrehen würde, eine samtige Stimme und ein perfekt platzierter Leberfleck auf der Wange.

Das Kleid, das eigentlich für mich geschneidert wurde, sitzt an ihr wie ein Kunstwerk. So als wäre es von einem Meister der Leinwand auf ihren perfekt geformten Körper gemalt worden.

Und was das Ganze noch schlimmer macht: Ich bin sicher, dass sie das alles auch ganz genau weiß. Als sie da so vor dem dreiteiligen Spiegel in meiner Boutique posiert, ist Vanessa ganz fasziniert von dem, was sie sieht. Sie sieht aus wie Aschenputtel Sekunden, nachdem ihr das Bäumchen das alte Lumpenkleid abgenommen hat und der schlecht behandelten Heldin klar wird, dass sie erstens nie wieder so ein Kleid tragen wird, und zweitens, dass sich durch das neue Kleid ihr Leben von Grund auf verändern wird.

Vanessas Mutter, Lucille Irgendwas, steht neben ihrer Tochter und lächelt selbstgefällig. Sie ist es nämlich gewesen, die das Kleid von der Schaufensterpuppe hinten im Laden heruntergezerrt hat, nachdem Vanessa einfach achtlos daran vorbeigegangen war. Sie hat darauf bestanden, dass ihre Tochter es anprobiert. Jetzt macht die Brautmutter den Mund auf.

„Oooh, Vanessa“, schwärmt sie. „Das ist wirklich traumhaft. Perfekt.“

Natürlich ist es perfekt. Ich presse meine Lippen zu einem schmalen Strich zusammen. In meinem Kopf ballen sich Worte, Worte des Protestes.

Die künftige Braut fängt an zu kichern und wirft uns ihr Miss-America-Lächeln zu. Sie raschelt mit meinem Kleid, das immer noch meinen Namen flüstert.

Rose. Rose.

Das gehört zu den Dingen, die ich an diesem Kleid so geliebt habe. Die Art und Weise, wie der Tüll und der Chiffon im Duett meinen Namen flüstern, wenn der Stoff raschelt.

„Ach, Mama! Es ist fantastisch, oder?“ Vanessa wirbelt herum, um ihre Mutter anzuschauen.

Rose.

Ich spüre, wie mir ein Adrenalinstoß erst durch den Körper und dann in den Kopf fährt, und im Stillen befehle ich meinem wunderschönen Kleid, doch bitte, bitte damit aufzuhören, meinen Namen zu rascheln, weil ich sonst nicht klar denken kann.

Rose.

„Weißt du, Vanessa, eigentlich habe ich ja nicht geglaubt, dass du in einem Secondhandladen für Brautmoden etwas finden würdest. Also, na ja, *also wirklich.*“ Lucille redet so, als ob die Eigentümerin dieses bemitleidenswerten Etablissements – also meine Wenigkeit – taub wäre oder gar nicht anwesend. „Eigentlich wollte ich dir ja ausreden, hierherzukommen, aber jetzt ... Du siehst einfach göttlich aus. Wer hätte das gedacht?“

„Siehst du? Ich hab dir doch gleich gesagt, dass es ein einmaliger Laden ist.“ Vanessa nimmt mit meinem Spiegelbild Blickkontakt auf, als sie sich wieder zum Spiegel umdreht. Sie setzt ein beschwichtigendes Grinsen auf, das besagt: *Machen Sie sich nichts draus. Meine Mutter ist eben so. Sie kann manchmal ganz schön unhöflich sein.* Dann kehrt Vanessas Blick zum Kleid zurück. „Es ist wirklich perfekt, nicht wahr?"

An dieser Stelle sage ich normalerweise Sätze wie: „Ja, das ist genau Ihr Kleid, Vanessa." Emily, Kate, Tasha, Werauchimmer. „Sollen wir jetzt vielleicht noch nach einem passenden Schleier schauen?"

Doch nicht so jetzt. Ich murmele: „Also, ich weiß nicht so recht."

Drei Köpfe drehen sich ruckartig in meine Richtung. Die von Vanessa, Lucille und der von meiner Mutter. Aus den Augenwinkeln kann ich sehen, wie meine Mutter an der Kasse steht und kaum merklich fassungslos den Kopf schüttelt, weil sie denkt, ich kann sie nicht sehen.

Nein, wahrscheinlich weiß sie sogar, dass ich sie sehen kann.

„Was soll das heißen: ‚Ich weiß nicht recht'", gibt Lucille zurück. Das kleine Lachen, das ihr in der Kehle steckt, signalisiert, dass sie eigentlich für einen kleinen Scherz immer zu haben ist.

„Also, die Sache ist die, dass ich nicht so genau weiß, ob ich das Kleid wirklich verkaufen kann."

Ich lasse einen Hauch von Bedauern in meinem Tonfall mitschwingen. So nach dem Motto: *Ach, schade, ich wünschte, ich könnte Ihnen das Kleid verkaufen, aber das geht leider nicht.*

„Oh nein!" Vanessas perfekte Gesichtszüge verziehen sich vor Enttäuschung. „Hat irgendjemand es für sich zurücklegen lassen?"

„Das könnte man so sagen", murmelt meine Mutter.

Ich werfe ihr quer durch den Laden einen Blick zu, aber sie zeichnet gerade eine neue Lieferung Ohrringe aus und hat deshalb den Kopf gesenkt. Alles, was ich von ihr sehe, ist ihr silbergraues Haar und ein limonengrünes Halstuch.

„Wieso haben Sie denn das nicht gesagt, bevor meine Tochter es anprobiert hat?“, will Lucille wissen. Genau wie der Gesichtsausdruck ihrer Tochter hat sich auch die Miene von Lucille verdüstert. Ich würde allerdings nicht sagen, dass bei ihr der Grund dafür Enttäuschung ist. Nein, sie ist richtiggehend sauer.

„Äh, also es tut mir wirklich leid. Ich habe nur darauf geachtet, was Vanessa mit in die Umkleidekabine genommen hat. Dabei habe ich gar nicht bemerkt, dass Sie das hier von der Ankleidepuppe genommen haben.“

Ich spüre, dass meine Mutter inzwischen wieder aufblickt.

Eine Mutter weiß immer, wenn ihre Tochter lügt.

„Also, wirklich, was soll denn das heißen?! Wieso hängt es denn dann hier draußen bei den anderen Brautkleidern?“, faucht Lucille. Sie stemmt eine ihrer manikürten Hände in die Hüfte, um ihrer Empörung Nachdruck zu verleihen. Nur für den Fall, dass ich noch nicht gemerkt habe, dass sie verärgert ist. „Es ist nicht als zurückgelegt gekennzeichnet!“

Da kommt mir ein neuer Gedanke. „Nein, es ist ja auch überhaupt nicht ausgezeichnet.“

Der graue Haarschopf vorne an der Kasse senkt sich wieder. Jetzt lüge ich wirklich nicht. An meinem Kleid hängt nämlich tatsächlich kein Preisschild.

Lucille presst die Lippen aufeinander, sagt aber nichts.

„Will die andere Kundin es denn wirklich haben?“ Vanessas Stimme klingt hoffnungsvoll. Einen Augenblick lang betrachte ich ihr Gesicht, nur um den Blick und das Gefühl dieser Art von Erwartung aufsaugen zu können.

„Nicht ganz.“ Meine Stimme klingt ganz seltsam, aber Lucille ist zu verärgert, um es zu bemerken, und Vanessa zu enttäuscht. Das ist sicher auch meiner Mutter nicht entgangen, aber sie sagt nichts.

„Könnten Sie mir dann bitte sofort Bescheid geben, falls sich die Kunden entscheiden sollte, es nicht zu nehmen?" Vanessa hat sich jetzt wieder zum Spiegel gedreht, zu dem Bild von sich selbst in dem perfekten Brautkleid.

„Natürlich kann ich das. Und ich habe ja auch noch jede Menge anderer Brautkleider da, die Sie anprobieren können. Das erste, das Sie sich ausgesucht hatten, wurde von einer Frau getragen, die einen Sandkastenfreund geheiratet hat. Nachdem sich die beiden über zwanzig Jahre lang nicht gesehen hatten, sind sie sich dann eines Tages im Supermarkt wieder begegnet."

Aber Vanessa starrt nur weiter mein Brautkleid an, das so perfekt zu ihr passt.

Ich versuche es noch einmal. „Eines von den anderen, die Sie schon probiert haben, wurde von einer Frau getragen, die vier Jahre darauf gewartet hat, dass ihr Verlobter aus dem Koma erwacht. Die beiden haben sich vergangenes Frühjahr in Rom das Jawort gegeben."

Vanessa seufzt. „Und was für eine Geschichte verbirgt sich hinter diesem Brautkleid hier?" Sehnsüchtig streicht sie über mein Kleid und schmollt dabei.

Ich werde ein ganz klein wenig reservierter. „Ach, das ist keine besondere Geschichte."

Vanessa bedeutet ihrer Mutter mit einer Geste, dass sie ihr beim Öffnen des Reißverschlusses helfen soll, und als diese es tut, sehe ich das winzige blaue Satinherz. Es ist gesegnet und dann hinten ins Kleid eingenäht worden, so wie es bei allen gebrauchten Brautkleidern gemacht wird, die ich in meinem Brautmodengeschäft „Ein Traum in Weiß" verkaufe. Das ist mein ganz persönlicher liebevoller Versuch, den getragenen Kleidern wieder neu Faszination zu verleihen. Und ich entferne dadurch jede Verbindung zu einer Vergangenheit, die manchmal lieber in Vergessenheit geraten sollte.

Vanessa steigt von dem kleinen Spiegelpodest herunter, wobei sie den feenhaften Rock des Kleides ein bisschen anhebt. „Warum? Was ist passiert? Hat sich das Paar scheiden lassen?"

„Nein", antworte ich, „sie haben gar nicht erst geheiratet."

„Warum denn nicht?"

Ich befeuchte meine Lippen mit der Zunge. Ich habe diese Geschichte im Laufe des vergangenen Jahres schon so oft erzählt – was allerdings nicht heißt, dass es dadurch leichter wird. Ich zucke mit den Achseln, als ob ich eigentlich nicht so recht wüsste, weshalb Daniel die Hochzeit zehn Tage vor dem großen Ja abgeblasen hat.

„Na ja, das Paar ist eben zu dem Entschluss gelangt, dass es doch nicht füreinander bestimmt war."

„Und warum hat die Frau dann das Kleid nicht einfach wieder in das Geschäft zurückgebracht, in dem sie es gekauft hatte?" Lucille hat sich inzwischen auch in die traurige Geschichte hineinziehen lassen. „Schließlich war es doch noch ungetragen."

Ach, Lucille. Ich habe es sehr wohl getragen. In meinem Schlafzimmer, viele Male in den Wochen vor dem Tag, der eigentlich mein Hochzeitstag hätte werden sollen. Aber ich weiß, was Lucille meint. Das Kleid, das Vanessa anhat, ist zwar theoretisch neu, ein ungetragenes Kleidungsstück, das eigentlich mehr wert ist als die tatsächlich gebrauchten Stücke in dem Secondhandladen.

„Es ist ein maßgeschneidertes Kleid."

„Aber die Schneiderin hätte doch mit Sicherheit eine andere Abnehmerin dafür finden können. Bei einem so schönen Kleid."

Ich räuspere mich. „Äh, vielleicht, aber die Braut … also sie wollte es lieber noch ein Weilchen behalten."

„Ach so, dann war es also der Kerl, der *sie* hat sitzenlassen." Lucille nickt, so als wäre ihr jetzt alles klar.

Ich spüre Galle in meiner Kehle aufsteigen. Nach all den Monaten passiert es immer noch.

„Das ist aber traurig.“ Vanessas schöne Gesichtszüge sind ganz verzerrt vor Mitgefühl.

„Aber es ist ja besser, solche Sachen *vor* der Hochzeit zu merken als hinterher.“ Lucilles Stimme trieft nur so vor altmütterlicher Selbstzufriedenheit.

„Kennen Sie das Mädchen? Geht es ihr gut?“ Vanessa ist wirklich zu gut, um wahr zu sein – so voller Hoffnung, freundlich und mitfühlend. Sogar dann noch schön, wenn sie schmollt. Ich sollte ihr das Kleid überlassen, es ihr einfach schenken. Ich höre die Stimme der Vernunft in mir, mein Alter Ego, dem ich jeden Abend in meinem Tagebuch schreibe. Sie drängt und schubst mich. *Schenk ihr das Kleid. Schenk ihr das Kleid.*

Ich huste nervös. „Es geht ihr gut.“ Ich werfe ein wenig den Kopf zurück, um die Worte zurückzudrängen, die ich nicht hören will. „Sie weiß, dass es irgendwo jemanden gibt, der sie aus den Socken hauen wird. Irgendwann.“

„Aber natürlich gibt es den“, zwitschert Vanessa und wendet sich in Richtung der Umkleidekabinen.

„Da wäre ich mir nicht so sicher“, brummelt Lucille.

„Aber ich möchte das Kleid trotzdem.“ Vanessa setzt sich in Bewegung. „Wenn die andere Dame es nicht will, dann nehme ich es. Mir ist das Vorleben des Kleides gleichgültig. Außerdem glaube ich an die kleinen, blauen Herzen, die Sie in die Kleider nähen. Und ich denke nicht, dass ein Kleid verflucht sein kann. Rufen Sie mich also einfach an, wenn die Braut es sich noch anders überlegt, ja?“

Was bleibt mir da anderes übrig, als zu nicken?

„Aber gern.“

Und als Vanessa in die Umkleidekabine zurückgeht, schwingt und raschelt das Kleid, und bei jedem Schritt höre ich meinen Namen.

Zwei

Als ich klein war, habe ich mich immer gefragt, wieso nicht alle kleinen Mädchen nach Blumen benannt sind. Für mich war es die selbstverständlichste Sache der Welt, „Rose" genannt zu werden und den Namen von etwas zu tragen, das auf der ganzen Welt als etwas Schönes gilt. Ich erinnere mich noch, dass mir in der ersten Klasse meine Freundin Allison, deren Name irgendwie gar nichts bedeutete, ein bisschen leidtat. Ihr Name beschwor keine schönen Bilder herauf. Mein Zimmer war mit einer Röschentapete tapeziert, ihres mit Meerjungfrauen. Absolut kein Zusammenhang also. Die Ärmste.

Erst als ich in der Mittelstufe war, wurde mir bewusst, dass mein Name nicht nur ein Blumenname ist, sondern auch für ein wenig Hochmut steht. Es war schwer, zwölf zu sein und „Rose" zu heißen. Die beliebten und angesagten Mädchen in meiner Schule, die sich in einer Kleinstadt in Minnesota befand, ignorierten mich überwiegend; die übrigen legten eine seltsame Form von Mitgefühl an den Tag für ein Mädchen, das mit einem so altmodischen Namen gestraft war. Und die Jungen? Nun, die meisten von ihnen verbrachten genügend Zeit vor dem Fernseher, um mich immer wieder angemessen daran zu erinnern, dass das Leben nicht immer gerecht ist.

Und Leuten, die „Rose“ heißen, wird nicht gerade viel Respekt entgegengebracht.

Ich habe es nie an meinem Vater ausgelassen, dass der schöne Name, den er für mich ausgesucht hatte, nicht so angesagt war wie „Jessica“, „Heather“ oder „Natalie“. Die Tatsache, dass meine Eltern überhaupt ein kleines Mädchen hatten, für das sie einen Namen aussuchen konnten, war an sich schon bemerkenswert, denn die Wahrscheinlichkeit, dass ich entstehen konnte, war fast gleich null. Ich bin nämlich die Tochter eines unfruchtbaren Ehepaares, das schon zehn Jahre zuvor alle Hoffnung auf ein leibliches Kind aufgegeben hatte. Als sie es dann endgültig akzeptiert hatten, adoptierten sie nach jahrelangen gescheiterten Versuchen, selbst ein Kind zu bekommen, meinen älteren Bruder Kellen, der trotz seines gälischen Namens eigentlich aus Korea stammt.

Meine Eltern waren beide vierundvierzig, als ich geboren wurde, und Kellen stand kurz vor seinem Schulabschluss. Wenn man nachrechnet, bekommt man dann auch schnell heraus, dass meine Eltern beide schon fünfundsechzig waren, als ich zwölf war und mit den Auswirkungen meines Vornamens zu kämpfen hatte. Und sie waren zu diesem Zeitpunkt ebenfalls bereits Großeltern.

Es ist deshalb auch nicht weiter verwunderlich, dass mein Selbstwertgefühl in dieser Zeit der Vorpubertät ziemlich litt. Ich wollte meinen Namen ja mögen. Ich wollte stolz sein auf meine Eltern. Ich wollte damit angeben, dass ich schon mit acht Jahren Tante war. Das alles machte mich zwar anders als die anderen, aber ganz sicher nicht zu etwas Besonderem. Und in der Mittelstufe anders zu sein, das bedeutete nichts Gutes. In diese Welt hineinzupassen wäre schöner gewesen, aber das war etwas, das einfach nicht der Fall war.

Es gab eigentlich nur eine Zeit in all diesen schrecklichen Jahren innerer Unsicherheit, in der ich mich von jemandem in meinem Alter auf einzigartige Weise vorgezogen behandelt fühlte. Irgendwann verglich ich jeden meiner Freunde – sogar Daniel – mit dem Jungen, den ich in dem Sommer kennenlernte, als ich dreizehn wurde.

Er hieß Skip Holdeman, und er, seine Eltern und sein kleiner Bruder wohnten während ihres Heimaturlaubs vom Missionseinsatz bei einer Familie aus unserer Gemeinde. Skips Eltern waren nämlich Missionare in Thailand. Er war ein Jahr älter als ich, hatte den Stimmbruch bereits hinter sich und sah auf jungenhafte Art gut aus. Als er sich in der Gemeinde bei Softballspielen oder gemeinsamen Unternehmungen der Jugendlichen, wie zum Beispiel Eis essen zu gehen, immer häufiger in meiner Nähe aufhielt, schrieb ich das dem Umstand zu, dass er neu war und es eben nicht besser wusste. Aber je mehr er an mir klebte, desto klarer wurde mir, dass Skip völlig bewusst war, dass ich Rose hieß, dass meine Eltern während der Weltwirtschaftskrise geboren worden waren und dass ich bereits Tante war.

Vielleicht lag das daran, dass ich nicht flirtete und ihm das gefiel. Vielleicht war der Grund aber auch einfach der, dass ich mich wirklich für sein Leben als Missionarskind interessierte. Vielleicht lag es daran, dass er eine Vorliebe für Grübchen hatte – ich habe nämlich welche. Eigentlich weiß ich gar nicht, warum Skip mich mochte. Aber ich habe nie vergessen, dass er es tat und wie es sich anfühlte. Ich glaube, das war auch letztlich der Grund, weshalb ich vierzehn Jahre später auf David flog. Erwählt zu werden, vor anderen Menschen den Vorzug zu bekommen, ist ein ziemlich berauschendes Gefühl.

Als Skip in jenem Sommer wieder mit seinen Eltern nach Thailand zurückging, tauschten wir unsere Adressen aus. Er gab mir seine, die auf einer halben Karteikarte notiert war. Als ich danach griff, um sie an mich zu nehmen, schien er sich ein ganz klein wenig vorzubeugen, so als wollte er mir einen Kuss geben. Ich fürchtete mich beinahe panisch davor, dass er es vielleicht tun würde, aber genauso davor, dass er es nicht tun würde. Seine wunderschönen blauen Augen waren ganz nah an meinen, und er schien mit sich selbst zu ringen, ob er es tun sollte oder nicht. Ich bezweifle, dass er schon jemals zuvor ein Mädchen geküsst hatte. Ich hatte bis dahin auf jeden Fall weder jemanden geküsst noch war ich geküsst worden. Deshalb war ich auch zu überrascht, um ihn angemessen zu ermutigen. Ich stand einfach nur wie angewurzelt da bei dem Gedanken, dass ein Junge mich küssen wollte.

Und er tat es dann auch nicht.

Ich tröstete mich danach mit der Vermutung, dass er offenbar sauer auf sich war, weil er sich nicht getraut und diese Gelegenheit ungenutzt hatte verstreichen lassen. Den Rest des Tages war er jedenfalls mürrisch gewesen.

Nachdem er wieder in Thailand war, schrieben wir uns ein paar Mal, aber irgendwann im Laufe dieses Jahres hörte Skip dann auf, meine Briefe zu beantworten. Meine Mutter, der ich zwar nicht davon erzählt, die es aber wohl trotzdem gespürt hatte, sagte mir, dass es auch wirklich schwer sei, eine Beziehung aufrechtzuerhalten, wenn man so jung sei und so weit voneinander entfernt wohne.

Das leuchtete mir zwar ein, aber ich wollte nicht mit ihr darüber sprechen, wie weh mir das Ganze tat. Dennoch wünschte ich mir jemanden, bei dem ich mich ausweinen konnte. Und da erfand ich Harriet.

Ich beschloss, dass ich eine Freundin brauchte, der ich mein Herz ausschütten konnte und die mir dann zurückschrieb und mir gute Ratschläge gab. An Harriet zu schreiben war ganz leicht. Ich kaufte mir einfach ein Schreibheft und fing an, meine Tagebucheinträge an Harriet zu richten.

Wenn es jedoch darum ging, von ihr gute Ratschläge zu bekommen, driftete das Ganze allerdings ein wenig in den Bereich des Absurden ab, weil ich mir am Ende auch selbst zurückschrieb und meine Fragen *selbst* beantwortete. Ich *wurde* Harriet. Ich verfasste selbst Harriets Antworten auf meine Probleme, und, um ehrlich zu sein, das mache ich bis heute so. Ich ziehe mir immer noch gern mein Alter Ego über und erteile mir dann selbst Ratschläge dafür, was ich tun soll. Zugegeben, das ist sonderbar, aber eigentlich ist es auch nicht sonderbarer, als mit sich selbst Dinge durchzusprechen. Und das tut ja schließlich auch fast jeder. Außerdem weiß ich in Krisen eigentlich meistens, was ich tun sollte, ich brauche nur Bestätigung dafür. Oder einen Tritt in den Hintern.

Ehrlich gesagt, ist es mir auch eigentlich egal, was andere von Harriet halten. Den Kummer über den Verlust von Skip habe ich nur durchgestanden, indem ich bei Harriet über alles geschimpft und gewütet und mir dann ihre Antworten vorgelesen habe, die gewöhnlich mit *Alle Jungen sind Schweine* begannen und sich dann nach und nach änderten in *Du hast ihn doch kaum gekannt. Er lebt auf der anderen Seite der Erde. Die Wahrscheinlichkeit, dass du ihn jemals wiedersiehst, ist ziemlich gering. Du musst dich innerlich auch für andere Menschen öffnen. Menschen merken, ob man offen ist oder nicht.*

Das war ein ziemlich guter Rat.

Es dauerte eine ganze Weile, aber schließlich gestand ich mir den Luxus zu, mich wieder zu verlieben. Beim zweiten Mal war es ein Klassenkamerad aus der Highschool namens Ryan. In unserem ersten Jahr in der Oberstufe bis ins zweite Jahr hinein gingen wir miteinander, aber praktischerweise fingen wir etwa zur gleichen Zeit an, uns miteinander zu langweilen, sodass ich nicht das Gefühl hatte, es würde mich zerreißen, als wir dann Schluss machten. Mein Tagebucheintrag an dem Tag, als Ryan und ich Schluss gemacht hatten, lautete in etwa folgendermaßen: *Mit Ryan und mir ist es aus. Wir haben uns darauf geeinigt, dass wir einfach nicht füreinander bestimmt sind. Ich hoffe, dass ich dadurch nicht mein ganzes Leben ruiniert habe. Ich hoffe, dass er nicht derjenige ist, den Gott für mich als Partner vorgesehen hat, denn dann habe ich es wirklich total vermasselt, falls er derjenige ist, den ich hätte heiraten sollen.*

Und Harriet schrieb zurück: *Das ist doch nicht dein Ernst, oder? Du wolltest doch schon seit Wochen mit ihm Schluss machen. Er ist nicht der Richtige, und das weißt du auch ganz genau. Geh und iss 'ne Tafel Schokolade. Dann fühlst du dich besser.*

Während meiner Zeit auf dem College ging ich mit ein paar Jungen, aber es war keiner dabei, der etwas ganz Besonderes gewesen wäre. Keiner, den Harriet wirklich gemocht hätte, wenn Sie wissen, was ich meine. Und dabei hatte ich eigentlich ganz fest darauf gebaut, dass ich auf dem College einen netten frommen Jungen kennenlernen würde. Wenn man so viel Geld für ein Studium an einem privaten christlichen College ausgibt wie meine Eltern damals, dann neigt man vielleicht zu einer solchen Erwartungshaltung. Wer etwas anderes behauptet, ist nicht völlig ehrlich, würde Harriet sagen. Na ja, sie würde wahrscheinlich sogar sagen, dass der Betreffende lügt.

Ich trug jedenfalls keinen Verlobungsring am Finger, als ich meinen Abschluss in Marketing und Grafikdesign in der Tasche hatte. Im Laufe meines letzten Sommers am College war ich dreimal Brautjungfer. Ich tat zwar so, als machte mir das nichts aus, aber Harriet wusste es besser. Nach einer der besagten Hochzeiten schrieb ich in mein Tagebuch: *Ich bin innerlich ziemlich aufgewühlt. Natürlich freue ich mich für Lindsey und sie war eine so wunderschöne Braut. Ihr Kleid hat mir sehr gefallen. Aber irgendetwas hat mich daran gehindert, mich ganz und gar mitzufreuen und für sie glücklich zu sein. Es war so, als ob ich mir wünschte, dass sie beim Einzug in die Kirche stolpern oder an ihrem Hochzeitsmorgen mit einem dicken Pickel aufwachen würde. Ich weiß auch nicht, was mit mir los ist.*

Und Harriet schrieb zurück: … *weißt du wohl. Du bist eifersüchtig.*

Als ob ich das nicht schon selbst gewusst hätte.

Meine Harriet ist niemand anders als die innere Stimme, die jeder in sich hat, die Stimme, die einem die Wahrheit sagt, auch wenn es wehtut.

Und, ach, je, wie weh es tun kann! Ich habe drei volle Schreibhefte, in denen es um nichts anderes geht als darum, wie es ist, Daniel zu lieben und ihn dann zu verlieren. Es hat mich fast umgebracht, diese Hefte zu füllen ... und es hat mir gleichzeitig das Leben gerettet.

Inzwischen ist bereits das vierte Heft halb voll.

Heute Abend, wenn meine Mutter und ich das „Ein Traum in Weiß“ geschlossen haben, werde ich wieder etwas hineinschreiben, und zwar nachdem meine Mutter mit mir darüber geschimpft hat, dass ich Lucille mit meiner Behauptung, ich hätte gar nicht mitbekommen, dass sie das Brautkleid von der Schaufensterpuppe genommen hätte, angelogen habe; nachdem ich mir einen kitschigen Mädelsfilm angeschaut und mit meiner besten Freundin Shelby telefoniert habe, die eigentlich meine Brautjungfer hätte sein sollen.

Ich werde mich mit einer Tasse Tee ins Bett verkriechen und Harriet erzählen, dass ich heute die Gelegenheit gehabt hätte, mein Brautkleid zu verkaufen, und es vermasselt habe.

Und sie wird zurückschreiben: *Erzähl doch mal was Neues.*

Drei

Mit zwölf habe ich meine erste Braut-Anziehpuppe aus Papier gebastelt. Ihr Name war Elisabeth, und sie war dünn, extrem flachbrüstig und hatte mein langweiliges straßenköterbraunes Haar – ein Farbton, der herauskommt, wenn man verbrannte Erde und gelbe Wachsmalkreide mischt. Elisabeth war aus weißer Pappe ausgeschnitten, die ich mir von meinem eigenen Geld gekauft hatte.

Meine begrenzten zeichnerischen Fähigkeiten bescherten ihr spindeldürre Arme, die im Fünfundvierzig-Grad-Winkel abstanden, sodass sie eher wie eine Tatverdächtige aussah, die gerade von der Polizei durchsucht wird. Durch die abstehenden Arme fiel es Elisabeth schwer, die verschiedenen Brautsträuße zu halten, die ich für sie gebastelt hatte, aber ehrlich gesagt waren meine Versuche, sie mit abgewinkelten Armen auszustatten, einfach nur lächerlich. Mir gingen beinahe die Pappe und die Geduld aus, bevor mir klar wurde, dass ich die Messlatte für meine Fähigkeiten zu hoch gehängt hatte.

Ich bastelte Elisabeth ein Brautkleid, noch bevor sie irgendein anderes Kleidungsstück bekam. Ich schnitt es aus einem Stück Hochzeitsgeschenkpapier aus und beklebte den weiten, gebauschten Rock des Kleides mit Unmengen von Glitter. Weil ich noch wenig Erfahrung mit räumlichem Denken hatte, kam es mir gar nicht in den Sinn, dass die Flut von Befestigungslaschen, die ich an dem Rock angebracht hatte, auch nicht annähernd an den Körper von Elisabeth heranreichten. Die einzige Stelle, an der die babyzahnkleinen Papierlaschen Elisabeth berührten, waren deshalb die winzigen Schultern und die Taille, und das Kleid fiel deshalb auch immer wieder von ihr ab. Der Schleier, der mit kleinen Röschen übersät war – was sonst? –, schoss von Elisabeths Kopf aufwärts wie ein Geysir, aber ich erinnere mich, dass ich mit dem Endergebnis doch relativ zufrieden war und Elisabeth meiner Mutter zeigte, als das Ensemble fertiggestellt war.

Meine Mutter bestaunte das Kleid und auch Elisabeth, die ich immer noch ganz ruhig in meiner Hand halten musste, damit das Kleid nicht von ihr abfiel, mit vielen Aaaahs und Ooohs.

„Du solltest ihr eine Brautausstattung basteln", meinte meine Mutter dann. Weil ich nicht so genau wusste, was das war, erklärte mir meine Mutter, das sei eine komplett neue Garderobe, die eine Braut mit auf die Hochzeitsreise nähme.

Ich fand, das war eine ziemlich gute Idee, und machte mich dann auch gleich an die Arbeit, um eine faszinierende Modekollektion bestehend aus karierten Röcken und Oberteilen, Abendkleidern mit Rüschen und Spitze und Strandkleidern mit passenden Hüten zu basteln. Als ich mit all den Kleidern fertig war, zeigte ich sie meiner Mutter.

„Wie schön!", sagte sie. „Jetzt braucht Elisabeth nur noch einen Bräutigam."

Ich erinnere mich noch ganz genau, dass ich daraufhin ein Gesicht zog.

„Muss das denn unbedingt sein? Braucht sie so was wirklich?", warf ich ein.

Meine Mutter lachte. Es war ein nettes Lachen, kein verständnisloses.

„Na ja, es ist doch irgendwie ziemlich schwierig, ohne Bräutigam zu heiraten", antwortete sie.

Und recht hatte sie!

Ich weiß gar nicht so genau, wann meine Faszination für alles, was mit Bräuten zu tun hat, begann. Meine Mutter versicherte mir, dass alle kleinen Mädchen Brautkleider, wunderschöne Bräute und den Gedanken, einmal einen Tag lang eine Prinzessin zu sein, faszinierend finden. Es ist der Stoff, aus dem die Märchen sind. Ich glaube, sie fand es kein bisschen merkwürdig, dass ich als Kind jedes halbe Jahr eine neue Brautanziehpuppe bastelte und dazu sechs, sieben verschiedene Brautkleider. Und auch nicht, dass ich nie einen Bräutigam dazu bastelte.

Als ich älter wurde, träumte ich davon, einmal Modedesignerin zu werden. Tatsache war jedoch, dass ich immer mehr Ideen als Talent besaß. Ich kann mir etwas Großartiges vorstellen und es auch planen, aber ich kann es nicht praktisch umsetzen. Mein Vater, Gott hab ihn selig, sagte immer zu mir, dass hinter jeder Aktion ein Hirn stecken muss. Jemand muss eine Vision, eine Vorstellung, das Gesamtbild im Kopf haben und im Blick behalten. Ich erinnere mich noch, dass ich einmal zu ihm gesagt habe, dass aber Michelangelo die Decke der Sixtinischen Kapelle nicht nur *geplant* hätte. Er hätte davon geträumt und den Traum dann auch Wirklichkeit werden lassen. Woraufhin mein Vater mich fragte, wie viele Michelangelos es wohl auf dieser Welt geben könnte.

Wahrscheinlich war es gut und richtig, dass ich mich dann dazu entschloss, Marketing und Grafikdesign zu studieren und nicht Kunst und Modedesign. Ich wäre eine grottenschlechte Designerin geworden, aber ich bin eine hervorragende Kritikerin. Ich weiß, wie etwas aussehen muss. Ich schäme mich dafür, finde es aber gleichzeitig auch gut und richtig, dass ich meine Abende oft damit verbringe, mir Filme mit Hochzeitsszenen anzuschauen und die Kleider darin zu beurteilen. Ich schäme mich dafür, weil das allzu offensichtlich ein bemitleidenswerter Zeitvertreib für eine sitzengelassene Braut ist. Ich finde es aber auch gut und richtig, weil ich mir jeden Abend wieder beweise, dass ich wirklich Ahnung habe und deshalb sicher bin in Bezug auf das, was ich in meinen Laden aufnehme und was nicht.

Ich nehme nämlich nicht jedes Brautkleid an, das mir angeboten wird. Und auch nicht jedes, für das ich mich einmal interessiere und über das ich mich dann genauer informiere. Ich nehme keine vergilbten Kleider oder hoffnungslos altmodische, die einfach nur hässlich sind. Und ja, ob man es glaubt oder nicht, es gibt tatsächlich hässliche Brautkleider.

Ich nehme Brautkleider, die Charakter, Stil und etwas Einzigartiges haben. Ich kaufe sie von Personen, die einfach vorbeikommen, bei Haushaltsauflösungen, im Internet oder in Secondhandläden. Und meistens kenne ich auch die Geschichte des jeweiligen Kleides. Ich weiß, warum manche Brautkleider nach der Hochzeit nicht in einer hübschen Schachtel im Kleiderschrank oder auf dem Dachboden aufbewahrt werden. Das ist nicht immer nur deshalb so, weil die Ehe nicht gehalten hat oder das Paar dringend Geld braucht, obwohl das auch hin und wieder vorkommt. Manchmal stirbt einer der Ehepartner, und die Witwe möchte nach einiger Zeit nicht mehr allein bleiben, aber das Brautkleid hindert sie daran, wieder Kontakte zum anderen Geschlecht zu knüpfen. Manchmal – und das passiert sogar ziemlich häufig – bringt mir eine Frau ihr Brautkleid, weil sie es so sehr liebt, dass sie es schade findet, wenn es nur ein einziges Mal getragen wird. Eine Frau hat mir einmal gesagt: „Warum sollte dieses zauberhafte Kleid nur ein einziges Mal getragen werden? Es ist ein wahres Kunstwerk und darf einfach nicht in einer Schachtel vermodern." Ich nahm diese Metapher und ihre Aussage und stellte beides auf meine Homepage. Ihre Aussage ist praktisch mein Geschäftsmotto geworden.

Und ja, es gibt auch Kleider, die ihren Weg in meine Boutique finden, weil die Braut gar nicht die Gelegenheit bekommen hat, es tatsächlich zu tragen, es aber auch nicht fertiggebracht hat, es zurück in den Brautmodenladen zu bringen, in dem sie es gekauft hat.

Ja, und genau so ist auch mein Kleid dort gelandet.

Und ja, ich will es wirklich verkaufen.

Und nein, ich hatte das „Ein Traum in Weiß" noch nicht, als Daniel mit mir Schluss gemacht hat.

Das „Ein Traum in Weiß" ist auf einen Vorschlag von meiner Mutter und meiner Tante L'Raine hin entstanden. Ich habe es eröffnet und aufgebaut, nachdem meine Welt zusammengebrochen war, nachdem ich den Fotografen, die Torte, die Blumen, den Saal und das Essen abbestellt hatte, nachdem mir klar geworden war, dass ich mich selbst neu erfinden, neu anfangen und die Werbeagentur verlassen musste, in der ich arbeitete.

Und in der auch Daniel arbeitete.

An meinem Brautkleid befindet sich zurzeit kein Preisschild. Als ich vor sechs Monaten das „Ein Traum in Weiß" eröffnet habe, hing eines dran, als dann aber zum ersten Mal eine Braut das Kleid anprobierte, fing ich an zu hyperventilieren, und noch im selben Augenblick, als die Frau mir das Kleid wieder aus der Umkleidekabine herausreichte, riss ich das Preisschild ab. Ein paar Wochen später brachte ich das Etikett wieder an. Und nahm es wieder ab. Und so weiter.

Am ersten Juni, also zwei Tage bevor Vanessa in die Boutique kam, hatte ich das Preisschild gerade wieder einmal abgenommen.

Dieser Tag wäre nämlich eigentlich unser erster Hochzeitstag gewesen.

Vier

Die Nachmittagssonne versucht, den Fußboden des „Ein Traum in Weiß" zu fluten, aber meine Markise hält sie von meinen Waren und meinem Inventar fern – und auch von der Frau, die im Schatten vor mir steht und anfängt zu weinen.

Das passiert in meinem Laden manchmal.

Ich bin nicht die Einzige, der es schwerfällt, sich von ihrem Brautkleid zu trennen.

„Entschuldigen Sie bitte", flüstert die Frau.

„Aber das macht doch gar nichts", flüstere ich zurück und reiche ihr ein Papiertaschentuch.

„Sie sind nicht die Erste, die hier weint", tröstet meine Tante L'Raine sie. L'Raine war die gesamte Highschoolzeit hindurch die beste Freundin meiner Mutter und schließlich mit dem Zwillingsbruder meines Vaters verheiratet. Ich kenne sie also schon mein ganzes Leben lang. Sie und meine Mutter sind nur unter der Woche meine Angestellten. Montag bis Freitag bilden nur wir drei die Besatzung des „Ein Traum in Weiß": eine sitzengelassene Braut und zwei vierundsiebzig Jahre alte Witwen.

„Und Sie werden auch sicher nicht die letzte sein", fügt meine Mutter beschwichtigend hinzu und legt der Frau den Arm um die Schultern.

Die Frau tupft sich die Augen ab. „Ich habe mir eingeredet, dass ich schon so weit bin."

Meine Mutter tätschelt ihre Schulter.

Ich berühre die Frau ganz behutsam am Arm. „Sie brauchen sich auch nicht jetzt schon davon zu trennen, das wissen Sie, oder?" Mein Marketing-Professor wäre mit diesem Satz nie und nimmer einverstanden gewesen. In der Theorie sind genau diese Worte nämlich der absolute Verkaufskiller. Aber ich habe auch schon ein Brautkleid in den Armen gehalten, in das ich absolut vernarrt war. Ich sage, was ich will. Und außerdem ist es mein Laden.

„Doch, doch, ich will ja." Die Frau richtet sich ein wenig auf und atmet einmal tief durch.

„Aber es muss ja nicht unbedingt heute sein." Ich rede weiter leise und bestätigend auf sie ein.

„Das stimmt, Liebes. Sie können doch an einem anderen Tag noch mal wiederkommen." L'Raines Augen sind hell und tränenverschleiert. Es ist ihr unmöglich, nicht mitzuweinen, wenn sie mit weinenden Menschen zusammen ist. Sie und ich haben in den vergangenen Monaten einige sehr ergreifende Augenblicke miteinander erlebt.

„Es geht schon. Wirklich." Die Frau atmet noch einmal tief durch und sieht mich dann an. Aus ihrem Blick spricht immer noch Schmerz.

„Wir könnten doch erst mal einfach ein bisschen miteinander plaudern", biete ich an. „Mein Name ist Rose Murien, das hier ist meine Mutter Chloe und das meine Tante L'Raine. Und Sie sind ...?"

„Darlene Talcott", antwortet sie und der Anflug eines Lächelns umspielt ihren Mund.

„Es freut mich sehr, Sie kennenzulernen, Darlene." Ich setze meinen unbeschwertesten, aber dennoch einfühlsamsten Tonfall ein. „Möchten Sie vielleicht einen Schluck aromatisiertes Wasser? Ich habe Zitronen-, Pfirsich- und Himbeergeschmack da. Leider können wir hier keinen Kaffee oder Tee anbieten, weil wir wegen all der weißen Stoffe vorsichtig sein müssen."

Darlenes Lächeln wird breiter. „Nein, vielen Dank, ich möchte nichts. Wirklich nicht." Sie zieht den Reißverschluss des Kleidersackes auf, den sie dabeihat, und es ist kein Laut zu hören, außer dem Rascheln des Materials. Jetzt ist das Kleid ausgepackt und glitzert unter der Ladenbeleuchtung. Sie breitet es auf dem Tisch vor uns aus. Es ist ein erlesenes Kleid, dicht besetzt mit winzigen schimmernden Perlen. Ein tiefes Dekolleté, Empire-Taille, Tellerrock mit Volants, lange Schleppe. Es füllt die Platte des Eichentisches völlig aus und fällt daran herunter wie ein Wasserfall aus weißem Schaum.

„Oooh", ist alles, was meine Mutter herausbekommt. „Wie wunder-, wunderschön."

„Schön, so schön", flüstert auch L'Raine.

Darlene lächelt, doch es kommen ihr auch wieder Tränen, die sie aber gleich mit ihrer freien Hand wegwischt.

Das Kleid sieht aus, als befände es sich in einem tadellosen Zustand, aber ich tue, was ich tun muss. Ich nehme es hoch, untersuche den Reißverschluss, kontrolliere die Nähte und halte Ausschau nach kleinen Rissen oder Flecken. Ich nehme einen Hauch von Parfüm wahr und beuge mich ein wenig vor, um es einzuatmen. Die Braut hat „Beautiful" von Estée Lauder getragen.

„Sie wollte es eigentlich noch reinigen lassen, aber dann war keine Zeit dazu", erklärt Darlene zaghaft. „Und dann ... dann hat sie es nicht mehr geschafft."

„Sie?" Ich blicke genau in dem Augenblick von dem Kleid auf, als Darlene ihren Blick senkt. Sie schaut auf das Kleid.

„Das war das Brautkleid meiner Schwester. Sie hat es vor anderthalb Jahren bei ihrer Hochzeit getragen. Sie ... ist letztes Jahr kurz vor Weihnachten an Eierstockkrebs gestorben."

Mehr braucht L'Raine gar nicht zu hören. Sie lässt sich auf das Sofa sinken, von dem aus man sonst die Bräute in ihren Kleidern betrachten kann, und unternimmt ebenso intensive wie vergebliche Versuche, ihr Schluchzen zu unterdrücken.

Meine Mutter und ich haben beide Mühe, die richtigen Worte zu finden. Und natürlich gibt es auch gar keine. „Es tut mir so leid, Darlene“, bringe ich schließlich heraus.

„Mir auch.“ Darlenes Stimme vibriert wie die eines kleinen Kindes. Meine Mutter dreht sich um und setzt sich zu L’Raine auf das Sofa, beide pressen sich Papiertaschentücher auf die Augen.

„Wirklich, Darlene.“ Ich muss wie verrückt blinzeln, so als hätte ich zum ersten Mal Kontaktlinsen in den Augen. „Sie brauchen das doch nicht ausgerechnet heute zu tun.“

Darlene schüttelt kaum merklich den Kopf. „Nächsten Monat wird es auch nicht einfacher sein. Und nächstes Jahr auch nicht. Ich muss es für Matthew tun.“

„Matthew?“

„Das ist ihr Mann. Lacey wollte unbedingt, dass er irgendwann wieder heiratet. Aber es war so schwer für ihn. Lacey hat nur einen Monat nach der Hochzeit erfahren, dass sie Krebs hat. Nur einen Monat. Sie hatte noch nicht einmal alle Danksagungskarten geschrieben.“

Wieder kommen halb unterdrückte Schluchzer aus Richtung Couch. Meine Mutter und auch L’Raine könnten ebenso gut nach oben in ihre Wohnungen gehen und sich dort eine Soap anschauen. Im Laden sind sie jedenfalls im Moment absolut keine Hilfe.

„Matthew hat mir vor ein paar Wochen gesagt, dass er einfach nicht wieder ins Leben zurückfindet, solange das Brautkleid im Haus ist.“ Darlene seufzt. „Er hat mich gebeten, jemanden zu finden, der es brauchen kann. Jemanden, der darin so schön und glücklich ist wie Lacey, als sie es getragen hat.“

Die beiden Schluchzerinnen auf dem Sofa greifen nach frischen Papiertüchern.

„Und Sie sind ganz sicher, dass Sie es nicht doch noch ein bisschen behalten wollen?“, frage ich. „Vielleicht gibt es ja in Ihrer Familie noch jemanden, der es tragen könnte.“

„Selbst wenn – es würde Matthew umbringen, es noch einmal an jemandem zu sehen. Das wissen wir alle. Es ist wirklich am besten so. Ich bin so froh, dass es Ihren Laden gibt, und ich bin extra den ganzen weiten Weg von Wisconsin hergefahren, um es selbst abzuliefern.“

„Und ich bin sehr froh, dass Sie das getan haben.“ Die Tränen, die ich bis jetzt zurückgehalten habe, fließen nun ganz offen. „Ich verspreche Ihnen, dass ich jemanden finden werde, der ganz verrückt ist nach dem Kleid.“ Ich befühle den Stoff.

Einen Moment lang ist nur ein leises Schniefen zu hören.

„Ich habe auf Ihrer Website gelesen, dass Sie gern die Geschichten der Kleider kennen, die Sie verkaufen“, sagt Darlene kurz darauf.

„Ja, das stimmt.“

„Halten Sie das auch in diesem Fall für klug? Ich meine, ich möchte nicht, dass die Leute auch nur einen Moment lang glauben, ihnen könnte dadurch dasselbe passieren wie Lacey.“

„Also, wir konzentrieren uns in den Geschichten lieber auf das, was die Menschen zusammengebracht hat, nicht auf das, was sie getrennt hat, wenn das überhaupt der Fall ist“, erkläre ich. „Außerdem nähe ich doch genau aus dem Grund die kleinen, blauen Herzen in die Kleider. Jedes der Herzen ist von einem Geistlichen persönlich gesegnet worden.“

„Das ist doch aber auch eine etwas eigenwillige Vorstellung, oder?“ Darlene lacht jetzt ein winzig kleines bisschen. Dabei schwingt in ihrer Stimme ein Hauch von Ironie mit. „Dass ein Geistlicher ein Kleid segnet und alles läuft dann bestens, und alle sind glücklich und zufrieden bis an ihr Lebensende.“

Es hilft doch nichts besser als ein Löffel Ernüchterung, um die bittere Medizin herunterzubekommen.

„Was soll ich dazu sagen?“ Ich zucke die Achseln und täusche Gleichmut vor. „Wenn man bei der eigenen Hochzeit nicht ein bisschen exzentrisch sein kann, wann dann?“

Darlene neigt den Kopf ein wenig zur Seite und belohnt mich mit einem weiteren Halblächeln. Dieses ist jetzt allerdings echt. „Ja, richtig, wann sonst?“

Ich hole ein Verkaufsformular heraus und fange an, es auszufüllen.

Darlene sieht sich im Laden um. „Eine schöne Boutique haben Sie.“

„Danke.“

„Sind Sie schon länger hier?“

Nein. Erst seit ich aus dem Abgrund meiner Zurückweisung wieder herausgekraxelt bin. Denke ich jedenfalls. Aber ich sage etwas ganz anderes.

„Erst seit sechs Monaten. Wir haben in der ersten Januarwoche eröffnet.“

Darlene lässt ihren Blick durch den Laden schweifen. „Sehe ich es richtig, dass die drei Kleider dort nicht zu verkaufen sind?“

Ich schaue von meinen Unterlagen auf und folge ihrem Blick. In meinem großen Hauptschaufenster, wo ich normalerweise nur zwei unverkäufliche Brautkleider ausstelle – das von meiner Mutter und das von Tante L'Raine –, befindet sich jetzt noch ein drittes. Meines.

Ich sehe zu meiner Mutter und zu meiner Tante hinüber, die beide vom Sofa aufspringen, als ob sie sich ganz plötzlich um etwas schrecklich Wichtiges kümmern müssen.

„Das in der Mitte ist manchmal zu verkaufen.“ Meine Antwort ist kurz und knapp.

Darlene dreht sich zu mir um und blinzelt verwirrt.

Doch ich erkläre es ihr nicht.

Fünf

Liebe Harriet,

ich habe heute einer Frau ein Brautkleid abgekauft, deren Schwester an Krebs gestorben ist. Das war die traurigste Geschichte, die ich jemals gehört habe.

Jedenfalls die traurigste seit geraumer Zeit.

Das Kleid ist atemberaubend schön. Sie hatte es vor zwei Jahren für 1.500 Dollar gekauft, und ich wette, dass ich dafür noch mindestens 800 Dollar bekommen kann. Ich habe ihr als Eröffnungsangebot 300 Dollar geboten in der Annahme, dass wir noch ein wenig handeln und uns dann auf einen Preis einigen würden, wie das bei fast allen meinen Kunden der Fall ist, aber sie hat überhaupt nicht gehandelt. Ich hätte wissen müssen, dass trauernde Menschen nicht feilschen, denn das haben sie ja schon versucht – und zwar vergeblich.

Meine Mutter und L'Raine haben mein Kleid zu ihren beiden ins Schaufenster gestellt. Als ob ich das nicht merken würde. Die drei Schaufensterpuppen treten sich ja quasi gegenseitig auf die Füße, so eng ist es jetzt dort. Es ist nicht genug Platz für alle drei. Man kann nicht einmal mehr die Hortensien und Vergissmeinnicht an den Seiten sehen.

Und als ich dann L'Raine darauf angesprochen habe, hat sie nur gesagt: „Also, wirklich, Rose. Wann besorgst Du uns endlich

Schaufensterpuppen mit Köpfen! Ich komme mir ja schon wie die Braut von Ichabod Crane vor."

Ich erinnerte sie daraufhin nur schnippisch daran, dass in der Legende von Sleepy Hollow nicht Ichabod Crane derjenige ohne Kopf war.

Meine Mutter nahm mich nur ein ganz klein wenig in Schutz. „Mal ehrlich, Rose, du bist nicht bereit, es zu verkaufen. Warum quälst du dich selbst - oder deine Kunden?" Und damit meint sie natürlich die schöne Vanessa.

Was mich aber wirklich fertigmacht, ist, dass ich das Kleid daraufhin nicht aus dem Schaufenster herausgenommen, sondern es dortgelassen habe.

Ich kann einfach nicht glauben, dass ich ein solcher Feigling bin. Meine Mutter sagt, dass ich eine Romantikerin bin, und daran sei nichts auszusetzen. Romantische Menschen sind fantasievoll, sie sind Träumer, sie sind eigenwillig.

Die trauernde Schwester glaubt, dass eigenwillig zu sein dasselbe ist wie hoffnungslos unrealistisch zu sein.

Was denkst Du?

Ich habe heute Abend den ersten Teil von „Vom Winde verweht" angeschaut. Es ärgert mich ohne Ende, dass Scarletts Hochzeitskleid nur halb zu sehen ist, als sie Charles heiratet. Halb! Wäre es denn ein solcher Umstand gewesen, uns einen ausgiebigen Blick auf das vollständige Kleid zu gönnen? Schließlich hatten die damals doch ohnehin schon ein Vermögen in ihre restlichen Kostüme investiert. Was hat Vivien Leigh vom wunderschönen Mieder an abwärts getragen, als sie die Szene drehten? Jeans vielleicht? Wäre es denn von den Kostümbildnern wirklich zu viel verlangt gewesen, ein vollständiges Kleid anzufertigen?

Liebe Rose,

Scarlett hat ganz bestimmt einen weiten, weißen Rock über einem großen, weißen Reifrock getragen. Das wird Dir jeder sagen.

Romantische Menschen sind ganz sicher eigenwilliger als die normalen Leute mit ihrem gesunden Menschenverstand. Und? Kann man das nicht auch erwarten?

Und schäm Dich, von einer Frau, die trauert, zu erwarten, dass sie mit Dir wegen des Brautkleides ihrer verstorbenen Schwester feilscht. Du hättest ihr sofort 500 Dollar anbieten müssen.

Harriet

Sechs

Manche Menschen sagen, dass der Frühling sich in Minnesota besonders viel Zeit lässt. Der Winter – diese wunderschöne weiße Jahreszeit, die einfach nicht weichen will – dauert manchmal bis weit nach Ostern. Häufig geht der Winter auch und kommt dann noch einmal zurück. In meiner Kindheit ist es etliche Male vorgekommen, dass ich am Ostersonntag mit Wollmütze und Handschuhen in die Kirche gehen musste. Ich habe schon mit wollenen Fäustlingen draußen Fußball gespielt. Und es ist auch schon vorgekommen, dass ich bei der Feier am 1. Mai am Kamin gesessen habe. Ich habe auch schon frisch bepflanzte Blumenkästen vor den Fenstern mit Decken vor Frost geschützt. Es gibt Jahre, in denen es uns so vorkommt, als lebten wir nur einen Steinwurf vom Nordpol entfernt.

Und genau in dem Augenblick, in dem man glaubt, dass man verrückt wird, sieht man das erste Rotkehlchen, und alle reden darüber, weil *alle* gerade das erste Rotkehlchen gesehen haben. Der letzte Rest Schnee – echt ekliges Zeugs und eher braun als weiß – schmilzt endlich und die ersten Tulpenknospen brechen aus dem Boden hervor wie kleine grüne Nasen. Der Mai beginnt mit einer Reihe wunderschöner Tage, die einen glauben lassen, dass man jetzt endlich den Wintermantel und die Handschuhe wegräumen kann, aber dann pfeift Mitte des Monats plötzlich wieder ein arktischer Wind, der einen bei Freiluftveranstaltungen wie Softballspielen oder Leichtathletikwettkämpfen sowie Schulabschlussfeiern vor Kälte bibbern lässt.

Aber eines Tages, so Ende Mai oder Anfang Juni, da wird irgendwo im Himmel ein Schalter umgelegt, und das Klima vollzieht einen abrupten Wechsel. Hat man am einen Tag noch an der Heizung herumgepfriemelt, muss man am nächsten die Klimaanlage anschmeißen. Das bedeutet für mich nicht, dass der Frühling sich Zeit lässt, sondern dass der Winter sich Zeit lässt – und zwar Zeit zu gehen. Frühling wird es in Minnesota innerhalb eines Tages. Und einen Tag später ist er auch schon wieder vorüber.

Das ist abrupt, nicht langsam.

Am einen Tag ist das Wetter kalt und windig – und am nächsten warm und schwül. So schnell kann das gehen.

Wenn mir jemand nach meinem Collegeabschluss gesagt hätte, dass ich in knapp zehn Jahren nicht nur zusammen mit meiner Mutter ein Geschäft betreiben, sondern auch noch im selben Haus wohnen würde, dann hätte ich herzlich gelacht und gesagt: „Ja, und Schweine fliegen im Winter in den Süden."

Es ist ja nicht so, als würde ich meine Mutter nicht lieben, denn das tue ich wirklich. Und ich habe auch nichts dagegen, mit ihr zusammen in einem Geschäft zu arbeiten. Das macht mir nichts aus. Aber meine Mutter ist keine Geschäftsfrau, sondern Kindergärtnerin im Ruhestand. Und die meisten frischgebackenen Collegeabsolventen möchten nicht die Prognose erhalten, dass sie im Laufe der nächsten acht Jahre mit ihrer Mutter zusammenziehen werden.

Dass wir zusammen ein Geschäft betreiben, ist die Folge des ebenso eigenwilligen wie rätselhaften Eingreifen Gottes.

Manchmal vergesse ich, ihm für das „Ein Traum in Weiß“ zu danken, denn dieser Ort quält mich auch manchmal. Aber meist ist er eher wie Balsam für mich.

Das „Ein Traum in Weiß“ befindet sich im Erdgeschoss eines alten Hotels namens „Finnland“. Die meisten Leute hier nennen es immer noch so, obwohl es schon seit über sechzig Jahren kein Hotel mehr ist und deshalb auch nicht mehr so heißt. Das „Finnland“ wurde um die Jahrhundertwende von zwei finnischen Brüdern erbaut, an deren Vornamen ich mich nicht mehr erinnern kann, aber ich habe Bilder gesehen, wie es dort aussah, als das Hotel noch in Betrieb war. Die Hotelhalle und das Restaurant im Erdgeschoss, auf deren Fläche sich jetzt das „Ein Traum in Weiß“ befindet, waren mit dunkelbrauner Eiche getäfelt, und die Decken hatten den breitesten Stuckrand, den ich je gesehen habe. Der Fußboden war blau-weiß gefliest und ist es bis heute, weil ich die alten Fliesen behalten habe. Wie schön für mich, dass die finnische Flagge blau-weiß ist, denn das passt perfekt zu einem Brautmodenladen, der „Ein Traum in Weiß“ heißt und Brautkleider mit kleinen, blauen Herzchen verkauft.

Das „Finnland“ war nicht das größte Hotel in diesem Teil von Minneapolis. Es hatte nur dreißig Zimmer, aber auf seine ganz eigene urige Weise war es schön. Die Brüder waren hervorragende Köche, und ihr kleines Restaurant war weit und breit bekannt als einziger Ort, wo man *Pasha* bekam. *Pasha* ist ein finnisches Dessert, das man aus Quark, Butter, Zucker, Zitronensaft und Eiern macht und das mit Mandeln und Rosinen verfeinert wird. Normalerweise wird es mit Beerenkompott serviert. Ich bekomme immer Hunger, wenn ich *Pasha* beschreibe, obwohl ich es noch nie gegessen habe. Personen, die sich noch ans „Finnland“ erinnern, haben mir erzählt, wie *Pasha* schmeckt, und sie bekommen immer einen fast verträumten Blick, wenn sie es beschreiben.

Das „Finnland“ war außerdem das einzige Hotel in der Gegend, das auch eine Kapelle für seine Gäste hatte. Es ist überliefert, dass die beiden Brüder zu einer orthodoxen Gemeinde gehörten und sich an Wochenenden, an denen immer viel zu tun war und sie nicht in die Kirche zum Gottesdienst gehen konnten, einen ruhigen Ort zum Beten wünschten. Die Kapelle, die sie zu diesem Zweck eingerichtet haben, ist ein wunderschöner kleiner Raum, und als das Hotel zu Geschäften und Wohnungen umgebaut wurde, hat sich Gott sei Dank niemand daran vergriffen. Sie befindet sich immer noch ganz hinten, am Ende der ehemaligen Hotelhalle, in der jetzt das „Ein Traum in Weiß“ beheimatet ist. Die Eingangstür der Kapelle sieht aus, als ob sie in einen Schrank mit Reinigungsmitteln und Gerätschaften führt oder zu einer Toilette. Aber ich habe das kleine Bronzeschild daran gelassen, das die Brüder vor hundert Jahre haben anfertigen lassen. In schlichten Lettern steht dort *Kappeli.* Kapelle. Es gibt darin nur sechs Kirchenbänke, einen schmiedeeisernen Leuchter und ein sechseckiges, buntes, bleiverglastes Fenster. Früher gab es auch noch eine Statue der Jungfrau Maria mit dem Jesuskind, aber die wurde schon vor Jahren verkauft. Also im Grunde ist der Raum ziemlich leer. Trotzdem ist es meiner Meinung nach der friedvollste Raum auf der ganzen Welt. Ich flüchte mich gern dorthin.

Die beiden finnischen Brüder haben nie geheiratet, und als sie 1942 bzw. 1946 starben, war die einzige Erbin eine Schwester, die noch in Finnland lebte. Diese beschloss, das Gebäude zu verkaufen. Ein paar Jahre lang stand es dann leer und ließ sich offenbar nicht verkaufen, aber dann erwarb es ein Ehepaar aus Wisconsin namens Marvin und Dolores Cheek. Sie verbanden bei der Namensgebung ihre beiden Namen miteinander und nannten das Hotel dann das „MarDel Inn“ und damit begann das zweite Leben dieses Gebäudes. Soweit ich weiß, war es ein glückliches Leben, aber es gab kein *Pasha* mehr, und überall in Minneapolis und Umgebung wurden immer mehr Hotels aus dem Boden gestampft, die zu einer der großen Hotelketten gehörten, sodass kein Bedarf mehr bestand an kleinen Hotels mit winzigen Parkplätzen, von denen viele an belebten Straßen der Vororte lagen.

Nachdem die Cheeks es verkauft hatten und keiner der nachfolgenden Eigentümer mehr Geld in die Instandhaltung investieren wollte, verfiel das Hotel zusehends. Die Hotelhalle und das Restaurant wurden in Verkaufsflächen umgewandelt, und die Hotelzimmer wurden zu einer schäbigen Absteige für Obdachlose und Menschen, die ihre Ehepartner betrogen. Architektonisch verströmte der Ort jedoch nach wie vor einen gewissen Charme, und als dann Künstler und junge Unternehmer begannen, sich in unserem Vorort anzusiedeln, nahm das Interesse am „Finnland“ wieder zu. Besonders als es nach zwölf Jahren wieder zum Verkauf stand. Vergangenes Jahr wurde es dann von einem Investor namens Ruben Tarter gekauft.

Und an dieser Stelle wird es jetzt richtig interessant.

Ruben Tarter ist nämlich der Mann, der meiner Mutter vor vielen Jahren einmal einen Heiratsantrag gemacht hat.

Das war noch, bevor L'Raine und sie zusammen aufs College gingen, wo die beiden dann meinen Vater und seinen Bruder kennenlernten. Es war im Sommer vor Mamas erstem Collegejahr in *St. Olaf*. Ruben, der zu diesem Zeitpunkt bereits an der Universität von Minnesota studierte, lernte sie auf einer Hochzeit kennen. Das ist kein Scherz! Meine Mutter war eine der Brautjungfern und Ruben war der Trauzeuge des Bräutigams. Sie gefiel ihm, also lud er sie am darauffolgenden Wochenende ein, mit ihm auszugehen. Und dann das Wochenende darauf und das darauf und das darauf, und am Ende des Sommers war Ruben bis über beide Ohren in meine Mutter verliebt. Sie war damals bloß achtzehn und er erst zwanzig, aber er machte ihr trotzdem einen Heiratsantrag.

Wenn meine Mutter diese Geschichte erzählt, fällt es ihr immer schwer zu beschreiben, wie es war, dem armen Ruben einen Korb zu geben, und wenn L'Raine dabei ist, dann fängt diese natürlich immer sofort an zu weinen. Die schreckliche Wahrheit ist nämlich, dass meine Mutter Ruben damals das Herz gebrochen hat, weil sie ihn nicht liebte. Sie mochte ihn zwar sehr, aber sie war nicht in ihn verliebt.

Deshalb sagte sie ihm, dass es besser sei, noch abzuwarten und der Beziehung Zeit zu geben, um dann zu sehen, wie sie sich entwickelte. Eine für eine Achtzehnjährige ja eigentlich ausgesprochen vernünftige Aussage. Aber meine Mutter verliebte sich nicht in Ruben Tarter, sondern einige Zeit später in Owen Murien. In ihrem ersten Jahr auf dem College, in dem Ruben geduldig darauf wartete, dass meine Mutter vielleicht doch noch ihre Meinung ändern würde, lernte sie nämlich meinen Vater kennen. Vier Jahre später, kurz nach dem Abschluss, heirateten meine Eltern in einer Doppelhochzeit mit L'Raine und Warren, dem Zwillingsbruder meines Vaters. Sie waren auch gegenseitig Brautjungfern und Trauzeugen. Meine Mutter und L'Raine sind die einzigen beiden Menschen, die ich kenne, die als Brautjungfern selbst ein Brautkleid getragen haben.

Ruben hatte sich inzwischen damit abgefunden, dass er wohl jemand anderen würde heiraten müssen, und das tat er dann auch. Er zog mit seiner frischangetrauten Braut, die für ihn eigentlich nur zweite Wahl war, nach New York, wo er zu Reichtum kam. Meine Mutter und Ruben schreiben sich bis heute zu Weihnachten Karten, und Ruben Tarter und seine Frau waren sogar einmal bei meinen Eltern zum Abendessen eingeladen, als sie in Minneapolis waren, um ihre Familie zu besuchen. Ich war aber damals erst drei und kann mich an diesen Besuch nicht mehr erinnern.

Richtig kennengelernt habe ich Ruben Tarter erst vor ungefähr fünf Jahren, als mein Vater einen schweren Herzinfarkt erlitt und dann starb. Ruben und seine Frau kamen sehr zur Überraschung meiner Mutter zur Beerdigung. Er schien wirklich ein netter Kerl zu sein. Ein nervöser Augenzwinkerer mit einem kleinen Bäuchlein, aber sehr nett. Und sehr reich. Und dann starb ein Jahr später Rubens Frau.

Meine Mutter ging nicht zur Beerdigung.

Im Laufe der vergangenen Jahre ist Ruben ein paar Mal in Minneapolis gewesen, und er hat dann jedes Mal auch meine Mutter besucht. L'Raine, die zwei Jahre nach meiner Mutter ihren Mann verlor, hat ihr mehr als ein Mal gesagt, dass sie ihn doch um Himmels willen um sie werben lassen und erhören solle, um dann den Rest ihres irdischen Daseins mit einem Mann an ihrer Seite zu genießen, der sie eindeutig liebe. Aber Mama hat L'Raine – und zwar jedes einzelne Mal – dasselbe gesagt, was sie auch schon fünfzig Jahre zuvor gesagt hatte: Man kann niemanden heiraten, in den man nicht verliebt ist.

Und da hat sie natürlich recht. Aber jedes Mal, wenn ich an diese Aussage denke, möchte ich einen Teller zerdeppern oder mit einer Tür knallen oder mit dem Fuß gegen eine leere Mülltonne treten.

Ruben hat also das „Finnland" gekauft. Er hat die dreißig Hotelzimmer zu schicken Wohnungen umgebaut, und die alte Hotelhalle und das Restaurant wurden ebenfalls zu schicken Läden und Boutiquen umgestaltet. Wie das Schicksal es wollte, rief Ruben meine Mutter drei Wochen, nachdem Daniel unsere Hochzeit abgesagt hatte, an, um sie zu fragen, ob sie jemanden wisse, der die Wohnungen und auch die Verkaufsfläche verwalten könne. Er habe zwar eigentlich schon jemanden für den Job gehabt, aber der Bewerber melde sich nicht mehr und sei auch nicht zu erreichen. Er saß also richtig in der Klemme.

Genau wie ich.

Meine Mutter hatte ihm nämlich erzählt, dass ich gerade auf der Suche nach einem neuen Job sei. Dabei hatte sie allerdings nicht erwähnt, dass ich so ziemlich jede Tätigkeit übernommen hätte, nur um nicht mehr im selben Bürogebäude arbeiten zu müssen wie Daniel. Sie teilte Ruben mit, dass ich einen Abschluss in Marketing hätte, sehr geschäftstüchtig sei und deshalb für die Aufgabe eigentlich wie geschaffen. Woraufhin er sie bat, mir auszurichten, ich könne die Stelle haben, wenn ich wolle.

Und dann kamen meine Mutter und L'Raine beide zu mir und hielten mir vor, ich würde doch ständig darüber lamentieren, was ich denn jetzt mit meinem Brautkleid machen solle und dass es einen Laden für Leute geben müsse, die ihre gebrauchte Brautkleider verkaufen wollten und dass solche schönen Kleider doch wohl mehr als nur ein einziges Mal getragen werden müssten. Ich solle eine Secondhandboutique für Brautkleider eröffnen.

„Es gibt niemanden, der mehr Ahnung von Brautkleidern hat als du", hatte L'Raine gesagt. „Du zeichnest schon Brautkleider, solange ich dich kenne."

Daraufhin hatte ich den Kopf zur Seite geneigt und eingewandt: „L'Raine, du kennst mich schon mein ganzes Leben lang."

„Sag ich doch."

Und das war die Geburtsstunde von „Ein Traum in Weiß".

Meinem Leben nach Daniel.

Das Leben, das begann, nachdem ich meine Träume begraben hatte.

Sieben

An manchen Tagen, wenn ich so richtig in der Stimmung bin, mich selbst zu quälen, lese ich die „Liebe Harriet"-Einträge aus der Zeit, als ich Daniel kennenlernte – aus dem Jahr, in dem wir zusammen waren und uns verlobt haben – und verputze dabei eine ganze Tafel Schokolade.

Ich staune immer wieder darüber, wie anders ich jetzt den Ton von damals empfinde, in dem ich Daniel beschrieben habe, als er mich zum ersten Date eingeladen hatte, wie fasziniert ich von seinem unfehlbaren Geschmack war, von seiner gesellschaftlichen Gewandtheit. Was ich da lese, kommt mir jetzt so unglaublich naiv vor. Und genau das geht mir auch jetzt, also ein Jahr später, immer noch an die Nieren. Nicht der Schmerz der Zurückweisung – der vergeht Gott sei Dank langsam. Aber ich komme mir immer noch so unglaublich dumm vor. Ich schäme mich. So als hätte ich es doch eigentlich kommen sehen müssen. Nur ein naives Mädchen konnte jemandem so auf den Leim gehen wie ich. Zum Beispiel:

Liebe Harriet,

dieser gutaussehende Typ aus der EDV-Abteilung ist heute einfach so ohne Grund in meiner Kabine im Großraumbüro vorbeigekommen. Es gab natürlich einen offiziellen Grund! Aber der eigentliche Grund war nicht der, dass er mit mir über Viren im Netzwerk meiner Abteilung sprechen wollte. Er kam einfach nur so vorbei und fing ein Gespräch mit mir an! Ich glaube nicht, dass er noch einen anderen Grund hatte, sich auf der Marketing-Etage aufzuhalten. Caroline hat von ihrem Schreibtisch hinter der Stellwand aus alles mit angehört, was er gesagt hat. Als Daniel wieder weg war, steckte sie den Kopf zu mir herein und sagte: „Er steht auf dich." Und ehrlich, Harriet, es fühlt sich wirklich so an. Aber es fühlt sich auch genauso an wie auf der Highschool. Ich komme mir so vor, als sei ich erst sechzehn und nicht sechsundzwanzig. Ich kann nicht aufhören, an ihn zu denken...

Liebe Rose,

behalte einen kühlen Kopf. Stürz Dich nicht kopfüber in irgendetwas hinein, von dem Du den Boden nicht sehen kannst. Und halte Dich immer gut am Geländer fest ...

Und dann noch Folgendes:

Liebe Harriet,

heute ist Daniel mit einem Strauß Tulpen bei mir zu Hause aufgetaucht. Die Blumen sind so schön! Er ist so originell. Daniel ist wohl klar, dass Mädchen andauernd Rosen geschenkt bekommen – vor allem, wenn sie „Rose" heißen. Aber keine Tulpen! Heute Abend lerne ich seine Eltern kennen. Ich hoffe, sie werden mich mögen ...

Liebe Rose,

was soll es denn da nicht zu mögen geben? Du, meine Liebe, bist, wer Du bist. Und genau den Menschen mag Daniel. Versuch nicht, Dich so zu verhalten, wie Du denkst, dass Du Dich ihres Erachtens verhalten solltest. Du kennst sie nicht; Du weißt gar nicht, was sie mögen. Du bist Du und genau die Person müssen sie mögen ...

Und dann noch das hier:

Liebe Harriet,

Daniel und ich hatten unseren ersten Streit. Es ging um etwas total Blödsinniges. Ich kann kaum glauben, dass wir wirklich darüber gestritten haben, in welchen Film wir gehen wollen ...

Liebe Rose,

Es geht nie *nur um einen Film ...*

Und dann noch:

Liebe Harriet,

ich wünschte, Du hättest Augen und könntest sehen, was an meinem Finger funkelt: ein wunderschöner Ring. Mein Verlobungsring. Ich bin verlobt! Verlobt! Ich kann mir nicht vorstellen, dass ich jemals noch glücklicher sein kann als in diesem Augenblick. Ich werde Daniels Frau. Ich werde verheiratet sein. Rose Colfax. Daniel und Rose Colfax ...

Liebe Rose,

wer behauptet denn, dass ich ihn nicht sehen kann? Hör auf, mir mit dem Ding vor dem Gesicht herumzufuchteln. Du blendest mich ja regelrecht ... Herzlichen Glückwunsch, mein Mädchen. Kann ich Brautjungfer sein?

Und es gibt noch mehr Einträge wie diesen. Viel mehr. Wenn ich sie mir jetzt genau ansehe, wird mir richtig schlecht. Ich nehme aber an, dass das auch mit der Menge an Schokolade zusammenhängt, die ich normalerweise beim Lesen der Einträge vernichte. Wer weiß?

An Tagen, an denen ich *wirklich* in der Stimmung bin, mich selbst zu quälen, lese ich die Einträge aus den schrecklichen ersten Tagen noch einmal, in denen ich mich damit abfinden musste, dass ich nicht mehr verlobt war.

Sitzengelassen.

Nicht mehr erwünscht.

Gott sei Dank ist heute nicht so ein Tag.

Rosalina Gallardo, die mit ihrem Mann Mario in einer der Wohnungen über dem „Ein Traum in Weiß“ wohnt, singt etwas Spanisches, während sie eine Naht eines zu engen Brautkleides auftrennt. Das Mädchen, das dieses Kleid tragen will, passt auch nicht annähernd in Größe 34. Sie muss Rosalina für eine Zauberkünstlerin halten. Ich werde auf jeden Fall staunen, wenn das Mädchen es schafft, sich in das Kleid hineinzuzwängen. Rosalina bleibt jedoch völlig gelassen bei der Aufgabe, die vor ihr liegt. Ich habe keine Ahnung, was Rosalina da singt, während sie die winzigen Stiche auftrennt, aber es klingt, als ob sie sehnsüchtig jemandem zuruft, doch mit ihr fortzugehen. Oder zu ihr zurückzukehren.

Mario und Rosalina stammen ursprünglich aus Ecuador, leben aber schon seit fünfundzwanzig Jahren in Minneapolis. Ich kenne sie schon mein ganzes Leben lang. Sie wohnten gegenüber von uns in derselben Straße, als ich noch mit meinen Eltern in Apple Valley wohnte, einem Vorort von Minneapolis, in den wir zogen, als ich zehn Jahre alt war. Rosalina ist die Änderungsschneiderin des „Ein Traum in Weiß“ und Mario ist der Hausmeister des gesamten Gebäudes. Er ist für alles Technische zuständig und damit meine ich wirklich alles – auch riesige, fette Spinnen in einer der Wohnungen.

Rosalina und ich sind gerade in der Änderungsschneiderei, die in einer der Wohnungen im Haus untergebracht ist, die ich nicht vermietet habe. Rosalinas zwölfjährige Nichte Maria Andrea, die ihre Sommerferien bei ihrer Tante und ihrem Onkel verbringt, sitzt neben ihrer Tante auf dem Boden und trennt Pailletten und Perlen von einem sehr alten Spitzenbrautkleid ab. Das Kleid ist im Laufe der Zeit zu einem wunderschönen Champagnerton vergilbt, aber die Perlen und Pailletten sind grau geworden und müssen deshalb abgetrennt und durch neue ersetzt werden. Andrea sitzt da mit dem Kleid auf dem Schoß und trennt fröhlich die grauen Perlen von dem Kleid ab. Neben ihr steht an eine Wand gelehnt Liam Laurent, der elfjährige Enkel von Pater Laurent, dem pensionierten Pastor der Episkopalgemeinde, der in einer der Wohnungen über dem „Ein Traum in Weiß“ wohnt. Pater Laurent ist der Abgesandte Gottes, der die kleinen, blauen Herzen segnet, bevor Rosalia diese dann in die Brautkleider einnäht. Liam besucht heute seinen Großvater. Der Junge blickt verwirrt drein. Ich bin sicher, das liegt daran, dass sein Opa ein leicht gepolstertes blaues Satinherz von der Größe eines Fünfundzwanzig-Cent-Stückes in der Hand hält und vor sich hinflüstert.

„Segne die junge Frau, die dieses Brautkleid tragen wird, und bewahre sie vor Schaden und Kummer. Bewahre sie vor

Selbstgefälligkeit, Verbitterung und Gleichgültigkeit. Umgib sie mit der Liebe, mit der du jeden Menschen liebst. Möge sie diese Liebe immer erkennen. Möge sie immer danach trachten, diese Liebe auch weiterzugeben. Möge sie solche Liebe auch von dem Mann empfangen, den sie heiratet. Jeden Tag ihres Ehelebens, solange die beiden leben. Im Namen des Vaters und des Sohnes und des Heiligen Geistes. Amen."

Liam sieht zu, wie Pater Laurent mir das kleine Herz zurückgibt. Ich stecke es in einen winzigen verschließbaren Plastikbeutel und hefte es an das duftige weiße Kleid, das an einem Metallständer hängt. Das Kleid hat einer Frau gehört, die sich nach zwanzig Jahren Ehe von ihrem Mann hat scheiden lassen, weil sie sich nur noch „miteinander langweilten".

Ich wende mich wieder Vater Laurent zu. Er hat die freundlichsten Augen, die ich jemals bei einem Menschen gesehen habe. Also eigentlich erinnert er mich ein bisschen an meinen Vater. Er ist von durchschnittlicher Größe und von normaler Statur, mit schlohweißem Haar und Unmengen von Lachfältchen im Gesicht.

„Ich glaube, Liam findet das hier verrückt", flüstere ich.

Vater Laurent grinst. Er spricht ganz leise, als er sich in meine Richtung neigt. „Es kommt ja auch nur darauf an, was *Sie* davon halten. Und was die junge Dame davon hält, die das Kleid tragen wird." Deshalb ist Vater Laurent auch praktisch mein Geschäftspartner, obwohl ich das nie zu ihm sagen würde. Er versteht, was das kleine, blaue Herz bedeutet. Es ist ein winziges Symbol der Hoffnung. Verletzte Menschen brauchen so etwas, sonst werden sie verrückt. Er zwinkert mir zu und wendet sich dann an seinen Enkel. „Und, Liam, wollen wir jetzt in den Zoo gehen?"

Liams verwirrter Blick weicht Erleichterung.

Vater Laurent winkt Rosalina und Maria Andrea noch zum Abschied zu und wendet sich dann zum Gehen.

„Auf Wiedersehen, Vater!“ Rosalinas Akzent verziert ihre Worte wie eine Schleife ein Geschenk.

Liam folgt seinem Großvater aus der Änderungsschneiderei. „Was hast du da gerade gemacht?“ Der Junge versucht, höflich zu sein, indem er möglichst leise spricht, aber ich hört ihn natürlich trotzdem. Und Rosalina hört ihn auch. Sie lacht lautlos.

„Ich habe ein Kleid gesegnet.“ Vater Laurents Stimme ist freundlich.

„Und warum?“

„Weil dieses Kleid von einer Braut getragen werden wird. Und jeder braucht Gottes Segen.“

Ihre Schritte bewegen sich in Richtung der Treppe, die in die zweite Etage führt, und ihre Stimmen werden leiser.

Ich wende mich meinem nächsten Projekt zu. Ich muss eine Kollektion von Brautjungfernkleidern begutachten und schätzen, die ich zur Ansicht aus Dallas geschickt bekommen habe.

Max, ein weiterer Mieter, kommt mit einem Kartenspiel in der Hand in den Raum gestürmt. „Ich möchte diesen neuen Trick bei euch ausprobieren.“

Er ist atemlos und sieht aus, als wäre er gerade erst aufgestanden.

Max sieht immer so aus, als wäre er gerade erst aufgestanden.

Max.

Es gibt wirklich nur einen Grund, weshalb mein alter Freund Max eine der Wohnungen über dem „Ein Traum in Weiß“ gemietet hat: Meine Mutter und L’Raine haben ihn dazu überredet.

Stellen Sie sich einfach die Heiratsvermittlerin Jente aus dem Musical „Anatevka“ vor und multiplizieren Sie sie mit zwei.

Ich kenne Max Dacey schon seit der Schulzeit. Er war mit mir zusammen in der Theatergruppe, und wir hatten viele gemeinsame Freunde, unter anderem auch meine beste Freundin Shelby Kovatch. Ich habe mich nie für ihn als Mann interessiert und er sich auch nicht für mich als Frau. Ich mag Max, aber ich hege keinerlei romantische Gefühle für ihn. Und immer, wenn ich an die Geschichte mit Ruben denke, bin ich froh darüber, dass er auch keine für mich hegt. Max ist groß und sehr dünn und trägt seine Locken gern wild und ungezähmt und er liebt Zaubertricks. Er macht schon, seit er zwölf ist, Zaubervorführungen bei Kindergeburtstagspartys. Max will schon seit ewigen Zeiten Profizauberer werden, aber seine Eltern haben ihn bis jetzt immer wieder dazu überreden können, im Familienunternehmen zu bleiben, einem Geschäft für Fotografie. Ich glaube nicht, dass Mr und Mrs Dacey sich jemals haben vorstellen können, wie Max seinen Lebensunterhalt damit verdient, ein Pikass in eine Herzdame zu verwandeln. Und Max ist wirklich ein sehr guter Fotograf. Aber er liebt nun mal nicht das Fotografieren, sondern die Kunst der Illusion.

Als ich im November anfing, nach Mietern für die Wohnungen im Haus zu suchen, war ich sehr wählerisch. Und außerdem wollte ich alle Mieter gefunden haben, bevor die Wohnungen fertig waren. Es sind nur zehn Wohnungen, und ich hatte sie alle schon in der ersten Woche vermietet, nachdem ich mich bereit erklärt hatte, die Gebäudeverwaltung zu übernehmen. Eine Wohnung für mich, eine als Änderungsschneiderei, jeweils eine für meine Mutter und L'Raine, eine für Rosalina und Mario – ich wusste, dass es bei Rosalinas Nähkünsten und Marios handwerklichen Fähigkeiten ein Kinderspiel werden würde, das Gebäude zu verwalten und Brautkleider zu verkaufen – und eines für Ruben, der eine Wohnung braucht, wenn er in der Stadt ist. Mein wunderbarer Vater Laurent, der gerade in den Ruhestand ging und nach einer neuen Wohnung suchte, wurde mir von einem Ehepaar aus meiner Gemeinde als Mieter empfohlen, ebenso wie Wendy und Philip, die im dritten

Stock gegenüber von Vater Laurent wohnen. Etwa zur gleichen Zeit versuchte ein Geiger im Ruhestand namens Salomon Gruder – der der beste Freund meines Vaters aus seiner Zeit im „Minnesota Orchestra“ war –, sein Haus zu verkaufen, weil er auf der Suche nach etwas Kleinerem war. Nachdem das alles geklärt war, gab es nur noch eine Wohneinheit zu vergeben. Meine Mutter hat damals die Daceys angerufen, ohne mich vorher zu fragen, und sich erkundigt, ob Max immer noch ausziehen wolle. Ja, ganz recht, er war neunundzwanzig und wohnte immer noch bei seinen Eltern. Den Daceys gefiel der Gedanke, Max aus dem Haus, aber trotzdem immer noch in der Nähe und in der Firma zu haben, und das auch noch ganz in der Nähe unzähliger Bräute in spe, die natürlich immer auch Hochzeitsfotografen brauchten. Max traf zwei Tage vor Weihnachten mit einem überaus seltsamen Sammelsurium von Möbeln ein sowie ungefähr tausend Kartenspielen – jedenfalls schien es so – und wunderschön gerahmten Porträts, die in „Daceys Fotostudio“ aufgenommen worden waren. Die Fotos hängte er im „Ein Traum in Weiß“ auf, das in Kürze eröffnet werden sollte. Es macht mir nichts aus, dass Max hier ist. Aber meine Mutter und L'Raine müssen ihn mit jemand anderem verkuppeln. Wir sind nur Freunde.

Max hält mir jetzt das aufgefächerte Kartenspiel hin.

„Such dir eine Karte aus.“

„Max ...“

„Los, mach schon. Du hast doch gerade nichts Wichtiges zu tun.“

Ich greife zu und ziehe eine Karte aus dem Spiel. Es ist die Herz zwei.

„Zeig mir die Karte nicht, aber lass Maria Andrea und Rosalina sie sehen.“

Ich befolge seine Anweisung.

„Okay. Und jetzt stecke die Karte wieder zurück in den Stapel.“

Wieder tue ich, was er sagt.

Max schiebt die Karten zusammen und mischt das Spiel. „So, und jetzt möchte ich, dass du dich in Gedanken auf deine Karte konzentrierst. Denke nur an deine Karte. Stell dir die Karte hier in diesem Kartenspiel vor. Ich werde deine Gedanken lesen."

Ich kann mir nicht helfen und muss lächeln.

„Du konzentrierst dich gar nicht, oder?", merkt er weise an, während er die Karten mischt.

„Doch, tu ich wohl." Die Herz zwei tanzt jetzt in meinem Kopf herum.

„Ist das hier deine Karte?" Er hält die Kreuz acht hoch.

„Nein, Max, tut mir leid."

„Okay, okay. Warte mal kurz." Er blättert die Karten durch. „Ist das hier deine Karte?"

Das Karoass.

„Nein, tut mir leid."

Max macht ein finsteres Gesicht. Er reicht mir das Kartenspiel. „Na, ich hab wohl nicht viel Glück dabei, deine Gedanken zu lesen. Du wirst mir die Karte wohl zeigen müssen."

Ich nehme das Spiel und blättere es durch. Die Herz zwei ist nicht dabei. Ich blicke zu Max auf.

„Sie ist gar nicht dabei."

Max' Augen funkeln. Er dreht sich zu der Zwölfjährigen um, die zu seinen Füßen sitzt.

„Andrea, hast du Daisys Karte genommen?"

Das Mädchen lacht. „Nein!"

„Ich glaube aber doch, dass du sie genommen hast."

„Hab ich gar nicht!"

„Und was macht sie dann da hinter deinem Ohr, Fräulein?" Und Max greift nach unten und zieht die Karte scheinbar hinter Andreas Ohr hervor. Er zeigt sie uns.

Es ist die Herz zwei.

„Oh *bueno*!", ruft Rosalina aus. „*Bueno, bueno!*"

„Wie hast du das gemacht?" Andrea bekommt vor Staunen den Mund nicht zu.

„Zauberei", flüstert Max. Er sieht fast gut aus, als er das sagt. Er wendet sich mir zu und streckt die Hand aus. Ich gebe ihm das Kartenspiel zurück.

„Ziemlich gut, Max."

Er sieht mich triumphierend an. „Den habe ich mir selbst ausgedacht."

„Wie hat er das gemacht, *Tía*?"

„Zauberei!", wiederholt Rosalina und Max grinst.

Ich blicke ihm nach, als er wieder verschwindet. Mager und zerzaust, der ungezähmte Max. Der Mann, den meine Mutter angeschleppt hat in der Hoffnung, ich würde mich in ihn verlieben. Als er jetzt den Raum verlässt, prüfe ich mich innerlich, meine Gedanken und mein Herz, ob da nicht vielleicht doch der Hauch eines Zaubers zwischen uns ist.

Nur der winzigste Hauch.

Auch nur ein Hauch dessen, was ich empfunden habe, als ich in Daniel verliebt war.

Aber da ist nichts – absolut nichts.

Acht

Liebe Harriet,

Max hat Maria Andrea, Rosalina und mir heute einen neuen Kartentrick gezeigt, und ich muss zugeben, dass er ziemlich gut war. Andreas Mimik war köstlich. Sie war total fasziniert. Ihre Meinung von ihm ist zwischen dem Augenblick, als er zur Tür hereinkam (und natürlich wieder mal aussah, als hätte er in die Steckdose gefasst), und dem Augenblick, als er wieder ging, erheblich gestiegen.

Ich bin deshalb noch mal in mich gegangen und habe mich gefragt, wie ich es Dir ja schon einmal gebeichtet habe, ob mir da eventuell etwas entgeht. Ist wirklich nur Mamas Kuppelei der Grund dafür, dass Max überhaupt hier ist und nur eine Etage von mir entfernt wohnt? Oder ist da die Vorsehung am Werke? Unterdrücke ich vielleicht tiefere Gefühle für Max? Gefühle, die mich geradewegs in seine mageren Arme treiben würden, wenn ich sie zuließe? Es scheint jedenfalls nicht so. Da ist einfach nichts. Nichts, das mehr wäre als Sympathie. Ich liebe Max so, wie ich Kellen liebe. Nein, das stimmt eigentlich nicht. Ich liebe Kellen. Was ich für Max empfinde, ist keine Bruderliebe. Es ist einfach nur Sympathie und mehr nicht.

Vater Laurent hatte heute für einen Tag seinen Enkel zu Besuch. Liam ist offenbar ein ganz netter Kerl, was man aber von seiner Mutter nicht sagen kann. Ich habe erfahren, dass sie und Vater Laurents Sohn sich im vergangenen Sommer haben scheiden lassen und dass sie es war, die die Scheidung eingereicht hat. Außerdem habe ich heute noch erfahren, wieso ich Liams Vater Ramsey Laurent noch nie gesehen habe: Er ist seit vier Monaten in Tokio und arbeitet dort an irgendeinem Projekt. Liam tut mir wirklich leid. Seine Mutter kommt nie mit hinein, wenn sie Liam bringt. Nie. Sie setzt ihn einfach nur vor dem Haus ab. Es ist, als könnte sie den Anblick von Vater Laurent nicht ertragen. Heute habe ich ihn darauf angesprochen. Ich weiß ja, es geht mich nichts an, aber es ärgert mich, dass Vater Laurent so behandelt wird. „Glaubt sie, dass Sie sie hassen? Sie kann Sie nicht besonders gut kennen, wenn sie das denkt", habe ich gesagt. Woraufhin Vater Laurent meinte: „Nein. Sie weiß ganz genau, wie viel mir immer noch an ihr als Kind Gottes liegt, und genau das kann sie nicht ertragen."

Stell Dir das mal vor!

Heute habe ich mir die erste Hälfte von „Anatevka" angeschaut. Das musste irgendwie mal sein. Ich habe bis zur Hochzeitsszene vorgespult. Weißt Du, das Kleid ist so lala und Zeitel ist keine Schönheitskönigin, aber ich liebe diesen Teil des Films – bis zu der Stelle, wo dann die Russen kommen und alles kaputt machen. Ich liebe es einfach, wie Mottel und Zeitel sich so ganz und gar lieben. Ihre Liebe scheint so einfach, aber auch so tief. Beides. Einfach und tief. Ich kann mir nicht vorstellen, dass Mottel zehn Tage vor der Hochzeit zu Zeitel gesagt hätte: „Zeitel, ich habe ernsthaft nachgedacht, und ich glaube einfach nicht, dass ich mit dir verheiratet sein möchte. Es tut mir wirklich leid. Ich wünschte, ich würde anders empfinden, aber das tue ich nicht."

Nie im Leben.

P.S. Ich habe Darlene Talcott einen Scheck über weitere 200 Dollar für das Brautkleid ihrer Schwester geschickt.

Liebe Rose,

wenn Du Max lieben würdest – und es ist ja für alle, einschließlich Gott, offensichtlich, dass Du das nicht tust –, dann würden Dir nicht immer so viele negative Dinge an ihm auffallen. Wenn Du Dich fragst, ob Du Max eines Tages doch noch lieben wirst, dann würde ich vorschlagen, einfach Augen, Ohren und Dein Herz offen zu halten. Falls es so sein sollte, wirst Du es wissen, wenn Du Max liebst.

Und vielleicht darf ich Dich ja auch daran erinnern, dass Du viel zu viel Hochachtung vor Vater Laurent hast, um Deine Nase in seine Angelegenheiten zu stecken. Seine Beziehung zu seiner ehemaligen Schwiegertochter geht Dich nun wirklich nichts an, genau wie Du sagst. Und außerdem urteilst Du über eine Frau, die Du gar nicht persönlich kennst.

Ja, Mottel und Zeitel sind durch diese Liebe zueinander verbunden, die wir auch in Märchen finden. Aber vergiss nicht, meine eigenwillige Freundin, dass diese Liebe für sie nicht einfach war. Sie wurden dadurch auch geprüft.

Ich wollte Dir schon gratulieren, dass Du der Frau doch noch den Scheck geschickt hast, aber das wäre so, als würde man einen Lügner dafür belohnen, dass er doch noch mit der Wahrheit herausrückt.

So viel sei jedoch gesagt: Es ist immer eine gute Idee, das Richtige zu tun.

Harriet

Neun

Ich hatte eine Offenbarung, und zwar heute Morgen, als ich im Büro des „Ein Traum in Weiß" an einem Espresso nippte, möglichst weit entfernt von allem, das weiß ist. Meine Mutter war gerade einem jungen Mädel dabei behilflich, unsere Kleider in Größe 34 durchzuschauen, und von meinem Platz hinter dem Computerbildschirm aus konnte ich die beiden zwar nicht sehen, aber hören. Die Kundin hatte meiner Mutter gerade erzählt, wie sie und ihr Verlobter sich kennengelernt hatten, als meine Mutter nachhakte: „Und wie hat er Ihnen den Antrag gemacht?"

Und das war der Augenblick, in dem ich es erkannte.

Das war der Moment, in dem mir klar wurde, dass ich die ganze Zeit wusste, dass mein „Und-sie-lebten-glücklich-bis-an-ihr-Lebensende"-Plan eine ganz gewaltige Schwachstelle hatte. Und die hatte er schon von Anfang an.

Daniel hat mir nie einen Heiratsantrag gemacht.

Den Antrag habe ich *ihm* gemacht.

In all meinen Mädchenträumen und -fantasien hatte ich mir nie ausgemalt, dass mein Leben als zufriedene Ehefrau damit beginnen würde, dass *ich* es sein würde, die die Frage aller Fragen stellt. In meiner Vorstellung war immer er es, der den Antrag machte.

An dieser Stelle würde Harriet sagen: *Jetzt reiß dich mal*

zusammen, Rose. Du hast schließlich nicht zu Daniel gesagt: „Willst du mich heiraten?" Das ist die entscheidende Frage und die hast du nicht gestellt.

Und da hätte sie recht. Das habe ich tatsächlich nicht gesagt.

Ich habe gesagt: „Lass uns doch heiraten!"

Und darauf Daniel: „Meinst du?"

Bevor ich jetzt als komplette Idiotin dastehe, möchte ich noch erklären, dass wir dabei zusammengekuschelt in einer Hängematte auf seiner Terrasse lagen, um uns herum der letzte goldene Schimmer eines prachtvollen Septembersonnenuntergangs. Er hatte mir gerade gesagt, dass ich für ihn die einzige Frau auf der Welt sei. Und es war nicht das erste Mal, dass er das gesagt hatte. Und es war auch irgendwie so süß, wie er es gesagt hatte. Ich kann es nicht beschreiben.

Und darauf meinte ich dann: „Ja! Lass uns heiraten!"

Und er: „Na, gut."

Ich hatte mir bis zu diesem Augenblick nie eingestanden, dass es meine Idee gewesen war zu heiraten. Als wir unsere Verlobung bekannt gaben – die Ringe haben wir, nebenbei bemerkt, sofort am nächsten Tag gekauft –, teilte ich allen, die nachfragten, mit, dass Daniel und ich beide beschlossen hätten, den Rest unseres Lebens miteinander zu verbringen. So als hätten wir beide genau im selben Augenblick die Idee gehabt. Und dann hielt ich ihnen den Ring vor die Nase, um es zu beweisen.

Ich hatte total vergessen, dass er vor dem „Na, gut" gefragt hatte: „Meinst du?"

Bis heute hatte ich es vergessen.

Ich hatte mich nur an das erinnert, woran ich mich erinnern wollte. Das Prickeln, als wir einander in den Armen hielten. Der holzige Geruch des Feuers im Garten des Nachbarn, der zusammengeharktes Laub verbrannte. Die wunderschönen Dinge, die er mir gerade gesagt hatte. Wie es sich anfühlte, von Daniel umarmt zu werden, und wie wir darüber lachten, dass doch sein Golden Retriever Elmo Daniels Trauzeuge sein könnte.

Im Laufe der darauffolgenden Monate vor dem angesetzten Hochzeitstermin hätte ich eigentlich merken müssen, dass ich im Grunde die gesamte Organisation des Events allein durchzog. Und dass genau das auch der Grund war, wieso Daniel sich nicht darüber aufregte, dass ich jedes auch noch so kleine Detail plante und nicht auf seiner Unterstützung bestand. Der Grund war nicht der, dass er ein so gefügiger, freundlicher Kerl war, sondern dass er von Anfang an gar nicht richtig bei der Sache war und alles eher halbherzig mitmachte.

Aber ich habe es wirklich nicht kommen sehen. Meine Mutter sagte, es hätte sie umgehauen. L'Raine sagte – nachdem sie aufgehört hatte zu schluchzen –, sie hätte niemals gedacht, dass Daniel ein Mann sei, der sein Wort bricht. Shelby sagte, sie hätte es auch nicht kommen sehen, aber manchmal glaube ich, dass das nicht so ganz der Wahrheit entspricht. Ich glaube, sie hat schon etwas gemerkt. Aber ich hatte einfach zu viel Angst, um nachzufragen.

Ich frage mich, wie die Reaktion von meiner Mutter und L'Raine wohl ausgefallen wäre, wenn sie gewusst hätten, wie das Gespräch in der Hängematte tatsächlich verlaufen war. Ich frage mich, ob sie dann auch noch gedacht hätten, dass die Nachricht, dass man Leben auf dem Mars entdeckt hatte, sie weniger überrascht hätte als die Tatsache, dass Daniel unsere Hochzeit abgeblasen hatte.

Meinst du?

Ich bin wirklich eine komplette Idiotin.

Shelby reicht mir einen kleinen Plastikbecher mit italienischem Eis und ein winziges gelbes, paddelförmiges Löffelchen.

„Es ist Kokoseis.“ Sie trägt ein verwaschenes T-Shirt und abgeschnittene Jeans, die ihre besten Tage schon lange hinter sich haben. Ihr Haar ist mit einem blauen Tuch zurückgebunden, völlig willkürlich, sodass ihr kurzer Pferdeschwanz wie ein kleiner Pinsel aussieht. Für Shelby ist der Juni wie ein einziger langer Samstag. Der Juli und der August ebenfalls. Sie unterrichtet Naturwissenschaften in der Mittelstufe in der kleinen Stadt Elden Prairie und hat daher gerade Ferien. Wir sitzen in Liegestühlen auf dem Dach meines Gebäudes in einem Meer von Kies.

Das Eis schmilzt weich und kremig wie essbare Seide auf der Zunge. „Wieso kann eigentlich nicht jedes Eis so sein wie dieses italienische?“, murmele ich.

Shelby lässt den Löffel in ihren Mund gleiten. „Weil es zwanzig Dollar pro Kilo kosten würde und wir alle ziemlich schnell pleite wären.“

„Wahrscheinlich.“

„Außerdem wäre es ja nichts Besonderes mehr, wenn man es dauernd essen könnte.“

Ich kneife die Augen zusammen, weil die Nachmittagssonne mich blendet. „Hast du etwa in letzter Zeit mit meiner Mutter zu tun gehabt?“

Shelby grinst. „Man kann nicht jeden Tag etwas *Besonderes* haben. Was es auch ist, es wird dann schnell normal und verliert seinen Reiz.“

Ich schließe die Augen und schlucke einen weiteren himmlischen Löffel voll hinunter. „Wer sagt denn, dass etwas ganz Gewöhnliches nicht so reizvoll ist und wertgeschätzt wird wie etwas Besonderes?“

„Das braucht auch niemand zu sagen. So sind wir Menschen nun mal. Lass mich mal deins probieren.“

Ich halte ihr meinen Becher hin. Shelby versenkt ihr Löffelchen darin und holt sich einen Klecks Eis heraus.

„Mmm. Das ist lecker.“ Shelbys Worte klingen durch das Kokoseis gedämpft.

„Möchtest du meins auch mal probieren? Es ist Apfelsine und Cappuccino."

„Nein, danke."

Ich spüre, dass Shelby mich mustert. Sie kennt mich wahrscheinlich besser als jeder andere Mensch. Sie ist seit der neunten Klasse meine beste Freundin und hat seither jeden denkwürdigen Augenblick meines Lebens miterlebt. Shelby gehört zu den wenigen Menschen, die von Harriet wissen, und sie hat es mir nie angekreidet, dass ich Harriet habe. Manchmal, wenn Shelby einen Rat von mir braucht, sagt sie sogar: „Frag Harriet doch mal das und das, und sag ihr, dass sie ein bisschen zackig machen soll. Ich brauche schnell eine Antwort." Shelby ist außerdem eine meiner wenigen Freundinnen, die wie ich Single ist. Alle anderen heiraten und kriegen Babys.

„Und? War deine Woche okay so weit?" Ihre Stimme klingt locker, doch ich spüre, dass Sorge in ihrer Stimme mitschwingt.

Ich kratze den letzten Rest Eis aus meinem Becher. „Auf welcher Skala?" Shelby kann ich nichts vormachen und deshalb versuche ich es auch gar nicht erst.

„Na ja, sagen wir eins ist ‚Hab's einigermaßen gepackt, vielen Dank', und zehn ‚Mein Leben ist das totale Chaos'."

„Dann war's höchstens eine Vier."

Shelby lehnt sich auf ihrem Liegestuhl zurück und kratzt die Reste ihres Eises aus dem Becher. „Na ja, das ist ja nicht so schlecht. Wenn du ‚acht' oder ‚neun' gesagt hättest, hätte ich gesagt, dass ich da diesen tollen Typen kenne ..."

„Bloß nicht!" Ich lasse das letzte Eis genüsslich in meinem Mund schmelzen und versuche, dabei zu lachen. „Keine Blind Dates mehr."

„Aber das, was ich im Kopf hatte, ist gar nicht blind, sondern stumm."

Wir prusten beide los und können gar nicht mehr aufhören zu kichern. Shelby ist nicht diejenige, die Blind Dates für mich organisiert, sondern das machen meine Mutter und L'Raine, und die tun sich auf diesem Gebiet besonders hervor.

Wir schweigen jetzt beide, aber es ist ein angenehmes, entspanntes Schweigen. Und dann, bevor ich eigentlich weiß, ob ich die Antwort wirklich hören will, platze ich mit der Frage heraus, die mich jetzt schon seit fast einem Jahr beschäftigt: „Shelby, war es für dich eigentlich wirklich ein Schock, dass Daniel mit der Hochzeit einen Rückzieher gemacht hat? Ich meine, warst du genau so überrascht wie ich?"

Shelby dreht sich zu mir herum, sodass sie mich ansehen kann. „Wie kommst du denn jetzt darauf?"

Ich zucke mit den Achseln. „Ich möchte es einfach wissen. Ich wollte es schon immer wissen."

Sie blickt zur Seite. „Was ändert das denn jetzt noch?"

„Gar nichts. Aber ich möchte es einfach wissen."

Shelby zieht einen langen Faden aus ihren ausgefransten Shorts und sagt: „Also, *völlig* überrascht hat es mich nicht. Ich hatte nie das Gefühl, dass er dich wirklich verdient hat."

Mir bleibt der Mund offen stehen und ich werde rot.

„Aber warum hast du das denn dann nie gesagt?", stoße ich schließlich hervor.

„Weil du so sehr in ihn verliebt warst. Meine Aufgabe war es, mit dir und für dich absolut begeistert zu sein. Und außerdem habe ich gedacht, dass ich vielleicht einfach nur eifersüchtig bin. Und irgendwie war ich das auch ein bisschen, weißt du? Ich wusste nicht so recht, ob das, was ich da empfand, Neid oder Sorge war."

Bei diesen neuen Informationen fahren meine Gedanken und Gefühle Achterbahn. „Warst du dann also auch irgendwie erleichtert, als er alles abgeblasen hat?"

„Natürlich nicht!" Shelby dreht sich wieder zu mir um. „Schließlich hast *du* ihn geliebt."

„Aber du warst nicht überrascht.

„Du hast gesagt ‚völlig‘ und *völlig* überrascht war ich nicht.“

„Ich komme mir so blöd vor.“ Meine Wangen glühen immer noch vor Scham.

„Musst du nicht. Du warst nicht blöd. Du warst verletzlich, offen und hast ihm ganz und gar vertraut. Er hatte dich nicht verdient.“

Wieder schweigen wir beide, aber jetzt ist das Schweigen nicht mehr entspannt und angenehm. Wir blicken beide in die Ferne.

„Ich hätte Anfang der Woche die Gelegenheit gehabt, mein Brautkleid zu verkaufen“, verkünde ich ein paar Minuten später.

Sie wendet sich mir erneut zu, sieht mich an und erkundigt sich: „Und du hast es nicht fertiggebracht?“

„Ich war so nah dran.“ Ich hebe Daumen und Zeigefinger der rechten Hand und zeige einen Abstand von vielleicht zwei Zentimetern.“

„Lügnerin.“

„Na ja, so nah jedenfalls.“ Ich vergrößere den Abstand zwischen den Fingern auf vielleicht zehn Zentimeter.

Shelby starrt mich an und zieht eine Augenbraue hoch.

Es gibt niemanden, der mich so gut kennt wie Shelby.

„Na gut, *so* nah.“ Ich breite die Arme aus, so weit ich kann.

„Warum behältst du es dann nicht einfach, Rose? Es ist ein tolles Kleid. Einmalig. Du kannst es doch immer noch tragen, wenn du den Kerl heiratest, der dich wirklich verdient hat.“

Ich starre in die Ferne zum holprigen Horizont flacher und schräger Dächer. „Es gibt Augenblicke, da schaue ich das Kleid an und denke immer noch, dass es das schönste Kleid der Welt ist. Aber alle übrigen Augenblicke erinnere ich mich einfach nur daran, dass ich unheimlich am Boden zerstört war, als Daniel mir gesagt hat, dass er mich doch nicht heiraten will. Es ist, als würde ich ein Autowrack anschauen, das von Leichen umgeben ist. Und alles ist übersät mit Glasscherben und kaputtem Spielzeug und Bremsspuren und ..."

Shelby hebt ihre eine Hand. „Okay, okay!"

Wir grinsen beide.

„Was hat Harriet dir denn geraten?" In Shelbys Stimme schwingt auch nicht eine Spur Spott mit.

Ganz tief in meinem Inneren weiß ich genau, dass ich mit der Wendung, die mein Leben genommen hat, erst werde leben können, wenn ich dieses Kleid loslassen kann. Wie sollte es auch anders sein? Seien wir doch ehrlich: Wer wäre denn wohl damit einverstanden, den ganzen Tag ein Autowrack vor der Nase zu haben, und zwar jeden Tag? Ein Mensch, der festhält, obwohl er loslassen sollte, der verhält sich so. Ich weiß also, was ich zu tun habe.

„Harriet sagt, dass ich mich davon trennen soll." In meiner Stimme schwingt zwar nicht viel Enthusiasmus mit, aber wenigstens bin ich ehrlich.

„Sagt sie das?"

Ich nicke.

„Es ist so ein cooles Kleid", murmelt Shelby.

Wieder nicke ich.

Shelby gestikuliert mit der Hand in der Luft herum und runzelt die Stirn. „Was weiß denn schon Harriet?"

Ich drehe mich zu ihr um und sage: „Harriet weiß alles."

Zehn

Liebe Harriet,

jetzt kannst Du auch noch Shelby mit auf die Liste der Leute setzen, für die es nicht völlig überraschend kam, dass Daniel mich vor dem Altar hat stehen lassen. Und frag jetzt bitte nicht: „Welche Liste?“ Ich weiß, dass es eine Liste gibt. Shelby steht jedenfalls drauf. Wahrscheinlich stehen eine ganze Menge Leute drauf.

Ich fange an zu glauben, dass ganz weit unten auf der Liste sogar ich selbst stehe.

Shelby sagt, dass ich das Kleid einfach behalten soll. Sie sagt, dass ich eines Tages das Kleid anschauen und nicht mehr an Daniel denken werde. Vielleicht stimmt das, aber ich werde dabei immer an mich denken und daran, was ich beim Anblick des Kleides empfunden habe, als ich Daniels Verlobte war. Und dann, als ich es plötzlich nicht mehr war.

Ich kann mir nicht vorstellen, dass ich das Kleid eines Tages anschauen und nichts mehr dabei empfinden werde. Wenn es so weit käme, wäre ich in der Tat ein kalter Mensch, der gar nicht fähig ist, etwas zu empfinden.

Ich liebe dieses Kleid. Ich möchte gern hoffen, dass Shelby recht hat.

Sie hat mich gefragt, was Harriet wohl dazu sagen würde, und ich habe ihr gesagt, Du würdest sagen, dass das Kleid weg muss. Da habe ich doch recht, oder?

Shelby hatte heute Abend ein Date mit dem Sportlehrer aus ihrer Schule. Er heißt Eric. Sie hat es zwar nicht als Date bezeichnet, aber genau das ist es. Sie hat so getan, als wäre es eine ganz lockere Sache – Essen und vielleicht danach noch Kino. Aber ich habe gemerkt, dass sie diesen Typen mag. Ihre Nervosität, als sie von ihm erzählte, hat sie verraten. Außerdem habe ich gemerkt, dass sie mich davor bewahren wollte, traurig zu sein, weil sie heute Abend ein Date mit einem Mann hat, der ihr Schmetterlinge im Bauch verursacht, und ich nicht. Also habe ich einfach so getan, als würde ich glauben, dass es eine ganz lockere Sache wäre.

Wahrscheinlich weiß sie, dass ich nur so getan habe, aber dadurch ist es ihr leichter gefallen, wieder vom Dach meines Hauses zu steigen und zu ihrem Kein-Date nach Hause zu gehen.

Ich habe mir heute „Die Braut des Prinzen" angeschaut, definitiv eine wunderschöne Art und Weise, einen Freitagabend allein in der Wohnung zu verbringen. Ich habe Maria Andrea eingeladen, mit zu schauen, aber sie wollte den Abend mit einer ihrer Cousinen verbringen. Max und Liam kamen dann allerdings noch vorbei und haben die erste Hälfte mit angeschaut, aber dann haben sie sich in Max' Wohnung zurückgezogen, wo Max Liam wahrscheinlich beigebracht hat, wie man einen Penny aus dem Bauchnabel hervorzaubern kann.

Prinzessin Buttercups Hochzeitskleid ist edel und wird von der Kamera viel zu wenig gezeigt. Wäre ich nicht so verliebt in das Kleid, das ich nicht verkaufen kann, dann hätte ich gern ein Kleid (und eine große Liebe) wie sie.

Liebe Rose,

natürlich gibt es eine Liste. Aber was macht es schon für einen Unterschied, ob dein Name darauf steht oder nicht? Du kommst Dir wie ein Depp vor, weil Du keine Ahnung hattest, dass Daniel eigentlich noch nicht bereit war zu heiraten. Aber wer ist wohl der größere Depp? Diejenige, die nicht sehen kann, dass ihr Verlobter sie abservieren wird, oder diejenige, die es merkt, aber trotzdem die Hochzeit weiterplant?

Du machst Dir viel zu viele Gedanken darüber, was Du nach Meinung anderer Leute mit dem Kleid anfangen sollst. Es ist Dein Kleid. Und Du musst leben, und zwar mit dem Kleid oder ohne es. Tatsache ist, dass Dein Leben weitergehen wird, wenn du das Kleid behältst. Und Dein Leben wird auch ohne es weitergehen. Es ist nicht die Luft, die Du zum Atmen brauchst, sondern acht Meter teurer Organza. Was auch immer Du im Augenblick in Bezug auf Daniel und die Hochzeit empfindest, wahrscheinlich würdest Du dasselbe empfinden, wenn das Kleid schon längst weg wäre. Es ist nicht das Kleid, über das Du hinwegkommen musst, sondern der Mann.

Harriet

P.S. Wenn Du Dich bitte daran erinnern würdest, Prinzessin Buttercup hat NICHT in dem Kleid geheiratet, das Du für so edel hältst. Sie hat nie gesagt: „Ja, ich will."

Elf

Die erste Hochzeit, an die ich mich erinnern kann, war die meines Bruders Kellen.

Ich war damals fünf und er dreiundzwanzig.

Ich war das Blumenmädchen.

Ich trug ein Kleid, das dem von Laura, der Braut, sehr ähnlich war. Es war ein langes, weißes Satinkleid. In der Hand hatte ich eine Miniaturausgabe von Lauras Brautstrauß – zu einer Kugel gebundene Maiglöckchen –, der an einem kleinen Körbchen mit Rosenblütenblättern befestigt war. Ich kann mich nicht mehr an viele Einzelheiten dieses Tages erinnern. Für mich hat Laura, Kellens Frau, meine Schwägerin, *immer* zur Familie gehört. Ich erinnere mich noch daran, wie sich der glatte Stoff meines langen, perlmuttfarbenen Rockes anfühlte, die drückende Enge der kleinen Kirche, in der die Trauung stattfand, und daran, wie ich Kellen zum ersten Mal weinen sah.

Er weinte nicht so herzzerreißend wie L'Raine, die in der dritten Reihe saß, sondern hatte nur so einen glänzenden, tränenverschleierten Blick, der mich ganz kurz zu der Frage veranlasste, ob ihn vielleicht irgendjemand dazu zwang, Laura zu heiraten. Aber meine Sorge war dann natürlich nur von kurzer Dauer – sie hielt genau so lange an, bis Laura ihm auf dem Mittelgang der Kirche entgegenschritt. Der schmerzerfüllte Blick wich einem Lächeln, durch das von seinen wunderschönen asiatischen Augen nur noch schmale Schlitze zu sehen waren.

Zu erfahren, dass man vor Glück weinen kann, war eine Riesenüberraschung für mich. Wenn man fünf ist, kommt einem das unmöglich vor.

Es war schon seltsam, einen Bruder zu haben, der mich nie an den Haaren gezogen, mein Spielzeug kaputt gemacht oder mich beschimpft hatte. Kellen ist erwachsen gewesen, seit ich denken kann. Meine frühesten Erinnerungen an ihn sind immer eher Onkel-ähnlich.

Die Brüder meiner Freundinnen, einschließlich des Bruders von Shelby, waren eine echte Plage – jedenfalls eine ganze Zeitlang. Ich erinnere mich, dass ich von Mädchen aus der sechsten Klasse einmal gefragt wurde: „Hast du Brüder?“, und ihre Gesichter sich dabei angeekelt verzogen.

„Nur einen“, antwortete ich dann. „Er heißt Kellen. Er ist dreißig und schon verheiratet.“

Und an dieser Stelle war das Gespräch dann in aller Regel auch schon beendet. Weil ich ihnen im Wesentlichen damit nichts anderes gesagt hatte, als dass ich keine Ahnung hatte, wie es war, einen Bruder zu haben.

Einmal habe ich versucht, dagegen zu argumentieren, und zwar mit meiner Partnerin bei einem Geschichtsprojekt in der sechsten Klasse. Sie hieß Annie und hatte vier Brüder – zwei ältere und zwei jüngere, über die sie sagte: „Sie zerstören mein ganzes Leben.“ Ich erwähnte, dass ich einen achtzehn Jahre älteren Bruder hätte, der mit seiner Frau und seiner Tochter in White Bear Lake wohne.

„Dann ist er ja so alt, dass er dein *Vater* sein könnte“, rief Annie aus, halb schockiert, halb erheitert.

„Das ist ekelhaft!“, hatte ich gesagt. Was soll man als Elfjährige zu so einer Bemerkung auch sonst sagen?

„Du hast also noch nie mit ihm zusammengewohnt?“

„Nein.“

„Du musstest noch nie mit ihm dasselbe Bad benutzen?"

„Nein."

„Oder sonst etwas?"

„Nein, eigentlich nicht."

„Du musstest noch nie einer Ladung Spucke ausweichen oder wurdest gekitzelt, bis du dir in die Hose gepinkelt hast, und bist noch nie im Keller eingesperrt worden? Und dir wurden auch noch nie all deine Ostersüßigkeiten geklaut?"

Nein, nein, nein und nein.

Annie hatte nur ganz kurz innegehalten und mir gesagt, dann hätte ich absolut keine Ahnung von Jungen.

Ich hatte ihr natürlich widersprochen.

Annie, wo immer du auch gerade sein magst, du hast die ganze Zeit recht gehabt.

Hiermit entschuldige ich mich.

Liam wartet auf seine Mutter, die Huperin – ohne respektlos klingen zu wollen; sie hupt bloß immer direkt vor dem Laden, wenn sie ihn abholen kommt. Er schaut das Foto von Kellen und Laura und ihrer Tochter Mia an, das auf meinem Schreibtisch steht. Wir sind im Büro des „Ein Traum in Weiß", einem kleinen Raum, in dem zu Zeiten des „Finnland"-Hotels die Hotelpagen ihre Straßenkleidung gegen die Uniformen tauschten. Vater Laurent steht in der offenen Eingangstür und raucht eine Pfeife.

„Der sieht aber nicht wie dein Bruder aus." Aus Liams Tonfall geht hervor, dass er meint, ich will ihn auf den Arm nehmen.

„Na ja, er ist ja auch Koreaner. Meine Eltern haben ihn adoptiert, als er zwei war."

Liam sieht sich das Foto jetzt noch einmal genauer an. „Und das ist deine Cousine?" Er zeigt auf meine Nichte

Mia. Sie ist einundzwanzig. Ich bin neunundzwanzig. Ein verständlicher Irrtum.

„Na ja, eigentlich bin ich ihre Tante."

„Ja, klar."

Er gibt mir das Foto zurück und ich stelle es wieder auf meinen Schreibtisch.

„Irgendwie ist er zu alt, um dein Bruder zu sein." Liam sieht mich immer noch zweifelnd an.

„Ich wurde geboren, als er in der Abschlussklasse der Highschool war."

„Das ist echt komisch."

„Na ja, ich nehme an, dass Gott manchmal gern Menschen überrascht. Meine Eltern haben damals gedacht, dass sie gar keine eigenen Kinder bekommen könnten."

„Ich wünschte, ich hätte einen Bruder." Liam blickt zu Boden. Vater Laurent hat mir erzählt, dass er nur diesen einen Enkel hat. Ich weiß nicht, wieso Liams Eltern nur ihn haben. Sie sind erst seit einem Jahr geschieden, glaube ich. Vielleicht konnten sie nach Liam keine Kinder mehr bekommen.

„Vielleicht bekommst du ja irgendwann noch einen."

Von der Straße vor dem Ladeneingang ertönt ein Hupen, und Vater Laurent, der nur ein paar Meter von uns entfernt steht, blickt auf. Liam dagegen nicht, was vielleicht bedeutet, dass er noch nicht gehen will.

Der fiese Teil meines Ichs möchte weiter mit ihm reden, damit Frau Ex-Laurent hereinkommen und ihn holen muss. Der Teil von mir mit dem kleinen Heiligenschein merkt aber an, dass es vor dem Haus vielleicht gerade keinen freien Parkplatz gibt.

„Und wann kommen sie?" Liam meint meinen Bruder und seine Familie, aber er schaut jetzt zur Ladenfront und auf die Straße davor.

„Sie kommen heute Abend, wenn Kellen Feierabend hat. Wahrscheinlich gehen wir chinesisch essen."

Liam dreht sich zu mir um. „Aber du hast doch gesagt, dass dein Bruder Koreaner ist."

„Ja, das ist er auch, aber er liebt chinesisches Essen – genau wie ich."

Hup, hup.

Vater Laurent dreht sich zu uns um und lächelt Liam zärtlich an.

„Ich schätze, das ist sie", seufzt Liam.

„Ja, das glaube ich auch."

Liam bückt sich ganz langsam, um seinen Rucksack aufzuheben.

„Nächste Woche kommt doch dein Vater zurück, oder?", erkundige ich mich und Liam nickt. Er setzt sich in Richtung Ladeneingang in Bewegung, und ich folge ihm. „Wo wohnt denn dein Vater eigentlich?"

„In Duluth. Meistens wenigstens. Er ist viel unterwegs." Liam schlurft so langsam zum Ausgang, dass er fast stehen bleibt.

„Bist nicht wild darauf, nach Hause zu kommen, was?", wage ich mich vor.

Liam verdreht die Augen. „Vor allem nicht besonders wild auf Allegras Geschrei."

Ich stelle mir einen kleinen kläffenden Chihuahua oder Zwergpudel vor. Der Typ Hund, den seine hupende Mutter in ihrer Handtasche unterbringen kann. Der Typ Hund, den Frauen wie sie *wirklich* in ihren Handtaschen mit sich herumtragen. Ihre Hunde sind für sie nur Accessoires.

„Kleine Hunde sind auch wirklich nervig", sage ich.

Liam bleibt stehen, dreht sich um und sieht mich mit einem seltsamen Blick an. „Allegra ist kein Hund. Sie ist das Baby von meiner Mutter. Von ihr und Vic."

Ups.

Er dreht sich wieder um und geht weiter und ich hinterher, bis wir am Eingang angekommen sind. Ich werfe einen verstohlenen Blick auf Vater Laurents Miene, um festzustellen, ob er meinen üblen Fauxpas mitbekommen hat, aber ich kann es nicht sagen.

Vater Laurent beugt sich ein wenig hinunter und umarmt seinen Enkel auf männliche Art und Weise mit einem Arm. „Bis nächste Woche dann, Liam. Vielleicht können du und dein Vater und ich ja mal zusammen zu einem Spiel der ‚Twins' gehen. Hättest du Lust?"

„Klar, Opa, tschüss dann." Dann dreht Liam sich noch einmal zu mir um. „Tschüss, Rose."

„Tschüss", erwidere ich mit leicht krächzender Stimme.

Er macht die Tür genau in dem Augenblick auf, als die Hupe erneut ertönt – drei Mal ertönt, um genau zu sein –, und zwar durchdringend.

Ich blicke Liam nach, der zu einem silbernen Kombi schlendert. Das Gesicht der Fahrerin kann ich nicht erkennen, nur die spiegelnden Gläser einer Sonnenbrille und blondes Haar. Liam steigt ein, winkt noch einmal und zieht dann die Autotür hinter sich zu.

Der Wagen saust los wie ein Pfeil aus einem straff gespannten Bogen.

„Also, *haben* Sie gehört, was ich gesagt habe?" Ich sehe Vater Laurent nicht an, aber ich weiß auch so, dass er lächelt.

„Ja."

Jetzt wende ich mich ihm zu und fange an, eine Entschuldigung zu stammeln. „Vater, Liam hat nie eine kleine Schwester erwähnt und Sie auch nicht, also hatte ich keine Ahnung, dass …"

Er hebt beschwichtigend eine Hand, um meinen Redefluss zu unterbrechen. „Machen Sie sich deshalb keine Gedanken, Rose."

„Ich wusste nicht, dass von einem Baby die Rede war."

„Das konnten Sie ja auch gar nicht wissen."

„Glauben Sie, dass er es ihr erzählt?"

„Nein."

„Ich bin gar nicht auf die Idee … also, ich meine, es ist … also ein Baby? So schnell nach der Scheidung?“

Vater Laurent dreht sich jetzt zu mir um und sieht mich an. Seine schönen Augen blicken so traurig. „Das Baby ist der Grund, weshalb Kirsten Ramsey verlassen hat. Sie hatte eine Affäre und ist schwanger geworden. Sie wusste, dass Ramsey nicht der Vater sein konnte, weil er seit acht Wochen in Sydney war.“

Plötzlich kommt es mir so vor, als würde die Luft im Laden knapp werden.

„Und Ramsey konnte ihr nicht vergeben?“, flüstere ich.

„Sie hat ihn gar nicht darum gebeten, ihr zu vergeben. Sie ist einfach bei Vic eingezogen und hat Liam mitgenommen. Kirsten hat die Scheidung eingereicht und Ramsey hat keinen Widerspruch eingelegt. Sie haben das gemeinsame Sorgerecht für Liam, aber der Kleine wohnt bei Kirsten und Vic. An den Wochenenden ist er bei Ramsey und auch jetzt den Rest der Sommerferien, wenn Ramsey aus Tokio zurück ist.“

„Und wie ist es passiert? Wieso hat Kirsten eine Affäre gehabt?“ Die Frage ist heraus, bevor ich mich zügeln kann. Das hätte ich eigentlich nicht fragen dürfen. Aber ich möchte wissen, wieso ihre Beziehung kaputt gegangen ist.

Vater Laurent antwortet mir trotzdem.

„Ich bin ganz sicher, dass Kirsten nicht vorgehabt hat, untreu zu sein. Es ist passiert, als Ramsey auf einer seiner Reisen war. Sie ist kurzzeitig nicht wachsam gewesen, und als es einmal passiert war, ist irgendwie alles außer Kontrolle geraten.“

„Das ist aber wirklich traurig.“ Mein Blick schweift hinaus auf die Straße. Liam ist längst weg, aber ich halte dennoch nach ihm Ausschau. „Armer Liam.“

„Ja, das ist traurig.“

„Und wie … wie wurde Ihr Sohn mit all dem fertig?“ Mitgefühl schnürt mir die Kehle zu.

Für Vater Laurent ist wahrscheinlich offensichtlich, warum ich all diese Dinge wissen möchte, die mich absolut nichts angehen. Er kennt meine Geschichte. Er weiß, dass sich in meinem Laden ein Brautkleid befindet, von dem ich mich allem Anschein nach nicht trennen kann.

„Es hat ihn fast zerbrochen. Aber er hat dennoch Gott nicht ebenfalls über Bord geworfen, und dafür bin ich sehr dankbar. Manchmal habe ich allerdings den Eindruck, dass er dafür die Menschen über Bord geworfen hat."

Okay. Das war's. Ich stelle jetzt keine weiteren Fragen mehr. Gott sei Dank ist L'Raine oben in ihrer Wohnung und hat das alles nicht mitbekommen.

Vater Laurent geht einen Schritt in Richtung des Ladenausgangs, der zu den Wohnungen führt, aber dann bleibt er noch einmal stehen und dreht sich zu mir um. Er legt seine Hand auf meine Schulter und seine Berührung fühlt sich wie ein Segen für meine Seele an.

„Es gibt Schlimmeres, als dass Ihr Bräutigam Ihre Hochzeit abgesagt hat, Rose."

Dann dreht er sich wieder um und geht.

Zwölf

Es ist kurz vor Ladenschluss, als Kellen, Laura und Mia vor dem „Ein Traum in Weiß“ eintreffen. Meine Mutter hilft gerade einer Kundin, unsere Auswahl wadenlanger Brautkleider durchzusehen, als die drei im Eingang auftauchen. L'Raine besucht eine Freundin im Krankenhaus, und ich bin hinten im Laden und schaue mir die Kleider an, die heute hereingekommen sind. Ein wunderschönes Kleid in A-Form mit einem Überzug aus venezianischer Spitze.

„Ah, da seid ihr ja!“, ruft meine Mutter triumphierend, als die drei den Laden betreten. „Meine Enkelin Mia kann uns helfen. Sie ist in Ihrem Alter, hat Ihre Größe und ist eine echte Fachfrau in Modefragen. Mia! Komm doch bitte mal her, mein Schatz.“

Meine bildhübsche Nichte lächelt und zögert kurz. Es ist ein Zeichen ihrer auch inneren Schönheit, dass sie jetzt nicht auf der Stelle zu meiner Mutter hinstürzt, um sofort unter Beweis zu stellen, dass sie wirklich eine Fachfrau in Modefragen ist. Mia studiert Innenarchitektur am *Illinois Institute of Art* in Chicago und verbringt gerade ihre Semesterferien zu Hause bei ihren Eltern. Sie ist wirklich ein Genie in allem, was mit Gestaltung zu tun hat. Sie ist für die Farbgestaltung im „Ein Traum in Weiß“, den Stoff für die Vorhänge, die Möbel und sogar die Beleuchtung verantwortlich.

Kellen stupst seine Tochter an. „Oma braucht Hilfe."

Die schöne Mia schlendert zu meiner Mutter hinüber, wird dort von dieser umarmt und dann schnell mit in die Diskussion einbezogen, welches Kleid am besten zu der Kundin passt. Kellen und Laura kommen derweil zu mir herüber. Ich lege das Kleid beiseite, mit dem ich gerade beschäftigt bin, und umarme zuerst meine Schwägerin und dann Kellen.

Mein Bruder ist inzwischen schon siebenundvierzig und bekommt an den Schläfen die ersten grauen Haare. Dadurch sieht er noch klüger, aber nicht älter aus, was bei fast allen Männern der Fall zu sein scheint, die graue Schläfen bekommen. Kellen ist Finanzberater und liebt Zahlen genauso leidenschaftlich wie ich italienisches Eis und er denkt in Gleichungen. Er ist der Grund, warum ich in meinen Mathe- und Buchhaltungskursen Einser bekommen habe.

Kellen hätte mich eigentlich bei meiner Hochzeit mit Daniel zum Altar führen sollen.

Ich glaube, bei ihm fiel es mir am schwersten, ihm mitzuteilen, dass die Hochzeit nicht stattfinden würde. Und ich glaube, das lag eben daran, dass er mich dem Bräutigam hätte übergeben sollen.

Er ist nicht viel größer als ich, aber seine Umarmung ist fest und bewusst. Er hat schon immer sehr offen seine Zuneigung gezeigt, aber seit Papa tot ist, hat er irgendwie die Rolle von Papa-Bär übernommen. Seine Umarmungen, seine Fürsorge für mich und auch sein Rat haben etwas sehr Väterliches.

Und warum auch nicht? Denn wie Annie aus der sechsten Klasse damals ja überaus deutlich zum Ausdruck gebracht hat, ist Kellen tatsächlich so alt, dass er mein Vater sein könnte.

„Und, wie geht es so?" Kellen tritt einen Schritt zurück, um mich anzusehen. Er sagt es zwar nicht, aber ich weiß, er denkt jetzt, dass wir vor ein paar Tagen meinen ersten

Hochzeitstag hätten feiern können, wenn nicht alles anders gekommen wäre.

„Mir geht es ganz gut, Kellen. Und wie steht's bei euch so?"

„Auch nicht schlecht."

„Es ist so schön, dass Mia den Sommer hier bei uns verbringt", klinkt sich Laura ein.

„Sie sieht wie immer bezaubernd aus." Ich schaue zu meiner Nichte hinüber. „Im Dezember macht sie ihren Abschluss, nicht wahr?"

„Ja. Sie überlegt, ob sie nach dem Examen ein Praktikum in Paris machen soll."

„Wow!" Ich vergesse oft, dass Mia und ich etwa im gleichen Alter sind, nun, zumindest bin ich noch in den Zwanzigern – jedenfalls ein paar Wochen lang –, und auch mir steht die ganze Welt offen. „Das ist ja toll."

„Das versuche ich mir auch einzureden", versichert Laura und lächelt mich dabei ein bisschen wehmütig an, was mich daran erinnert, dass ich ja eigentlich wie eine vernarrte Tante reagieren sollte und nicht wie eine Gleichaltrige.

Ich entschuldige mich und sage, dass ich die Ladentür abschließen muss, aber als ich zur Tür unterwegs bin, ruft meine Mutter vom anderen Ende des Ladens: „Warte noch ein bisschen mit dem Abschließen, Rose."

Ich schaue zu ihr hinüber, aber sie hat mir bereits den Rücken zugewandt und ist wieder ins Gespräch mit der Kundin und mit Mia vertieft. Ich werfe einen Blick auf meine Uhr. Zwei Minuten nach sechs.

Eigentlich schließen wir den Laden um sechs.

Meine Mutter dreht sich wieder um. „Rose, könntest du kurz Valerie helfen und ihr die Sache mit den blauen Herzen erklären? Sie hat sich für dieses Kleid hier entschieden."

Meine Mutter lässt die Kundin stehen, bevor ich Gelegenheit habe zu reagieren. Eigentlich ist meine Mutter absolut selbst in der Lage, die Sache mit dem kleinen blauen

Herz zu erklären. Sie ist sogar eine viel bessere Geschichtenerzählerin als ich. Aber sie ist schon losgesaust, um Laura und Kellen zu begrüßen, und Valerie steht da und sieht mich erwartungsvoll an.

Ich gehe zu ihr hinüber und versichere ihr, was für ein bezauberndes Kleid sie sich ausgesucht hat. Ich habe die Geschichte mit dem gesegneten kleinen blauen Herz, das im Rückenteil des Kleides, direkt oberhalb des Kreuzes, eingenäht wird, gerade halb erzählt, als die Ladentür noch einmal aufgeht und ein Mann hereinkommt. Meine Mutter geht zu ihm hinüber und strahlt übers ganze Gesicht.

Warum hat sie mir nicht gesagt, dass sie noch jemanden erwartet?

Aus den Augenwinkeln sehe ich, wie sie den Mann zu Laura und Kellen geleitet, um ihn ihnen vorzustellen. In Ordnung, dann ist er also kein Kunde oder Valeries zukünftiger Ehemann oder ein Mann, der ein gebrauchtes Brautkleid verkaufen möchte.

Ich verpacke noch Valeries wunderschönes Brautkleid, nachdem ich alles mit ihr geklärt habe, und hänge es in einen Kleidersack. Dann begleite ich sie zur Tür, bedanke mich für ihren Einkauf im „Ein Traum in Weiß“ und schließe die Tür hinter ihr ab. Mia ist inzwischen zu ihren Eltern und dem mir unbekannten Mann zurückgegangen. Ich gehe ebenfalls zu ihnen hinüber.

„Und das hier ist meine Tochter Rose.“ Meine Mutter zieht mich am Arm zu sich, als ich näher komme. „Rose, das hier ist Marshall Mitchell.“

Das ist alles. Keinerlei Erklärung. Nur, dass hier ein Mann mit austauschbarem Vor- und Nachnamen ist.

„Freut mich.“ Ich reiche ihm die Hand.

„Hallo.“ Marshall Mitchell drückt meine Hand. Er ist mittelgroß, ein bisschen rundlich um die Taille, hat klare, wasserblaue Augen und einen Kinnbart. Er trägt Anzug und Krawatte.

„Marshall interessiert sich für Investitionsmöglichkeiten auf dem Aktienmarkt, und ich wusste ja, dass Kellen genau der Richtige ist, um ihm da weiterzuhelfen." Mama klingt ernsthaft, aber ich verstehe wirklich nicht, weshalb um alles in der Welt sie diese kleine Nachhilfestunde in Finanzangelegenheiten ausgerechnet auf denselben Termin gelegt hat wie unser kleines Familienessen.

Kellen fängt meinen Blick auf und ein winziges Grinsen umspielt seinen Mund. Er spielt ungezwungen mit seinem Ehering herum und lässt seinen Blick dann zu Mitchell Marshall schweifen. Äh, „Marshall Mitchell" meine ich natürlich.

Ich folge seinem Blick zu Marshalls linker Hand.

Kein Ehering.

Marshall Mitchell ist Single.

Ich könnte meine Mutter erwürgen.

Ich schaue wieder zu meinem Bruder. An seiner Miene erkenne ich, dass er sich das Lachen nur mit Mühe verkneifen kann.

Meine Mutter erzählt uns, dass sie Marshall in der vergangenen Woche auf dem Golfplatz kennengelernt hat und dass sie miteinander ins Gespräch gekommen sind. Aber ich bekomme nur die Hälfte davon mit. Ich starre zu Kellen hinüber und flehe ihn mit Blicken an, mich bitte, bitte irgendwie aus dieser Nummer herauszubekommen.

Er versteht, was ich will.

„Aber klar, Marshall. Darüber können wir gern mal reden. Kommen Sie manchmal nach White Bear Lake?"

Marshall will gerade antworten, aber meine liebste Kupplerin Jente mischt sich ein und sagt: „Wo Sie jetzt schon mal hier sind, Marshall, wieso kommen Sie nicht einfach mit zum Essen? Wir gehen ins ‚Ping's'. Sind Sie schon mal dort gewesen? Es ist wirklich hervorragend."

„Aber ich möchte wirklich nicht Ihre gemeinsame Zeit mit der Familie stören ..."

„Aber Sie stören doch nicht, nicht wahr, Kellen?" Meine Mutter wartet Kellens Antwort gar nicht erst ab. „Es ist ja gar keine große offizielle Familienfeier! Wir mögen nur einfach alle gern chinesisches Essen. Bitte kommen Sie doch mit! Wir würden uns sehr freuen."

„Also gut", willigt Marshall verlegen ein.

„Wunderbar!" Mutter klatscht in die Hände.

Kellen zuckt kaum merklich mit den Schultern in meine Richtung, so als wollte er sagen: *Tut mir leid. Da konnte ich wirklich nichts machen.*

Aber ich kann etwas machen.

„Äh, Mama, ich habe noch ein paar Fragen wegen des Kleides, das du gerade verkauft hast. Nur einen Moment bitte. Es dauert nicht lange. Entschuldigt uns doch bitte kurz."

Ich sage diese drei Sätze mit so viel nonchalanter Dringlichkeit, wie nur irgend möglich.

Meine Mutter macht den Mund auf, um zu protestieren, aber ich ziehe sie einfach mit Hilfe eines festen Griffes um ihren Ellenbogen mit mir fort.

„Also wirklich, Rose", sagt sie, als wir ans andere Ende des Ladens unterwegs sind. „Hat das denn nicht Zeit?"

„Nein!"

Sekunden später stehen wir an einem möglichst weit entfernten Kleiderständer und ich habe die vollständige Aufmerksamkeit meiner Mutter.

„Wir hatten eine Vereinbarung, Mama. Keine Verkuppelungsversuche mehr, erinnerst du dich?"

Meine Mutter versucht, erstaunt dreinzublicken. „Aber ich versuche doch gar nicht, dich zu verkuppeln. Hast du nicht gehört, was ich eben gesagt habe? Marshall ist heute Abend hergekommen, um mit Kellen zu reden, nicht mit dir."

„Wir haben Mia seit Wochen nicht gesehen, und du lädst einen Mann, den du gerade erst auf dem Golfplatz kennengelernt hast, ein, mit uns zu essen, damit er mit Kellen reden kann?"

„Was ist denn daran so ungewöhnlich? Kellen ist ein hervorragender Finanzberater, und Marshall hat Geld, das er gern investieren möchte. Er ist ziemlich reich."

Mir entweicht ein Stöhnen. Ich kann es einfach nicht zurückhalten. „Mama ..."

„Was denn? Dein Bruder hilft anderen doch gern!"

„Ja, Mama, und du auch."

Sie schaut mir jetzt direkt in die Augen. „Und daran ist auch absolut nichts auszusetzen."

Marshall Mitchell mag zwar der Fang des Jahres sein, aber ich bin nicht interessiert. Ich weiß jetzt schon, dass das Essen eine sehr mühsame Angelegenheit sein wird.

Da kommt mir eine Idee. „Ist das so eine Art Blind Date, das du hier ausgeheckt hast?"

„Nein, überhaupt nicht."

„Okay. Ich gehe nach oben und ziehe mir rasch eine andere Bluse an."

Ihre Augen werden nur ein winziges bisschen größer, und ich weiß genau, dass ihr auf der Zunge liegt, mir vorzuschlagen, welche Bluse ich tragen soll. Aber sie kann sich noch gerade rechtzeitig bremsen.

Ich drehe mich um und verlasse den Laden durch den Hintereingang, der ins Treppenhaus führt, durch das man die Wohnungen erreicht. Innerhalb von Sekunden bin ich im zweiten Stock. Ich mache kurz bei meiner Wohnung halt und rausche hinein, um mir den Spitzenschal zu holen, den ich über meinem kleinen Seidenmantel tragen will.

Dann renne ich hinauf in den dritten Stock und klopfe an Max' Tür in der Hoffnung, dass er zu Hause ist. Ich habe Glück. Er ist da. Er hat einen iPod in der einen und eine Aluschale mit noch fast unberührter Fertiglasagne in der anderen Hand. Er trägt Jeans und ein langärmeliges Oberhemd, an dem sämtliche Knöpfe fehlen.

„Wir gehen alle ins ‚Ping's' essen. Hast du Lust mitzukommen?", frage ich.

„Was?" Er zieht sich einen der Ohrhörer heraus.

Ich seufze und wiederhole meine Frage.

„Und wer ist ‚wir'?"

„Max, ist das wirklich von Interesse? Willst du wirklich lieber *das da,* als etwas im ‚Ping's' zu essen?" Ich deute dabei auf sein Mikrowellenmeisterwerk.

„Nein."

„Dann komm."

„Okay."

Max zerrt sich den anderen Ohrhörer heraus und wirft seinen iPod auf einen kleinen Tisch, der übersät ist mit geöffneter Post und Spielkarten. Er zögert einen kleinen Moment und stellt dann die Aluschale mit Lasagne dazu.

Er tritt neben mich, wobei das offene Hemd um seinen Bauch flattert wie ein Großsegel.

„Max, vielleicht möchtest du ja noch ein anderes Hemd anziehen, oder?"

Er schaut an sich herab. „Ach ja, ja klar." Er greift hinter sich und wählt eines seiner drei Hemden, die über dem Türknauf hängen. Das kaputte lässt er einfach auf den Boden fallen und streift sich ein geringeltes Poloshirt über den Kopf.

„Okay."

Max schließt die Tür hinter sich und wir gehen zur Treppe.

„Max, tu mir bitte einen Gefallen und setz dich neben mich."

„Du möchtest, dass ich neben dir sitze?"

„Meine Mutter hat irgendeinen Typen eingeladen, mit uns zu essen, und ich möchte nicht neben ihm sitzen."

„Ach, deshalb wolltest du, dass ich mitkomme." Er bleibt stehen und sieht mich an. Er ist nicht beleidigt, sondern belustigt.

„Bitte, Max."

Er lacht. „Dafür schuldest du mir dann aber was."

„Okay."

Er beginnt, die Treppe hinunterzugehen.

„Möchtest du, dass ich so tue, als ob ich in dich verliebt sei?", neckt er mich.

Aber ich kann auch schauspielern. „Bist du das denn etwa nicht?"

Darauf antwortet er nicht.

Guter Gott, was habe ich jetzt schon wieder getan? Was ist bloß los mit mir? Es fühlt sich warm an in meinem verwirrten Hirn.

„Ich hab doch nur Spaß gemacht, Max." Ich berühre ihn am Arm. Das wird er auf jeden Fall verstehen.

Er bleibt auf dem Treppenabsatz zwischen dem zweiten und dem dritten Stock stehen und lässt den Kopf hängen, sodass ich seine Augen nicht sehen kann.

„Max?" Meine Stimme klingt auf lächerliche Weise verstört. „Wirklich. Ich habe nur Spaß gemacht."

Er blickt auf.

„Ich auch." Er zwinkert mir zu, lacht und saust die letzten beiden Treppen hinab. Ich muss rennen, um mitzukommen.

Als wir unten ankommen, öffnet er mit Schwung die Tür, die in den Laden führt. Die fünfköpfige kleine Gruppe blickt auf.

„Ich habe oben zufällig Max getroffen", sage ich, als wir zu den anderen gehen, „und da habe ich mir gedacht, er könnte doch auch mitkommen. Max, das hier ist ein Freund meiner Mutter, Marshall Maxwell."

„Marshall Mitchell", korrigiert dieser mich freundlich.

„Oh, Entschuldigung."

Also, das war jetzt wirklich keine Absicht.

Ich weiß, dass Kellen mich aufmerksam anblickt, aber ich erwidere den Blick nicht. Wenn ich es tue, wird er losprusten vor Lachen, und dann werde ich auch nicht mehr an mich halten können. Und es kommt nicht so gut an, wenn man lacht, obwohl niemand einen Witz erzählt hat.

Wir machen uns auf den Weg zum rückwärtigen Ausgang des Gebäudes, der zu dem kleinen Parkplatz führt. Meine Mutter schleicht sich unauffällig neben mich.

„Max?!“, flüstert sie.

„Du hast doch gesagt, dass das kein Date sei, das du für mich arrangiert hast, und auch keine große Familienangelegenheit, also habe ich gedacht, dass es sicher niemandem was ausmacht, wenn Max auch mitkommt.“

Was soll sie dazu sagen?

Sie sagt nichts.

Dreizehn

Liebe Harriet,

heute Abend bin ich richtig streitsüchtig, also denk erst gar nicht daran, mir blöd zu kommen. Ich will keinen Rat. Ich möchte nur Dampf ablassen.

Ich habe beschlossen, ein Buch zu schreiben, das ich „So entloben Sie sich richtig" nennen werde. Es wird ein Ratgeber darüber, wie man es überlebt, von seinem Verlobten abserviert zu werden. Hier Regel Nummer 1: „Lass nicht zu, dass Leute aus Mitleid Dates für dich arrangieren."

Okay. Vielleicht wird das nicht die Regel Nummer 1 sein, aber sie wird ziemlich weit vorn stehen – vielleicht auf Platz 4.

Meine Mutter – und Du weißt, dass ich sie liebe – hatte heute Abend ein Blind Date für mich arrangiert, ohne den Mut zu haben, es mir vorher zu sagen. Sie hat vergangene Woche einen wohlhabenden, frommen Junggesellen auf dem Golfplatz kennengelernt und ihn überzeugt, heute Abend mit uns essen zu gehen, und zwar unter dem Vorwand, er könne mit Kellen über Aktien plaudern. Selbst Kellen hat die Aktion als das erkannt, was sie war: eine Chance für die arme datelose Rose, einen anständigen Single kennenzulernen. Einen anständigen Single, der einen Jaguar fährt.

Das hat sie natürlich geleugnet – aber Du hättest ihr Gesicht sehen sollen, nachdem ich Max gefragt hatte, ob er nicht auch mitkommen wolle. Sie weiß, dass zwischen mir und Max nichts ist, und das trotz ihrer verzweifelten Versuche, auch hier Amor zu spielen, aber sie war trotzdem verärgert, dass ich ihn im letzten Moment noch eingeladen habe mitzukommen. Und ja, ich weiß, dass ich Max benutzt habe, aber ich habe es ihm gesagt, und er ist trotzdem mitgekommen.

Max sollte eigentlich neben mir sitzen; das war jedenfalls mein Plan, um nicht mit einem reichen Mann Smalltalk machen zu müssen, von dem ich sicher bin, dass ich nichts mit ihm gemeinsam habe. Aber irgendwie hat es meine Mutter dann doch geschafft, ihren Willen durchzusetzen. Marshall Maxwell Mitchell Melville saß neben mir. Sie trickste so lange herum, bis Kellen auf der einen Seite von ihm saß und ich auf der anderen, damit wir den Vorwand aufrechterhalten konnten, dass der reiche Singlemann eingeladen worden war, um mit meinem Bruder über Aktiengeschäfte zu fachsimpeln. Aber auf Kellens anderer Seite saß wiederum meine Mutter, was bedeutete, dass sie, wenn sie Kellens Aufmerksamkeit von dem RSM ablenken wollte, ihm nur die Hand auf den Arm zu legen und zu sagen brauchte: „Kellen, mein Lieber ..."

Und das war noch nicht mal das Schlimmste, was passierte.

Das Schlimmste ist, dass Max am Ende neben Mia saß und sie richtig Spaß hatten. Sie lachten und unterhielten sich angeregt, und Mia hatte einen Riesenspaß daran, dass Max aus dem Nichts Geldmünzen hervorzaubern konnte. Ich bezweifle ganz ernsthaft, dass meine Mutter die Absicht hatte, Max mit ihrer Enkelin zu verkuppeln. Nein, was sich da zwischen den beiden ereignete, war diese grässliche Sache, die gemeinhin als spontane Sympathie bezeichnet wird. Es war einfach abstoßend. Verschont mich. Ich meine, wir reden hier über Max und Mia! Sie sind doch völlig verschieden. Sie ist elegant, kultiviert und intelligent, und er ist unorganisiert, ein Öko und nicht unbedingt ein Intellektueller. Außerdem ist er acht Jahre älter als sie. Er ist zu alt. Er ist zu sehr Max.

Um wirklich völlig ehrlich zu sein, glaube ich, dass es Marshall peinlich war, in Mamas kleinen Plan hineingeraten zu sein. Er hatte irgendwie so eine innere Themenliste, die er mit mir abarbeitete, und als die Punkte darauf alle abgehakt waren, wandte er sich Kellen zu und fragte ihn nach bestimmten Aktien. Das ist kein Scherz!

Und hier seine Liste:

1. „Sie leben also schon Ihr ganzes Leben in Minnesota?"
2. „Sie haben also am Bethel College Ihren Abschluss gemacht?"
3. „Sie gehen also in eine Gemeinde in der Innenstadt?"
4. „Sie haben also Ihre Boutique jetzt seit einem halben Jahr?"
5. „Ihr Bruder wurde also in Korea geboren?"

Ich hyperventilierte praktisch schon in Erwartung seiner Frage: „Sie sind also praktisch vor dem Traualtar abserviert worden?"

Ob sie es ihm gesagt hatte? Hatte sie?

Nein, darauf will ich keine Antwort.

Ich wette, was er eigentlich wissen wollte, war, ob ich für den nächsten Freitag ein Date bräuchte.

Das wollte ich gern von ihm wissen.

Er scheint ein ganz netter Kerl zu sein und ist anscheinend bisher auch alleine ganz gut zurechtgekommen. Er betreibt eine Gentleman-Sportart – Golf. Er war höflich, freundlich und versuchte, mit mir zu plaudern. Er ist wahrscheinlich ein bisschen älter als ich – zweiunddreißig oder dreiunddreißig vielleicht.

Ein höflicher, frommer Single mit Geld.

Heißt das, dass er vor einiger Zeit das richtige Mädchen kennengelernt hat, sie aber gestorben ist? Oder dass er ein Mädchen kennengelernt hat, von dem er glaubte, sie sei die Richtige, sie hat dann aber mit ihm Schluss gemacht?

Vielleicht hat ja auch *er* mit ihr Schluss gemacht.

Vielleicht hat er aber auch noch nie eine Freundin gehabt. Vielleicht hat er noch nie ein Mädchen geküsst. Vielleicht hat er schon viele Mädchen geküsst. Vielleicht ist er ein lausiger Küsser. Vielleicht ist er zu wählerisch. Vielleicht sucht er die perfekte Frau und findet sie einfach nicht.

Vielleicht hat er mir deshalb nur fünf Fragen gestellt und sich dann Kellen zugewandt. Wahrscheinlich denkt er, dass es keinen Sinn macht, noch eine sechste zu stellen, wenn er eine Frau nicht mit fünf Fragen für sich gewinnen kann.

Und um dem Ganzen die Krone aufzusetzen, saßen Max und Mia mir die ganze Zeit gegenüber und plauderten und lachten zusammen, als seien sie uralte Freunde. Oder frischgebackene Eheleute.

Ich habe kaum mein Essen herunterbekommen.

Ich habe das Gefühl, zurückgewiesen worden zu sein. Und das auch noch von einem Mann, neben dem ich nicht einmal sitzen wollte.

Das ist doch krank! Ich wollte, dass der RSM mich will, damit ich ihn abblitzen lassen kann. Und ich will nicht, dass Max mich will, aber ich will auch nicht, dass er Mia will. Oder sonst jemanden. Er ist *mein* Max.

Ist das nicht krank?

In meinem DVD-Player wartet „Schlaflos in Seattle" auf mich und offenbar kann ich nicht auf den Startknopf drücken.

Ich wünschte, Vater Laurent würde nicht immer so früh zu Bett gehen.

Ich wünschte, mein Vater wäre hier.

Ich vermisse Daniel. Mir fehlt jemand, den ich lieben kann.

Und jemand, der mich liebt.

Liebe Rose,

wenn ich Dir einen Rat geben sollte, dann würde ich Folgendes sagen: Kein Mann, den man haben möchte, lässt eine Frau schon Minuten, nachdem er sie kennengelernt hat, fallen, und schon gar nicht anhand von fünf Fragen. Wenn der RSM wirklich ein anständiger Kerl ist, dann hat er zweifellos deine „Eigentlich-will-ich-gar-nicht-hier-sein"-Haltung gespürt und war so höflich, dich vom Ha-

ken zu lassen. Vielleicht möchtest Du ja doch einen Gedanken darauf verschwenden, wer hier wen zuerst zurückgewiesen und abgelehnt hat.

Max gehört Dir nicht. Du bist nicht in Max verliebt. Er wird bald dreißig, genau wie Du, und er will sein Leben ganz bestimmt mit einer Frau verbringen, die ihn unwiderstehlich findet, genauso, wie Du das auch von einem Mann möchtest. Wenn Du Dich ihm dabei in den Weg stellst, wirst Du einen guten Freund verlieren.

Ja, Vater Laurent schläft im Moment, und ja, Du trauerst immer noch um den Verlust Deines Vaters, aber Du bist ja nicht ganz ohne einen Vater zurückgeblieben. Vergiss den Film und geh hinunter in die kleine Kapelle, die Du so magst, und schütte dein sorgenvolles Herz bei jemandem aus, auf dessen Rat Du hören willst, wo Du ja auf meine Ratschläge grundsätzlich nicht hören willst.

Das würde ich sagen, wenn Du heute Abend meinen Rat haben wolltest.

Aber das willst Du ja nicht.

Harriet

Vierzehn

Möchten Sie eine Liebesgeschichte hören? Eigentlich sind es zwei Liebesgeschichten in einer. Es ist meine Lieblingsliebesgeschichte. Ich werde nie müde, darüber nachzudenken – oder mir vorzustellen, dass so etwas auch mir passieren könnte.

Es waren einmal zwei Freundinnen, die Chloe und L'Raine hießen und in einem Bauernkaff im Süden von Minnesota aufgewachsen waren. In ihrer Highschoolzeit trugen sie Backfischsöckchen und Saddleshoes, hörten Tommy Dorsey und träumten davon, in die Stadt zu ziehen, aufs College zu gehen und Lehrerinnen zu werden. Chloe war groß und hatte kastanienbraunes Haar und L'Raine war blond und klein und zierlich. Sie kannten sich schon ihr ganzes Leben lang und deshalb kannten sie auch die größten Wünsche und tiefsten Sehnsüchte der jeweils anderen.

Nach der Highschool teilten sich die beiden ein Zimmer im Studentenwohnheim des St.-Olaf-Colleges in der Nähe von Minneapolis und traten dem Chor bei, weil sie beide Musik liebten. Eines Abends Anfang November ihres ersten Jahres sollte der Chor in einer Kirche nördlich von Minneapolis ein Konzert geben. Chloe und L'Raine brachen später vom Studentenwohnheim auf als die anderen Chormitglieder, weil sie an diesem Nachmittag noch ehrenamtlich in einem Schülerbetreuungsprojekt mitgearbeitet hatten. Weil sie kein Auto besaßen, standen sie vor der Frage, wie sie zu der Kirche gelangen sollten, aber dann erfuhren sie, dass zwei andere Sänger aus dem Chor ebenfalls erst später starten konnten und dass sie auch noch Platz im Auto hatten. Die beiden hießen Owen und Warren Murien.

Owen und Warren waren im Iron Range aufgewachsen, das sich im Nordosten von Minnesota befindet. Ihr Vater unterrichtete dort Musik an der Highschool in ihrer Heimatstadt und ihre Mutter war Organistin in der örtlichen Kirchengemeinde. Sie hatten nie an eine andere berufliche Laufbahn als die von Musikern gedacht. Owen und Warren waren eineiige Zwillinge mit rotem Haar und haselnussbraunen Augen, und sie klangen so identisch, dass es Chloe und L'Raine schwerfiel, die beiden auseinanderzuhalten. Nachdem sie sich am Tag des Konzerts auf dem Parkplatz des Campus getroffen hatten, bot Owen an, den Rest des Abends einen von Chloes Ohrklipps zu tragen, damit es kein Durcheinander gäbe. Und das in den 1950er Jahren, als Männer noch keine Ohrringe trugen! Als Owen sich einen der Klipps am Ohr befestigte, konnten Chloe und L'Raine deshalb auch gar nicht wieder aufhören zu lachen.

Die Straßen waren an diesem Abend vereist und glatt, und weder Chloe noch L'Raine, noch die Murien-Brüder waren schon einmal in der Kirche gewesen, zu der sie unterwegs waren. Sie fanden zwar den Ort, an dem das Konzert stattfand, aber nicht die Kirche. Deshalb hielt Owen, der am Steuer saß, vor einem Juwelierladen in der Nähe des Stadtzentrums an, um nach dem Weg zu fragen. Es war einer der wenigen Läden, in denen noch Licht brannte, und weil es im Wagen ziemlich kalt war, stiegen Warren, Chloe und L'Raine ebenfalls mit aus und folgten ihm in den Laden.

Sie redeten laut und stampften mit den Füßen, als sie den Laden betraten und merkten erst gar nicht, dass der einzige Angestellte mit erhobenen Händen dastand und Schweißperlen auf der Stirn hatte. Einen Augenblick später wurde dann klar, dass sie in einen Überfall hineingeraten waren. Direkt vor dem Angestellten stand ein Mann in einem schmutzig braunen Parka, der ein Gewehr auf ihn gerichtet hatte.

„Geht wieder nach draußen!“, hatte Owen gesagt, sich vor die Mädchen gestellt und sie so mit seinem Körper geschützt. Auch Warren wich nach hinten zurück und schirmte die Mädchen ebenfalls mit dem Körper vor dem Räuber und seiner Waffe ab.

„Nein, das tut ihr nicht!“, schrie der Mann und trat einen kleinen Schritt zurück, sodass er sie alle im Blick hatte – den Angestellten des Ladens und die vier Chorsänger.

„Rüber da! Sodass ich euch sehen kann! Und dann auf die Hände und Knie!“

Owen hielt die Arme nach hinten, um mit seinem Körper Chloe und L'Raine zu schützen, und Warren tat dasselbe.

„Geht wieder nach draußen“, flüsterte Owen den beiden Frauen zu.

„Ich habe gesagt, ihr sollt da rübergehen!“, schrie der Mann erneut.

„Wieso lassen Sie die beiden Mädchen nicht gehen?“, fragte Owen.

„Warum hältst du nicht die Klappe und tust, was ich dir sage!?“

Der Juwelier schob sich währenddessen Zentimeter für Zentimeter hinter dem Ladentisch hervor, schaute zur Tür hinüber, die sich direkt hinter den beiden Studenten befand, und schätzte die Entfernung ab.

Aber dann drehte sich der Räuber plötzlich zu dem Mann um und sagte: „Ich habe nicht gesagt, dass du irgendwo hingehen sollst!“

„Los, geht!“, flüsterte Owen noch einmal.

Chloe und L'Raine machten einen Schritt rückwärts und Chloe griff nach der Türklinke.

„Hier rüber!“, brüllte der Räuber.

„Immer mit der Ruhe“, versuchte Warren den Verbrecher zu beschwichtigen und er und Owen drängten sich mit dem Rücken an Chloe und L'Raine.

„Ihr wollt wohl sterben? Haltet die Klappe und kommt hier rüber. Die Mädels zuerst. Auf die Knie. Du da!“ Er deutete mit dem Kopf auf den Juwelier. „Du machst die Vitrinen leer, wie ich es dir gesagt habe. Und die Kasse. Und den Safe. Nun mach schon.“

Chloe und L'Raine hielten sich bei den Händen und schoben sich Stückchen für Stückchen hinter den Brüdern hervor zu dem Räuber mit der Waffe.

„Kommt da von der Tür weg oder es knallt“, schrie der Mann Owen und Warren an.

Der Juwelier nutzte den Moment, als die beiden Frauen sich weiter auf den Mann zubewegten und die Brüder sich weiter von der Ladentür entfernten, um einen Fluchtversuch zu starten. Er stürzte hinter dem Ladentisch hervor.

Der Räuber schrie und zielte mit seiner Waffe auf den flüchtenden Mann, der jetzt zum Teil von Chloe verdeckt wurde. Sie war deshalb mehr in der Schusslinie als der Angestellte.

Owen schrie: „Runter!“, und warf sich dann vor sie. Ein Schuss ging los, und Warren hechtete auf den Räuber zu, wobei beide zu Boden gingen. Das Gewehr flog dem Verbrecher in weitem Bogen aus der Hand.

„Schnapp dir die Waffe!“, schrie Warren L'Raine zu, während er mit dem Räuber rang und versuchte, ihn in Schach zu halten.

Chloe, die von Owen zu Fall gebracht worden war, rappelte sich wieder auf, um festzustellen, ob mit ihm alles in Ordnung war. Owen lag auf der Seite neben ihr.

„Bist du verletzt? Bist du verletzt?“, schrie sie und suchte mit den Blicken seinen Körper nach Wunden ab, weil sie Angst hatte, ihn zu berühren. An seinem Unterarm sah sie etwas rot glänzen.

„Warren ... L'Raine...", sagte Owen, während er versuchte, sich aufzurichten, aber immer wieder hinfiel.

Chloe blickte über ihre Schulter nach hinten. Warren hatte die Waffe auf den Räuber gerichtet, der vor ihm kniete. L'Raine stand am Telefon, das sich neben der Kasse befand, und wählte mit zitternden Fingern den Notruf.

„Sie sind unverletzt. Alles in Ordnung. Warren hat die Waffe. L'Raine ruft gerade die Polizei an", sagte sie. „Bist du verletzt?"

Owen blinzelte und verzog das Gesicht. „Unglaublich, wie weh das tut."

„Oh!", rief Chloe und ihr traten Tränen in die Augen.

Aber dann zwinkerte er und sagte: „Wie haltet ihr Mädels es nur aus, diese Dinger den ganzen Tag tragen?"

Einen Moment lang saß Chloe nur einfach sprachlos vor Verblüffung da, und dann wurde ihr klar, dass Owen gar nicht von einer Schusswunde sprach, sondern von ihrem Ohrklipp, der immer noch an seinem Ohrläppchen klemmte.

Wie sich später herausstellte, hatte Owen einen Streifschuss am Arm abbekommen, als er sich schützend über Chloe geworfen hatte. Die Wunde musste mit vierzehn Stichen genäht werden. Die Kugel war in ein Wandregal hinter ihm eingeschlagen.

Die vier Chorsänger fuhren an diesem Abend nicht mehr zum Veranstaltungsort des Konzertes. Nachdem sie bei der Polizei ihre Aussagen gemacht hatten und Owens Arm versorgt war, war das Konzert längst zu Ende. Sie gingen stattdessen in ein Lokal, wo sie die halbe Nacht verbrachten, Kaffee tranken und sich ineinander verliebten – Owen in Chloe und Warren in L'Raine.

Vier Jahre später, als Chloe und L'Raine mit dem College fertig waren, feierten die vier jungen Leute eine Doppelhochzeit.

L'Raine und Warren bekamen drei Söhne und ließen sich in einer kleinen Stadt am Lake Superior nieder, wo Warren einen Highschoolchor leitete. Chloe und Owen lebten in Minneapolis und arbeiteten als Musiklehrer. Er und Chloe versuchten jahrelang vergeblich, ein Kind zu bekommen, und adoptierten schließlich einen Jungen aus Korea namens Joo-Chan, dem sie dann den gälischen Namen Kellen gaben. Viele Jahre später und für sie selbst absolut überraschend, schenkte Gott Owen und Chloe doch noch ein Baby, ein kleines Mädchen, und Owen nannte es Rose, weil das die Blumen waren, die er Chloe mitgebracht hatte, als sie verliebt und noch nicht verheiratet gewesen waren.

Und sie waren alle sehr glücklich.

Ich weiß, das hört sich eher wie ein Polizeiprotokoll an als wie eine Liebesgeschichte, aber es ist wirklich eine Liebesgeschichte. Es ist Liebe, wie ich sie mir in ihrer reinsten Form vorstelle: Mein Vater, der meine Mutter vor einer Gewehrkugel schützt; meine Mutter, die zu ihm hinstürzt, um festzustellen, ob er verletzt ist; Warren, der den Verbrecher umstößt und L'Raine zuruft, dass sie sich die Waffe schnappen soll; und L'Raine, die ihm vertraut und nach unten greift, um die Waffe an sich zu nehmen.

Das ist für mich die Verkörperung von Liebe in ihrer reinsten Form. Sie beinhaltet, dass ich den Menschen, an dem mir so viel liegt, vor Schaden bewahre und ihn schütze, dass ich mich um die Wunden des geliebten Menschen kümmere, das Böse in seine Schranken verweise und mich im Vertrauen zugunsten des anderen zurücknehme.

Ich glaube, ich habe Daniel die ganze Zeit nicht so geliebt, wie meine Mutter meinen Vater geliebt hat. Wäre das der Fall gewesen, dann hätte ich niemals gewollt, dass er jemanden heiratet, den er nicht bedingungslos liebt.

Es haut mich aber immer noch um, dass ich Daniel, als er mir sagte, er sei sicher, dass es ihn unglücklich machen würde, wenn wir heiraten, dennoch angefleht habe, mich zu heiraten.

Als ob sein Glück mir völlig gleichgültig gewesen wäre.

Fünfzehn

Der Samstag ist im „Ein Traum in Weiß“ erfahrungsgemäß der Tag, an dem am meisten zu tun ist, gleichgültig, zu welcher Jahreszeit. Es ist der einzige Tag, an dem ich beim Verkauf auf Unterstützung angewiesen bin. Meine Mutter und L'Raine haben samstags frei – weil der Tag für sie einfach zu anstrengend wäre – und spielen dann normalerweise Golf, gehen shoppen oder begeben sich auf die Jagd nach passenden Junggesellen, mit denen sie mich verkuppeln können.

Samstags schmeißen drei Collegestudentinnen den Laden fast allein. Es funktioniert hervorragend, weil sie samstags keine Vorlesungen haben und deshalb die Arbeitszeiten so aufteilen können, dass zwischen 9:00 Uhr und 21:00 Uhr immer mindestens zwei von ihnen gleichzeitig da sind. Ich gebe ihnen zusätzlich zu dem normalen Stundenlohn eine kleine Provision für jedes verkaufte Kleid, was dazu beiträgt, dass sie sich im Verkaufsbereich engagieren und sich nicht an der Kasse hinter irgendwelchen Lehrbüchern verschanzen.

Durch diese Absprache kann ich mir hin und wieder auch einen freien Samstag leisten, zwar nicht jeden Samstag, aber ein oder zwei Mal im Monat tue ich gern so, als wäre ich nicht der Sklave des Kunden. Normalerweise beginne ich einen solchen freien Tag mit einem Espresso auf dem Dach. Natürlich nur im Sommer.

Heute Morgen trage ich dabei ein verblichenes Football-T-Shirt und eine abgeschnittene Sweathose. Mein mittelbräunlichblondes Haar befindet sich halb innerhalb, halb außerhalb eines kupferfarbenen Haargummis, noch bin ich ungeschminkt, und vielleicht schminke ich mich heute auch gar nicht. Die Sonne wärmt mir die Beine, während ich mich auf dem Liegestuhl räkele. Die beiden Liegestühle sind die einzigen Gegenstände auf dem Dach, mit Ausnahme von ein paar Klimaanlagenzubehörteilen, zumindest glaube ich, dass es so etwas ist. Genau weiß ich es allerdings nicht, weil Mario sich um all den technischen Kram kümmert.

Von den Hausbewohnern weiß niemand das Dach so sehr zu schätzen wie ich. Unser Gebäude ist bei Weitem nicht das höchste in der Gegend, also ist der Ausblick vom Dach nicht spektakulär, aber ausreichend.

Einmal über all dem zu schweben, was sonst immer meinen Tag bestimmt, hat für mich etwas sehr Reizvolles. Es ist meine Art, mich über die Umstände zu erheben, und dieses Gefühl mag ich – zumindest ein Weilchen. Und natürlich auch nur im übertragenen Sinne.

An diesem Morgen bleibe ich auch gar nicht lange dort oben, nur gerade so lange, bis ich meinen Espresso getrunken und meine Gedanken geordnet habe. Ich bin immer noch etwas verunsichert über das, was sich am Vorabend beim Chinesen abgespielt hat. Und auch meine anschließende Beichte bei Harriet will mir noch nicht so recht aus dem Kopf gehen.

Gestern Nacht habe ich noch den Rat beherzigt, den sie mir nicht gegeben hat, und habe mich nach unten in die Kapelle geschlichen, um dort meine erbärmliche Seele offenzulegen.

Die Wahrheit ist, dass ich mich in dem Restaurant schlecht benommen habe. Ich habe mich sogar schon schlecht benommen, bevor wir dorthin aufgebrochen sind. Ich habe Marshall abgelehnt, als ob er ein Untermensch wäre. Als wäre er ein Horsd'oeuvre, das ich nicht einmal *probieren* würde. Und dann auch noch meine dreiste Reaktion darauf, dass Max und Mia sich so gut verstanden haben …

Durch mein Verhalten habe ich mein wahres Gesicht gezeigt – und das war kein besonders schöner Anblick.

Heute wäre ein toller Tag, um das Brautkleid zu verkaufen. Ich fühle mich unwürdig, es zu besitzen.

Der heiße Espresso trifft auf meine Zunge und es brennt ein bisschen.

In diesem Augenblick wird mir klar, dass ich eine neue Regel für mein Buch „So entloben Sie sich richtig" habe: „Hüte dich vor Verbitterung." Sie kriecht auf dich, sickert dann in dich ein, und bevor du es merkst, kommt sie schon wieder aus dir heraus. Sei auf der Hut. Sie will dich.

Wahrscheinlich werde ich nichts mehr von Marshall Mitchell hören, aber falls doch, werde ich mich bei ihm entschuldigen. Ich werde ihm sagen, dass ich an dem besagten Abend durch persönliche Probleme völlig abgelenkt war und dass ich erst gemerkt hätte, wie unhöflich ich war, als es schon zu spät und der Abend schon vorüber gewesen sei. Wahrscheinlich wird er dann sagen: „Ach, machen Sie sich darüber mal keine Gedanken, wirklich nicht. Habe ich Ihnen eigentlich schon meine Verlobte vorgestellt?"

Max hat bestimmt keine Ahnung, dass ich mir kleinkarierte Gedanken über seine Flirterei mit Mia mache, also brauche ich mich bei ihm auch nicht zu entschuldigen.

Aber wahrscheinlich sollte ich mich noch bei meiner Mutter entschuldigen. Sie meint es ja nur gut. Und sie wünscht sich genau dasselbe für mich wie ich: Liebe, die ein Leben lang hält.

Jetzt, wo ich weiß, dass das Verbitterungsmonster unterhalb der Oberfläche meines Ichs residiert, werde ich bei jeder sich bietenden Gelegenheit versuchen, es zur Strecke zu bringen. Ich hoffe, dass sich dazu ein paar Gelegenheiten ergeben, dass ich diese Gelegenheiten auch erkenne und ergreife.

Ich glaube, ich werde Vater Laurent noch heute einen Besuch abstatten müssen, um mich zu vergewissern, dass ich auch weiß, wonach ich dabei Ausschau halten muss. In seiner Laufbahn als Pfarrer hat er sicher auch mit verbitterten Menschen zu tun gehabt, die nichts anderes mehr sehen konnten als ihre eigenen Verletzungen. Bestimmt hat er solchen Menschen Möglichkeiten aufgezeigt, wie sie ihre Verbitterung besiegen konnten.

Ich trinke noch einen Schluck von meinem Espresso, der mittlerweile nicht mehr ganz so heiß ist.

Eine Stimme lässt mich aufschrecken, und ich wende mich um in die Richtung, aus der sie kommt. Meine Mutter steigt die Treppe hinauf, die aufs Dach führt. Sie steht noch nicht auf dem Dach, sondern nur gerade so weit oben, dass sie mich sehen kann.

„Kann ich kurz mit dir sprechen, Rose?"

Ich richte mich auf meinem Stuhl auf. „Klar, Mama. Ich kann auch zu dir reinkommen."

„Nein, nein. Ein paar Minuten halte ich es auf dem Dach schon aus." Sie macht einen weiteren zögerlichen Schritt aufwärts. Meine Mutter ist kein Fan von großen Höhen.

„Es macht mir wirklich nichts, Mama. Wirklich nicht. Ich kann auch zu dir reinkommen."

Inzwischen hat sie die letzte Stufe erreicht. „Solange ich nicht daran denke, wo ich bin, ist alles in Ordnung." Sie betritt das Dach und setzt auf dem Kies langsam einen Fuß vor den anderen. „Siehst du, ich tue einfach so, als wäre ich auf dem Spielplatz."

Ich lächle und klopfe auf die Sitzfläche des Liegestuhls neben mir. „Okay, setz dich doch."

Meine Mutter kommt das letzte Stück zu mir und lässt sich in dem Liegestuhl nieder. „Ein wunderschöner Morgen, nicht wahr?"

„Ja, wirklich." Der Drang, mich bei ihr dafür zu entschuldigen, dass ich mich am Abend zuvor wie eine verwöhnte

Göre aufgeführt habe, ist plötzlich überwältigend. Ich sage: „Mama ...“ genau in dem Augenblick, als sie „Rose“ sagt, und wir lächeln beide.

„Lass mich zuerst reden, Mama. Es tut mir leid, wie ich mich gestern Abend benommen habe. Wirklich. Ich weiß ja, dass du es nur gut meinst. Ich wollte nicht so unfreundlich rüberkommen und enttäuschen wollte ich dich auch nicht.“

„Du hast mich nicht enttäuscht, Rose. Und wahrscheinlich bin ja wohl eher ich diejenige, die sich entschuldigen muss. Mir war völlig klar, dass du keine von mir arrangierten Dates mehr willst. Und ich habe es trotzdem getan. Irgendwie.“

„Irgendwie?“ Ich kann mir ein Lächeln nicht verkneifen.

„Eigentlich sollte es wirklich kein Date werden, sondern nur eine Gelegenheit, einen unverheirateten Mann unter relativ lockeren Bedingungen kennenzulernen.“

„Wusste er denn, was du vorhattest? Dass du eine lockere Möglichkeit geschaffen hast, deine Tochter kennenzulernen?“

„Also, ausdrücklich habe ich ihm das so nicht gesagt. Wir hatten angefangen, über gemeinsame Freunde zu reden, während wir auf unsere Golfcarts warteten, und ich habe ihm unter anderem erzählt, dass ich am Freitagabend meinen Sohn treffen würde, der sich gut mit Aktien auskennt.“

„Und du hast nicht zufällig erwähnt, dass du noch eine unverheiratete Tochter hast, oder?“

„Na ja, irgendwie schon, aber es war eher so eine beiläufige Bemerkung, um sein Interesse zu wecken. Ich wusste, dass er kommen würde, wenn er guten Rat in Sachen Investment plus ein nettes, unverheiratetes Mädchen bekommen konnte, und damit habe ich ja auch recht behalten.“

„Mit der Einschränkung, dass er kein nettes, unverheiratetes Mädchen kennengelernt hat.“ Ich wende mich von ihr ab und trinke noch einen Schluck Espresso.

„Oh doch, das hat er", sagt meine Mutter schnell. „Er fand dich ganz reizend. Er hatte aber das Gefühl, du wärst traurig."

Ich drehe mich ihr wieder zu. „Wann hat er das denn gesagt?"

„Nach dem Essen, als wir uns alle auf dem Parkplatz am Restaurant voneinander verabschiedet haben. Du hast gerade mit Laura geredet."

„Er hat gesagt, ich würde traurig wirken?"

„Ja. Und nein, ich habe ihm nicht den Grund genannt, warum du diesen Eindruck vermittelst. Ich habe gesagt, dass du bei solchen Familientreffen immer an Papa denken musst und ihn dann besonders vermisst."

Einen Moment lang bin ich still. Mein Vater schien mir gestern Abend schmerzlich fern zu sein, als ich mit Harriet zusammen in Selbstmitleid schwelgte.

„An Papa habe ich gestern Abend erst gedacht, als wir wieder zu Hause waren", wende ich daher ein.

„Na, dann habe ich ja eigentlich gar nicht richtig gelogen."

„Nein. Aber ich will auch nicht mehr traurig wirken, Mama." Ich wende den Blick wieder von ihr ab.

„Ich möchte das doch auch nicht."

„Es dauert länger, als ich gedacht habe."

„Du bist verletzt worden, Rose. Jeder hat sein ganz eigenes Tempo beim Verarbeiten von so etwas, und bei jedem dauert es unterschiedlich lange, bis er wieder heil ist."

Ich wende mich ihr wieder zu. „Glaubst du, dass Ruben jemals über dich hinweggekommen ist?"

Meine Mutter lächelt ganz offen. „Aber natürlich ist er das. Schließlich hat er jemand anderen geheiratet."

„Ja, aber hat er sie auch so geliebt, wie er dich geliebt hat?"

Mamas Antwort kommt wie aus der Pistole geschossen. „Na, das will ich nicht hoffen. Er hat sie sicher auf eine ganz andere Weise geliebt, und zwar aus mindestens einem sehr guten Grund, dass sie nämlich *ihn* geliebt hat."

Eine Weile schweigen wir beide.

„Ich verspreche, dass ich nicht mehr versuchen werde, dich zu verkuppeln, Rose, wenn du das wirklich nicht möchtest", meint meine Mutter schließlich.

Ich blicke in die Ferne und überlege, ob ihr das wohl gelingen wird.

„Rose, hast du gehört, was ich gerade gesagt habe?"

Ich drehe mich wieder zu ihr hin. „Vielleicht sollten wir es einfach von selbst geschehen lassen."

„Wenn *du* es zulässt, wird es ganz sicher passieren."

Ich seufze. Es ist ein resigniertes Seufzen. „Ich verspreche, dass ich versuchen werde, es zuzulassen."

„Braves Mädchen."

Wieder einen Moment lang Schweigen.

„Mama?"

„Ja?"

„Max und Mia haben es gestern Abend ganz offensichtlich genossen, zusammen zu sein."

„Ja."

„Glaubst du, sie …?"

„Nein, das glaube ich nicht."

„Und warum nicht?"

Meine Mutter steht auf. „Max war einfach nur Max, Rose. Und Mia ist nächstes Jahr um diese Zeit in Paris. Sie haben einfach zusammen Spaß gehabt, mein Schatz, und ich mache mir wirklich Sorgen darüber, dass du offenbar vergessen hast, wie das geht."

Nun gut, darauf kann ich eigentlich nicht viel entgegnen. Mein erster Gedanke ist, dass ich nicht so wirklich weiß, ob meine Mutter recht hat oder nicht. Wenn ja, dann bin ich bedauernswert. Wenn nicht, liegt es immer noch nahe, dass ich wie jemand wirke, der sich nicht daran erinnern kann, wie man Spaß hat, und das ist auch nicht viel besser.

Meine Mutter beugt sich vor, um mir einen Kuss auf die Stirn zu geben. Ihre Berührung ist irgendwie tröstlich. „Übrigens: Solomon sucht dich."

Solomon Gruder ist der Mieter, der im dritten Stock wohnt. Ein Geiger im Ruhestand, Witwer, einundsiebzig Jahre alt.

„Er ist zu alt für mich." Ich blinzele ihr grinsend zu.

Siehst du, ich habe doch nicht vergessen, wie man Spaß hat.

Meine Mutter lacht. „Er möchte, dass du ihn beim Üben am Klavier begleitest. Er spielt morgen auf einer Hochzeit und sagt, dass er noch proben muss."

Ach, du liebe Güte. Ich mag Solomon, und ich höre ihn so gern Geige spielen, aber ich bin eine erbärmliche Begleitung. Mein Vater war auf dem Klavier Lichtjahre besser als ich.

„Es muss doch jemanden geben, der besser Klavier spielt als ich."

„Du spielst sehr schön, Rose, und außerdem ist es ja auch nur zum Üben. Es wird ja nicht auf einer LP aufgenommen."

„CD, Mama."

„Was auch immer."

Sie wendet sich zum Gehen. „L'Raine und ich gehen heute Golf spielen und ich werde keinen der Männer dort auch nur *eines Blickes* würdigen."

„Klar, und hast du dir schon mal überlegt, wie das wohl ausgesehen hat, Mama", rufe ich ihr nach, „wie du und L'Raine in den vergangenen zwölf Monaten all die jungen Singlemänner angegafft habt?"

Als sie weggeht, macht sie hinter ihrem Rücken eine wegwerfende Handbewegung.

Und ich weiß noch sehr wohl, wie man Spaß hat.

Sechzehn

Zu den Dingen, die ich in Bezug auf meinen Vater am meisten vermisse, gehört, ihm beim Klavierspielen zuzuhören. Mein Vater besaß die seltene Fähigkeit, alles, was er nur einmal gehört hatte, einfach so und ohne Noten nachspielen zu können. Außerdem besaß er ein absolutes Gehör und konnte deshalb mitten im Stück die Tonart wechseln. Von dieser Fähigkeit schien er selbst allerdings nie besonders beeindruckt zu sein.

Für ihn waren solche Leckerbissen musikalischer Zauberei so normal wie das Atmen. Eigentlich denkt man ja nicht bewusst daran, dass man die Fähigkeit besitzt zu atmen, man tut es einfach. Erst wenn ein Mensch nicht mehr atmen kann, wird ihm plötzlich bewusst, dass er die ganze Zeit etwas ganz Erstaunliches getan hat. Und mein Vater hat nie einen Moment erlebt, in dem er keine Musik mehr machen konnte. Selbst am Morgen seines Todes spielte er noch all seine Lieblingsstücke von Gershwin. Zu Mittag aß er eine Kleinigkeit. Und dann erlitt er einen Herzinfarkt.

Er war siebzig Jahre alt.

Manche Gäste auf seiner Beerdigung flüsterten sich zu, dass Owen Murien ein gutes und langes Leben gehabt hätte und für meine Mutter sei es doch ein Segen, dass es so schnell gegangen sei und er nicht hätte leiden müssen.

Ich hätte sie am liebsten angeschrien, dass mein Vater ja vielleicht ein gutes Leben gehabt haben mochte, aber sicher kein langes. Er war erst siebzig und ich fünfundzwanzig.

War diesen Leuten denn gar nicht bewusst, dass mein Vater mich jetzt nicht zum Altar führen würde, dass nie eines meiner Kinder auf seinem Schoß sitzen würde? Dass ich nie wieder eine Gruß- oder Glückwunschkarte schreiben würde, auf der das Wort „Papa" vorkam? Dass ich nie wieder einen Menschen „Papa" nennen würde?

Als ich mit Daniel ging – besonders in dem denkwürdigen Jahr, in dem ich seine Verlobte war –, machte es mir unglaublich zu schaffen, dass Daniel meinen Vater nicht kennengelernt hatte, dass Daniel nie würde entscheiden müssen, ob er bei meinem Vater um meine Hand anhalten sollte, weil es gar keinen Vater mehr gab, den er hätte fragen können.

Inzwischen frage ich mich, ob er um meine Hand angehalten hätte, selbst wenn er die Möglichkeit dazu gehabt hätte. Ich habe ab und zu versucht, mir ein entsprechendes Gespräch zwischen den beiden vorzustellen.

Vater: „Schön, dich zu sehen, Daniel. Was hast du auf dem Herzen, mein Junge?"

Daniel: „Also, Rose möchte, dass wir heiraten."

Vater (nachdem er einen Moment lang überlegt hat): „Hmmm, und was möchtest du?"

Daniel: „Na ja, ich nehme mal an, dass es sinnvoll ist."

Vater: „Wirklich?"

Daniel: „Etwa nicht?"

Vater: „Beim Heiraten geht es doch nicht um das, was sinnvoll oder vernünftig erscheint, Daniel, sondern um das, was dich ergänzt. Wenn du und Rose euch ergänzt, dann ist eine Heirat nicht etwas Sinnvolles, sondern es ist das, wodurch besiegelt wird, was schon ‚vollständig' ist."

Daniel: „Meinst du?"

Auf dem Rückweg in meine Wohnung begegne ich Solomon im Treppenhaus. Er trägt sein übliches Outfit: eine Twillhose, einen Pullover, Turnschuhe und eine karierte Fliege. Er hält ein Blatt Papier in der Hand, auf dem ich jede Menge schwarzer Punkte und Kringelchen erkenne. Jede Menge Noten, also auch jede Menge Möglichkeiten, ein Stück zu verhunzen.

„Da sind Sie ja, Rose! Ich brauche Sie unbedingt zum Üben. Ich muss gleich weg, weil ich mir noch ein Fußballspiel meiner Enkel anschauen will, ich habe also nicht viel Zeit."

„Solomon, ich bin nicht gut genug, um mit Ihnen zu proben", setze ich an, doch er drückt mir nur einfach den Notenstapel in die Hand.

„Aber natürlich sind Sie das. Es muss doch gar nicht perfekt sein."

Ich schaue mir das erste Blatt an und stöhne.

Chopin. „Das sieht aber schwer aus."

„Unsinn. Die schweren Noten habe ich. Sie kommen ganz sicher bestens damit zurecht."

„Gibt es nicht jemand anderen, der mit Ihnen proben könnte? Sie müssen doch Freunde haben, die besser spielen als ich."

„Ja, sicher habe ich die, aber sie wohnen nicht hier im Haus. Sie sind ja sofort zur Stelle und deshalb ist es so viel praktischer."

Ach ja. Das ist allerdings praktisch.

„Ihr Klavier oder meins?", frage ich.

„Haben Sie Ihres stimmen lassen?"

Also, es gibt einen Grund, wieso der alte Flügel meines Vaters seit vier Jahren nicht mehr gestimmt worden ist. Der letzte Tag, an dem darauf gespielt wurde, war der Tag, an dem er meiner Mutter und mir genommen und in die Herrlichkeit Gottes abberufen wurde. Also – Sie kommen sicher selbst darauf, weshalb es nicht gestimmt ist.

„Nein."

„Dann mit meinem."

„Einen ganz kurzen Augenblick noch, ja, Solomon? Ich muss schnell noch etwas bei Vater Laurent vorbeibringen." Ich will gerade nach oben zu Vater Laurents Wohnung gehen, als Solomon mich unterbricht.

„Da ist er nicht", sagt Solomon. „Er ist unten in der Kapelle."

Ich bleibe stehen, drehe mich um und gehe ein paar Schritte die Treppe hinab. „Es dauert nicht lange, Solomon, versprochen. Höchstens zehn Minuten. Sie können ja inzwischen schon Ihren Bogen kolofonieren oder was auch immer Sie da vor dem Spielen noch machen."

Ich flitze die Treppe hinunter und schleiche mich ins „Ein Traum in Weiß", in der Hoffnung, dass mich niemand sieht, denn normalerweise betrete ich das Geschäft nicht in abgeschnittener Jogginghose und verblichenem T-Shirt. Ich öffne die Hintertür zur Boutique und bin erleichtert, dass Cassie, eine der Studentinnen, die ich als Aushilfe eingestellt habe, den Laden noch nicht aufgeschlossen hat. Es ist noch nicht ganz neun Uhr.

„Hallo!" Cassie lächelt, zieht dabei aber fragend eine Augenbraue hoch. Eine meiner Regeln für die Angestellten lautet nämlich, dass sie nur schick gekleidet den Verkaufsraum betreten dürfen.

„Ich bin nur ganz kurz hier", rufe ich ihr auf dem Weg zur Kapellentür zu.

Ich öffne schnell, aber leise die Tür, trete ein und ziehe die Tür dann wieder hinter mir zu. Vater Laurent kniet mit gefalteten Händen an dem kleinen Altar und betet. Die Morgensonne liebkost die kleinen roten, blauen und gelben Glasfenster vor ihm – ein Kreis kleiner dünner Kristallparallelogramme, die alle zur Mitte zeigen –, und das Licht, das auf Vater Laurent fällt, schimmert rosa, orangefarben und wasserblau.

Ich rutsche so leise ich kann in die hinterste Bank, aber er hat mich trotzdem gehört. Ich höre sein geflüstertes „Amen". Sehr langsam erhebt sich Vater Laurent. Ich frage mich, ob ich ihm helfen soll. Als ich endlich beschlossen habe, es zu tun, steht er aber schon und dreht sich zu mir um.

„Guten Morgen, Rose." Er kommt auf mich zu.

„Vater, ich wollte Sie nicht beim Beten stören."

„Das haben Sie gar nicht. Liam kommt heute schon früher, weil wir um halb elf gemeinsam Ramsey vom Flughafen abholen wollen."

Jetzt ist er bei meiner Kirchenbank angekommen.

„Brauchen Sie jemanden, der Sie fährt?"

Vater Laurent hat sein Auto verkauft, als er hier eingezogen ist, und ich kann mir nicht vorstellen, dass die Huperin die beiden zum Flughafen fährt.

„Max fährt uns."

Der gute, alte Max.

Vater Laurent geht zur Tür und bleibt dann doch stehen. „Sind Sie hergekommen, um mit Gott zu reden? Er hat nämlich heute gute Laune." Er zwinkert mir zu, wirft den Kopf in den Nacken und fügt noch hinzu: „Aber eigentlich hat er ja immer gute Laune, oder?"

„Also, eigentlich bin ich hergekommen, um mit Ihnen zu reden, Vater."

„Ach ja?"

„Also, es ist so ..." Ich habe keine Ahnung, was ich eigentlich zu sagen versuche.

„Was ist denn los, Rose?"

Ich lasse mich wieder in die Bank plumpsen. „Ich weiß auch nicht."

Er bedeutet mir mit der Hand, dass ich ein Stück weiterrutschen soll, und setzt sich dann neben mich.

„Irgendetwas belastet Sie doch." Das ist keine Frage.

„Ja."

„Haben Sie Angst, dass ich es nicht verstehe?"

Ich mache die Augen zu. „Nein, oh, nein. Ich bin sicher, dass Sie es verstehen. Es ist nur ... Ich hatte eine Selbsterkenntnis, und das war nicht besonders schön."

Vater Laurent lacht. „Ich bin ziemlich sicher, dass ich das, was Sie sagen, nicht zum ersten Mal hören werde. Und ich habe eine gute Nachricht für Sie, Rose: Gott hat es auch schon mal gehört und er liebt Sie trotzdem."

Man kann einfach nicht anders, man muss zwangsläufig lachen, wenn man mit Vater Laurent zusammen ist. Sogar wenn man bekennt, dass man in seinem Inneren ein Monster beherbergt.

„Ich bin verbittert, Vater. Ich bin ein verbitterter Mensch. Ich nehme es anderen Leuten übel, wenn sie glücklich sind. Ich möchte, dass Männer sich für mich interessieren, um sie dann genüsslich abblitzen zu lassen." Ich kann nicht glauben, dass ich das gerade gesagt habe. Es stimmt zwar, aber ich kann nicht glauben, dass ich es tatsächlich ausgesprochen habe.

Ich werfe Vater Laurent einen verstohlenen Blick zu, aber er wirkt kein bisschen schockiert. Ich würde sogar sagen, dass sein Blick eher Zuneigung als Beunruhigung ausdrückt.

Vater Laurent nimmt meine Hand. „Rose, wenn wir verletzt worden sind, dann bedecken wir die Wunde instinktiv und versuchen zu verhindern, dass sie noch einmal von jemandem berührt wird. Und ich muss Ihnen ja wohl nicht sagen, dass Wunden nicht heilen, wenn sie nie ans Licht kommen und wenn man keine Luft daran lässt. Wenn Sie möchten, dass Ihre Wunde heilt – und für mich hört es sich ganz danach an –, dann müssen Sie sich aufrecht hinstellen, den schützenden Arm wegnehmen und das Licht Gottes und seinen Atem an sich heranlassen."

„Aber wie geht das?" Meine Stimme ist kaum mehr als ein Flüstern. „Ich weiß nicht, wie."

„Sie müssen loslassen."

„Daniel."

„Ihren unerfüllten Traum. Es war einfach nicht Gottes Wille, dass Daniel Ihr Mann wird. Sie müssen darauf vertrauen, dass Gott sich auch in diesem Fall um Sie gekümmert hat, Rose."

Ich lehne meinen Kopf nach hinten an die hohe Kirchenbank. Vater Laurent drückt meine Hand und lässt sie wieder los.

„Wenn ich doch nur dieses Kleid verkaufen könnte ..."

„Ach, in diesem Punkt bin ich aber anderer Meinung als Sie. Ich glaube, Sie sollten das Kleid so lange behalten, bis es Ihnen nichts mehr bedeutet. Der Tag, an dem es Ihnen gleichgültig ist, ist der Tag, an dem Sie merken, dass von Ihrer Verletzung nur noch eine Narbe zurückgeblieben ist. Und an dem Tag werden Sie feststellen, dass Sie nicht mehr verbittert sind."

Ich wende mich ihm zu und schaue ihn aufmerksam an. „Sie meinen also nicht, dass ich es verkaufen soll?"

„Nein, jedenfalls noch nicht."

„Sie glauben nicht, dass es mich an die Vergangenheit fesselt, wenn ich es behalte?"

„Ich glaube, dass das, was Sie mit dem Kleid verbinden, Sie an die Vergangenheit fesselt. Das Kleid werden Sie vielleicht los, aber nicht diese Gefühle, und damit würde es Ihnen kein bisschen besser gehen als jetzt."

Ich stoße einen abgrundtiefen Seufzer aus. „Und was ist, wenn ich davon nie frei werde?"

Vater Laurent lehnt sich zurück, greift in seine Hosentasche und holt eines der kleinen, blauen Herzen daraus hervor, die wir im „Ein Traum in Weiß" in die Brautkleider nähen. Er hält es mir hin und ich greife schweigend danach. Als sich unsere Hände berühren, senkt er den Kopf zum Gebet.

„Gott Vater, Herr und Meister, erfülle deine Tochter Rose mit dem Licht deiner Gegenwart, dem Frieden deines

Geistes und der Freude an deiner überreichen Liebe. Hilf ihr, dir zu vertrauen in dem, was du in ihrem Leben geschehen lassen hast. Bringe den Feind zum Schweigen, der sie an ihre Traurigkeit fesseln will. Zeige ihr den Weg, den sie nach deinem Willen gehen soll. Segne diesen Weg und mache ihn schön. Im Namen des Vaters und des Sohnes und des heiligen Geistes. Amen."

Er öffnet die Augen wieder und gibt mir das kleine, blaue Herz. Meine Finger umschließen es wie einen unschätzbar wertvollen Diamanten.

„Halten Sie es nah an Ihrem Herzen. Lassen Sie sich durch das Herz daran erinnern, dass dieser Tag für Sie ein Wendepunkt sein soll."

„Danke." Zwei Tränen entwischen meinen Augen. Ich betaste das kleine Herz, das so wunderschön von Vater Laurent gesegnet wurde. Es ist so weich und so klein. Nicht größer als ein Fünfundzwanzig-Cent-Stück. Unbedeutend, wenn man nur die Größe sieht.

„Ich habe immer noch das Gefühl, dass ein Wunder geschehen muss, damit ich über die Sache hinwegkomme", murmele ich.

Vater Laurent erhebt sich. „Na, ein Grund mehr, nichts zu überstürzen."

In dem Augenblick, als er das sagt, fange ich an zu kichern. Er starrt mich an. Ich muss verrückt aussehen, wie ich da mit Tränen in den Augen vor mich hinkichere. Aber ich kann einfach nicht anders. Ich lache lauter.

„Und Sie wissen ja, was passiert, wenn man einen Wundermann hetzt", sage ich, während ich die Tränen wegwische. „Man kriegt zweitklassige Wunder."

Es kommen neue Tränen, aber die rühren daher, dass ich so lachen muss. Vater Laurent starrt mich weiter an, halb belustigt, halb irritiert.

Es ist ganz offensichtlich, dass er noch nie „Die Braut des Prinzen" gesehen hat.

Siebzehn

Ich stolpere die Noten entlang und gebe mir große Mühe, „Berceuse für Klavier in Des-Dur“ zu spielen, ohne dass Solomon schmerzverzerrte Grimassen machen muss. Meine Finger berühren unabsichtlich das „b“, woraufhin er sich umdreht und mich ansieht. Die lackierte Geige unter seinem Kinn sorgt schon dafür, dass er die Schultern leicht vorbeugt.

Man stelle sich jetzt noch zusätzlich einen leicht verzerrten Gesichtsausdruck vor, und man könnte wirklich den Eindruck gewinnen, dass gerade jemand mit einem stumpfen Messer auf ihn einsticht.

„Tut mir leid!“ Ich widerstehe dem Drang, ihn daran zu erinnern, dass er mich schließlich dazu genötigt hat, ihn zu begleiten. Wir machen weiter und ich zähle flüsternd im Kopf die Takte weiter – eins, zwei, drei, vier, fünf, sechs.

Ich spiele ein „F“ und Solomon legt den Kopf schräg.

„Ein ‚F‘ ist nicht dabei, Rose.“

„Ich weiß, ich weiß“, murmele ich und zwinge meine Hände dazu, auf den schwarzen Tasten zu bleiben.

Wäre es denn wirklich so ein Weltuntergang gewesen, wenn Chopin das hier in d-moll statt Des-Dur geschrieben hätte? Also wirklich. Nur ein ganz kleiner Halbton nach oben.

„Chopin hätte das hier in d-moll schreiben sollen!“, sage ich spontan.

Und Solomon wendet sich mir wieder zu, während der Bogen weiter über die Saiten streicht und dabei keinen Ton auslässt. „Dann wäre es nicht dasselbe.“

„Aber es wäre einfacher zu spielen.“

„Einfacher heißt aber nicht unbedingt besser.“

Er hört sich genau so an wie mein Vater. Mein Vater hat immer gesagt, dass es ein ganz anderes Stück wird, wenn man auch nur eine einzige Note ändert. Ein Musikstück kann man nur auf eine Weise spielen, und zwar so, wie es aus dem Kopf und dem Herzen dessen kam, der es geschrieben hat. Nur diese eine Möglichkeit gibt es.

Und deshalb wende ich ein: „Aber Sie transponieren doch dauernd Stücke.“

Und darauf er: „Aber die transponierte Version ist nie so schön wie das Original. Es gibt nur eine Art, wie ein Musikstück gespielt werden soll. Jede andere Art, auch wenn sie einfacher ist, ist nicht so schön wie die Originalversion. Und Sie wollen sich doch nicht mit Mittelmäßigkeit zufriedengeben, Rose, oder?“

Wir nähern uns dem Ende des Stückes.

Solomon hat die Augen geschlossen, als es dann zum Ende kommt.

„An dieser Stelle ein bisschen retardando“, meint er und ich gehorche.

Ta-da.

Wir sind fertig.

Ich blicke auf und sehe, dass Vater Laurent und Liam zu Solomons offener Wohnungstür hereinschauen. Liam schaut unbeeindruckt drein, während Vater Laurent aussieht wie immer.

Auch Solomon bemerkt die beiden jetzt. „Komm doch herein, Miles.“

„Miles“ ist der Vorname von Vater Laurent, aber ich

kann ihn nicht so nennen. Für mich ist er „Vater Laurent" und das wird er auch immer bleiben.

„Das war sehr schön." Vater Laurent kommt herein und Liam folgt ihm. „Findest du nicht, Liam? Liam lernt nämlich auch Klavierspielen."

„Na ja, vielleicht kannst ja eines Tages du für mich spielen, Liam." Solomon legt seine Geige zurück in den Geigenkasten.

„Ich bin sicher, dass jeder im Vergleich zu mir eine Verbesserung wäre", verkünde ich und erhebe mich dabei von der Klavierbank.

„So schlecht waren Sie gar nicht, Rose." Bestimmt denkt Solomon, dass ich mich viel besser fühle, wenn ich höre, dass ich nicht schlecht war.

„Ich fand es wunderschön." Vater Laurent wendet sich an seinen Enkel. „Findest du nicht auch, Liam?"

Der Junge zuckt mit den Achseln. „Sie hat ein paar falsche Töne gespielt."

Man sollte es am besten den Kindern überlassen, die Wahrheit zu sagen.

Vater Laurent lächelt. „Na ja, es gibt ja auch wirklich nicht viele, die immer genau den richtigen Ton treffen."

Okay, ich bin jetzt so weit, dass ich einen zweiten Espresso brauche und noch eine Stunde auf dem Dach.

„Viel Glück auf der Hochzeit, Solomon. Sie machen das bestimmt großartig." Ich will mich gerade verkrümeln, aber Vater Laurent hält mich auf.

„Also, eigentlich", sagt er, „wollte ich Sie fragen, ob Sie Liam und mich vielleicht doch zum Flughafen fahren können, um Ramsey abzuholen."

„Wo ist denn Max?", antworte ich.

„Ich weiß es nicht. Er ist nicht da. Vielleicht hat er es vergessen. Ihre Tante hat gesagt, dass sie ihn heute Morgen mit seiner gesamten Fotoausrüstung hat weggehen sehen."

Mal wieder typisch Max.

„Wann müssen Sie denn los?“, frage ich und ziehe mir dabei das Haargummi heraus. Ich sehe bestimmt aus wie Frankensteins Braut.

„Wir müssten eigentlich sofort los, wenn wir pünktlich sein wollen, aber sobald Sie fertig sind, ist auch noch früh genug.“

Es ist ja nicht gerade so, als hätte ich an diesem Vormittag viel vor. Klar kann ich das machen.

„Ich ziehe mich nur noch ganz schnell um“, sage ich und gehe zu Solomons Wohnungstür. „Wir treffen uns dann in zehn Minuten unten auf dem Parkplatz.“

„Danke, Rose“, entgegnet Vater Laurent.

Als ich hinausrenne, schreie ich Solomon noch „Auf Wiedersehen“ zu.

Und er ruft mir nach: „Danke, Rose! Und das, was ich gesagt habe, meine ich wirklich so. So schlecht waren Sie gar nicht.“

Mit seinen Worten im Kopf sprinte ich die Treppe hinunter. Wahrscheinlich ist das immer noch besser, als zu hören zu bekommen: „So gut waren Sie gar nicht.“

In meiner Wohnung schnappe ich mir eine khakifarbene Caprihose und ein pinkfarbenes Seiden-T-Shirt, das fast trocken ist, nachdem ich es gestern Abend mit der Hand gewaschen habe. Ich schlüpfe in meine rosafarbenen Espandrillos und fahre mir noch einmal mit den Fingern durchs Haar. Dann tusche ich mir noch rasch die Wimpern und trage ein bisschen pfirsichfarbenes Rouge auf, ein bisschen Eau de Toilette noch, und schon bin ich wieder zur Wohnungstür hinaus.

Auf der Treppe treffe ich meine Mutter.

„Was ist denn los?“, erkundigt sich diese.

„Max hat vergessen, dass er Vater Laurent und Liam heute Morgen zum Flughafen fahren wollte, um Liams Papa abzuholen“, rufe ich nur eilig, während ich an ihr vorbeisause.

„Ach“, kommentiert sie auf seltsam nachdenkliche Weise.

Aber ich habe jetzt keine Zeit für ein Gespräch über Max’ Unzulänglichkeiten. Ich setze meinen Weg fort und bin schon zur Hintertür des Gebäudes hinaus, die auf den Parkplatz führt. Kurz darauf sind Vater Laurent, Liam und ich unterwegs zum Flughafen.

Die Gepäckabholung am Flughafen St. Paul in Minneapolis ist ein langer Korridor voller Kofferkulis, Rollenkoffer, fröhlicher Menschen, die sich umarmen, und gelangweilter Menschen, die Schilder mit Nachnamen oder Firmenlogos hochhalten. Es ist kurz nach halb elf vormittags, aber auf der gesamten Fläche der breiten Gänge und Kofferkarussells herrscht bereits ein einziges Gewimmel. Liam und ich sitzen auf Plastikstühlen, die miteinander verbunden sind, während Vater Laurent auf dem Anzeigenmonitor nachschaut, ob der Flieger mit seinem Sohn bereits gelandet ist.

Unterwegs habe ich erfahren, dass Ramsey seinen Wagen hier in Minneapolis bei einem Freund abgestellt hat, dass dieser sich aber zurzeit gerade mit seiner Frau für fünf Tage in Chicago aufhält. Ich brauche jetzt nichts weiter zu tun, als Vater Laurent, seinen Sohn und seinen Enkel zum Haus dieses Freundes zu fahren, von da aus kommen sie auch allein zurecht.

Ich wende mich Liam zu. „Da freust du dich doch sicher, dass dein Vater nach Hause kommt, oder?“ Mir ist völlig klar, wie doof das klingen muss. Natürlich freut er sich.

„Jo.“ Das führt Liam nicht weiter aus.

„Hattest du viel Kontakt mit ihm, während er weg war?“

Liam dreht sich um und blickt in Vater Laurents Richtung. „Er hat mir jeden Tag gemailt. Und wir haben über ‚Skype‘ miteinander geredet.“

„Skype?“

„Damit kann man übers Internet miteinander reden.“

„Ach so.“

Unbehagliches Schweigen.

„Was macht dein Vater eigentlich in Tokio?“

„Er baut Gärten und so. Er ist Landschaftsarchitekt.“

„Wow, das hört sich ja cool an. Da habt ihr sicher auch zu Hause einen schönen Garten.“

„In welchem?“

Ich zögere. Meint er „welchen Garten“ oder „welches Zuhause“? „Na, da, wo du wohnst, wenn du bei deinem Vater bist.“ Ich hoffe, dass ich richtig liege.

„Ja, der ist wahrscheinlich ganz nett.“

Wieder Schweigen.

„Du spielst also gern Klavier?

„Ja, ist ganz okay.“

„Spielst du auch manchmal falsch?“

Ein Lächeln lässt Fältchen um seine Augen zum Vorschein treten. „Na, klar.“

„Und muss dich deine Mutter auch immer wieder daran erinnern, dass du üben musst?“

Liam sieht mich an, als hätte ich etwas sehr Seltsames gesagt. „Nein. Sie hört mich ja gar nicht spielen. Ich habe ein Keyboard mit Ohrhörern, weil sie und Vic kein Klavier haben. Aber wenn ich am Wochenende bei meinem Vater bin, spiele ich auf seinem Klavier. Er spielt und er gibt mir auch Unterricht.“

„Ach so. Dann ist es wahrscheinlich ziemlich schwierig gewesen zu üben, als er weg war, oder?“

Liam nickt. „Ja.“

„Und hast du geübt?“

Er grinst. „Manchmal.“

Vater Laurent kommt zu uns zurück. „Ramseys Flug ist zehn Minuten früher gelandet. Wahrscheinlich ist er bereits zum Gepäckkarussell Nummer 15 unterwegs.“

Wir sitzen in der Nähe von Gepäckband Nummer 7.

„Ich bleibe hier einfach sitzen und Sie können sich erst mal in aller Ruhe begrüßen", schlage ich vor.

„Wenn Ihnen das nichts ausmacht ..." Vater Laurents Tonfall ist freundlich und liebenswert.

„Aber natürlich."

„Also gut. Ich glaube, wir sind schnell wieder zurück." Und dann schlendern er und Liam den belebten Hauptgang entlang davon.

Die folgenden zehn Minuten verbringe ich damit, den Menschenstrom zu beobachten, der an mir vorüberzieht. Ich beobachte, wie sich junge Liebespaare küssen, als wollten sie sich nie wieder trennen. Ich sehe, wie Großmütter sich hinunterbeugen, um ihre Enkelkinder zu umarmen, die sie wahrscheinlich gern häufiger sehen würden, oder wie Manager und Geschäftsleute mit winzigem Handy-Headset am Ohr vorbeihetzen und mit unsichtbaren Gegenübern sprechen.

Eine ältere Frau setzt sich neben mich und ordnet ihre Siebensachen um sich herum. Ich lächle sie grüßend an.

„Ich glaube, meine Tochter hat sich verspätet." Die Frau schaut sich suchend um. „Jedenfalls hoffe ich, dass es nichts Ernsteres ist, ein Unfall oder so was."

„Je nachdem, wo sie wohnt, kann einen der Verkehr ja schon manchmal aufhalten." Ich weiß nicht, was ich sonst sagen soll.

„Es sieht ihr nur so gar nicht ähnlich, sich zu verspäten", fährt die Frau in besorgtem Tonfall fort. Sie schaut wieder auf ihre Uhr. „Ich habe ihr gesagt, dass ich hier bei den Delta-Gepäckbändern warte, damit sie nicht extra einen Parkplatz suchen muss. Aber ich habe jetzt immer wieder draußen die Straße beobachtet und kann sie nicht entdecken."

Die Frau wartet an der falschen Stelle.

„Das hier sind aber nicht die Gepäckbänder von ‚Delta Airlines', sondern die von ‚Northwest Airlines'. Vielleicht wartet Ihre Tochter ein paar Ausgänge weiter." Ich deute zu den anderen Türen, die nach draußen führen.

„Ach! Ach, du liebe Güte!" Die Frau steht auf und beginnt, ihre Sachen zusammenzusuchen. Eine kleine Reisetasche, die sie über der Schulter trägt, fällt dabei zu Boden.

„Ach", sagt sie noch einmal. Sie sammelt die Tasche wieder auf, nimmt ihre Handtasche, eine Einkaufstasche und den Koffer und lässt dann erneut die kleine Reisetasche fallen.

Ich stehe auf und hebe die Tasche für sie auf. „Bitte. Wenn Sie die kleine Reisetasche über den Griff Ihres Rollkoffers legen, dann können Sie beides zusammen ziehen. So, sehen Sie?"

„Danke. Vielen Dank", entgegnet sie und hastet davon. Als ich ihr nachblicke, sehe ich in dem Menschenstrom Vater Laurent und Liam zurückkommen. Eine dritte Person ist bei ihnen. Ramsey. Er ist mit seinen dunklen Augen Vater Laurent vom Typ her ähnlich, aber seine Mundpartie ist anders. Seine Schläfen sind schon leicht grau meliert. Ramsey Laurent ist ein bisschen größer als sein Vater und hat mehr Haare, aber es besteht trotzdem eine starke Familienähnlichkeit. Aber da ist etwas, das ganz und gar nicht zu Vater Laurent passt.

Rasch stellt dieser mich seinem Sohn vor. „Rose, das ist Ramsey. Ramsey, das ist Rose Murien, meine Vermieterin."

Es kostet mich einige Mühe, nicht loszuprusten.

Ich und eine Vermieterin, also wirklich. Als ob ich Vater Laurent etwas zu sagen hätte. Schon allein der Gedanke ist absurd. Er ist der Weise und Respektierte, derjenige, an den ich mich wende, wenn ich Trost und Rat brauche. Als Vermieterin nehme ich nur seinen Scheck mit der Miete entgegen und zahle ihn auf Rubens Konto ein.

„Freut mich, Sie kennenzulernen", begrüße ich seinen Sohn und reiche ihm, mich an meine guten Manieren erinnernd, die Hand.

„Ganz meinerseits", entgegnet er und erwidert den Händedruck fest, ja fast schon zu fest. Dann lässt er meine Hand wieder los und legt sie auf Liams Schulter.

„Haben Sie Ihr Gepäck?", erkundige ich mich.

„Ja, ich glaube, ich habe alles beisammen."

„Okay. Wollen wir dann los?"

Als wir uns auf den Weg zu den Aufzügen machen, die uns zur Kurzparkzone bringen, habe ich den Eindruck, dass Ramsey etwas hat, das ich anstrengend finde, irgendetwas Merkwürdiges. Er sieht Vater Laurent so ähnlich, ist aber von seiner Art her so ganz anders.

Als wir beim Parkhaus ankommen, bin ich zu dem Schluss gelangt, dass Ramsey die unzähligen Lachfältchen fehlen, die sein Vater hat. Aber solche Fältchen kommen ja auch mit dem Alter, oder? Und Ramsey kann höchstens sieben oder acht Jahre älter sein als ich.

Vielleicht hat er in zwanzig Jahren auch so viele Lachfalten wie sein Vater.

Ich beobachte, wie er leise mit Liam spricht. Während wir weitergehen, schaue ich mir seine Augen ein wenig genauer an und halte Ausschau nach den verräterischen Anzeichen, die darauf schließen lassen, dass er viel und gern lacht, aber ich finde keine.

Er blickt zu mir auf.

Ich schaue weg.

Achtzehn

Liebe Harriet,

heute ist ein sehr seltsamer Tag. Am Anfang lief noch alles ganz gut. Nein ... eigentlich hat der Tag schon ziemlich mies angefangen. Als ich auf dem Dach einen Espresso getrunken habe, wurde mir klar, dass ich mich richtig in Bitterkeit suhle. Diese Erkenntnis habe ich Dir zu verdanken, denn ich habe meine Klagen gestern Abend wirklich in die Kapelle gebracht. Dieses wunderbare Erlebnis hat bei mir zu der Gewissheit geführt, dass ich über die Anziehungskraft von sauer gewordener Milch verfüge.

Dennoch habe ich es geschafft, mit meiner Mutter einiges zu klären, und das fühlt sich ziemlich gut an. Wahrscheinlich ist es auch besser, sich bewusst zu sein, dass ich ein bedauernswerter Miesepeter bin, als zu glauben, ich wäre eine liebenswerte Person – und dabei bin in Wirklichkeit ich diejenige mit dem Problem.

Ich habe Vater Laurent gebeten, mir dabei zu helfen, das Monster in mir zur Strecke zu bringen. Ich habe ihn heute Morgen in der Kapelle angetroffen und wir haben geredet. Und dann hat er etwas absolut Erstaunliches getan: Er hat eines der kleinen, blauen Herzen aus seiner Tasche geholt, es gesegnet und mir dann gegeben. Er hat gesagt, ich soll es nah am Herzen tragen, damit ich nicht vergesse, dass der heutige Tag ein Wendepunkt für mich ist.

Ich habe keine Ahnung, wieso er gerade so ein Herz in der Hosentasche hatte, absolut keine Ahnung. Vielleicht vermisst er seine Frau so sehr, wie ich Daniel vermisse. Es ist diese Euphorie des Verliebtseins, um die ich fast am meisten trauere.

Was mich zu dem bringt, was passiert ist, kurz nachdem Vater Laurent mir das Herz gegeben hatte: Eigentlich hatte Max sich bereit erklärt, Vater Laurent und Liam zum Flughafen zu fahren, um dort Liams Vater abzuholen, aber er hat es vergessen, und deshalb bin ich für ihn eingesprungen. So habe ich Ramsey Laurent kennengelernt. Natürlich wusste ich aus meinen Gesprächen mit Vater Laurent und Liam ein wenig über ihn, und natürlich ist da die ganze hässliche Geschichte, die ihm die Huperin angetan hat. Aus irgendeinem Grund hatte ich angenommen, dass er wie Vater Laurents Frau aussehen würde, deren Bild ich in seiner Wohnung gesehen habe. Aber der Typ sieht genau so aus wie sein Vater und dann auch wieder nicht. Es ist wirklich merkwürdig.

Er hat auf der Fahrt zum Haus des Freundes, bei dem sein Wagen stand, auf dem Beifahrersitz gesessen. Ich habe ihn ein paar Mal dabei ertappt, wie er mich angesehen hat.

Ich wünschte, ich wüsste, was Vater Laurent ihm über mich erzählt hat. Vielleicht hat er ihm ja auch gar nichts erzählt. Vielleicht hat er mich ja nicht mal erwähnt.

Also, wenn Du mich fragst, glaube ich, dass er viel zu viel unterwegs ist. Ich glaube nicht, dass Liam seinen neuen Stiefvater besonders mag. Und Ramsey wohnt zu weit weg, als dass Liam zu gleichen Teilen bei beiden leben könnte.

Und was soll das überhaupt? Wieso ist der Kerl nach Duluth gezogen, als seine Ehe in die Brüche ging? Wieso hat er seinem Kind keine andere Wahl gelassen, als in Minneapolis bei der Mutter und dem Mann zu leben, der seine Eltern auseinandergebracht hat?

Ich kapiere das nicht.

Konnte Shelby nicht erreichen. Vielleicht ruft sie ja heute Abend noch an. Meinst Du, dass sie zwei Abende hintereinander mit diesem Eric ausgegangen ist?

Ich schau mir gerade „Sweet Home Alabama" an. Das Kleid, das Reese Witherspoon bei der Beinahe-Hochzeit anhat, ist sehr schlicht, aber deshalb funktioniert es. Außerdem wollte sie ja auch den falschen Typen heiraten.

Liebe Rose,

jemand, der bitter ist, kann nur nicht-bitter werden, wenn er sich dafür entscheidet, etwas dagegen zu unternehmen. Und eigentlich kann man nicht viel tun, wenn das nicht der Fall ist. Es klingt jedenfalls so, als hättest Du eine gute Entscheidung getroffen. Ich könnte mir vorstellen, dass es eine Weile dauern wird, aus der Bitterkeit wieder herauszukommen. Ungefähr so, wie es länger dauert, ein paar Kilo abzunehmen, als sich einen neuen Haarschnitt zuzulegen. Durch beides verändert man sein Aussehen, aber das eine dauert sehr viel länger als das andere.

Wer weiß, wieso Vater Laurent das kleine, blaue Herz in der Hosentasche gehabt hat. Ja, es scheint vielleicht ein bisschen merkwürdig, aber vielleicht hast Du ja auch recht. Vielleicht glaubt er genau wie Du an die wohltuende Kraft von Symbolen.

Und diese Sache mit Ramsey Laurent und seinem Sohn? Du kapierst es nicht, weil es dich nichts angeht. Kümmere Dich also um Deine eigenen Angelegenheiten.

Klar ist es möglich, dass Shelby wieder mit Eric ausgegangen ist. Eine Person, die nicht verbittert ist, würde sich für sie freuen, wenn es so wäre.

Ich liebe den Schnitt des Beinahe-Brautkleides aus „Sweet Home Alabama".

Hat der Film nicht auch einen „Und-sie-lebten-glücklich-bis-an-ihr-Lebensende"-Schluss?

Harriet

Neunzehn

Ich stehe unten an der Treppe und warte auf meine Mutter und L'Raine. Sie bestehen darauf, dass ich an diesem Morgen mit ihnen in die Kirche fahre, damit wir hinterher zusammen brunchen können. Und ausnahmsweise bin ich dieses Mal vor ihnen fertig.

Ich höre hinter mir auf der Treppe ein Geräusch und drehe mich um, um zu sehen, wieso meine Mutter und L'Raine so leise die Treppe herunterkommen. Aber es sind gar nicht meine Mutter und meine Tante, die dort auf dem Treppenabsatz stehen, sondern Vater Laurent.

„Guten Morgen, Vater." Ich lächle.

„Hallo, Rose."

Ich drücke mich an die Wand, damit er an mir vorbeikommt. Er sieht heute Morgen ein wenig blass aus.

„Haben Sie gestern noch einen schönen Tag mit Ihrem Sohn verbracht?", erkundige ich mich.

„Ja, danke. Und danke auch noch einmal, dass Sie Liam und mir geholfen haben, noch rechtzeitig zum Flughafen zu kommen."

„Ach, nichts zu danken."

„Für mich ist das schon was zum Danken. Und für Liam auch. Er hat seinen Vater sehr vermisst."

„Ich habe das wirklich gern gemacht."

„Er und Liam fahren morgen zum Nordufer des Sees, um dort ein paar Tage zu zelten“, fährt Vater Laurent jetzt ein bisschen munterer fort.

„Das wird sicher schön für die beiden.“

„Das glaube ich auch. Also, dann wünsche ich Ihnen noch einen schönen Vormittag.“ Er wendet sich in Richtung Hinterausgang.

„Soll ich Sie irgendwo hinfahren, Vater?“, frage ich.

„Nein, ist schon in Ordnung, ich kann gut zu Fuß gehen.“

„Wohin wollen Sie denn?“

„Ich möchte heute gerne mal in die St.-Mary's-Kirche.“

„Na, das ich aber ziemlich weit zu gehen. Ich fahre Sie wirklich gern.“

„Ich gehe lieber zu Fuß, aber trotzdem: Danke für das Angebot.“ Er lächelt mich erneut an und ist dann weg.

Wieder höre ich, dass sich auf der Treppe etwas regt. Wieder drehe ich mich um in der Erwartung, dort meine Mutter und L'Raine zu sehen. Aber dieses Mal ist es Max. Er trägt weite Shorts, ein kanariengelbes Hemd und Flipflops.

„Hallo.“ Er ist wie immer gut gelaunt.

Ich sehe ihn das erste Mal wieder seit dem Essen im „Ping's“ am Freitag, und ich frage mich, ob ihm überhaupt bewusst ist, dass er gestern vergessen hat, Vater Laurent und Liam zum Flughafen zu fahren.

„Mach dir keine Gedanken, ich habe mich darum gekümmert“, sage ich nur munter.

Er bleibt auf meiner Stufe stehen. „Häh?“

„Ich habe mich darum gekümmert“, wiederhole ich.

Er hat die verwirrte Miene eines Retrievers, der sich fragt, wo das Bällchen geblieben ist. „Um *was* gekümmert?“

„Du weißt schon: Vater Laurent und Liam gestern zum Flughafen zu fahren.“

In beunruhigender Geschwindigkeit spiegelt seine Miene wider, dass er sich jetzt erinnert. Er lässt sich neben mir auf die Stufe plumpsen. „Ach, du liebe Güte. Das hatte ich wirklich total vergessen."

„Ja, hattest du."

Er blickt auf die Wand vor uns, auf die schwere Tür, die ins „Ein Traum in Weiß" führt. „Ich kann gar nicht glauben, dass ich das vergessen habe."

Ich schon.

Er wendet sich mir wieder zu. „Also hast du die beiden gefahren? Wart ihr rechtzeitig da?"

„Alles lief gut. Glücklicherweise hatte ich gestern den ganzen Vormittag nichts vor."

„Es hat dir also nichts ausgemacht?"

„Nein, es hat mir nichts ausgemacht."

„Ich bezahle dir auch das Benzin."

„Quatsch, tust du nicht."

Er beugt sich vor. „Na, dann sind wir jetzt ja quitt. Du schuldest mir nichts mehr."

„Dir was schulden?" Mir fällt nichts ein, was ich Max schuldig sein könnte.

„Ja, dafür, dass ich am Freitag mit dir ins ‚Ping's' gegangen bin. Du erinnerst dich doch?"

Ich werfe ihm einen gespielt verächtlichen Blick zu. „Du hättest eigentlich neben mir sitzen und verhindern sollen, dass ich mit einem Mann Smalltalk halten muss, den ich gar nicht kenne. Und das hast du nicht getan."

„Aber das ist ja wohl nicht meine Schuld, denn schließlich hat deine Mutter die Sitzordnung festgelegt."

„Du bist mir sehr wohl etwas schuldig", wende ich ein und werfe den Kopf zurück. „Du hast nicht nur ein Essen in meinem Lieblingsrestaurant spendiert bekommen, sondern durftest auch noch neben meiner bildhübschen Nichte sitzen. Du schuldest mir also etwas für das nette Essen und dafür, dass ich für dich eingesprungen bin und Shuttleservice zum Flughafen gespielt habe."

Max belohnt mich mit völlig unbeschwertem Schweigen.

Es macht Max absolut nichts aus, dass er mir etwas schuldig ist.

„Okay, du hast recht. Wenn du das nächste Mal möchtest, dass ich eines deiner Blind Dates in Schach halte, dann werfe ich einfach ein paar Stühle um, damit ich neben dir sitzen kann. Das müsste eigentlich funktionieren."

„Es wird keine Blind Dates mehr geben", murmele ich.

„Nein?"

„Ich habe meiner Mutter gesagt, dass sie nichts mehr für mich arrangieren soll. Wenn etwas Derartiges passieren sollte, dann soll es ganz natürlich und ohne …"

„Da gebe ich dir völlig recht", unterbricht mich Max, und ich merke, dass er über sich selbst spricht. „Ich würde auch nicht wollen, dass bei mir irgendjemand Amor spielt. Das ist einfach uncool."

Ich bin so sehr mit mir selbst beschäftigt, dass mir gar nicht in den Sinn gekommen ist, dass Max als Single wahrscheinlich auch Freunde und Verwandte hat, die versuchen, ihm irgendwie Dates zu besorgen, genau wie es bei mir der Fall ist. Das gehört zu den wenigen Dingen, die er und ich gemeinsam haben.

„Weißt du eigentlich, dass meine Mutter auch versucht hat, dich und mich zusammenzubringen, als du gerade hier eingezogen warst?"

Einen Moment lang ist Max nachdenklich. Er scheint über meine Eröffnung gar nicht so verblüfft zu sein, wie ich gedacht hatte. Ich nehme an, dass damals auch für ihn ganz offensichtlich war, was meine Mutter im Sinn hatte.

„Nee, ich glaube, sie hat sich nur gefragt, ob wir zusammenkommen würden, wenn wir uns häufiger sehen würden", merkt er schließlich an.

Seine völlige Offenheit überrascht mich, obwohl ich eigentlich nicht so recht weiß, warum. Max ist so ziemlich der transparenteste Mensch, den ich kenne. Ich verspüre plötzlich den Drang, ihn zu fragen, ob er sich jemals gewünscht hat, dass mehr zwischen uns wäre. Ich weiß, dass er mir auch auf diese Frage eine ehrliche Antwort geben würde.

„Hast du dir jemals gewünscht, dass wir mehr wären als nur gute Freunde, Max?"

Er wendet sich mir zu und schaut mich an. Ich zwinge mich, nicht wegzusehen.

„Hast du es dir denn gewünscht?"

Nicht gerade die Antwort, mit der ich gerechnet hätte.

„Ich habe zuerst gefragt", kontere ich.

Er zögert einen Moment lang. „Als wir noch auf der Highschool waren, da habe ich es mir gewünscht."

„Wirklich?"

„Ja, klar. Aber da bist du mit diesem Idioten Ryan gegangen, und als du dann mit ihm Schluss gemacht hast, da war mir völlig klar, dass ich keine Chance bei dir hatte."

„Woher wolltest du das denn wissen?" Ich kann mich nicht erinnern, irgendwelche Annäherungsversuche von Max abgewehrt zu haben. Woher hätte er es also wissen können?

„Hatte ich denn eine Chance?"

Ich antworte nicht.

„Ich wusste es einfach, Rose. Und als wir dann beide aufs College gegangen sind, da schien doch ziemlich klar, dass wir nie mehr als nur gute Freunde sein würden. Und für mich war das auch in Ordnung so."

Aus irgendeinem unerklärlichen Grund habe ich das Gefühl, gerade eine Ohrfeige kassiert zu haben. Es ist ein bisschen so, als würde ich noch einmal sitzengelassen werden, wenn auch irgendwie auf ganz andere Weise. Ganz tief in meinem Inneren wünsche ich mir, dass Max mehr von mir gewollt hätte. Obwohl ich für ihn wirklich nicht mehr empfinde als Freundschaft. Dieses Monster in mir erhebt gerade wieder einmal sein hässliches Haupt. Ich greife in meine Rocktasche, um das kleine, blaue Stoffherz zu berühren, das Vater Laurent mir gestern gegeben hat.

„Aber woher hast du es gewusst?“, frage ich noch einmal.

„Genauso, wie du es gewusst hast. Du hast doch auch immer gewusst, dass wir nie mehr als nur gute Freunde sein würden, oder?“

Das kleine Herz fühlt sich zwischen meinen Fingern dünn und schwerelos an. „Doch, wahrscheinlich schon.“

„Das liegt nicht daran, dass wir nicht beide total coole Typen wären, denn das sind wir“, beschwichtigt mich Max. Ich nehme an, er merkt, dass ich ziemlich getroffen bin. „Es ist einfach nur, dass es zwischen uns nicht dieses gewisse … du weißt schon …“

Er hält inne und sucht nach dem richtigen Wort. Ich muss an „Schlaflos in Seattle“ denken und an Max’ Vorliebe, Münzen und Spielkarten verschwinden zu lassen.

„Diese Magie?“ Ich bin ziemlich sicher, dass er das versteht.

Aber Max schüttelt de Kopf. „Nein, nicht Magie, denn all diese Magie lässt sich ja erklären. Jeder einzelne Zaubertrick, den ich zeige, ist ja nichts anderes als Manipulation und Täuschung. Und ich glaube einfach nicht, dass wahre Liebe so sein sollte.“

„Nein, das sollte sie wohl nicht.“

„Ich glaube, sie ist eher wie … na ja so, als ob man plötzlich ein Gefangener ist und keine Möglichkeit hat zu entkommen, aber dass man auch kein anderes Leben wählen könnte, selbst wenn man es wollte. Dein ganzes Leben ist mit dem des anderen verbunden und ihm zugetan. Man weiß, man wird nie wieder gehen, und man wird es auch gar nicht wollen. Ich glaube nicht, dass es dafür ein Wort gibt.“

Ich kann mich nicht erinnern, dass Max schon einmal etwas so wortgewandt ausgedrückt hat.

„Du glaubst also, dass wir es erkennen werden, wenn wir es sehen?“, frage ich.

Max steht auf und sagt im Brustton der Überzeugung: „Oh ja. Es wird uns aus den Socken hauen." Er geht hinüber zur Tür, die zum Parkplatz führt, öffnet sie und zieht sie ein Stück auf. „Ciao." Zum Abschied zwinkert er mir noch einmal zu.

„Tschüss, Max."

Seine Worte, die mich völlig überrascht haben, wirbeln in meinem Kopf herum, als die Hintertür wieder ins Schloss fällt und ich gleichzeitig Schritte hinter mir höre.

Meine Mutter und meine Tante sind endlich startbereit.

Zwanzig

Für alle Hausbewohner des „Finnland“ gilt eine Dauereinladung, sonntags zum Essen zu Mario und Rosalina zu kommen, wenn man nichts anderes vorhat und außerdem Lust auf südamerikanisches Essen. Was vor vier Monaten einmal an einem Sonntagabend als spontane Zusammenkunft von Leuten angefangen hat, die nichts vorhatten, ist inzwischen zu einer Art regelmäßigem Straßenfest geworden, nur dass nicht die Personen kommen, die in einer bestimmten Straße wohnen, sondern die neun Parteien eines Mietshauses. Zehn, wenn man Ruben mitzählt, aber der ist ja fast nie da.

Meine Mutter und L'Raine sind oft dabei, aber sie essen nie etwas anderes als Rosalinas Reis, weil sie angeblich beide Probleme mit scharfem Essen haben. Wendy und Philip sind auch meistens da, ebenso Max und Vater Laurent. Ich gehe in erster Linie hin, um mit Menschen zusammen zu sein, die ein total normales Leben führen. Max geht wegen des Essens und Vater Laurent wegen der Geselligkeit. Solomon ist ein, vielleicht zwei Mal dabei gewesen. Ich glaube, er kommt einfach nicht damit zurecht, beim Essen nicht an einem Tisch zu sitzen, sondern den Teller auf dem Schoß halten zu müssen. Das macht ihm wirklich etwas aus. Normalerweise hat er nämlich sonntagabends nichts anderes vor.

Rosalina ist eine ebenso begnadete Köchin wie Änderungsschneiderin. Manchmal kann ich die Namen der Gerichte, die sie kocht, nicht aussprechen, aber ich habe bislang noch nicht ein einziges probiert, das mir nicht geschmeckt hätte, selbst wenn ich es mit jeder Menge Wasser runterspülen musste, weil es so scharf war.

Als ich jetzt nach einem langen Spaziergang am Ufer des Lake Calhoun wieder ins „Finnland" zurückkomme, freue ich mich schon auf ein hervorragendes Essen und Schärfe, die einem die Tränen in die Augen treibt. Das wird mir dabei helfen, auch noch den langweiligen letzten Rest meines lausigen Wochenendes zu verjagen.

Shelby hat mich immer noch nicht zurückgerufen.

Max ist nicht in mich verliebt.

Ich bin auch in niemanden verliebt.

Ich bin jenseits von niedergeschlagen; ich bin verbittert.

Ich bin nicht in der Lage, mein Brautkleid zu verkaufen.

Ich zerre die Hintertür des Gebäudes auf und gehe zur Treppe. Der Duft von etwas ganz Wundervollem, Wildem wabert durchs Treppenhaus.

Was auch immer Rosalina da zubereitet – es riecht scharf und einladend.

Ich drehe den Schlüssel im Schloss um und gehe in die Küche, um dort meine leere Wasserflasche ins Spülbecken zu werfen.

Mein Anrufbeantworter blinkt munter vor sich hin und ich drücke auf „Abspielen".

„Hey, Freundin. Hier ist Shelby ... Komm, nun mach schon ... Geh ran ... Okay, dann bist du wohl wirklich nicht da. Tut mir leid, dass ich gestern nicht da war, als du angerufen hast. Eric wollte mich seiner Familie vorstellen. Sie haben sich alle zu einem Familientreffen oder so was am Big Birch Lake getroffen. Ich bin also mitgegangen, aber jetzt bin ich wieder zu Hause, hab auch heute Abend nichts weiter vor, ruf mich also an, okay? Bis später dann."

So, so ... Sie hat also Erics Familie kennengelernt. Seine Familie. *Denk was Gutes, Rose.* Ich greife in die Tasche meiner Shorts, um das kleine, blaue Herz zu streicheln. *Denke was Gutes über deine beste Freundin.*

Der Anrufbeantworter piepst vor der zweiten Nachricht. Wahrscheinlich ist es Shelby, die sagt: „Ups, das hatte ich ja ganz vergessen! Eric hat mich heute Abend zum Essen eingeladen, also bin ich wahrscheinlich doch nicht zu Hause."

Aber es ist nicht Shelbys Stimme, die ich da höre.

Es ist Daniel.

Ich lehne mich Halt suchend an die Wand, als ich ihn meinen Namen aussprechen höre.

Meinen Namen, meinen Namen, meinen Namen ...

„Rose? Hier ist Daniel. Äh, also ich wollte dich fragen, ob du vielleicht irgendwann Zeit hättest, dich mit mir zu treffen. Ich, äh, also, ich könnte es auch verstehen, wenn du nicht willst. Ich ... also, ich wollte dich irgendwie einfach nur sehen. Ich hoffe, es ist in Ordnung, dass ich angerufen habe. Ich würde dich gerne mal richtig sehen. Äh, Mann, ich hasse es, Nachrichten auf Anrufbeantworter zu sprechen ... Ich versuch's einfach später noch mal. Also gut. Bis dann."

Klick.

Piep.

Keine weiteren Nachrichten.

Einen Augenblick lang tue ich gar nichts. Ich stehe nur einfach da und meine Küchenwand hält mich aufrecht.

Dann drücke ich noch einmal auf „Abspielen" und höre die Nachricht ein zweites Mal an.

Und noch einmal.

Ich lehne mich mit dem Rücken an die Wand und rutsche langsam Richtung Boden. Dann ziehe ich die Beine an und lege meinen Kopf auf meine Knie.

Herr, Herr, Herr. Was soll ich jetzt bloß tun?

Ich hebe den Kopf wieder. „Was soll ich tun?", schreie ich zur Decke, dorthin, wo Gott wohnt.

Aber ich höre keine Antwort.
Daniel hat mich angerufen.
Daniel möchte sich mit mir treffen.
Daniel möchte mit mir reden.
Unter vier Augen.
Er klang zerknirscht. Er klang hoffnungsvoll.
Er hörte sich an wie ein Mann, der seine Meinung geändert hat.
Ich lege meinen Kopf wieder auf meine Knie.
Das kann doch nicht wahr sein! Nicht, nach allem, was ich durchgemacht habe. Nicht, nachdem ich alle Geschenke, die wir schon zur Brautparty bekommen hatten, wieder zurückgeschickt habe. Nicht, nachdem ich die Kirche, die Blumenarrangements, den Fotografen und den Partyservice wieder abbestellt habe. Nicht, nachdem ich über eine Million Mal erklären musste, warum ich nun doch nicht heirate. Nicht, nach all den Tränen. Nicht, nachdem ich das „Ein Traum in Weiß" eröffnet habe, ein Preisschild an mein Brautkleid genäht und es der kopflosen Schaufensterpuppe angezogen habe. Nicht, nach all den Wochen und Monaten, in denen ich versucht habe, meine Welt irgendwie wieder ins Lot zu bringen.
Das kann einfach nicht wahr sein.
Daniel möchte mich sehen.
Er möchte mit mir reden.
Ich weiß nicht, wie lange ich so dasitze, betäubt und völlig verwirrt. Ich weiß nur, dass irgendwann das Telefon klingelt und ich nicht in der Lage bin, mich zu rühren.
Das muss er sein. Er ruft noch einmal an. Mein Herz klopft wie wild.
Ich kann nicht rangehen.
Es klingelt viermal und dann schaltet sich der Anrufbeantworter ein.
Ich halte die Luft an und erwarte, wieder seine Stimme zu hören.

„Rose, hier ist Rosalina. Ich habe mich nur gerade gefragt, ob du noch kommst. Es ist alles fertig und …"

Erleichterung durchflutet mich und ich kann mich wieder aufrappeln. Ich greife nach dem Hörer und unterbreche sie.

„Rosalina, ich bin zu Hause. Ich komme, bin gleich oben."

„Oh, *bueno*. Könntest du bitte auch noch schnell bei Vater Laurent klopfen und ihm Bescheid sagen?"

„Klar, mach ich."

Wir legen beide auf.

Eigentlich habe ich gar keinen Hunger mehr, aber ich möchte heute Abend nicht zu Hause sein. Ich möchte wirklich nicht zu Hause sein, wenn das Telefon wieder klingelt.

Ich brauche Zeit zum Nachdenken.

Ich muss beten.

Ich muss mit Harriet reden.

Nein, ich muss mit Vater Laurent reden.

Ich gehe in mein Schlafzimmer und ziehe ein sauberes Shirt und Jeansshorts an.

Fünf Minuten später verlasse ich die Wohnung.

Kurz darauf klopfe ich leise an Vater Laurents Wohnungstür. Von innen höre ich ein „Herein".

Ich öffne die Tür und betrete die Wohnung, die genau so geschnitten ist wie meine. Alle Wohnungen im „Finnland" sind ziemlich ähnlich. Aber sein Wohnzimmer steht voller Bücherregale, überall liegen Bücher, und es gibt dort gemütliche, riesige, braune Sessel und stapelweise Tageszeitungen und Zeitschriften. Der Duft von würzigem Pfeifentabak liegt in der Luft.

Meine Wohnung dagegen ist ein kleines Meer in Blassblau, Weiß und einem kremigen Gelb, ohne irgendwelchen Schnickschnack oder Bücherregale oder Zeitschriftenstapel. Ich mag meine Wohnung, aber Vater Laurents Wohnung ist trotz der Unordnung irgendwie einladender und gemütlicher.

Er sitzt am Computertisch beim Fenster und schaut auf die Straße hinunter. Er trägt ein Headset und winkt mich zu sich herüber.

„Es gibt da oben wirklich ein paar Schiffswracks, Liam, und sogar Geschichten von Geisterschiffen." Vater Laurent spricht in das Mikro des Headsets und blickt auf seinen Computerbildschirm. Ich gehe zu ihm hinüber und kann jetzt sehen, dass er mit Liam spricht und dabei in eine Webcam schaut. Liam sitzt offenbar auch an einem Computertisch. Sein Gesicht sieht auf dem Bildschirm erstaunlich klar aus. „Du kannst alles über die ‚Edmund Fitzgerald' erfahren, wenn du da oben bist."

Vater Laurent blickt zu mir auf. „Hey, Liam, Rose ist gerade hier bei mir. Möchtest du ihr hallo sagen?"

Ohne auch nur eine Sekunde abzuwarten, übergibt er mir das Headset. Ich fummle ein wenig daran herum, bis es richtig sitzt. Dann beuge ich mich vor, damit ich auch vor der Linse der Webcam stehe.

„Hallo, Liam, wie geht's denn so?"

„Ganz okay."

„Ich habe gehört, dass ihr am Lake Superior zelten wollt. Das wird bestimmt toll."

„Ja. Ich will die Schiffswracks sehen."

Ist es nicht typisch für Jungs, Zerstörung persönlich und aus nächster Nähe sehen zu wollen?

„Aber die meisten davon befinden sich doch unter Wasser, oder?"

„Mein Vater sagt, dass es in Two Harbors eines gibt, zu dem man hinuntertauchen kann. Es ist ein Schoner, der ‚Ely' heißt und 1896 gesunken ist."

„Du tauchst also?"

Der Junge schüttelt den Kopf. „Nein, aber irgendwann will ich das mal."

Dann dreht er den Kopf von der Kamera weg und spricht mit jemandem, wahrscheinlich mit Ramsey.

Dann dreht er sich wieder zur Kamera hin. „Papa grillt gerade und wir wollen jetzt essen."

„Gut, dann übergebe ich dich noch mal an deinen Großvater. Tschüss, Liam."

Ich gebe Vater Laurent das Headset zurück und er verabschiedet sich ebenfalls. Dann nimmt er das Headset ab und beendet die Verbindung.

„Na, das hat ja wirklich Spaß gemacht. Ramsey hat mir die kleine Computerkamera und das Mikrofon eingerichtet. Ich werde Liam sicher nicht mehr so oft sehen, jetzt wo Ramsey wieder da ist und Liam den Sommer bei ihm in Duluth verbringt. Da ist das hier wirklich eine Hilfe."

„Ja, wirklich eine tolle Idee." Und dann kehrt die Verwirrung, in der ich mich befunden habe, als ich an Vater Laurents Tür geklopft habe, wieder zurück. „Vater, Rosalina hat mich gebeten, Ihnen auszurichten, dass das Essen fertig ist. Und ..."

Bevor ich weitersprechen kann, unterbricht er mich. „Gehen Sie ruhig. Ich glaube, ich esse heute Abend einfach nur eine Tomatensuppe."

„Ach so. Na gut." Aber eigentlich möchte ich seine Meinung dazu hören, was ich jetzt tun soll.

„Vater?"

„Ja?"

„Als ich heute Abend von meinem Spaziergang zurückgekommen bin, da war eine Nachricht von Daniel auf meinem Anrufbeantworter."

„Ach."

„Er hat gesagt, dass er mich unbedingt sehen möchte. Er hat nicht gesagt, dass ich ihn zurückrufen soll, nur dass er es später noch mal versucht. Er will mich sehen."

Eine Weile sagt Vater Laurent nichts.

„Hat er denn sonst noch etwas gesagt?"

„Na ja, und dass er es verstehen könnte, wenn ich mich nicht mit ihm treffen will, und er hofft, dass es in Ordnung ist, dass er anruft. Er klang, als ob ihm alles leidtäte, Vater, irgendwie so, als wollte er sich entschuldigen."

Vater Laurent holt tief Luft. „Ich verstehe."

„Wirklich? Verstehen Sie das? Ich verstehe es nämlich nicht. Kein bisschen." Meine Stimme klingt selbst in meinen Ohren ein bisschen schrill."

„Und was wollen Sie jetzt tun?"

„Was *sollte* ich denn tun?"

„Na ja, Rose, vielleicht gibt es hier ja gar kein Richtig oder Falsch. Ich weiß nicht, ob es hier darum geht, was Sie tun *sollten*, als vielmehr darum, was Sie *gern tun würden*. Ich weiß nicht, wie Sie im letzten Jahr auseinandergegangen sind, aber wenn Sie ihm noch nicht vergeben haben und er um Vergebung bittet, na ja, dann würde ich Ihnen wohl raten, die Chance zu nutzen und sich mit ihm zu treffen. Gar nicht mal so sehr um seinet- wie um Ihretwillen."

In diesem Augenblick weiß ich gar nicht so genau, ob ich Daniel vergeben habe oder nicht. Er hat ja auch eigentlich gar nichts richtig Schlimmes getan. Er hat mir nur, ohne es zu wollen, sehr wehgetan. Und ich nehme an, das sollte ich ihm wohl vergeben. Aber das ist nicht das, was mich im Moment so sehr beschäftigt.

„Was ist denn, wenn er wieder mit mir zusammen sein möchte?"

Vater Laurent blinzelt mehrfach verwirrt.

„Was wäre denn dann?"

„Was sollte ich dann tun?" Schon in dem Augenblick, als ich die Frage stelle, weiß ich, dass niemand außer mir selbst sie beantworten kann.

„Was meinen Sie denn, was Gott Ihnen sagt, das Sie tun sollen?"

Ich weiß es nicht, denn den habe ich noch gar nicht gefragt. Ich habe mich dafür entschieden, erst einmal in Panik auszubrechen.

„Ich weiß es nicht so genau."

Vater Laurent lächelt. „In all den Jahren, seit ich Gott kenne, habe ich noch nie erlebt, dass er jemandem Weisheit und Erkenntnis nicht gibt, der ihn darum bittet."

„Aber was ist, wenn ich Gottes Antwort nicht richtig verstehe?", wende ich mit piepsiger Stimme ein.

„Na ja, dann ist wohl ganz offensichtlich, dass Sie noch stiller werden und noch besser hinhören sollten."

Jetzt bin ich diejenige, die ihn nur stumm anblinzelt. Vater Laurent hat noch nie so offen und direkt gesprochen.

Während ich über all das nachdenke, greift Vater Laurent nach meiner Hand, betet kurz für mich und bittet Gott, mich mit Weisheit auszurüsten. Bevor ich mich versehe, ist das Gebet auch schon zu Ende. Er drückt meine Hand kurz und lässt sie dann wieder los.

„Sind Sie ganz sicher, dass Sie nicht zum Essen bei Rosalina und Mario mitkommen wollen?", frage ich ihn.

Er schüttelt den Kopf. „Ich bin heute Abend ein bisschen müde. Aber nächsten Sonntag bin ich auf jeden Fall wieder dabei."

„Soll ich Ihnen eine Dose Suppe aufwärmen?"

„Das ist wirklich nett von Ihnen, aber gehen Sie nur, ich komme schon zurecht."

„Also gut." Ich wende mich zum Gehen. „Vielen Dank, Vater."

Er lächelt mich von seinem Sessel aus an.

Einundzwanzig

Liebe Harriet,

ich weiß gar nicht so recht, wo ich anfangen soll.

Am besten beginne ich vielleicht damit, dass ich Dir erzähle, dass ich mir keine Gedanken mehr darüber zu machen brauche, irgendwann mit Max zusammenzukommen, weil das ja eh nie passieren wird. Max ist nicht in mich verliebt. Und ja, ich bin auch nicht in ihn verliebt. Aber ich habe mich die ganze Zeit gefragt, ob er nicht vielleicht doch irgendwelche romantischen Gefühle hegen könnte. Ich kann Dir jetzt versichern, dass das nicht der Fall ist. Jedenfalls nicht mehr, seit er siebzehn war.

Er sagt, jemanden so sehr zu lieben, dass man sich darauf einlasse, den Rest seines Lebens mit diesem Menschen zu verbringen, sei so, als sei man ein Gefangener. Es bedeutet, sich ganz und gar auf etwas einzulassen. Man gehört nicht mehr nur sich selbst. Das klingt irgendwie mittelalterlich, wenn ich das schreibe, aber so wie Max es beschrieben hat, hörte es sich eher wie eine Verurteilung zu „Lebenslänglich" an, von der man gar nicht begnadigt werden möchte, ja, von der man sich sogar wünscht, dass sie nie zu Ende geht.

Ich weiß gar nicht, wieso ich Dir diese Sache als Erstes erzähle. Es ist nämlich nicht das Beunruhigendste, was mir heute passiert ist.

Daniel hat mich nämlich angerufen. Er hat eine Nachricht auf den Anrufbeantworter gesprochen, dass er sich gern mit mir treffen möchte. Nicht zu glauben, oder? Er klang so, als ob ihm das, was er mir angetan hat, leidtut. Klar, ich weiß ja, dass er sich damals entschuldigt hat, aber heute klang es so, als ob er das, was er getan hat, wirklich bereut, und das ist etwas anderes. Vorher tat ihm einfach nur leid, dass er mir wehgetan hat. Jetzt hört er sich so an, als ob er alles wieder rückgängig machen will. So als wünschte er, er hätte unsere Verlobung nicht gelöst.

Er hat gesagt, er würde es später noch einmal versuchen.

Ich war bei Rosalina und Marco zum Essen, in der Hoffnung, dass er während meiner Abwesenheit anrufen würde, aber das hat er nicht. Als ich dann vom Essen zurückkam, habe ich völlig aufgelöst am Telefon gesessen und auf den Anruf gewartet, der aber nicht kam. Um halb zehn habe ich schließlich Shelby angerufen und ungefähr eine Stunde lang mit ihr geredet, dabei aber immer auf das „Anklopfen"-Geräusch in meiner Leitung gewartet. Doch auch das kam nicht.

Shelby findet, dass ich ihm keine zweite Chance geben soll. Ich habe sie gefragt: „Und was ist, wenn er sich geändert hat? Was ist, wenn er ein ganz anderer geworden ist?" Und darauf hat sie dann gesagt, dass Daniel das erst beweisen müsste. Dann fragte sie, ob ich ihn immer noch liebe, und ich habe geantwortet, dass ich das ganze letzte Jahr so sehr versucht habe, mich selbst davon zu überzeugen, dass ich ihn nicht mehr liebe, dass ich gar nicht mehr weiß, was ich empfinde. Ich spüre, dass es ihr lieber wäre, wenn ich zu Daniel auf Abstand bleibe. Aber sie hat gut reden. Sie hat diesen tollen neuen Freund, der sie sogar schon seiner Familie vorgestellt hat, der ihr andauernd Blumen kauft und ihr in ihrer Schulklasse kleine Zettel ins Pult legt.

Vater Laurent sagt, ich soll warten, bis Gott mir sagt, was ich tun soll.

Max sagt, ich soll warten, bis es mich aus den Socken haut.

Shelby sagt, ich soll auf jemanden warten, der mich verdient hat.

Und ich sehe mich schon als alte Frau, die mit hässlichen Socken an den Füßen auf der Bordsteinkante sitzt und darauf wartet, dass etwas passiert.

Was sagt denn Harriet?

Ich versuche, mir „Meine Lieder, meine Träume" anzuschauen, die Geschichte dieser Trapp-Familie. Aber ich horche die ganze Zeit aufs Telefon, obwohl es schon nach elf ist. Wusstest Du eigentlich, dass die Nonnen, als Fräulein Maria in einem Brautkleid mit kilometerlanger Schleppe und der wunderschönen Musik, die mir eine Gänsehaut macht, den Mittelgang des wunderschönen Salzburger Doms entlanggeht, sagen: „Wie löst man ein Problem wie Maria?" Also, die Filmmusik klingt genau so schön wie Pachelbels Kanon, und Maria sieht in ihrem Brautkleid einfach strahlend aus, und die Nonnen singen davon, was für ein Problem sie ist.

Aber auf den Text achtet wahrscheinlich niemand.

Alles dreht sich um das wunderschöne Kleid, die Kirche, wie sie den Mittelgang entlang nach vorn zum Altar schreitet, die Musik, die dabei gespielt wird, und den Blick auf Marias lächelndes Gesicht unter dem Schleier.

Niemand denkt, was für ein Problem sie ist.

Liebe Rose,

was Dein derzeitiges Dilemma betrifft: Max ist ein guter Freund, jemand, bei dem Du Dich darauf verlassen kannst, dass er Dir gegenüber völlig offen und ehrlich ist. Auch Shelby ist eine gute Freundin. Sie ist nicht deshalb so vorsichtig mit dem, was sie sagt, weil sie glücklich verliebt ist und Du nicht. Sie ist so vorsichtig, weil ihr etwas an Dir liegt. Und Vater Laurent ist der perfekte Freund – aufmerksam und einfühlsam.

Und dann bin da natürlich auch noch ich. Deine Stimme der Vernunft. Ich sage Dir, was Du ganz tief in Deinem Inneren schon weißt.

Du hast wirklich großes Glück, so treue Gefährten zur Seite zu haben.

Du weißt, was ich Dir sagen werde.

Ich sage Dir, dass Du, wenn Daniel noch einmal anruft und Du Dich weigerst, Dich mit ihm zu treffen, Dich ewig fragen wirst, was er Dir wohl sagen wollte. Ewig.

Ich kenne Dich gut genug, um zu wissen, dass Du nicht mit einer solchen Hypothek wirst leben wollen. Besonders, während Du auf diesem Planeten wandelst und darauf wartest, aus den Socken gehauen zu werden.

Ob Du wieder mit ihm zusammenkommen sollst?

Er hat Dich ja noch nicht einmal gefragt, meine Liebe.

Du sorgst Dich ständig um ungelegte Eier. Warte doch einfach ab, bis Du an dem Punkt angelangt bist, an dem Du eine Entscheidung treffen musst. Und selbst dann musst Du ja erst zu einer Entscheidung gelangen, wenn Du so weit bist, den nächsten Schritt zu machen.

Stimmt, niemand achtet besonders auf den Text, als Maria zum Altar schreitet. Da hört man wirklich nur die Musik. Die Art und Weise, wie die Noten gespielt werden. Und auf diese eine perfekte Weise sollten sie gespielt werden.

Harriet

Zweiundzwanzig

Meine Mutter, L'Raine und ich stehen vor einer Schneiderpuppe, die meine letzte Neuerwerbung trägt: ein Brautkleid aus den 20er Jahren, das ich auf Empfehlung einer Dame von der Ostküste gekauft habe. Die Frau hatte mich angerufen und mir von dem Kleid erzählt.

Wir stehen jetzt zu dritt davor und versuchen zu entscheiden, ob wir es schön finden.

Eigentlich sind es meine Mutter und L'Raine, die über die schönen Aspekte des Kleides sinnieren.

Ich bin bei dem Gespräch nur halb anwesend. Eigentlich sogar eher abwesend.

Ich habe in der vergangenen Nacht nicht gut geschlafen.

Ich habe in meinem Kopf immer wieder das Lied „Der einsame Ziegenhirt“ gehört, eine nervtötende Auswirkung des Umstandes, dass ich mir noch den Film „Meine Lieder, meine Träume“ angeschaut habe, als ich eigentlich schon längst im Bett hätte sein müssen.

Und dann ging mir natürlich auch Daniels Anruf nicht aus dem Kopf. Ich bin sogar noch einmal aufgestanden, um mir die Nachricht auf dem Anrufbeantworter ein weiteres Mal anzuhören, nur um seine Stimme zu hören. Nein, nicht nur seine Stimme, sondern den Tonfall des Bedauerns.

Er klingt definitiv reumütig.

Na gut, aber warum hat er dann nicht noch einmal angerufen?

Er hat gesagt, dass er später noch einmal anrufen würde. Heißt das nicht normalerweise noch am selben Tag?

Vielleicht hat er Angst, dass ich ihn wirklich nicht sehen will, und schiebt es vor sich her, mich noch einmal anzurufen, weil er schon beim ersten Anlauf wirklich lange gebraucht hat, um Mut zu fassen. Es ist möglich, dass er glaubt, ich will ihn nicht sehen. Wir haben uns wirklich in einem etwas harscheren Ton getrennt.

Ich weiß gar nicht, ob „harsch" hier das richtige Wort ist.

Vielleicht könnte man besser sagen auf nicht gerade liebenswürdige Art und Weise.

Wenn man nur zehn Tage vor der Hochzeit die Verlobung löst, dann besteht das Hauptproblem ja darin, dass man einen großen Teil der praktischen Trennungsfolgen gemeinsam abarbeiten muss. Das mag lustig klingen, aber es ist wahr. Sich zu trennen ist eine Aufgabe, die alle beide bewältigen müssen. Man muss koordinieren, wer was absagt und abbestellt. Wer gibt was zurück? Es ist wie eine Scheidung ohne Anwälte, ohne Gericht, ohne Papiere und ohne Fassade, hinter der man sich verstecken könnte. Alles, was man hat, ist der Beweis für die gemeinsamen, jetzt aber geplatzten Träume, und man muss gemeinsam die Scherben zusammenkehren. Ich fand es ganz furchtbar.

Auch das werde ich in mein Buch „So entloben Sie sich richtig" aufnehmen. Und es wird schon gleich im ersten Kapitel stehen: „Eine Hochzeit abzusagen bedeutet mehr, als nur nicht in der Kirche zu erscheinen." Eine Hochzeit nur ein paar Tage vor dem geplanten Termin abzusagen, ist genauso arbeitsintensiv, wie in letzter Minute eine auf die Beine zu stellen. Und man sollte nicht glauben, wie sehr es auch emotional seinen Tribut fordert, besonders, wenn man die Person ist, die sitzengelassen worden ist.

Also ja, es stimmt, und ich gebe es zu, dass ich in den Tagen unserer Trennung ein bisschen labil war. Und dann habe ich alles Mögliche unternommen, um Daniel auch am Arbeitsplatz nicht zu begegnen, weil wir ja im selben Unternehmen sowie im selben Bürogebäude arbeiteten. Dieser Zustand dauerte so lange an, bis ich gekündigt, die Verwaltung des „Finnland“ übernommen und meine Brautboutique eröffnet hatte. Ach ja, und ich habe wie ein kleines Kind an der Schulter meiner Mutter geweint, als sie zu mir in meine Wohnung kam, um sich zu verabschieden.

Das eine Mal, als er mich nach unserer Trennung anrief, um sich zu erkundigen, wie es mir ginge, brachte ich kaum ein Wort heraus. Er hat bestimmt gedacht, dass mein reserviertes Verhalten ihm gegenüber darauf zurückzuführen war, dass ich wütend auf ihn war. Dabei war ich aber gar nicht deshalb so reserviert, sondern weil ich von meinen Gefühlen so überwältigt war, dass es mir die Kehle zuschnürte.

Ich verstehe jetzt also, wieso Daniel sich möglicherweise fragt, ob ich ihn vielleicht gar nicht sehen will.

Aber er hätte ja trotzdem gestern Abend noch einmal anrufen können.

Wenn man jemanden zurückgewinnen will, dann sagt man doch nicht, dass man noch einmal anruft, und tut es dann nicht.

„Rose!“

Ich muss mich mit aller Kraft darum bemühen, mein inneres Purzelbaumschlagen zu beenden. Meine Mutter sieht mich an. Und L'Raine auch.

„Was ist denn los?“

„Du hast kein Wort von dem mitbekommen, was ich gesagt habe, oder?“ Meine Mutter schaut mir in die Augen.

„Ja. Nein. Ich weiß nicht. Was hast du denn gesagt?“

„Ich habe gesagt, dass Rosalina vielleicht noch ein bisschen champagnerfarbene Spitze annähen könnte, damit es so aussieht, als sei die Farbe des Kleides schon immer

Cremefarben gewesen. Wir werden sowieso niemals jemanden davon überzeugen können, dass es weiß ist."

„Klar."

„Was ist denn los, Rose?"

Einen Moment lang sitze ich einfach nur da und betrachte das Kleid, ohne es aber wirklich zu sehen. Dann mache ich den Mund auf und es kommt eine Flut von Worten heraus.

„Daniel hat gestern Abend angerufen. Er will sich mit mir treffen, und ich weiß nicht, was ich will. Na ja, richtig mit ihm gesprochen habe ich eigentlich gar nicht. Ich war gar nicht zu Hause, als er angerufen und etwas auf den Anrufbeantworter gesprochen hat. Er hat gesagt, er würde noch mal anrufen, aber das hat er nicht getan."

„Ach, du liebe Güte!", flüstert L'Raine.

„Weshalb will er dich denn sehen?" Meine Mutter hat vor Sorge und unguten Vorahnungen ganz große Augen.

„Ich weiß es nicht. Das hat er nicht gesagt. Er klang ... er klang reumütig."

„Oje, oje, oje", sagt L'Raine und wiegt dabei den Kopf hin und her.

Meine Mutter runzelt bestürzt die Stirn. „Ich weiß nicht, Rose."

„Meinst du, dass er es sich anders überlegt hat?" L'Raine kommen schon wieder die Tränen.

Meine Mutter wirft ihr einen warnenden Blick zu. „Aber er erwartet doch wohl nicht, dass du ihn wieder einfach so zurücknimmst. Also, wenigstens um sie kämpfen müssen sollte er." Dann wendet sie sich wieder an mich. „Lass ihn um dich kämpfen und mach es ihm nicht zu leicht!"

„Mama!"

„Ich meine es ernst. Sorg dafür, dass er noch mal richtig um dich werben muss, wenn er dich zurückhaben will. Er muss all den Kummer und den Herzschmerz, den er dir bereitet hat, wiedergutmachen!"

„Ich habe mal von einem Mann gehört, der der Frau, die er liebte, die er aber sehr verletzt hatte, jeden Tag ein Dutzend roter Rosen schickte, bis sie einwilligte, ihn zu heiraten“, kommentiert L'Raine verträumt.

„L'Raine“, sagt meine Mutter in strengem Ton. „Blumen sind doch kein Ausgleich für erlittenes Unrecht.“

L'Raine zuckt mit den Achseln. „Aber schaden tun sie auch nicht.“

Ich hätte die Sache nicht ansprechen, sondern den Mund halten sollen. „Lasst mich einfach einen Schritt nach dem anderen machen, ja?“

„Sei nur vorsichtig, Rose, und pass gut auf dich auf.“

„Das werde ich, Mama, ich verspreche es.“

Dann überlasse ich sie ihrer Zankerei darüber, welche Farbe das alte Brautkleid nun wirklich hat und welche Absichten Daniel in Wahrheit verfolgt. Eine Kundin hat den Laden betreten. Ich sehe sofort, dass sie verlobt ist, bald heiraten wird und jetzt auf der Suche nach dem perfekten Brautkleid ist.

Ich erkenne es an ihrem Blick.

Der Morgen vergeht langsam, wie das montagmorgens meistens ist, und als der Nachmittag sich langsam heranschleicht, klingelt das Telefon. Ich bin gerade in dem kleinen Büro hinter dem Laden und nehme den Hörer ab.

„Rose? Hier ist Daniel.“

Herz, hör auf zu flattern wie ein Kolibri im Koffeinschock, und Stimme, bitte verlass mich nicht.

„Hallo, Daniel.“ Sehr schön gesprochen. Leise, kontrolliert, ohne eine Spur von Angst oder Aggressivität oder Gleichgültigkeit.

„Kommt mein Anruf gerade ungünstig? Störe ich?“ Er klingt sehr höflich und entgegenkommend.

„Nein, im Augenblick ist gerade nicht viel los."

„Ich habe gestern schon versucht, dich anzurufen. Wahrscheinlich hast du die Nachricht bekommen, oder?"

„Ja."

„Gut. Wäre es dir denn recht, wenn ich zu dir rüberkäme?"

„Herkommen? Du meinst hierher? In den Laden?"

Drei blöde Fragen hintereinander. Auch die Stimme klingt verräterisch.

„Wäre dir das recht?" Er klingt beharrlich, aber auf nette Weise.

„Wann?"

„Ich habe mir heute freigenommen, also ich hatte eigentlich gehofft, dass es dir heute passen würde. Wenn es dir recht ist, jetzt gleich."

Mein Magen hat sich mittlerweile den anderen rebellierenden Körperteilen angeschlossen. Er zieht sich wie verrückt zusammen. Ich spüre, dass sich in der Bürotür etwas regt, und blicke auf. Meine Mutter steckt den Kopf zur Tür herein. Weiß sie, mit wem ich spreche? Sie macht eine sehr strenge Miene.

„Ich … also, das passt mir eigentlich nicht so besonders gut." Ich kann kaum glauben, dass ich das gerade gesagt habe. Meine Mutter setzt ein breites Grinsen auf.

„Ach so. Würde es denn etwas später besser passen?"

„Also …" Ich tue so, als ob ich in einem vollen Terminkalender blättere. „Vielleicht kurz vor Ladenschluss, so gegen vier. Oder nein, lieber um halb fünf."

„Klar. Okay. Und vielen Dank, Rose. Ich komme dann um halb fünf bei dir vorbei."

Plötzlich möchte ich auf keinen Fall, dass David in ein Meer von gebrauchten Brautkleidern kommt, wobei mein eigenes irgendwo mittendrin herumdümpelt.

„Es wäre mir doch lieber, wenn wir uns woanders treffen könnten, Daniel."

Das Grinsen meiner Mutter wird noch breiter. Sie glaubt, dass ich gerade ihren Rat befolge und es ihm nicht so leicht mache, aber ich bin nur ein Feigling – sonst nichts.

„Also gut. In der Eisdiele, die du so magst?"

Daniel erinnert sich daran, dass ich italienische Eis liebe.

„Ja, klar, das ist gut."

„Okay, bis dann also."

„Tschüss, Daniel."

Als ich auflege, verschwindet meine Mutter wieder, flüstert aber noch: „Gut gemacht, Rose."

Der Nachmittag zieht sich wie Kaugummi. Ich versuche, nicht auf die Uhr zu sehen, tue es aber trotzdem dauernd. Ich versuche, mir nicht im Kopf zurechtzulegen, was ich sagen werde – wie zum Beispiel: „Ich glaube, wir sollten es dieses Mal lieber etwas langsamer angehen lassen, Daniel" –, aber ich tue es trotzdem. Ich widerstehe dem Drang, nach oben in meine Wohnung zu gehen und mir etwas anderes anzuziehen. Ich trage bereits einen ziemlich modischen grünen Hosenanzug mit einem beigefarbenen Top darunter.

Aber Daniel mag es nicht so gern, wenn ich etwas Grünes trage. Er sieht mich lieber in Pink.

Am Ende verbringe ich Stunden damit, alle zwanzig Minuten solche Gedanken wieder bewusst von mir zu weisen, während ich versuche, Mamas und L'Raines gut gemeinten Rat zu beherzigen

Nimm ihn nicht sofort zurück.

Kränke ihn nicht.

Lächle.

Weine nicht.

Frage ihn, wie es ihm geht.

Sag ihm, dass ihr darüber beten müsst, ob ihr wieder zusammenkommen sollt.

Zapple nicht herum.

Iss nichts Buntes.

Umarme ihn nicht zur Begrüßung. Umarme ihn auch nicht bei der Verabschiedung.

Um zehn nach vier bin ich ein einziges Nervenbündel. Als ich gerade vor einem der großen Ganzkörperspiegel meine Locken noch ein wenig aufbausche, kommt Max zur Ladentür herein.

Er sagt Hallo, und geht an mir vorbei in Richtung Hinterausgang, der ins Treppenhaus zu den Wohnungen führt, als meine Mutter beschließt, dass er wissen muss, was ich vorhabe.

„Daniel hat angerufen und will sich mit ihr treffen", verkündet sie Max, als er an uns vorbeigeht. „Ist doch nicht zu glauben, oder?"

Max bleibt stehen, dreht sich um und starrt mich an. „Wirklich?"

„Guck doch nicht so erstaunt, Max", sage ich, während ich einen Lippenstift aus meiner Handtasche hole und mir die Lippen nachziehe.

„Es überrascht mich nicht, dass er dich angerufen hat, aber dass du dich mit ihm treffen willst, wundert mich schon."

Ich drehe mich vom Spiegel weg zu ihm um. „Und warum wundert dich das?"

Er blinzelt. „Einfach so." Mehr sagt er dazu nicht. Er erwähnt unser Gespräch von gestern nicht, aber ich bin sicher, dass er genau daran denkt.

„Diesmal ist sie klüger", sagt meine Mutter zu meiner Verteidigung. Max zuckt nur mit den Achseln.

Ich muss hier raus. Es ist zwar noch zu früh für meine Verabredung, aber dann gehe ich eben einfach langsam.

„Ich geh dann mal." Ich nehme meine Handtasche und mache mich auf den Weg, bevor mir noch irgendjemand zu irgendetwas einen Rat geben kann.

Dreiundzwanzig

Ich nutze die drei Blocks zwischen Lorenzos Eisdiele und dem „Ein Traum in Weiß“ für ein kleines Gespräch mit Gott.

Ich sage ihm, dass ich keine Lust auf eine Beziehung habe, wenn er sie nicht segnet. Wenn also Daniel nicht der Mann ist, den ich haben soll, dann möchte ich, dass Gott mir den Mut schenkt und mir hilft, Daniel zu sagen, dass wir nicht wieder zusammenkommen.

Schenk mir Mut. Schenk mir Mut.

Lorenzos Eisdiele mit den kleinen Glastischen und den rot gestreiften Sonnenschirmen auf dem Gehweg davor ist jetzt in Sichtweite. An einem der Tische sitzt Daniel. Er sieht mich kommen und erhebt sich lächelnd.

Er sieht toll aus.

Sein aschblondes Haar hat sonnengebleichte Strähnen. Er trägt Segeltuchshorts, Sandalen und ein Safarihemd. Ich bin viel zu schick angezogen.

Aber er sieht so aus, als würde er sich freuen, mich zu sehen, so als ob er mich dafür bewundert, wie ich auf ihn zugehe.

Ich befehle den Schmetterlingen in meine Bauch, sich auf der Stelle zu verziehen und zu sterben.

Als ich bei ihm ankomme, beugt er sich vor, nimmt meine Hände in seine und küsst mich auf die Wange, direkt unterhalb meines rechten Ohrläppchens. Ich rieche einen Hauch von „Acqua di Gio". Berauschend.

„Du siehst wundervoll aus, Rose. Wirklich." Er tritt zurück und deutet auf den Tisch. „Kann ich dir etwas bestellen? Ein Eis? Cappuccino?"

Ich habe absolut keinen Appetit.

„Nein, danke."

Wir setzen uns. Ich lehne mich auf dem Stuhl zurück und er beugt sich auf seinem ein wenig vor.

„Und, wie ist es dir so ergangen?" Er scheint wirklich interessiert zu sein.

Ich gebe ihm die Antwort, die ich den ganzen Nachmittag eingeübt habe, obwohl ich es gar nicht wollte. „Toll. Und dir?"

„Gut, ganz gut." Er neigt den Kopf etwas zur Seite. „Ich kann gar nicht fassen, wie sehr du dich verändert hast."

„Habe ich das?"

„Du siehst von Kopf bis Fuß wie eine smarte Geschäftsfrau mit eigener Firma aus."

Hmmm. Was soll man dazu sagen?

„Und wie geht es deinen Eltern?", gebe ich unverbindlich zurück.

Er zögert. „Äh, gut. Es geht ihnen beiden gut."

„Und Melissa und Kyra?" Das sind seine Schwestern.

„Auch gut. Melissa hat gerade ihren Abschluss in BWL gemacht und Kyra hat noch ein Jahr an der Uni vor sich."

Einen Moment lang schweigen wir beide.

„Ich habe in der Zeitung den Artikel über deinen Laden gelesen, als du eröffnet hast. Ein wirklich großartiger Artikel." Das klingt ein bisschen ... zu höflich.

Ich will jetzt *wirklich nicht* über das „Ein Traum in Weiß" sprechen. Es scheint Daniel zu beeindrucken, dass ich einen eigenen Laden habe, aber ich komme nicht darüber hinweg, *warum* ich ihn habe.

„Danke."

Wieder ein kurzer Moment unbehaglichen Schweigens.

Ich wünschte, er würde jetzt sagen, was er auf dem Herzen hat. Wir brauchen doch nun wirklich nicht unsere Zeit mit Smalltalk zu vertun. Meine Güte, schließlich waren wir mal beinahe verheiratet.

„Es freut mich wirklich, dass es dir so gut geht, Rose. Ich fühle mich immer noch richtig schlecht in Bezug auf das, was passiert ist. Wirklich."

Da ist er wieder, dieser bedauernde, fast reumütige Tonfall der Nachricht auf meinem Anrufbeantworter. Das geht mir an die Nieren.

Ich bringe wieder einen der eingeübten Sätze zum Einsatz: „Ich weiß, dass du mir nicht absichtlich wehgetan hast."

„Das wollte ich auch nicht! Ehrlich, das wollte ich nicht. Ich hätte dir das nicht antun dürfen. Du bist eine fantastische Person, das habe ich wohl nie richtig kapiert. Und es tut mir leid, dass ich es nicht kapiert habe."

Ich habe einen Kloß im Hals, obwohl ich meinem Inneren befehle, sich zu beruhigen.

„Ist schon gut, Daniel. Ich mache dir keinen Vorwurf deshalb. Wirklich nicht."

Er lehnt sich auf seinem Stuhl zurück und lächelt mich an, so als hätte ich gerade seinen Tag gerettet. „Ich bin echt froh, dass du das so siehst."

Ich höre, wie meine Mutter mit mir schimpft. *Lass nicht zu, dass er sich wieder in dein Herz schleimt, Rose. Lass ihn um dich werben.*

„Das macht es mir auch leichter, dir zu sagen, weshalb ich mich mit dir treffen wollte."

Die Stimme meiner Mutter verschwindet aus meinem Kopf. Was hat er da gerade gesagt?

„Es ist nämlich so, Rose, ich … ich werde heiraten."

Von einem auf den anderen Augenblick befällt mich das

Gefühl einer erdrückenden Last. Es fühlt sich an, als würde mir die hässliche, schwere Bleischürze, die ich umgehängt bekomme, wenn meine Zähne geröntgt werden, mit voller Wucht auf den Kopf geknallt. Die Luft um mich herum ist augenblicklich drückend.

Ich bringe kein Wort heraus.

Harriet kommt mir zur Rettung. Ich spüre, wie sie sich den Weg aus meinem Inneren hervorbahnt, um für mich zu übernehmen.

„Du heiratest?" Meine Stimme ist ganz ruhig. Aber es ist nicht meine Stimme.

„Ich weiß, das Ganze kommt dir wahrscheinlich ausgesprochen überstürzt vor, aber ich habe Dana im Januar kennengelernt und ... na ja ... Zwischen uns hat es eben sofort gefunkt. Ich habe das Gefühl, dass ich sie schon mein ganzes Leben lang kenne."

„Du heiratest?"

„Du brauchst dir keine Sorgen darüber zu machen, dass viele unserer gemeinsamen Freunde zur Hochzeit kommen werden. Wir heiraten nämlich am vierten Juli auf den Jungferninseln. Es werden nur die Familie dabei sein und ein paar enge Freunde."

Er beobachtet mich, mustert mein Gesicht nach Anzeichen dafür, dass ich direkt hier in der Eisdiele einen Anfall bekomme.

„Wow. Dann muss ich dir wohl gratulieren, was?", erwidere ich stattdessen.

Ich merke genau, dass er darüber verwundert ist, wie gut die ganze Sache für ihn läuft.

„Ich wollte einfach nur, dass du es von mir erfährst, Rose, und nicht vor irgendjemand anderem."

„Danke, das ist sehr rücksichtsvoll von dir." Die kluge, höfliche Harriet.

„Es ist also in Ordnung für dich? Ich möchte nicht, dass irgendetwas zwischen uns ungeklärt bleibt."

„Klar, Daniel. Ich freue mich für dich und wünsche dir alles Gute."

Jetzt ist er praktisch außer sich vor Freude. Er kriegt das Mädchen, das er liebt, und die Absolution von mir, die er sich so sehr wünscht.

„Danke für dein Verständnis, Rose. Du bist wirklich toll. Bist du mit jemandem zusammen? Wer auch immer es sein mag, er ist jedenfalls ein echter Glückspilz. Gleich nach mir natürlich!"

„Natürlich." Seine Frage übergehe ich einfach.

Offenbar weiß er jetzt nicht so recht, was er noch sagen soll, und Harriet hat ganz sicher nicht vor, es ihm leichter zu machen.

„War toll, dich zu sehen." Seine Stimme signalisiert, dass er gern zum Schluss kommen möchte. „Soll ich dich noch zu deiner Boutique zurückbegleiten?"

„Nein. Es ist so ein schöner Nachmittag. Ich glaube, ich bleibe einfach noch ein bisschen hier sitzen und genieße ihn."

„Also gut." Er steht auf, zögert und beugt sich dann vor, um mir ein Küsschen auf die andere Wange zu geben. „Man sieht sich."

Ich lächle. Das betont zurückhaltende Lächeln einer gefassten Seele. „Bis dann."

Er lächelt und wendet sich dann zum Gehen. Seine Sandalen hinterlassen ein klatschendes Geräusch auf dem Gehsteig.

Er hat keine Socken an.

Vierundzwanzig

Liebe Harriet,

danke, dass Du heute eingesprungen bist, um mich zu retten. Ohne Dich wäre ich verloren gewesen.

Ich kann gar nicht so genau sagen, wie es mir im Moment geht. Wahrscheinlich gibt es dafür Worte, aber ich weiß nicht, welche. Also, eigentlich fühle ich mich wie betäubt. Shelby sagt, dass Daniel ein richtiges Ekel ist. Meine Mutter sagt, dass er nun mal kein bisschen wie mein Vater ist und dass ich auf jemanden wie meinen Vater warten soll – einen Kerl wie Papa. L'Raine sagt, dass man nichts dafür kann, wen man liebt. Und wen nicht.

Max hat alles mit angehört, was ich meiner Mutter und L'Raine erzählt habe, und hat nur gemeint: „Also, dann wäre das ja erledigt, Rose. Willst du heute Abend mit zu Cody kommen und das Spiel der ‚Twins' anschauen?"

Ich bin mitgegangen.

Sie haben verloren.

Liebe Rose,

freut mich, dass ich behilflich sein konnte.

L'Raine hat vermutlich recht. Deine Mutter mit Sicherheit.

Übrigens: Die „Twins" spielen am Freitag wieder. Und am Tag darauf. Und am Tag darauf.

Harriet

Fünfundzwanzig

Daniel hatte sich für sein Geständnis, dass er mich nicht heiraten könne, genau den richtigen Augenblick ausgesucht. Ich war nämlich gerade dabei, Schleifen um winzige Beutelchen mit Zuckermandeln zu binden, die unsere Gäste als Hochzeitsandenken mit nach Hause nehmen sollten.

Als er mir sagte, dass er mich nicht heiraten *wollte*.

Es war an einem Mittwochabend. Ich hatte beim Zubinden der Tüllbeutelchen wieder und wieder von den Zuckermandeln genascht, sodass ich einen richtigen Zuckerflash hatte, als er noch bei mir zu Hause vorbeischaute – in meiner alten Wohnung. Im Fernsehen lief eine Kochshow, und ich hatte gerade eine Fertigpizza gegessen, von der ein kleiner Rest immer noch warm auf dem Pappteller neben mir lag, als es an der Haustür klingelte und ich hinging, um zu öffnen.

Ich war überrascht, Daniel zu sehen. Er hatte nicht vorher angerufen, und die ahnungslose Romantikerin in mir fand es einfach nur toll, dass mein Verlobter unangekündigt vorbeikam. Das bedeutete doch, dass er mich vermisst hatte. Ich hatte ihn an diesem Tag und auch am Tag zuvor nicht im Büro gesehen, denn seine Abteilung hatte mit einem riesigen Auftrag viel zu tun. Ich hatte den Eindruck, dass er überarbeitet war.

Da stand er nun also zehn Tage vor unserer Hochzeit vor meiner Tür und sah irgendwie notleidend aus.

„Daniel!", gurrte ich. „Hey! Komm doch rein." Ich war vergnügt und munter und wegen all des Zuckers und der Liebe in meinem Blutkreislauf ausgesprochen aufgedreht. Er trat ein, und ich bemerkte kaum, dass er in völlig anderer Stimmung war als ich. Ich ging vor ihm her zur Wohnzimmercouch und zeigte ihm stolz mein Werk. Ich war halb fertig mit dreihundertfünfzig kleinen Beuteln aus Tüll und Satin, in denen sich mit pastellfarbenem Zucker überzogene Mandeln befanden. Jedes der Beutelchen war mit einem kleinen Pergamentband verschlossen, auf das ich mit Silberstift die Worte „Daniel und Rose" geschrieben hatte.

„Willst du mal eine probieren?" Ich reichte ihm eine blassrosa Zuckermandel, und er zögerte, kurz bevor er sie nahm.

„Du kannst ruhig eine essen", versicherte ich ihm. „Wir haben reichlich davon. Ich habe mich augenscheinlich mit der Menge ein bisschen verschätzt."

Daniel nahm die Mandel, aß sie aber nicht, sondern stand einfach nur da und befingerte die glatte Oberfläche der Glasur. Ich deutete seine Zurückhaltung fälschlicherweise als Reaktion auf einen schweren Tag im Büro.

„Ist heute irgendwas auf der Arbeit passiert?", fragte ich.

Er sah erst mich an, dann die Mandel in seiner Hand und dann zum Couchtisch hinüber, der überladen war mit den wölkchenähnlichen weißen Beutelchen aus Stoff und Bändern.

Als er danach wieder mich ansah, war mir klar, dass sich mein Leben jetzt gleich von Grund auf ändern würde. Ehrlich, ich wusste es. Ich setzte an, etwas zu sagen.

„Wir müssen reden", begann er.

Wissen Sie, wie viel Macht diese drei Worte haben, wenn sie in dieser Reihenfolge ausgesprochen werden? Die Zuckerflut in meinem Körper wirbelte noch einmal auf und kam dann zum Stillstand. Einen Augenblick lang schien der Raum zu schwanken. Wenn jemand zu einem sagt: „Wir müssen reden", dann bedeutet das, dass entweder etwas passiert ist oder gleich passieren wird.

Ich glaube, ich entgegnete etwas wie: „Was?"

„Können wir uns setzen?" Er wartete meine Antwort gar nicht erst ab, sondern nahm einfach auf meiner Couch Platz und wartete, dass ich dasselbe tat.

Wahrscheinlich dauerte es eine halbe Minute, bis das auch wirklich der Fall war. Ich setzte mich ebenfalls aufs Sofa, aber unsere Knie berührten sich nicht einmal. Ich wäre so gern in der Lage gewesen zu sagen: „Was ist denn los, Liebling?" Aber Angst – kalt und gewiss – bewirkte, dass ich den Mund nicht aufbekam.

Zunächst sagte Daniel nichts; er saß einfach nur mit der Mandel zwischen den Fingern da und atmete ein und aus. Inzwischen weiß ich natürlich, dass er dabei Kraft gesammelt hat, um mir zu sagen, dass er Schluss machen wollte.

„Rose." Er begann mit meinem Namen. Ich wünschte, das hätte er nicht getan, denn dadurch wurde es irgendwie so persönlich. Das klingt vielleicht lächerlich, aber noch wochenlang später klang in meinem Inneren nach, wie er in diesem Augenblick meinen Namen gesagt hatte.

„Ich weiß nicht, wie ich es dir sagen soll", fuhr er fort.

Ich versuchte, mich darauf zu konzentrieren, ganz ruhig zu bleiben. Ich erinnere mich, dass ich damals dachte, Daniel wäre wahrscheinlich gekommen, um mir mitzuteilen, dass mit unseren Plänen für die Flitterwochen etwas schiefgegangen sei, dass vielleicht etwas mit den Tickets für unseren Flug nach Aruba nicht geklappt hätte oder er nach der Hochzeit keinen Urlaub bekommen würde und gleich wieder arbeiten musste. Oder dass vielleicht sein bester Freund Ted, der auch sein Trauzeuge sein sollte, bei einem schrecklichen Unfall ums Leben gekommen sei.

„Was sagen?“, flüsterte ich

Er nahm sich ganz viel Zeit, um wieder aufzublicken und mich anzusehen. Dann kamen ihm die Worte, die er sich anscheinend so sehr auszusprechen gefürchtet hatte, so leicht über die Lippen wie Butter von einem heißen Messer.

„Ich will nicht heiraten.“

Wenn es nur noch zehn Tage bis zur eigenen Hochzeit sind, wenn das Traumbrautkleid schon im Schrank hängt, das Gästezimmer voller Hochzeitsgeschenke steht und der Couchtisch im Wohnzimmer mit kleinen Beutelchen mit Zuckermandeln überquillt, dann hat es keinerlei Wirkung auf einen, wenn man diese Worte hört. Weil dann der erste Gedanke nämlich der ist: *Das habe ich jetzt nicht wirklich gehört!*

Meine beiden ersten Reaktionen waren also Schweigen und Fassungslosigkeit. Ich glaube, Daniel war weder auf das eine noch auf das andere gefasst.

„Hast du mich verstanden, Rose?“

Ich erinnere mich nicht mehr so genau, was ich als Nächstes gesagt oder getan habe. Aber ich bin sicher, dass es, egal, was es war, Daniel jeden Zweifel daran nahm, ob ich ihn verstanden hatte oder nicht. Jedenfalls ist das Nächste, woran ich mich wieder erinnere, dass ich aufstand und von ihm wegging. Dabei könnte ich etwa Folgendes gesagt haben: „Das ist nicht dein Ernst, Daniel, oder? Das meinst du nicht wirklich. Du sagst doch nicht einfach zehn Tage vor dem Termin eine Hochzeit ab!“

„Das ist nicht etwas, das ich einfach so tue!“, schoss er zurück. „Ich quäle mich schon seit ein paar Wochen damit herum.“

Herumquälen. Na, wenn das mal kein Wort ist, das einem das Herz aus dem Leib reißt. Mit mir Schluss machen zu wollen hatte ihm Qualen bereitet. Nicht der Gedanke, dass er mich verletzen würde, sondern lediglich, dass er den Wunsch empfand, die Hochzeit abzusagen.

„Ich kann einfach nicht glauben, dass du das tust! Ich glaube es einfach nicht!" Ich ging in dem winzigen Wohnzimmer auf und ab, während er immer noch auf dem Sofa saß.

„Nun hör doch mal zu, Rose. Ich grüble jetzt schon, ich weiß nicht, wie lange, darüber nach. Ich glaube einfach nicht, dass du glücklich werden würdest. Vielleicht für kurze Zeit, aber langfristig nicht."

„Wieso? Warum denn nicht?" Ich war stehen geblieben und drehte mich jetzt um, damit ich ihn ansehen konnte.

„Das ist eben so."

„Woher willst du denn wissen, dass ich nicht glücklich werde?"

„Weil *ich* es nicht wäre." Das sagte er ziemlich leise. Er wusste, dass seine Worte für mich wie ein Messer in der Brust sein würden. Und das waren sie auch.

Das war der Augenblick, in dem ich zurück zum Sofa ging, vor ihm niederkniete und die flehende Haltung einnahm.

„Du wärst nicht glücklich mit mir?"

Tränen liefen mir die Wangen hinunter.

Er schüttelte verneinend den Kopf.

„Warum? Warum nicht, Daniel?"

Einen Moment lang sagte er nichts. Ich glaube, dass es ihm wirklich gefallen hat, das auszusprechen, was er als Nächstes sagte.

„Weil ich dich nicht genug liebe."

Das Messer in meiner Brust machte eine Vierteldrehung, was so wehtat, dass ich es mir nicht mehr schlimmer vorstellen konnte. Ein kleiner Laut entwich meiner Kehle, in dem das Wort „Was?" enthalten war.

„Ich mag dich, Rose, wirklich. Aber du hast jemanden verdient, der dich mit allem, was er hat und ist, liebt. Und dieser Mann bin nicht ich."

Das war der Punkt, an dem ich anfing zu betteln.

„Daniel, überleg doch mal, was du da tust! Wir wollen in zehn Tagen heiraten!“

„Ich denke ja an nichts anderes mehr. Wir würden einen Riesenfehler machen, Rose.“

„Bitte tu das nicht, Daniel!“

„Aber es ist das Richtige.“

„Nein, ist es nicht!“, weinte ich.

Er stand auf. „Ich glaube, es ist besser, wenn ich jetzt gehe.“

Ich sprang auf und streckte meine Hand aus, um ihn zu berühren.

„Können wir nicht noch mal darüber reden, Daniel? Bitte?“

Er atmete tief und hörbar aus. „Das würde nichts ändern, Rose. Ich kann dich nicht heiraten. Und du solltest es auch nicht von mir verlangen.“

Aber das tat ich. Sogar dann noch, als er schon aufgestanden war, um mich und meine Wohnung endgültig zu verlassen, wollte ich immer noch, dass er mich heiratete.

„Also, ich rufe dich morgen an, und dann besprechen wir, wie wir alles regeln.“

„Daniel, *bitte!*“

Er beugte sich ein wenig vor und legte die kleine Zuckermandel auf meinen Couchtisch neben die hundertfünfundsiebzig weißen Stoffbeutelchen mit den Süßigkeiten.

„Es tut mir leid. Es tut mir wirklich leid.“ Er ging an mir vorbei zu meiner Wohnungstür und öffnete sie und im nächsten Moment war er weg.

Ich tastete nach der Klavierbank meines Vaters, die hinter mir stand, und ließ mich darauf sinken. Als ich mich in meinem Kummer zurücklehnte und gegen die Tastatur stieß, entstand ein wunderbarer Klang.

Ich habe meinen Vater noch nie so sehr vermisst wie in diesem Augenblick, als mir klar wurde, dass der Mann, den ich liebte, mich *nicht* liebte.

Ich wusste, dass ich meine Mutter hätte anrufen können – und auch wollen – und dass sie wie der Blitz bei mir gewesen wäre, um mich zu halten. Aber sie war nicht diejenige, die immer „I'm half-crazy all for the love of you" gesungen hatte. Sie war nicht diejenige, die mich ihr „kleines Mädchen" nannte. Sie war nicht diejenige, die meinen Namen ausgesucht hatte.

Es war mein Vater, der all das getan hatte.

Sechsundzwanzig

Die Strahlen der Morgensonne dringen durch das farbige Glas in dem Fenster über dem kleinen Altar und beleuchten die Kapelle mit gedämpftem Schimmer.

Ich sitze ganz vorne in der ersten Bank.

Normalerweise komme ich hierher, um zu beten.

Heute bin ich hier, um einfach nur hinzuhören.

Ich bin heute Morgen aufgewacht und musste gleich an Daniel denken. Ich habe daran gedacht, wie glücklich er gestern ausgesehen hat, und habe mir überlegt, dass er ganz eindeutig die Gewissheit brauchte, seine Freundin Dana heiraten zu können, ohne dass ihm Altlasten aus der Vergangenheit alles durcheinanderbringen.

Er hat gesagt, ich sei fantastisch.

Eine smarte Geschäftsfrau.

Dass der Mann, der mich einmal bekommt, der glücklichste Mann der Welt sein wird.

Nach ihm, versteht sich.

Ich habe nicht das Gefühl, dass auch nur eines dieser Dinge, die er gesagt hat, etwas mit mir zu tun hat. Ich habe nicht das Gefühl, dass ich smart, professionell oder fantastisch bin.

Vater Laurent hat mir einmal erzählt, dass es jemanden gibt, der genau weiß, was in Bezug auf mich und meine Person die Wahrheit ist, und was nicht, und das ist Gott. Am Sonntag hat er mir außerdem gesagt, dass ich den Mund halten und hinhören soll, wenn ich wissen möchte, was Gott mir über mich sagt.

Also gut, er hat nicht ausdrücklich gesagt, dass ich den Mund halten soll.

Aber sinngemäß war es genau das.

Und deshalb bin ich jetzt hier.

Es fühlt sich eigentlich ganz gut an, hier zu sitzen und keine Klagen aufzuzählen oder die Liste der vielen Dinge herunterzuspulen, die ich gern hätte.

Es fühlt sich wirklich gut an, einfach nur hier zu sitzen und still zu sein.

Ich schließe die Augen und lasse mich von der Stille erfüllen.

Dabei bemerke ich gar nicht, wie die Tür hinter mir aufgeht. Ich spüre nur plötzlich, dass jemand sich neben mich gesetzt hat. Ohne die Augen zu öffnen, weiß ich, dass es Vater Laurent ist, also lasse ich meine Augen geschlossen.

„Guten Morgen, Vater."

„Guten Morgen, Rose."

„Haben Sie schon gehört, wie toll mein gestriger Tag war?", frage ich ihn immer noch mit geschlossenen Augen.

„Ja."

„Hat meine Mutter es Ihnen erzählt?"

„Ja, das hat sie."

Ich öffne jetzt die Augen und sehe ihn an. Er schaut mich sehr freundlich an.

„Geht es Ihnen gut?", erkundigt er sich.

Ich lächle. „Daniel sagt, ich wäre fantastisch."

„Rose."

Ich schaue auf meine Füße hinunter und lache. Es ist ein winzig kleines Lachen, eigentlich eher ein Glucksen. Aber ich mag das Wort „glucksen" nicht. Es ist ein Wort für Clowns und Sitcoms und für Leute, deren einziges Problem im Leben darin besteht, dass die Rosinen in ihrem Müsli immer alle nach unten rutschen.

„Es geht mir besser, als es wahrscheinlich aussieht, Vater. Ich bin nicht wütend auf Daniel. Ich bin nicht traurig um seinet-, sondern um meinetwillen."

Vater Laurent lehnt sich zu mir herüber, so als ob er mir ein Geheimnis verraten will. „Vielleicht ist das jetzt nicht der richtige Moment, um es Ihnen zu sagen, aber ich glaube, Sie sollten wissen, dass Sie für eine andere Art von Liebe gedacht sind als die, nach der Sie suchen. Das gilt für alle Menschen. Die Liebe, die wir bei Gott finden, und die Liebe, die er Ihnen schenkt, damit Sie sie an andere weitergeben, das ist es, wonach Sie eigentlich suchen. Das ist es, wonach wir uns alle sehnen. Und keiner kann verhindern, dass Sie sie bekommen, und zwar im Überfluss. Niemand, außer Ihnen selbst."

Ich schließe die Augen, während ich seine Worte – schwer, aber behutsam – in mein Gehirn vordringen lasse. Ich weiß, dass das, was er mir zu vermitteln sucht, etwas Grundlegendes ist. Ich spüre es auch. Und ich möchte auch nicht, dass mir diese Liebe entgeht. Aber das Ganze kommt mir wie ein Prinzip vor, das sich gerade so außerhalb meiner Reichweite befindet, eben außerhalb dessen, was ich begreifen kann.

„Alles, wonach Sie hungert, ist Ihnen bereits geschenkt worden", fährt er fort. „Sie werden bereits mehr geliebt, als Sie es sich in Ihren kühnsten Träumen vorstellen können. Sie tragen schon die gläsernen Schuhe, Rose. Sie haben sie schon die ganze Zeit getragen."

Ich öffne meine Augen und sehe Vater Laurent an. Er lächelt. Er weiß um meine Vorliebe für Filme, die mich zum Weinen bringen.

„Wenn Sie das sagen, klingt es so einfach."

Er hält einen winzigen Moment inne.

„Es geht nicht darum, dass es so einfach ist, sondern dass es so großartig ist. Und Sie brauchen nicht darum zu kämpfen. Sie haben es nämlich schon."

Ich lehne mich an ihn und berge meinen Kopf an seiner Schulter. Ich hoffe, dass es ihm nichts ausmacht. Ich bin kurz davor, ihn „Papa“ zu nennen, denn auch mein Vater hat mir immer solche Ratschläge gegeben, wie Vater Laurent es jetzt tut. Er fehlt mir so sehr.

„Haben Sie das kleine, blaue Herz noch, das ich Ihnen gegeben habe?“, möchte Vater Laurent wissen.

„Ja.“

„Ich möchte, dass Sie daran denken, was ich Ihnen heute gesagt habe. Meinen Sie, das können Sie? Können Sie das kleine Herz anschauen und daran denken?“

„Ja, Vater.“

„Gut. Vergessen Sie es nicht.“

„Das werde ich nicht. Ich verstehe es zwar nicht so ganz, aber ich werde es nicht vergessen.“ Ich blicke auf und möchte ihn etwas fragen. „Vater Laurent?“

„Ja?“

„Wie kommt es eigentlich, dass Sie das Herz an dem Tag, als Sie es mir gegeben haben, in der Tasche hatten?“

Ein wehmütiger Blick huscht über sein Gesicht. „Ich habe es für jemanden aufbewahrt.“

Er steht auf. Dann wartet er kurz, die rechte Hand auf die Rückenlehne der nächsten Bank gestützt. Und dann macht er einen Schritt. Ich nehme an, mehr will er dazu nicht sagen.

„Danke, Vater.“

Er dreht sich noch einmal langsam zu mir um. Er sieht ein bisschen blass aus.

„Kommen Sie. Ich mache uns eine Tasse Tee.“

Ich folge ihm und gemeinsam verlassen wir die Kapelle. L'Raine steht vorn am Verkaufstresen des „Ein Traum in Weiß“. Es sind immer noch zwanzig Minuten bis zur Öffnung des Ladens, und sie poliert die Glasvitrine, in der der teuerste Haar- und Schleierschmuck auf einem dunkelblauen Samtpolster ausgestellt ist.

„Guten Morgen, L'Raine", rufe ich, und sie blickt mit einem mitfühlenden Dackelblick auf und stellt damit meine Entschlossenheit auf die Probe, nicht die Fassung zu verlieren, sondern mich auf den vor mir liegenden Tag zu konzentrieren.

Vater Laurent, der vor mir geht, hält kurz inne. Dann macht er einen Schritt vorwärts und bleibt wieder stehen. Er stolpert ein wenig vornüber und greift dann an seinen linken Unterarm.

„Vater?"

Er wendet sich mir zu und ich sehe die Angst in seinem Blick. Ich stürze zu ihm hin, als er auf die Knie sinkt, aufstöhnt und vor Schmerzen die Augen verdreht.

„L'Raine! Ruf den Notarzt!", schreie ich. Ich lasse mich auf die Knie sinken, während Vater Laurents Beine nachgeben. Schwer fällt er gegen mich.

Bitte, bitte, bitte, Gott. Bitte nimm mir nicht Vater Laurent. Bitte nicht. Bitte lass ihn mir noch.

Ich höre L'Raine stotternd unsere Adresse angeben. Ich höre, wie sie sagt, dass sie nicht weiß, wie Vater Laurent atmet.

Ich spüre, wie sich Vater Laurents Brustkorb hebt und senkt, aber irgendwie schaffe ich es nicht, mich umzudrehen und es L'Raine zu sagen. Es ist, als würde sein Herz aufhören zu schlagen, wenn ich es ausspreche.

„Rose?", flüstert Vater Laurent.

„Schschsch, Vater. Hilfe ist schon unterwegs."

„Vergessen Sie nicht, was ich Ihnen gesagt habe."

Siebenundzwanzig

Der Krankenwagen hat sich schon vor ein paar Minuten auf den Weg gemacht, als auch ich endlich aus dem Gebäude renne, um in meinen Wagen zu steigen. Max ist bei mir. Als ich in meine Wohnung hinaufgerannt bin, um meine Handtasche und mein Handy zu holen, habe ich immer und immer wieder seinen Namen gerufen. Zuerst tauchte Solomon auf der Treppe auf, im Bademantel und mit einem Bagel in der Hand.

„Holen Sie Max!“, schreie ich, während ich in meine Wohnung stürze, um die Sachen zu holen.

„Was hat er denn jetzt wieder angestellt?“, ruft Solomon mir nach. „Hey, habe ich da das Martinshorn gehört?“

Ich antworte nicht, und Solomon tut, was ich gesagt habe. Max ist schon auf dem Treppenabsatz, als ich wieder aus meiner Wohnung komme. Zum Glück hat er mehr an als nur Boxershorts – was normalerweise um Viertel vor neun morgens sein Outfit ist.

„Was ist denn los?“, fragt Max. Sein Haar steht wieder einmal in alle Himmelsrichtungen ab. „Ich dachte, ich hätte da ein Martinshorn gehört.“

„Max, du musst unbedingt mit mir kommen. Es ist Vater Laurent. Er ist unten zusammengebrochen. Wir müssen zur Klinik fahren, der Krankenwagen fährt auch gleich los.“

Max sagt nichts, sondern saust vor mir die Treppe hinunter. Als wir unten im „Ein Traum in Weiß“ ankommen, liegt Vater Laurent mit einer Sauerstoffmaske auf dem Gesicht auf einer Trage, und die Sanitäter schieben ihn zum Ausgang. Meine Mutter ist ebenfalls nach unten gekommen und steht neben L'Raine, die leise vor sich hinweint. Meine Mutter ist blass. Sie denkt jetzt ganz bestimmt an meinen Vater.

Ich auch.

„Wie geht es ihm? Was ist passiert?“, fragt Max die Sanitäter, aber die drehen sich nur noch einmal zu mir um und sagen, dass sie Vater Laurent ins *Methodist Hospital* bringen und ich bitte versuchen soll, seine Familie zu erreichen.

Seine Familie.

Es dauert einen Augenblick, bis mir klar ist, dass nicht wir – meine Mutter, L'Raine, Solomon, Mario und Rosalina und Wendy und Philip und Max und ich – Vater Laurents Familie sind, sondern dass es mir nur so vorkommt.

Als Max und ich jetzt zu meinem Auto rennen, wird mir klar, dass ich irgendwie versuchten muss, Ramsey zu erreichen.

Ich renne zum Eingang zurück, reiße die Tür auf und stecke meinen Kopf noch einmal zum „Ein Traum in Weiß“ hinein. Meine Mutter und L'Raine haben sich immer noch nicht vom Fleck gerührt.

„Mama!“

Sie dreht sich zu mir um, und ich sehe, dass sie aschfahl ist.

„Geh bitte hoch in Vater Laurents Wohnung und suche in seinem Schreibtisch nach einem Adressbuch oder so irgendetwas, in dem Ramseys Telefonnummer steht. Oder suche die Nummer der Huperin raus!“

Sie blickt mich mit großen Augen an.

„Ich meine Kirsten. Suche Kirstens Nummer raus, bitte!“

„Ja, gut."

„Ich habe mein Handy dabei. Ruf mich an, wenn du was herausgefunden hast."

Ich drehe mich um und renne wieder auf den Parkplatz hinaus.

„Was ist denn passiert?", erkundigt Max sich kurz darauf, als ich den Wagen anlasse und ausparke.

„Wir kamen gerade aus der Kapelle. Dort war er schon mal kurz stehen geblieben, nachdem er von der Kirchenbank aufgestanden war, und dann ist er beim Hinausgehen ein bisschen getaumelt und dann zusammengebrochen." Ich merke, wie mir vor Angst die Tränen kommen.

Ich biege in die stark befahrene Hennepin Avenue ein, und meine Hände, die das Lenkrad umklammert haben, zittern.

„Soll ich lieber fahren?" Max' Stimme klingt freundlich und nicht bevormundend.

„Ist schon in Ordnung. Danke. Danke, dass du mitkommst, Max."

„Ist doch klar."

Wir erreichen das *Methodist Hospital* erst eine ganze Weile nach dem Krankenwagen. Ich parke den Wagen, und während Max und ich zum Eingang der Notaufnahme rennen, klingelt mein Handy. Es ist meine Mutter.

„Ich glaube, ich habe eine Nummer von Ramsey gefunden, mein Schatz. Sie steht in einem kleinen braunen Adressbuch. Unter seinem Namen sind drei Nummern eingetragen, aber vor der einen Nummer steht ‚Arbeit', und eine scheint seine Handynummer zu sein."

„Dann gib mir am besten die, Mama. Er und Liam zelten nämlich gerade irgendwo am See. Ich bin sicher, dass Ramsey sein Handy dabeihat."

Meine Mutter gibt mir die Ziffern durch. „Geht … geht es ihm gut?", fragt sie dann noch. Ihre Stimme ist schwach. Genau wie meine. Ich kann mir nicht vorstellen, das „Ein

Traum in Weiß" ohne Vater Laurent weiterzuführen. Ich kann es einfach nicht. Wer sollte denn dann die kleinen, blauen Herzen segnen? Und wer würde mich segnen?

„Ich weiß es nicht, Mama. Ich bin gerade erst hier angekommen. Ich rufe dich wieder an, sobald ich etwas Näheres weiß."

Ich schalte mein Handy aus, und Max und ich treten durch die Tür in die Notaufnahme, hinter der uns die Ungewissheit erwartet.

Es kommt mir wie eine Ewigkeit vor, bis jemand kommt und uns darüber informiert, dass Vater Laurent lebt, dabei sind es wahrscheinlich nur zwanzig Minuten gewesen. Ich weiß es nicht. In einer Notaufnahme hat Zeit keine Bedeutung.

Wir erfahren, dass Vater Laurent einen Herzinfarkt erlitten und ihn überlebt hat.

Das sage ich mir immer und immer wieder.

Ich bin zweimal nach draußen ins Freie gegangen, um zu versuchen, Ramsey zu erreichen, aber beide Male war nur seine Mailbox dran. Beide Male habe ich ihm die Nachricht hinterlassen, mich bitte sofort zurückzurufen.

Die Schwestern wissen, dass Max und ich nicht Vater Laurents Kinder sind, obwohl wir uns sorgen, quälen und auf und ab gehen, als ob wir es wären. Man hat uns gesagt, dass wir Vater Laurent in ein paar Minuten sehen können, bevor sie ihn in die Kardiologie bringen.

Ein Mann mit einem weißen Kittel, unter dem er OP-Bekleidung trägt, kommt auf uns zu, und Max und ich stehen gleichzeitig auf.

Der Arzt gibt mir die Hand. „Hallo, ich bin Dr. Newell. Sind Sie die Angehörigen von Miles Laurent?"

„Irgendwie schon", antworte ich. „Jedenfalls ist er für uns wie ein Angehöriger."

„Hat er noch Familie?"

„Ich versuche gerade, seinen Sohn zu erreichen, der auf einer Campingtour ist. Ich bin eine Freundin des Patienten. Rose Murien. Und das ist Max Dacey."

„Okay. Wie ich gehört habe, möchten Sie Mr Laurent noch sehen, bevor er auf die Kardiologie gebracht wird, aber machen Sie es bitte kurz. Er ist zwar zurzeit stabil, aber sein Herz hat heute Morgen schon ziemlich viel mitgemacht. Mr Laurent hat einen …"

„*Vater* Laurent."

„Wie bitte?"

„Er ist Pfarrer im Ruhestand. Sein Name ist ‚Vater Laurent'."

„Ach so … ich verstehe. Also, wie Sie ja bereits wissen, hat Vater Laurent einen mittelschweren Herzinfarkt erlitten. Er hat einen Verschluss der Herzarterien, den wir behandeln müssen, sonst wird ein weiterer Infarkt folgen. Wir halten es für das Beste, wenn wir Mr –, äh, Vater Laurent in die Kardiologie verlegen. Dort werden wir mit Hilfe eines Ballonkatheters die Arterie an der Stelle weiten, in der der Verschluss ist, damit das Herz wieder ungehindert durchblutet wird. Auf diese Weise brauchen wir nicht zu operieren, erzielen aber in der Regel gute Erfolge. Vater Laurent wurde über die Risiken dieser Behandlung aufgeklärt und hat eine Einverständniserklärung unterschrieben."

„Es gibt also Risiken?" Das Wort „Risiken" höre ich gar nicht gerne, wenn ich mich in einer Notaufnahme befinde.

„Mit fast jedem medizinischen Eingriff sind gewisse Risiken verbunden, Ms Murien, aber wir müssen die Ursachen angehen, die den Infarkt ausgelöst haben, sonst wird er einen weiteren – möglicherweise schwereren – Infarkt erleiden."

Ramsey, wo sind Sie bloß?

„Können Sie nicht noch warten, bis ich seinen Sohn erreicht habe?", frage ich.

„Wenn Sie das in den nächsten paar Minuten schaffen, dann ja, sonst nicht."

Wie ich das hasse.

„Wie lange wird der Eingriff dauern und wie lange muss Vater Laurent danach noch in der Klinik bleiben?", erkundigt sich Max.

„Er bekommt eine Vollnarkose und wird noch ein paar Tage zur Beobachtung hierbleiben. Die meisten Patienten erholen sich innerhalb von ungefähr vier Wochen von einem Infarkt und einer solchen sogenannten Angioplastie vollständig."

„Dann können wir ihn jetzt also sehen?"

„Ja, aber nur für ein, zwei Minuten."

Wir folgen Dr. Newell in einen Raum mit einer breiten Tür, wo Vater Laurent im 45 Grad Winkel aufgerichtet in einem Krankenhausbett liegt. Er trägt ein gepunktetes Krankenhausnachthemd. Monitore, Schläuche und piepende Apparate sind überall um ihn herum aufgestellt.

Er sieht uns und lächelt.

„Wahrscheinlich werdet ihr mich doch noch nicht los", meint er mit schwacher Stimme.

Ich greife nach seiner Hand. „Darüber macht man keine Witze, Vater."

„Weiß Ramsey es schon?"

„Ich versuche schon die ganze Zeit, ihn auf dem Handy zu erreichen. Meine Mutter ist in Ihre Wohnung gegangen und hat dort seine Handynummer herausgesucht. Ich hoffe, das war Ihnen recht."

„Aber natürlich."

„Ich versuche weiter, ihn zu erreichen."

„Danke." Dann dreht er sich ganz langsam zu Max herum. „Hat sie Sie gezwungen mitzukommen?"

„Ich musste bei ihr im Auto die Krankenwagensirene nachmachen, damit wir schneller durch den Verkehr kommen", witzelt Max.

„Vater …“ Ich halte immer noch seine Hand. „Sie werden jetzt gleich nach oben in die Kardiologie gebracht, wo man die Angioplastie machen wird. Man hat uns gesagt, dass wir Sie nur ganz kurz sehen können. Ich wollte Ihnen aber unbedingt noch sagen, dass ich mit in die Kardiologie komme. Ich bin direkt vor Ihrem Zimmer, falls Sie etwas brauchen.“

„Aber Sie brauchen wirklich nicht zu bleiben, Rose.“

„Doch, das werde ich!“

Ich wünschte, ich könnte mehr für ihn tun. Er glaubt, dass es schon zu viele Umstände macht, wenn ich einfach nur bleibe, aber mir ist schmerzlich bewusst, wie unzureichend das schon ist. Ich taste nach dem kleinen Herzen in meiner Tasche und hole es hervor.

„Möchten Sie sich an meinem kleinen, blauen Herzen festhalten?“, flüstere ich.

Er lächelt. „Diese Hemden hier haben keine Taschen. Behalten Sie es fürs Erste noch. Fügen Sie meinen Namen hinzu, wenn Sie beten.“

Die Tür wird geöffnet und eine Schwester kommt herein. „Wir müssen Vater Laurent jetzt nach oben bringen …“

Ich beuge mich vor und gebe Vater Laurent einen Kuss auf die Stirn.

„Denken Sie erst gar nicht daran, irgendwo hinzugehen“, sage ich warnend.

Max und ich drehen uns um und verlassen den Raum. Das Piepsen der Geräte hat denselben Rhythmus wie unsere Schritte.

In dem Augenblick, als wir wieder in der Eingangshalle der Klinik ankommen, klingelt mein Handy.

Es ist Ramsey.

„Was ist los? Mein Vater ist im Krankenhaus? In welchem denn? Ist mit ihm alles in Ordnung?“

Ramsey klingt aufgeregt und besorgt. Ich frage mich, ob Liam in seiner Nähe ist und alles mithört.

„Er hat heute Morgen einen Herzinfarkt gehabt. Ich bin jetzt bei ihm im ‚Methodist Hospital'. Der Arzt in der Notaufnahme hat gesagt, dass es ein mittelschwerer Infarkt war. Sie werden Ihren Vater jetzt in die Kardiologie bringen, um die verstopfte Arterie mit einem Ballonkatheter wieder zu weiten."

„Eine Operation? Einfach so?", gibt er mit schriller Stimme zurück.

„Der Arzt hat gesagt, es sei kein allzu schwerer Eingriff, weil er per Katheter durchgeführt wird."

„Kann das nicht warten, bis ich da bin?"

„Das habe ich auch schon gefragt, Ramsey. Glauben Sie mir, der Arzt hat gesagt, es wäre zu riskant, noch länger zu warten. Ihr Vater könnte bis dahin einen weiteren Infarkt haben, der vielleicht schlimmere Folgen hat als der erste."

Am anderen Ende der Leitung herrscht Stille.

„Okay", seufzt Ramsey schließlich, „Liam und ich kommen so schnell wie möglich. Wir sind jetzt in Grand Marais und müssen erst noch unser Zelt abbauen und alles wieder einpacken, aber wir kommen, so schnell wir können. ‚Methodist Hospital' haben Sie gesagt?"

Grand Marais liegt praktisch schon in Kanada, was bedeutet, dass die beiden noch eine gut fünfstündige Autofahrt vor sich haben, bis sie hier sein können.

„Ja."

„Okay." Ramsey hält kurz inne. „Danke, dass Sie bei ihm sind."

„Gern geschehen."

Wieder eine kleine Pause.

„Okay, bis dann also."

„Tschüss, Ramsey."

Ich drücke auf den „Beenden"-Knopf und wende mich wieder Max zu. „Du musst nicht bleiben, Max. Du kannst doch mit meinem Wagen zurückfahren und meiner Mutter und L'Raine berichten, wie es aussieht."

„Und wie willst du dann später nach Hause kommen?"

„Ich kann dich ja anrufen. Du bist doch in der Nähe, oder?"

„Ich werde den größten Teil des Tages im Studio sein, aber klar, ich bin da."

„Ich rufe dich dann an."

„Okay. Melde dich auch, wenn es irgendetwas Neues gibt."

Er verabschiedet sich, und ich mache mich auf den Weg zum Schwesternzimmer, um zu fragen, auf welcher Etage sich die Kardiologie befindet.

Achtundzwanzig

Es ist schon nach eins, als ich zu Vater Laurent darf, der jetzt auf der zweiten Etage liegt. Man teilt mir mit, der Eingriff sei gut und ohne Komplikationen verlaufen.

Die Beleuchtung im Zimmer ist gedämpft. Vater Laurent liegt halb aufgerichtet in einem Krankenhausbett, umgeben von summenden und piependen Apparaten. Er sieht müde und blass aus.

„Ich hoffe, die haben fürs Erste genug an mir herumgedoktort", sagt er freundlich, als ich das Zimmer betrete. Seine Stimme ist schwach.

Ich lächele ihn an. „Die Schwester hat gesagt, dass Sie offenbar Angst vor Nadeln haben. Das wusste ich ja noch gar nicht."

Er grinst mich prompt, aber schwach an. „Nadeln sind was für Nähte und Heuhaufen. Haben Sie etwas von Ramsey gehört?"

Ich ziehe mir einen Stuhl heran. „Er und Liam sind schon unterwegs. Sie waren in Grand Marais, als meine Nachricht sie erreicht hat. Es wird also eine Weile dauern, bis sie da sind. Sie müssten aber eigentlich bald eintreffen."

„Wo ist denn Max?"

„Ich habe ihm gesagt, er soll wieder nach Hause fahren. Er muss heute noch im Fotostudio arbeiten."

„Aber wie kommen denn Sie dann nach Hause?“

„Ich werde ihn anrufen. Er hat gesagt, dass er dann kommt und mich abholt. Und sonst könnten mich bestimmt auch meine Mutter und L’Raine abholen.“

Er nickt.

„Grand Marais“, sagt er kurz darauf und verzieht das Gesicht. „Das ist so eine lange Fahrt … Sie haben Ramsey aber doch beruhigt und gesagt, dass es mir gut geht, oder?“

„Ja, keine Sorge. Ich bin sicher, dass Ramsey umsichtig fährt.“

„Da habe ich ihnen jetzt wohl gehörig ihre Campingtour verdorben.“

„Vater Laurent!“

„Die beiden sollten eigentlich viel Spaß zusammen haben und endlich wieder einmal Zeit miteinander verbringen.“

„Machen Sie sich doch bitte keine Vorwürfe, Vater.“

Aber Vater Laurent scheint mich gar nicht zu hören. Er spricht ganz leise einfach weiter, als wäre ich gar nicht im Raum. „Das vergangene Jahr war … so schwer für die beiden. Sie brauchen eigentlich schon seit Monaten diese gemeinsame Zeit, weit weg von allem anderen und ihrem Alltag. Ramsey war wegen seiner Arbeit und auch, um sich wieder in seinem Leben zurechtzufinden, so viel unterwegs. Es ist so schwer … Ich habe ja selbst Paare beraten, die gerade eine Scheidung durchmachten. Ich wusste, dass es ein steiniger Weg ist, aber ich habe nie wirklich gewusst, wie sehr jemand leidet, dessen Ehe am Ende ist, bis ich es bei einem Menschen miterlebt habe, der mir so nah steht. Und Liam war ja auch noch da und hat sehr bewusst mitbekommen, wie seine Familie zerbrochen ist.“

Danach sagt er nichts mehr und ich auch nicht.

Vielleicht hat er ja tatsächlich vergessen, dass ich noch im Raum bin.

Aber dann wendet sich Vater Laurent mir zu und sagt: „Ich hatte nicht vor, mich bei Ihnen auszuweinen, Rose.“

„Das mache ich bei Ihnen doch dauernd.“ Automatisch spreche ich genauso leise wie er.

„Ja, das tun Sie, nicht wahr?“

Ich greife in meine Rocktasche und ziehe das kleine, blaue Herz heraus, das Vater Laurent gesegnet und mir gegeben hat. Ich glaube, ich weiß, warum er es an jenem Morgen in der Kapelle in der Tasche gehabt hat.

„War das für Ramsey gedacht?“

„Ja, war es.“

„Möchten Sie es wiederhaben?“

„Es gehört jetzt Ihnen. Ich weiß ja, wo ich mehr davon bekommen kann.“

Ich umschließe das kleine, blaue Herz mit den Fingern.

„Ich glaube, ich mache jetzt ein kleines Schläfchen, Rose. Die haben mich offenbar mit irgendwelchem Zeugs vollgepumpt.“

Ich tätschle ihm mit meiner freien Hand den Arm. „Schlafen Sie gut.“

Er schließt die Augen und atmet schon Sekunden später tief und regelmäßig.

Ich schaue noch einmal auf den Bildschirm, auf dem Puls und Herzfrequenz überwacht werden – nur um mich zu vergewissern, dass auch wirklich alles in Ordnung ist. Die beiden Linien auf dem Monitor sind ruhig und stetig.

Ich lehne mich auf meinem Stuhl zurück und atme aus, zum ersten Mal seit Stunden, wie mir scheint. Das kleine Satinherz in meiner Hand fühlt sich noch ganz warm an. Abwesend streiche ich über die glatte Oberfläche und stelle mir in aller Ruhe sämtliche Kleider in meiner Boutique vor, in die wir hinten am Rücken ein solches Herz eingenäht haben. Alle wurden gesegnet, alle schenken Hoffnung.

Die Stille und die Wärme in dem Zimmer, der regelmäßige Rhythmus der Geräte sowie die Auswirkungen einer schlaflosen Nacht lassen auch mich eindösen. Mir ist gar nicht bewusst, dass ich wegdrifte. Ich weiß nur, dass ich im einen Moment noch das kleine, blaue Herz in meiner Hand betrachte – und ich im nächsten eine Hand auf meiner Schulter spüre und einen Mann meinen Namen sagen höre: „Rose?"

Ich reiße den Kopf hoch und die Augen auf. Vater Laurent steht über mir und sagt meinen Namen.

Nein, es ist gar nicht Vater Laurent, sondern Ramsey.

Ich spüre, wie mir das Blut in die Wangen schießt. Ramsey nimmt seine Hand von meiner Schulter.

Liam steht neben ihm. Beide tragen Shorts und Khakihemden und Ramsey ist unrasiert. Ich schaue zu Vater Laurent hinüber, der immer noch schläft.

„Wie spät ist es denn?", murmle ich und versuche, einen Blick auf meine Uhr zu werfen.

„Kurz vor drei."

„Ich kann gar nicht glauben, dass ich einfach so eingeschlafen bin. Hallo, Liam."

„Hi, Rose."

Ich stehe auf und versuche, den Schlaf ein wenig abzuschütteln. „Sind Sie gerade erst angekommen?"

„Ja. Ich habe draußen auf dem Gang schon mit dem Arzt gesprochen, aber wir sind erst seit ein paar Minuten hier. Danke, dass Sie geblieben sind, Rose. Das wäre wirklich nicht nötig gewesen."

„Ach, das habe ich doch gern gemacht."

Liam geht zu seinem Großvater hinüber und schaut sich all die Geräte an, die um das Bett herum aufgebaut sind.

„Was ist denn das alles für Zeugs?"

„Das sind unterschiedliche Apparate, die zeigen, dass es deinem Opa gut geht." Ramsey dreht sich wieder zu mir um. „Danke, dass Sie geblieben sind."

Es kommt mir so vor, als sei ich damit entlassen, und irgendwie versetzt mir das einen kleinen Stich. „Das habe ich doch gern getan." Als ich mich umdrehe, um meine Handtasche von dem kleinen Tischchen hinter mir zu nehmen, bückt sich Ramsey, und ich sehe, wie sich seine Finger um das kleine, blaue Herz schließen, das zu meinen Füßen gelegen hat.

„Gehört das Ihnen?“ Er steht jetzt wieder und hält es mir hin.

Erneut spüre ich, dass ich erröte. „Ja, wahrscheinlich habe ich es fallen lassen.“

Ich strecke meine Hand danach aus und nehme es an mich.

Im nächsten Augenblick höre ich, wie Liam hinter uns den Namen seines Großvaters ruft.

Wir drehen uns zum Bett um, und ich sehe, dass Vater Laurents Augen offen sind. Er wendet den Kopf in Ramseys Richtung. „Tut mir leid, dass ich euch eure Campingtour vermasselt habe.“ Seine Stimme klingt ein bisschen angeschlagen.

„Jetzt rede aber mal kein dummes Zeug, Papa.“ Ramsey geht zu seinem Vater.

„Das ist kein dummes Zeug. Ich fühle mich deswegen ganz furchtbar.“

„Liam und ich haben doch noch den ganzen Sommer Zeit, um gemeinsam zelten zu gehen. Dann machen wir das eben ein anderes Mal.“

Vater Laurent dreht seinen Kopf wieder in Liams Richtung, der immer noch die Geräte inspiziert. „Also, ich werde mir etwas überlegen, wie ich das bei euch wiedergutmachen kann.“

„Uns geht es bestens, Vater. Hast du alles, was du brauchst? Behandeln sie dich auch ordentlich?“

„Als sei ich jemand Besonderes.“

„Okay. Ich gehe nur mal kurz nach draußen, um uns Hotelzimmer zu reservieren. Ich bin gleich wieder da.“

„Hotelzimmer?“, fragt Vater Laurent. „Wozu denn das?“

„Damit ich in Minneapolis bleiben kann, solange du in der Klinik bist.“

„Aber du brauchst doch nicht im Hotel zu wohnen, Ramsey. Ihr könnt in meiner Wohnung bleiben. Liam weiß, wo alles ist. Rose, Sie können den beiden doch noch einen zusätzlichen Schlüssel geben, oder?"

„Aber sicher."

Ramsey denkt kurz nach. „Also gut, das könnte ich machen. Du willst nicht für ein paar Tage zu deiner Mutter, oder, Liam?"

„Nein!", antwortet Liam schnell.

„Na gut, dann machen wir das so."

„Gut. Dann könntet ihr euch doch jetzt auf den Weg machen und euch umziehen, ein bisschen frisch machen und euch einrichten. Du siehst ein bisschen sehr öko-mäßig aus, Ramsey. Und außerdem", Vater Laurent wendet sich wieder mir zu, „braucht diese reizende junge Dame hier eine Mitfahrgelegenheit nach Hause."

Die Fahrt zum „Finnland" ist Gott sei Dank kurz, denn ich weiß nicht, wie ich das Schweigen anders brechen soll, als Liam unzählige Fragen über die Campingtour zu stellen, die sein Vater und er beinahe gemacht hätten. Aus den Augenwinkeln sehe ich, wie Liam mich anschaut. Ich weiß nicht so genau, ob er wünscht, ich würde den Mund halten, oder ob er sich fragt, wieso ich eigentlich mit der nächsten Frage nicht so lange warten kann, bis er geantwortet hat.

Als wir im „Finnland" ankommen, nehme ich mit den beiden den Weg durch das „Ein Traum in Weiß", um sie meiner Mutter und L'Raine vorzustellen und diesen zu sagen, dass Liam und Ramsey erst einmal in Vater Laurents Apartment wohnen werden. Ich betrete mein Büro, um den Ersatzschlüssel herauszusuchen, und als ich damit wieder in den Laden zurückkomme, sehe ich, dass Ramsey vor dem Verkaufstresen steht und sich einen der Prospekte über meinen Laden anschaut. Er ist gerade dabei, den Text über mein Markenzeichen – das kleine, blaue Herz – zu lesen. Liam steht neben ihm und sieht gelangweilt aus.

Als ich auf ihn zukomme, blickt Ramsey auf. „Sie nähen wirklich in jedes Kleid so ein Herz?" Sein Tonfall ist fast spöttisch, aber nur fast.

„Ja."

„Soll das Glück bringen?"

„Etwas viel Besseres als Glück."

„Und mein Vater ist derjenige, der sie segnet?"

Augenscheinlich hat Vater Laurent seinem Sohn erzählt, was er in seiner Freizeit so tut. Ich frage mich, was er Ramsey wohl sonst noch alles erzählt hat.

„Ja, das ist er."

Ramsey faltet den Prospekt wieder zusammen und legt ihn zu den anderen auf den Tresen zurück.

„Er tut es gern."

„Da bin ich mir sicher." Ramsey hebt den Seesack auf, den er zu seinen Füßen abgestellt hatte. Liam macht es ebenso. „Hatten Sie deshalb heute im Krankenhaus eines dabei?" Ramseys Tonfall verrät nichts. Ich weiß nicht, ob er die Idee geldgierig findet oder einfach nur verschroben. „Damit mein Vater es segnet?"

Ich erstarre ein ganz klein wenig und hoffe, dass er es nicht merkt. „Nein!"

„Nein?"

Ich mache Anstalten, nach oben zu gehen, und er und Liam folgen. „Nein, das war eines, das Ihr Vater schon zuvor gesegnet hatte."

Schweigend gehen wir die Treppe in den zweiten Stock hinauf.

Neunundzwanzig

Liebe Harriet,

heute ist Vater Laurent beinahe in meinen Armen gestorben.

Nun ja, vielleicht konnte er noch nicht das gleißende weiße Licht und all das sehen, aber er hat heute bei mir im Laden einen Herzinfarkt erlitten. Ich dachte wirklich, dass er stirbt. Als er so an mich gelehnt dalag und nach Luft rang, da habe ich gedacht, dass er sich in den Himmel davonmacht.

Ich war zu Tode erschrocken – nein, ich mache keine Witze und das ist auch kein Wortspiel. Auch er hat gedacht, dass er jetzt sterben würde. Er hat mir immer wieder zugeflüstert, dass ich nicht vergessen soll, was er mir heute Morgen gesagt hat. Er hat mich nämlich in der Kapelle getroffen, wo ich gerade auf göttliche Weisheit wartete, und er hat mir etwas gesagt, das ich wahrscheinlich schon längst hätte wissen müssen. Er hat das, was sein letzter Atemzug hätte sein können, genutzt, um mich an etwas wirklich Erstaunliches zu erinnern: dass es nämlich die Liebe Gottes in mir und zu mir und durch mich ist, die mich hier am Leben hält. Die mein Licht in der Dunkelheit ist. Ich weiß nicht, ob ich es schon jemals so gesehen habe, dass es nämlich die Liebe ist, die ich gebe – nicht die Liebe, die ich empfange –, die mich erst wirklich ausmacht. Mir ist allerdings immer noch nicht so ganz klar, was ich mit dieser Erkenntnis anfangen soll.

Die ganze Zeit, während ich im Krankenhaus gewartet habe, musste ich daran denken, dass dieser Herzinfarkt so ganz anders war als der meines Vaters. Bei Papa hatte ich nicht die Gelegenheit, mich von ihm zu verabschieden. Ich hatte keine Chance, mich an den Gedanken zu gewöhnen, dass er mich verlassen würde. Im einen Augenblick war mein Vater noch dabei, den Rasen zu mähen, und im nächsten war er schon im Himmel. Und bei all dem war er allein. Niemand hat ihm die Hand gehalten, als er gegangen ist, oder hat ihm einen Kuss gegeben oder ihn angefleht, bitte nicht zu gehen, sondern noch dazubleiben. Wahrscheinlich vermisse ich ihn deshalb auch immer noch so sehr, weil er ohne Abschied gegangen ist.

Ich glaube nicht, dass Vater Laurent heute Nacht in unmittelbarer Gefahr schwebt – will heißen, ich glaube nicht, dass er sich aus dieser Welt davonstehlen wird. Ich gestehe, dass ich den ganzen Tag darüber nachgedacht habe, was ich täte, wenn Vater Laurent aus meinem Leben verschwinden würde. Ramsey hat heute so eine Bemerkung gemacht, die mich zum Nachdenken darüber gebracht hat, ob der einzige Grund, weshalb ich um Vater Laurents Leben fürchte, der ist, dass ich dann niemanden mehr hätte, der meine kleinen, blauen Herzen segnet.

Das klingt so schrecklich eigennützig. Wenn ich es jetzt hier schwarz auf weiß geschrieben sehe, sieht es sogar noch schlimmer aus. Aber ich komme einfach nicht um die Tatsache herum, dass da etwas dran ist. Vom Anfang meines Weges an sind die kleinen, blauen Satinherzen für mich Zeichen der Hoffnung gewesen. Jedes Mal, wenn ich eines davon in ein Kleid nähe, denke ich an die Worte, die Vater Laurent darüber gebetet hat. Die Worte sind bei jedem Herz ein bisschen anders, aber die Hoffnung ist immer dieselbe. Ohne den Segen sind die Herzen nichts als ein Stückchen blauer Stoff. Es ist die mit ihnen verbundene Erwartung, durch die sie eine Bedeutung bekommen. Für mich und alle anderen.

Und ja, ich brauche gerade jetzt Hoffnung. Und ja, ich habe Vater Laurent wirklich zur personifizierten Hoffnung in meinem Leben gemacht, genauso, wie Du die personifizierte Vernunft bist. Wenn Du darüber mit mir streiten willst, dann tust Du das also auf eigene Gefahr.

Liebe Rose,

keine Sorge, heute Abend bin ich nicht in der Stimmung, zu widersprechen oder zu streiten. Ich bin zu sehr damit beschäftigt, über die weisen Worte von Vater Laurent nachzudenken, die er uns noch zugeflüstert hat. Die Stimme der Vernunft bekommt ja nicht gerade häufig die Gelegenheit, über die alles umfassende, geheimnisvolle Liebe Gottes nachzusinnen.

Harriet

Dreißig

Das Klopfen an der Tür ist leise und zaghaft. Ich nehme meine Kaffeetasse noch einmal in die Hand, um einen letzten Schluck daraus zu trinken, bevor ich mich auf den Weg in die Boutique mache. Ich öffne meine Wohnungstür, vor der Wendy steht und irgendwie verstört wirkt.

„Rose, da ist wieder dieses komische Geräusch im Bad. Es kommt durch das Heizungsventil. Es ist irgendwie – so wie ein Kratzen oder Schaben. Ich weiß nicht, was es ist, und Philip auch nicht. Soll ich es Mario sagen?"

Sie sieht aus, als ob sie in Eile wäre. „Ich kann es ihm auch gern ausrichten, Wendy", biete ich ihr deshalb an.

„Vielleicht wäre es gut, wenn du selbst mal raufgehst und es dir anhörst. Es ist ein ganz merkwürdiges Geräusch. Mario hat neulich nichts gehört. Als er kam, war das Geräusch schon wieder weg. Ich würde dich ja selbst nach oben bringen, aber ich muss zur Arbeit und bin schon spät dran."

Ich nehme meine Schlüssel von dem Haken neben der Tür und sage: „Ich geh mal und schaue nach. Ich bin sowieso schon auf dem Weg nach unten."

„Gut. Philip ist schon längst weg, du brauchst dir also keine Sorgen machen, dass er dir in der Wohnung halbnackt über den Weg läuft." Damit wendet sich Wendy zum Gehen. „Wenn du nicht gleich etwas hörst, dann setz mal die Toilettenspülung in Gang oder dreh den Wasserhahn am Waschbecken auf. Manchmal höre ich es dann."

Als ich in den dritten Stock gehe, bin ich dankbar, dass meine Mutter und L'Raine so pünktliche Menschen sind. Wahrscheinlich sind sie schon seit mindestens zwanzig Minuten unten im Laden. Es kommt nicht oft vor, dass ich mich um irgendwelche praktischen Angelegenheiten kümmern muss, die mit dem Gebäude zu tun haben. Normalerweise wird Mario mit allen anfallenden Aufgaben fertig. Aber das hier dürfte nicht viel Zeit in Anspruch nehmen. Ich werde Wendys seltsames Geräusch entweder hören oder eben nicht, und wenn ich es höre, werde ich wahrscheinlich nichts dagegen unternehmen können. Ich trage einen Hosenanzug aus Leinen und hochhackige Schuhe, bin also nicht gerade dafür gekleidet, sanitäre Probleme im Bad anzugehen.

Als ich im zweiten Stock ankomme, sehe ich, dass Liam und Maria Andrea vor Max' offener Wohnungstür sitzen. Liam hält Andrea ein Kartenspiel hin.

„Ist das deine Karte?" Liam dreht eine Pik vier um.

„Nein."

„Ist sie doch."

„Nein, ist sie nicht."

„Bist du sicher?"

„Ich bin ganz sicher. Das ist nicht meine Karte."

Liam blickt zu mir auf.

„Ist das einer von Max' Tricks?", frage ich.

„Ja, aber er funktioniert nicht."

„Vielleicht machst du ihn nicht richtig", meint Andrea.

„Vielleicht funktioniert er eben bloß nicht", wiederholt Liam noch einmal.

Als ich an ihnen vorbei zur Wohnung von Wendy und Philip gehe, taucht Max in der offenen Tür zu seiner Wohnung auf. Über seiner Schulter hängt eine Kameratasche. Er gibt Liam ein Stativ.

„Seid ihr bereit, Leute?"

Liam schiebt die Karte wieder in den Kartenstapel zurück und Andrea erhebt sich.

„Was habt ihr denn vor?" Augenscheinlich haben die drei gemeinsam etwas vor.

„Max will Tiger fotografieren, und er hat gesagt, dass wir mitkommen können." Inzwischen hat auch Liam sich erhoben und steht vor mir.

„Im Zoo?"

Max schüttelt den Kopf. „Nein, in einem großen Katzenfreigehege südlich von hier. Da gibt es auch Löwen."

„Bist du sicher, dass sie nicht in Käfigen sind?" Es überrascht mich nicht, dass Max Fotos von Tigern in freier Wildbahn macht, aber dass er Liam und Maria Andrea einlädt mitzukommen, das verunsichert mich doch ein bisschen. Ich kann mir gut vorstellen, wie er Liam auffordert, Lärm zu machen, damit der Tiger zu ihm hinschaut …

„Äh, ja. Klar."

Eine typische Max-Antwort.

Da geht die Tür von Vater Laurents Wohnung auf und Ramsey kommt heraus. Sein Blick bleibt nur einen kurzen Augenblick an mir hängen, bevor er seinen Sohn anspricht.

„Hey, Liam, vergiss nicht, mich im Krankenhaus anzurufen, wenn ihr wieder da seid, dann komme ich sofort und hole dich hier ab."

Bevor ich mich zurückhalten kann, habe ich es auch schon ausgesprochen: „Ich kann ihn auch gern ins Krankenhaus bringen, wenn er wieder da ist."

Ramsey dreht sich zu mir um und sieht mich an.

„Cool", sagt Max, als wäre die Sache damit für ihn erledigt. „Dann lasst uns jetzt mal losfahren. Und du schreist am besten jetzt und hier schon mal ganz laut, bevor wir dort ankommen und du durch dein Geschrei die Tiger verscheuchst." Max wendet sich zum Gehen.

„Ich hab gar keine Angst", entgegnet die angesprochene Andrea und folgt ihm dann.

„Tschüss, Papa.“ Liam stopft sich das Kartenspiel in die Hosentasche und folgt den anderen beiden.

Einen Moment lang stehen Ramsey und ich einfach nur im Treppenhaus, schauen den dreien nach und hören noch, wie Max Liam und Andrea erzählt, dass die Streifen bei Tigern so etwas wie die Fingerabdrücke beim Menschen sind. Es gibt keine zwei Tiger mit dem gleichen Muster.

Dann sagt Ramsey zu mir: „Sie haben also ein Auto? Ich hatte gedacht, dass Sie vielleicht gar keines besäßen.“

Das ist ja vielleicht eine merkwürdige Aussage. „Ich habe einen Wagen, und es ist kein Problem, Liam zur Klinik zu bringen. Wirklich nicht.“

Natürlich habe ich ein Auto. Welche fantastische smarte Geschäftsfrau mit eigenem Laden hat denn wohl keins?

„Max hat mich gestern in meinem Wagen zum Krankenhaus begleitet. Ich habe ihm den Wagen überlassen, nachdem wir wussten, dass mit Ihrem Vater so weit wieder alles in Ordnung ist. Ich wollte noch in der Klinik bleiben und Max musste zur Arbeit.“

Ramsey schaut an mir vorbei zu Max’ Wohnungstür. Dann bleibt sein Blick wieder an mir hängen. „Sie brauchen Liam aber wirklich nicht ins Krankenhaus zu bringen, wenn Sie etwas anderes vorhaben. Es macht mir wirklich nichts aus, noch mal herzukommen und ihn abzuholen.

„Aber ich habe wirklich nichts anderes vor.“

Er sieht mich an.

„Wirklich nicht, und außerdem würde ich auch gerne Vater Laurent besuchen, wenn Ihnen das recht ist.“

Er blinzelt nervös. „Äh, sicher. Das ist gut.“

„Okay.“

Schweigen.

„Haben Sie alles gefunden, was Sie brauchen, oder soll ich noch etwas für Sie besorgen?“, erkundige ich mich.

„Alles bestens. Obwohl – hätten Sie vielleicht Zugang zu einem Faxgerät?“

„Ich habe eines unten in meinem Büro. Sie können es jederzeit benutzen."

„Gut, vielen Dank. Ich muss nur ein paar Seiten versenden. Etwas, um das ich mich schon vor unserer Campingtour hätte kümmern müssen. Dann kann ich es genauso gut auch jetzt machen."

Meint er damit jetzt, in diesem Augenblick?

„Jetzt sofort?", hake ich deshalb nach.

„Wie bitte?"

„Sofort? Wollen Sie es jetzt sofort faxen?"

„Ja, das könnte ich wohl. Einen kleinen Moment, bitte."

Ramsey verschwindet wieder in Vater Laurents Wohnung. Er hat das „Jetzt" also gar nicht wörtlich gemeint, sondern eher allgemein. Was bin ich nur für ein Depp! Einen Augenblick später taucht er mit seinen Papieren in der Hand wieder auf.

„In Ordnung", sagt er, „ich bin so weit."

Er schließt die Tür hinter sich und wir gehen die Treppe hinab. Im Treppenhaus kommt es mir sehr still vor. Zu still.

„Liam hat mir erzählt, dass Sie Landschaftsarchitekt sind."

Er zieht ein ganz klein wenig die Augenbrauen hoch. Ich kenne diese überraschte Miene. Die mache ich auch andauernd.

„Äh ja, das bin ich", antwortet er.

„Das klingt, als wäre es eine sehr schöne Tätigkeit, Gärten zu gestalten."

Während wir die erste Treppe hinuntergehen, blickt Ramsey nach unten auf seine Füße. „Ja das ist es wohl."

Seine Antwort überrascht mich. „Oder nicht?"

„Na ja, in letzter Zeit habe ich vor allem Gründächer geplant. Sie sind zwar eine ästhetische Angelegenheit, aber in erster Linie funktional."

„Was ist denn ein Gründach?"

„Das ist ein Dach, das mit Pflanzen bedeckt ist. Begrünte Dächer halten Häuser trocken, indem sie Wasser gleichmäßig verteilen und von der Bedachung ableiten. Es fließt dadurch weniger Regenwasser in die Abwasserrinnen und außerdem nehmen diese Dächer Außenwärme auf."

„Das klingt aber, als würden Sie Dachgärten bauen."

„Na ja, der typische Dachgarten besteht ja aus in Containern kultivierten Pflanzen, die bloß auf das Dach gestellt werden. Bei einem Gründach ist das Dach der Garten."

Ich finde, das klingt einfach wunderbar. Und das sage ich ihm auch. Ramsey scheint das, womit er seinen Lebensunterhalt verdient, nicht besonders spektakulär zu finden.

„Und wie machen Sie das praktisch? Bringen Sie Mutterboden auf die Dächer und pflanzen und säen darauf dann Pflanzen an?", erkundige ich mich weiter. Wir nähern uns dem Eingang zu meiner Boutique.

„Es ist schon etwas komplizierter. Man braucht dafür einen ganz speziellen Untergrund."

„Aber es wachsen dann doch ganz normale Pflanzen darauf, oder? So Sachen wie Gras und Sträucher und Rankgewächse."

„Ja, so in etwa."

Ich lege meine Hand auf die Türklinke der Ladentür. „Hört sich für mich nach einem wunderschönen Dachgarten an. Und es sieht bestimmt auch so aus."

Er zuckt mit den Achseln und korrigiert mich nicht.

Es liegt mir auf der Zunge zu sagen, wie schade es doch ist, dass er vier Monate lang wegfahren muss, um am Ende der Welt an etwas so Schönem und auch noch Funktionalem mitzuarbeiten, aber Harriet besteht darauf, dass ich meinen aufdringlichen Mund halte, weil es mich nichts angeht.

Erst als Ramsey seine Unterlagen gefaxt hat und losgefahren ist, um seinen Vater im Krankenhaus zu besuchen, wird mir klar, dass ich immer noch nicht in Wendys und Philips Wohnung gewesen bin.

Einunddreißig

Kurz nach ein Uhr mittags kommen Max, Liam und Maria Andrea von ihrem Tiger-Fotoshooting zurück. Max geht gleich mit seiner Ausrüstung nach oben, aber Liam und Andrea schauen noch bei mir im Büro vorbei. Andrea zeigt mir eines der Tigerbarthaare, das sie vor einem der Gehege gefunden hat. Es ist weiß und geschwungen und dick wie die tiefe E-Saite einer Gitarre.

„Und, wie war es?“, frage ich sie und gebe ihr das Tigerhaar zurück.

„Die sind ziemlich faul und träge. Und die Haufen, die sie machen, stinken.“

„Wusstest du eigentlich, dass Tiger größer sind als Löwen?“, meldet sich Liam zu Wort.

„Nein, das habe ich nicht gewusst.“

„Wenn sie jagen, haben sie nur bei jedem zwanzigsten Versuch Glück. Und sie leben und jagen alleine.“

„Na, das klingt aber echt deprimierend. Da bin ich ja froh, dass ich kein Tiger bin.“

Liam nickt. „‚Rose‘ wäre auch ein ziemlich lahmer Name für einen Tiger.“

Andrea gibt einen amüsierten, kleinen schnaubenden Laut von sich. „Die Tiger da hatten alle doofe Namen. Gus, Elmo und Tony. Richtig doof.“ Sie streicht mit einem Finger über das Tiger-Barthaar. „Wenn das meine Tiger wären, dann würden sie Captain, Orion und Gabriel heißen."

„Aber du würdest ja keine Tiger haben", wendet Liam ein, „denn du findest ja, dass sie stinken."

Andrea verabschiedet sich und streicht dabei immer wieder über das Barthaar. „Doch nicht die Tiger. Nur die *Haufen*, die sie machen."

Liam dreht sich zu mir um, offensichtlich, um einen Kommentar über Mädchen im Allgemeinen loszulassen, aber dann erinnert er sich daran, dass ich ja auch eines bin.

„Und?" Ich wechsle das Thema. „Bist du bereit, deinen Großvater zu besuchen?"

Zwanzig Minuten später erreichen Liam und ich die zweite Etage des *Methodist Hospital*. Die Tür zum Zimmer seines Großvaters ist geschlossen. Liam will schon ins Zimmer stürmen, aber ich schlage vor, lieber erst anzuklopfen, was er dann auch tut.

Augenblicke später ertönt auch schon ein „Herein!" aus dem Zimmer.

Liam macht die Tür auf und wir betreten den Raum. Vater Laurent liegt in seinem Bett, aber das Kopfende ist so weit oben, dass er im Grunde sitzt. Seine Wangen haben inzwischen auch wieder ein wenig Farbe, sodass er viel besser aussieht als am Vortag.

Aber seine Haltung wirkt trotzdem immer noch so abgespannt und müde wie gestern. Ramsey sitzt neben seinem Vater am Bett und auch er sieht ein bisschen angeschlagen aus.

Es ist etwas passiert, etwas, das mir nicht gefallen wird.

Ramsey blickt mich eindringlich an und versucht, mir etwas mitzuteilen. Er spürt, ich habe gemerkt, dass etwas nicht stimmt, und schüttelt kaum merklich den Kopf. *Frag nicht.*

„Hallo, Opa!“ Liam geht zum Bett hinüber. „Ich habe heute Tiger gesehen. Von ganz nah. Einen hab ich sogar am Rücken berührt. Wenn Max das nächste Mal hinfährt, musst du auch mal mitkommen. Es war echt cool! Die haben da auch Löwen. Aber die waren heute nicht draußen.“

Hinter uns wird die Tür geöffnet und ein Arzt betritt das Zimmer. Es ist ein anderer als gestern. Er scheint überrascht, Liam und mich hier zu sehen.

„Wie ich sehe, haben Sie Besuch“, meint er daraufhin. „Ich lasse Ihnen das einfach hier. Wir können ja dann später darüber reden, Mr Laurent.“ Der Arzt legt einen Stoß Blätter auf den Nachttisch und geht wieder.

Während Vater Laurent sich bedankt, wandert mein Blick zu den Unterlagen. Eine Welle der Panik schlägt über mir zusammen und ich hole hastig Luft. Ich sehe zu Vater Laurent hinüber und die Panik wächst und vermischt sich mit Furcht.

Vater Laurent lächelt mich nur an. Es ist ein schwaches Lächeln, das sein Gesicht mit den winzigen Lachfältchen aus glücklicheren Zeiten zerfurcht.

Ich mache Anstalten, etwas zu sagen, aber Ramsey räuspert sich.

„Liam, würde es dir etwas ausmachen, mir eine Cola aus dem Getränkeautomaten am Ende des Ganges zu holen?“ Er steht auf und reicht seinem Sohn einen Fünf-Dollar-Schein.

„Wenn du willst, kannst du dir selbst auch was zu trinken kaufen.“

„Kann ich auch was Süßes haben?“ , fragt Liam, als er das Geld entgegennimmt.

„Klar.“

Sobald der Junge weg ist, bricht es auch schon aus mir heraus. „Was ist los? Was ist passiert?“

Ramsey schaut seinen Vater an. Keiner von beiden sagt etwas.

„Was ist los?“ Ich schaue vom einen zum anderen.

Dann sagt Vater Laurent zu mir: „Die Ärzte haben in meiner Prostata einen Tumor gefunden.“

„Einen Tumor?“ Das einzige Wort, das noch furchterregender ist als „Tumor“, ist das Wort „Krebs“, aber ich spreche es trotzdem aus. „Also Krebs?“

„Es ist eine sehr gut behandelbare Form von Krebs.“ Vater Laurents Stimme ist völlig frei von Sorge.

Ich schlucke. „Und was heißt das?“

„Normalerweise heißt es, dass die Ärzte den Tumor zunächst beobachten, um festzustellen, wie schnell er wächst, aber meiner ist ein bisschen größer, als dass sie einfach abwarten und beobachten könnten. Wahrscheinlich werden sie Bestrahlungen vorschlagen, und zwar sobald ich mich von dieser anderen kleinen Sache hier erholt habe.“

Diese andere kleine Sache.

Ich weiß gar nicht, was ich sagen soll.

„Viele Männer werden von diesem Krebs vollständig geheilt, wenn er früh genug erkannt wird, Rose.“

„Und, ist er bei Ihnen früh genug erkannt worden?“

Ramsey blickt zur Seite. Vater Laurent zögert einen Moment lang. „Sie glauben, ja.“

„Haben Sie gewusst, dass Sie etwas haben? Haben Sie sich krank gefühlt? Wenn Sie etwas gesagt hätten, dann hätte ich Sie doch zum Arzt gefahren.“

Ramsey richtet sich auf seinem Stuhl auf, als ich das sage. Ich glaube, er ist ein bisschen angefressen und sauer auf mich. Aber das ist mir egal. Schließlich war ja nicht ich in den vergangenen vier Monaten in Japan, um auf japanischen Dächern Gras zu pflanzen.

„So schlecht habe ich mich gar nicht gefühlt. Es ist nicht Ihre Schuld, Rose. Es ist niemandes Schuld.“

Eine Weile schweigen wir alle betreten.

„Was für Bestrahlungen sind das denn?“, hake ich schließlich nach. „Müssen Sie dazu im Krankenhaus bleiben?“

„Nein. Der Arzt empfiehlt eine neue Form von Bestrahlung, um den Tumor zu verkleinern. Im Rahmen einer ambulanten Therapie."

„Und hat man damit denn schon Erfolge erzielt?"

„Sehr gute. Der Onkologe, bei dem ich heute Morgen war, hat es jedenfalls sehr empfohlen."

Ramsey rutscht auf seinem Stuhl hin und her. Dann wird die Tür mit voller Wucht geöffnet, und Liam platzt herein, in einer Hand eine Getränkedose, in der anderen einen Schokoriegel.

„Cola war alle, Papa. Ich hab dir Sprite mitgebracht." Er nimmt die Anspannung, die in dem Zimmer herrscht, gar nicht wahr, sondern reicht seinem Vater die Dose und wendet sich dann Vater Laurent zu.

„Willst du mal von dem Schokoriegel abbeißen, Opa?"

„Das würde ich wirklich gern, Liam, aber wahrscheinlich hätten die Ärzte etwas dagegen."

„Aber wieso denn?"

„Ich muss ein bisschen besser mit meinem Herzen umgehen. Und leider verträgt es all diese fetten und süßen Sachen nicht so gut."

„Das ist ja echt übel."

Und das ist nicht die einzige Sache, die übel ist.

Nachdem ich von dieser jüngsten Entwicklung erfahren habe, bleibe ich nicht mehr lange. Als ich ins „Ein Traum in Weiß" zurückkomme, merken meine Mutter und L'Raine sofort, dass mich etwas bedrückt, und es dauert auch nicht lange, bis sie mir entlockt haben, was es ist. Als ich ihnen berichte, dass Vater Laurent zusätzlich zu den Problemen mit seinen Herzkranzgefäßen auch noch Prostatakrebs hat, wird meine Mutter blass, und L'Raine kommen die Tränen. Ich sage ihnen, was Vater Laurent auch mir vorsichtig beizubringen versucht hat, dass nämlich diese Art von Krebs sehr gut behandelbar ist, aber sie sind in diesem Punkt genau wie ich: Sie können das Wort „Krebs“ nicht hören, ohne sich gleich das Schlimmste vorzustellen.

Eine Kundin betritt den Laden, und ich schiebe den Schrecken dessen, was ich weiß und was ich nicht weiß, beiseite und tue so, als wäre mir nichts wichtiger, als das richtige Brautkleid für sie zu finden. Aber in dem Augenblick, als ich anfange, ihr etwas über das kleine, blaue Herz zu erzählen, das sie direkt in dem ersten Kleid entdeckt, kommen mir ebenfalls die Tränen, und ich muss mich kurz zurückziehen, indem ich einen Hustenanfall vortäusche.

Der Rest des Nachmittags ist eine mühsame Angelegenheit. Als Shelby kurz vor vier vorbeischaut und mich fragt, ob ich nicht Lust hätte, mit ihr eine Cola trinken zu gehen, bin ich für die kleine Ablenkung richtig dankbar.

Die Junisonne hat die Bürgersteige so aufgeheizt, dass die Hitze darüber flimmert, als wir uns auf den Weg zu unserem Lieblingslokal machen.

„Wie geht's denn so?“ Wahrscheinlich erwartet Shelby den neuesten Stand in Sachen Ekel, ehemals auch bekannt unter dem Namen Daniel.

Und ich fange an, ihr zu erzählen, was mich im Augenblick wirklich bedrückt – der Gesundheitszustand von Vater Laurent.

Zwanzig Minuten später, nachdem wir unsere kalten Getränke etwa zur Hälfte geleert haben, geht es mir schon etwas besser.

„Und, ist er süß?“

Ich schaue sie jetzt zweifellos so an, als wäre ich der englischen Sprache nicht mächtig.

„Häh?“

„Dieser Ramsey, ist er süß?“

Ich habe Mühe, die Frage zu erfassen, so schockiert bin ich. Allerdings nicht darüber, dass sie diese Frage stellt, sondern eher darüber, dass mich ihre Frage so schockiert. Verwirrend, nicht wahr? Ich bin sicher, dass es irgendwo irgendjemanden gibt, der weiß, was ich meine.

„Was hat denn sein Aussehen mit all dem zu tun?"

Shelby zuckt nur mit den Achseln und stochert mit ihrem Strohhalm in dem Glas herum, um die schmelzenden Eisstückchen zu zerstoßen.

„Du redest über ihn, als ob er dich interessieren würde."

„Tu ich gar nicht."

„Er interessiert dich also nicht?"

Was für eine lächerliche Frage.

„Daran habe ich wirklich keinen Augenblick gedacht, Shelby. Mich hat nur Vater Laurent beschäftigt. Ich hasse den Gedanken, dass er krank ist."

„Ach. Na gut. Also, Vater Laurent ist ja wirklich ein toller Kerl und alles, und ich weiß, dass er dich an deinen Vater erinnert, aber dein Laden wird auch dann nicht pleitegehen, wenn Vater Laurent zu krank ist oder wenn die Therapie zu viel Zeit in Anspruch nimmt. Wenn er es nicht mehr schafft, deine kleinen Herzen zu segnen, könntest du es sogar selbst tun."

Ich hoffe, sie sieht, wie entsetzt ich bin. „Das ist nicht der einzige Grund, weshalb ich will, dass er wieder gesund wird."

„Natürlich nicht. Aber du könntest es doch wirklich selbst tun. Ich meine, die Herzen segnen."

„Das wäre nicht dasselbe. Ich bin doch kein Pfarrer, meine Güte." Shelby hat ganz offensichtlich immer noch nicht kapiert, was die Herzen für mein Geschäft bedeuten. Diese kleinen, blauen Herzen sind mein Logo, mein Markenzeichen, das, was meine Firma ausmacht.

„Oder du könntest auch jemand anderen dafür engagieren."

„Shelby, wie viele Pastoren – ob im Ruhestand oder nicht –, wären wohl bereit, das zu tun, was Vater Laurent für mich tut? Ich glaube, ein Durchschnittsgeistlicher würde die ganze Sache als völlig verrückt abtun."

Wir machen uns auf den Rückweg zur Boutique, und während wir so nebeneinander herschlendern, heckt Shelby den Plan aus, bei *eBay* einen neuen Herz-Segner für mich zu akquirieren.

Es ist eindeutig sie, die verrückt ist. Ich werde mich in dieser Sache ganz sicher nicht der bekannten Internet-Auktionsplattform bedienen.

Wir betreten genau in dem Augenblick von der Straße aus den Laden, als Ramsey und Liam von hinten aus dem Treppenhaus ins „Ein Traum in Weiß" kommen.

„Alles in Ordnung?", frage ich.

„Wir haben gerade beschlossen, meinen Vater ein bisschen ausruhen zu lassen", sagt Ramsey. „Der heutige Tag war ja ziemlich aufregend für ihn."

Ramsey deutet in Richtung meines Büros. „Darf ich nachschauen, ob ein Fax für mich gekommen ist?"

„Klar. Ich komme sofort."

Ramsey und Liam gehen zu dem kleinen Büro und ich verabschiede mich noch rasch von Shelby. Sie grinst.

„Mach mal die Augen auf, Rose", flüstert sie. „Der sieht sogar ziemlich gut aus."

Zweiunddreißig

Liebe Harriet,

ich habe den ganzen Abend im Internet gesurft, um Informationen über Prostatakrebs zu sammeln. Man hat diesen Krebs nämlich heute bei Vater Laurent festgestellt. Die Ärzte haben den Tumor bei einer der Untersuchungen entdeckt. Natürlich ist er bösartig. Und das jetzt noch zusätzlich zu all dem anderen.

Der Arzt von Vater Laurent hat ihm gesagt, dass diese Art von Krebs besonders gut behandelbar sei. Als ob das all unsere Befürchtungen und Ängste zerstreuen würde! Er wird eine ganz neuartige Bestrahlungstherapie bekommen, sobald er sich von seinem Herzinfarkt erholt hat. Was die Ärzte tun wollen, wenn diese Methode nicht anschlägt, hat Vater Laurent nicht gesagt. Ich habe Max davon erzählt und ihm auch gesagt, dass ich mir Sorgen darüber mache, dass die Therapie vielleicht nicht anschlagen könnte. Darauf hat er gemeint, dass wären aber doch noch ungelegte Eier. Ich habe ihn daraufhin gefragt: „Was soll denn das nun wieder heißen?" Und er hat geantwortet: „Triff nicht jetzt schon Vorkehrungen für den schlimmsten denkbaren Fall." Typisch Max.

Shelby sagt, dass meine Ängste ein bisschen kindisch seien. Na ja, genau so hat sie das zwar nicht formuliert, aber so ist es bei mir angekommen. Als wäre ich ein verwöhntes Kind, das seinen Willen durchsetzen will. Sie hat gesagt, ich könne die Herzen doch auch selbst segnen – eine geradezu absurde Vorstellung. Wer will den schon ein Brautkleid haben, das von einer sitzengelassenen Braut gesegnet worden ist?! Das wäre eine echte Lachnummer. Sie glaubt auch, dass es ganz einfach sei, einen anderen Geistlichen zu finden, der das Segnen der blauen Herzen übernimmt, indem man eine Stellenanzeige dafür ins Internet stellt. Kannst Du Dir vorstellen, was darauf wohl für Angebote kommen würden?

Na, vielen Dank auch.

Shelby hat mich gefragt, ob ich finde, dass Ramsey gut aussieht. Ich habe ihr gesagt, dass Ramseys Aussehen im Augenblick das Allerletzte ist, was mich interessiert, und wie um alles in der Welt sie so etwas jetzt nur fragen kann. Sie hat gesagt, ich hätte über ihn gesprochen, als wäre er mir alles andere als gleichgültig. Wie spricht man denn über einen Mann, dass es sich so anhört, als wäre er einem alles andere als gleichgültig?

Sie hat ihn heute im „Ein Traum in Weiß" gesehen und mir gesagt, dass sie ihn ziemlich gutaussehend findet. Tatsache ist: Mir ist schon bewusst, dass er wirklich attraktiv ist. Und er interessiert mich auch, aber ganz sicher nicht, weil er so ein schöner Anblick ist.

Ich glaube, es ist sein Kummer, den ich an ihm so anziehend finde. Vielleicht weil ich es ja selbst kenne. Bin diesen Weg ja auch gegangen, aber immer noch nicht an seinem Ende angelangt.

Ich habe ihn heute Abend gesehen – oben im dritten Stock –, als mir wieder einfiel, dass ich heute Morgen gar nicht mehr in Wendys und Philips Wohnung war, um mich um das Geräusch im Bad zu kümmern. Nachdem ich nichts gehört hatte und Wendys Wohnung wieder verließ, kam er gerade aus Vater Laurents Wohnung. Und deshalb standen wir dann beide dort im Hausflur.

Zwei mitleiderregende Geschöpfe.

Ich lächelte und nickte – und er auch.

Ich sehe mir gerade „Magnolien aus Stahl" an, was wirklich blöd ist, weil ich immer wie ein Schlosshund weine, wenn M'Lynn auf dem Friedhof zusammenbricht, nachdem sie ihre Tochter Shelby beerdigt hat. Es ist dieses „Niemand sollte so jung sterben müssen". Ich werde wahrscheinlich ausschalten, kurz bevor sie stirbt.

Aber Shelbys Brautkleid am Anfang des Films ... Es ist riesig. Und ihre Frisur ist auch riesig. Ihr Schleier und ihr Brautstrauß – alles 80er-Jahre-riesig. Riesig.

Weißt Du, damals hat das funktioniert: Man konnte eine Riesenbrille im Gesicht tragen und eine Riesenfrisur haben und ein Riesenauto fahren und ein Riesenbrautkleid tragen, und es war in Ordnung.

Damals fand niemand solche Dinge riesig.

Eben alles eine Frage der Perspektive.

Liebe Rose,

Du hast also herausgefunden, dass Ramsey gut aussieht. Na und? Tröste Dich mit dem Wissen, dass es nicht das Erste ist, das Du an ihm bemerkt hast. Es gibt eben auch unterschiedliche Grade von Oberflächlichkeit.

Es ist keineswegs erbärmlich, wenn man sich zum Kummer von jemandem hingezogen fühlt. Ist das nicht genau das, was der Begriff „einfühlsam" bedeutet? Das Vergleichen des eigenen Kummers mit dem Kummer eines anderen ist nur dann erbärmlich, wenn man es tut, um abzuschätzen, wessen schlimmer ist.

Die Mode in den 80ern unterschied sich nicht von der jeder anderen Epoche: Leute, die man gar nicht persönlich kannte, sagten einem, was gut aussieht und was nicht. Und was einem auch gesagt wurde – man hat es geglaubt, egal, was man selbst in Wirklichkeit dabei empfand.

Wie schön für mich, dass ich bloß die Stimme der Vernunft bin, die tragen kann, was sie will.

Harriet

Dreiunddreißig

Ich habe einen edlen Strauß aus weißen Lilien und weißen Rosen in der Hand und bin unterwegs zu Vater Laurents Zimmer, und ganz plötzlich macht es mir etwas aus – dass darin mehr Rosen als Lilien sind. Vor der Zimmertür bleibe ich stehen und denke daran, wie aufdringlich es im Grunde ist, ein Dutzend oder vielleicht sogar noch mehr brautweiße Blumen in der Hand zu halten, die alle so heißen wie ich. Wie plump!

Ich überlege, ob ich ein paar herausfischen soll, als die Tür geöffnet wird und Ramsey herauskommt. Er ist gestern noch einmal nach Duluth zurückgefahren, um etwas zum Anziehen zu holen, das nicht nach Camping aussieht. Heute trägt er statt Shorts und eines verblichenen Hawaii-Hemdes ein mandarinenfarbenes Polohemd und eine helle Cargohose.

„Hoppla! Hallo, Rose." Sein Blick fällt sofort auf meinen Blumenstrauß mit all den pompösen Rosen.

„Ist ja nichts passiert. Alles in Ordnung", murmele ich und wünschte, ich hätte als Mitbringsel eine Schachtel Pralinen dabei oder vielleicht lieber was Gesundes. „Wollen Sie gerade gehen?"

„Nein, ich wollte nur eine Tasse Kaffee holen, aber das kann warten." Er hält mir die Tür auf. „Mein Vater und ich haben gerade von Ihnen gesprochen."

Ich drehe mich so ruckartig zu ihm um, dass mein Nacken protestiert. Ramseys Tonfall klingt nicht besonders freundlich; eigentlich klingt er nach gar nichts.

„Ach, wirklich?"

Er deutet mit dem Kopf zur offenen Tür. „Wollen Sie nicht hereinkommen?"

Nein, ich will lieber wissen, was er und Vater Laurent über mich geredet haben. „Ja, sicher."

„Hallo, Rose." Ich höre Vater Laurents Stimme aus dem Zimmer, und als ich eintrete, bin ich erleichtert, ihn wieder mit rosiger Gesichtsfarbe anzutreffen. Er sitzt im Bett und trägt seinen eigenen Schlafanzug. Ramsey kommt jetzt ebenfalls wieder ins Zimmer.

Ich gehe zu Vater Laurents Bett und beuge mich vor, um ihm einen Kuss auf seine runzelige Wange zu geben. „Hallo." Ich deute mit dem Kopf auf meinen Blumenstrauß. „Ist es in Ordnung, einem Mann Blumen zu schenken?"

„Aber natürlich ist es das. Wie schön. Lilien und Rosen. Perfekt."

„Ja, Rosen. Ich habe gar nicht nachgedacht, als ich sie gekauft habe. Ich habe nur die Lilien gesehen."

„Na ja, ich denke eben, dass Sie Rosen verschenken, wann immer sich eine Gelegenheit bietet."

Ich lächle. Irgendwie klingt es gar nicht mehr so protzig und aufdringlich, wenn er es sagt.

„Ich muss wirklich sagen, dass Sie heute großartig aussehen, Vater Laurent."

„Ach ja, das machen die Wellness-Behandlungen, die Pediküre und die vielen Eiweißdrinks", scherzt er. „Aber morgen lassen sie mich nach Hause, sodass das alles schon wieder vorbei ist."

„Na, das ist ja wunderbar, Sie schon so schnell wieder bei uns zu haben."

Er wendet sich an Ramsey. „Ja, ich freue mich auch schon wieder auf zu Hause."

„Darüber haben mein Vater und ich nämlich gerade eben geredet." Ramsey sitzt gegenüber auf der anderen Seite des Bettes und beugt sich ein wenig vor, um seine Hände auf der Bettkante abzustützen.

„Ich dachte, Sie hätten über mich geredet." Ich zwinkere Vater Laurent zu und frage mich, ob er wohl weiß, wie schwer es mir gefallen ist, das zu sagen, ohne lächerlich zu klingen.

„Na ja, Ihr Name ist gefallen, als es darum ging, zu wem mein Vater eigentlich nach Hause geht." Ramsey antwortet prompt, deshalb nehme ich an, er hat meinen kleinen Scherz gar nicht mitbekommen.

Ein Hauch von Unbehagen breitet sich in meinem Inneren aus. „Na, zu sich nach Hause natürlich."

„Ich glaube nicht, dass das für meinen Vater im Moment eine Option ist."

Ich wende mich an Vater Laurent. Er will ganz sicher nicht aus dem „Finnland" ausziehen und das „Ein Traum in Weiß" verlassen.

„Sie wollen nicht wieder in Ihre Wohnung zurück, Vater?" Die Worte kommen ausgesprochen piepsig aus mir heraus.

„Doch, ich bin fest entschlossen, wieder zurückzukommen."

„Vater." Ramseys Stimme hat diesen „Das-haben-wir-aber-noch-nicht-ausdiskutiert"-Tonfall.

Vater Laurent wendet sich seinem Sohn zu. „Ich kann mir wirklich nicht vorstellen, dass du bei dir zu Hause ständig einen alten Tattergreis um dich haben willst."

„Na ja, ich habe gedacht, dass wir in Duluth eine schöne Einrichtung für dich finden könnten."

„Meine Güte, nein, Ramsey. Ich möchte nicht in einer ‚schönen Einrichtung' wohnen. Ich will in meine Wohnung zurück."

„Ach, komm schon, Papa. Wie willst du denn die vielen Treppen schaffen? Du sollst doch keine Treppen steigen.

Und wie willst du zu deinen Arztterminen kommen? Und wie willst du allein mit all deinen unterschiedlichen Medikamenten zurechtkommen, ohne den Überblick zu verlieren? Und was ist, wenn die Bestrahlungen Nebenwirkungen haben und es dir richtig schlecht geht?"

„Ich bin doch schließlich nicht bettlägerig!"

„Ich kann doch helfen", biete ich an.

Ramsey wendet den Kopf, um mich anzusehen. „Ich will Ihnen ja nicht zu nahe treten, aber Sie haben ein eigenes Geschäft, das Sie leiten müssen, und Sie verwalten ein Mietshaus. Ich kann meinen Vater unmöglich jemandem anvertrauen, der beruflich so eingespannt ist."

„Aber …", setze ich an, doch Ramsey unterbricht mich sofort wieder.

„Papa, es wäre einfach unsinnig, in deine Wohnung zurückzukehren. Du hast gerade einen Herzinfarkt gehabt und jetzt auch noch Krebs. Du kannst nicht einfach so tun, als wäre alles in Ordnung. *Nichts* ist in Ordnung!"

„Ich tue gar nicht so, als ob alles in Ordnung wäre", versichert Vater Laurent. „Aber ich glaube auch nicht, dass alles nur schrecklich ist."

„Schau mal, Papa, es kommt doch im Leben jedes Menschen irgendwann der Punkt, an dem er erkennen muss, dass er sich nicht mehr selbst versorgen kann und dass er Hilfe braucht. Ich kann nicht nach Duluth zurückgehen und dich alleine in deiner Wohnung lassen!"

„Aber er wäre gar nicht allein. Ich habe doch gesagt, dass ich ihm helfen würde", versuche ich es noch einmal. „Das macht mir wirklich nichts aus."

„Siehst du?", meint Vater Laurent.

Ramsey erhebt sich und sieht mich an. „Könnte ich kurz mit Ihnen reden? Draußen auf dem Gang?"

Vater Laurent setzt sich abrupt in seinem Bett auf. „Das ist eine Angelegenheit zwischen dir und mir, Ramsey!" Als die Worte heraus sind, bekommt er einen Hustenanfall.

„Bitte, Vater, leg dich wieder hin, ja? Ich bin gleich zurück." Er hilft seinem Vater, sich wieder hinzulegen, und deutet dann mit der Hand auf die Zimmertür. Ich folge ihm auf den Gang.

Sobald die Tür hinter uns ins Schloss gefallen ist, fängt Ramsey auch schon an. „Sehen Sie, ich bin Ihnen wirklich sehr dankbar für alles, was Sie für meinen Vater getan haben. Und ich weiß, dass es Ihnen gefällt, ihn mit diesen kleinen Herzen was auch immer machen zu lassen. Aber ich glaube, wir müssen überlegen, was für ihn das Beste ist."

Was er damit sagen will, ist klar. Er glaubt, dass es mir nur darum geht, einen netten Priester um mich zu haben, der meine jämmerlichen kleinen, blauen Herzen segnen kann.

„Sie glauben also, das ich nicht das Beste für ihn will?" Ich hoffe, ich klinge gekränkt, denn das bin ich wirklich.

Er blinzelt verwirrt und antwortet mir dann. „Mal ganz ehrlich, mein Vater übernimmt doch einen ganz hilfreichen Service für Sie, und Sie ..."

Okay. Jetzt bin ich wirklich sauer. Ich unterbreche ihn. „Sie wissen überhaupt nichts über mich. Und wo wir schon mal dabei sind: Vielleicht sollten auch Sie genau überlegen, ob Sie das Beste für Ihren Vater im Sinn haben. Glauben Sie wirklich, dass es das Beste für ihn ist, ihn in eine Einrichtung zu stecken? Damit Sie in der Weltgeschichte herumdüsen können, ohne sich Gedanken darüber machen zu müssen, ob er seine Medikamente richtig einnimmt, zu seinen Arztterminen kommt und die Bestrahlungen verträgt? Für mich klingt das eher so, als ob Sie in erster Linie Ihre eigenen Interessen im Blick haben."

Ach, du liebe Güte. Er sieht jetzt richtig aufgebracht aus. Ich spüre, wie Harriet in mir bis in ihren vernunftbetonten Kern schockiert, ja geradezu entsetzt ist.

„Ich fasse es nicht, dass Sie das zu mir gesagt haben." Ramseys Gesicht ist ganz weiß geworden, eine Farbe, die ihm gar nicht steht. „So wie mein Vater über Sie spricht ..."

„Das fühlt sich nicht besonders gut an, nicht wahr? Sich den Vorwurf gefallen lassen zu müssen, eigennützig zu sein. Sie haben im Grunde eben genau dasselbe zu mir gesagt."

„Ich habe Sie nicht beschuldigt, in der Weltgeschichte herumzureisen, ohne auf die Bedürfnisse Ihrer Familie zu achten."

Auf das, was ich als Nächstes sagen will, kann ich mich dann aber gar nicht richtig konzentrieren. Ich höre nämlich immer wieder die Worte „So wie mein Vater über Sie spricht …". Scham überkommt mich. Ich hätte das, was ich gesagt habe, nicht sagen dürfen. Harriet tobt in meinem Inneren herum und ruft laut, dass ich mich entschuldigen soll.

Ramsey starrt mich nur einfach an. Mein Gesicht ist tiefrot. Ich habe das Gefühl, dass ich gleich in Ohnmacht falle, so warm ist es auf dem Gang geworden. Es ist offensichtlich, dass Ramsey nicht so recht weiß, ob er wieder in das Zimmer seines Vaters stürmen oder mir ein Glas Wasser holen soll.

„Es tut mir leid." Meine Stimme klingt kläglich und ich kann ihn nicht ansehen. „Bitte vergeben Sie mir, was ich gerade gesagt habe. Ich … ich wäre nur sehr, sehr traurig, die Gesellschaft Ihres Vaters zu verlieren. Er bedeutet mir sehr viel. Und das nicht nur wegen der Herzen. Es ist sehr viel mehr als das. Er …" Ich kann den Gedanken aber nicht zu Ende bringen. Ich wische mir eine Träne von der Wange und werfe Ramsey verstohlen einen Blick zu. Ich glaube, er ist jetzt wirklich völlig irritiert.

Eine Weile sagt er gar nichts, aber dann klingt seine Stimme sanfter. „Mir tut es auch leid, dass ich gedacht habe, Sie machen sich ausschließlich wegen der Herzen Sorgen um ihn. Aber ich sehe im Moment wirklich keinen anderen Ausweg. Ich kann meinen Vater so kurz nach dem Herzinfarkt und vor der Krebstherapie nicht alleinlassen, auch wenn es nur zwei Autostunden entfernt ist. Das bringe ich einfach nicht übers Herz."

„Aber ich habe das, was ich gesagt habe, wirklich ernst gemeint. Ich kann helfen!“

„Und nebenher noch Ihr Geschäft führen? Und das Haus verwalten? Sie haben doch gar keine Zeit, sich dann noch um einen Kranken zu kümmern, Rose. Und außerdem ist er *mein* Vater, nicht Ihrer.“

Ich weiß, dass er das nicht gesagt hat, um mir einen Stich zu versetzen, aber das tut es trotzdem. Ich weiß, dass ich zusammengezuckt bin, und ich glaube, er hat es auch gemerkt.

„Ich kann einfach nicht von Ihnen verlangen, dass Sie sich so um ihn kümmern. Das ist meine Aufgabe.“

„Aber es würde mir wirklich nichts ausmachen. Seine Freundschaft ist etwas ganz Besonderes für mich. Ich habe meinen Vater vor ein paar Jahren verloren und ich …“ Aber es gibt keine Worte, um zu beschreiben, wie sehr mir mein Vater fehlt und wie sehr es den Schmerz darüber lindert, dass Vater Laurent da ist.

Ramsey hält kurz inne und schüttelt dann den Kopf. „Aber ich kann ihn einfach nicht hierlassen. Liam und ich müssen am Montagmorgen wieder in Duluth sein.“

In Gedanken kehre ich zurück zu dem Tag, als ich Vater Laurent kennengelernt habe. Ich war damals gerade dabei, das Konzept für meine Boutique zu entwickeln und Mieter für die Wohnungen zu suchen. Er war einer der Ersten, die einen Mietvertrag unterschrieben, und nachdem das erledigt war, erkundigte er sich nach meinem jungen Unternehmen, das bis zu diesem Zeitpunkt noch nicht einmal einen Namen hatte. Ich erzählte ihm, ich hätte vor, in jedes Brautkleid ein kleines, blaues Herz hineinzunähen und damit jedem gebrauchten Brautkleid auch etwas ganz Neues zu geben. Er sagte, das sei wirklich eine großartige Idee, besonders weil dadurch jedes Brautkleid mit neuer Hoffnung gesegnet werde. Ich lachte und sagte, dass ich wirklich die Letzte sei, die ein Secondhandbrautkleid segnen könne und dass zum Segnen doch eher er prädestiniert sei. Woraufhin er meinte, ich bräuchte nur Bescheid zu sagen, wenn ich wolle, dass er meine kleinen, blauen Herzen segne.

Also kam die Idee im Grunde von ihm.

Von Anfang meiner Leiden an ist er also mein Leuchtfeuer gewesen, die verkörperte Hand Gottes für meine bedürftige Seele. Aber ich bin immer noch nicht über den Berg. Es ist immer noch düster auf dem Weg, und ich bin noch nicht bereit, ihn gehen zu lassen.

Ramsey steht vor mir und sieht sehr besorgt aus. Mir laufen inzwischen Tränen übers Gesicht. Ich wische sie weg.

„Sie müssen zurück nach Duluth?"

„Ich muss für diesen und den nächsten Monat irgendwelche Aufträge an Land ziehen. Bis Ende August habe ich noch nichts anstehen und wie jeder andere Mensch muss auch ich meine Rechnungen bezahlen. Und in Duluth lebe ich nun mal."

Einen Moment lang schweigen wir beide und dann kommt mir wie aus heiterem Himmel eine völlig verrückte Idee.

Verrückt und wundervoll.

Und vielleicht auch gar nicht so abwegig.

Ich drücke Ramsey den Blumenstrauß in die Hand und sage: „Stellen Sie die bitte ins Wasser. Ich muss etwas herausfinden und dafür muss ich jemanden anrufen. Sagen Sie Vater Laurent bitte, dass ich gleich wieder da bin, ja?"

Ich sehe ihn nicht an, aber ich weiß, dass Ramsey mir hinterherstarrt, als ich weggehe.

Vierunddreißig

Seltsamerweise gehörte zu den Dingen, die Daniel an mir mochte, meine Vorliebe, Ideen auszubrüten. Die meisten unserer Dates hatte ich inszeniert, und viele davon hatten sehr viel mehr Abwechslung zu bieten als nur Essen und Kino. Wir sind im Oktober auf dem Motorrad an den Ufern des Mississippi entlanggefahren, haben auf einem Mittelalter-Markt gegrillte Putenkeulen mit der Hand gegessen, haben Paintball gespielt, selbst Sushi zubereitet und Salsa-Tanzstunden genommen. Und natürlich war es auch meine Idee zu heiraten. Wahrscheinlich war das auch die einzige von meinen Ideen, die ihm nicht so besonders gefallen hat.

Auch für unsere Hochzeit hatte ich tolle Ideen. Sie sollte in einer alten Kirche in St. Paul stattfinden, der Altar sollte mit Efeuranken, Jasmin und Pfirsichblüten geschmückt werden. Für den Brautmarsch hatte ich ein Spalier von Dudelsackspielern geplant. Mein Brautstrauß aus apricotfarbenen Rosen sollte auch zwei weiße Rosen enthalten, die Daniel und ich herausziehen wollten, nachdem wir die Hochzeitskerze angezündet hätten, und sie dann unseren Müttern überreichen wollten. Die Kleider meiner Brautjungfern waren aus Satin in einem wunderschönen changierenden Apricotton. Daniel und ich wollten während der Trauzeremonie nicht zum Altar schauen, sondern zur Gemeinde hin, und unsere Eltern sollten beim Segen zu uns nach vorn kommen und einen Kreis um uns bilden. Beim Empfang sollte es an jedem Tisch andere Kuchen geben, die alle mit frischen Blumen und kandierten Nüssen dekoriert sein sollten. Statt Reis oder Seifenblasen beim Ausmarsch des Brautpaares nach dem Empfang wollten wir diesen durch ein Spalier von Wunderkerzen verlassen.

Und natürlich war mein Kleid maßgeschneidert, nach meinen eigenen Vorstellungen und speziell für mich: nach einem Entwurf, den ich schon als Zwölfjährige im Kopf gehabt hatte und den ich im Laufe der Jahre stetig verbessert hatte. Meterweise cremeweiße Organza, ein Hauch von Glitzer auf dem leicht gerafften Mieder, ein klassisches Dekolleté, nicht zu tief, aber schmeichelnd, und ein Rückendekolleté, das genauso exquisit geschnitten war wie das vordere.

Ein tiefes Rückendekolleté, unter dem jetzt ein kleines blaues Herz verborgen ist. Ja, im Planen bin ich wirklich eine Meisterin.

Deshalb war ich auch nicht weiter überrascht, dass ich, während ich bei Ramsey mit Tränen der Enttäuschung und des Frustes zu kämpfen hatte, plötzlich eine Idee hatte, die alle glücklich machen würde und durch die es möglich wurde, dass Vater Laurent im „Finnland“ bleiben konnte.

Alles, was ich dazu brauchte, war die Rechnung für die Behebung eines Wasserschadens von vor ein paar Monaten. Und dann musste ich bloß noch Ruben anrufen, der derzeit in New York war.

Mein Part bei dem Plan ist ganz einfach. Ich brauche nur die Idee zu haben und dann zu beten, dass Ruben sich darauf einlassen wird.

Und genau das tue ich auch, als ich von der Klinik zurück ins „Finnland“ fahre – ich bete.

Herr, bitte gib, dass Ruben ja sagt. Es ist eine gute Idee. Bitte gib ihm die Klugheit, das zu erkennen.

Als ich durch den Hintereingang ins „Ein Traum in Weiß“ hineingesaust komme, sind sowohl meine Mutter als auch L'Raine überrascht, mich zu sehen.

„Das war aber ein kurzer Besuch.“ Meine Mutter hängt gerade ein Kleid zurück an den Ständer.

„Ich fahre gleich noch mal hin. Ich muss nur schnell einen Anruf erledigen.“

Ihre Blicke folgen mir in das kleine Büro. Sie fragt sich bestimmt, wen ich wohl vom Büro aus anrufen muss, den ich nicht auch vom Krankenhaus aus auf dem Handy hätte anrufen können. Aber Rubens Nummer habe ich nicht im Handy gespeichert, weil ich nur sehr selten mit ihm telefoniere. Ich glaube, es gefällt ihm, dass hier alles reibungslos läuft und ich ihn nicht mit jeder Kleinigkeit belästige.

Ich ziehe ein Aktenschubfach auf und hole die Unterlagen mit den Rechnungen für Reparaturen am Haus heraus. Dann nehme ich mein Adressbuch zur Hand und schlage Rubens Nummer nach. An der Ostküste ist es jetzt vier Uhr nachmittags. Ich hoffe, er ist zu Hause.

Nach dem dritten Klingeln meldet er sich auch schon.

„Ruben, hier ist Rose.“

„Ach, hallo. Wir haben ja schon eine ganze Weile nichts mehr voneinander gehört. Ist alles in Ordnung?“

„Ja, alle bestens. Und wie ist es bei Ihnen, Ruben?“

„Ach, ich kann nicht klagen. Geht es Ihrer Mutter auch gut?“

Er glaubt, dass die Frage beiläufig klingt, aber ich merke genau, dass die alten Gefühle für meine Mutter der Grund dafür sind, dass Ruben nicht öfter herkommt.

„Es geht ihr sehr gut, Ruben. Eigentlich rufe ich aber an, um Ihnen eine Idee zu unterbreiten, die ich für das ‚Finnland‘ hätte. Und ich glaube, es ist eine richtig gute Idee.“

„Ach ja?“

„Sie erinnern sich doch sicher noch an den Wasserschaden, den wir im März durch das Tauwasser und die heftigen

Regenfälle hatten, nicht wahr? Es sind damals Reparaturen von über achtzehnhundert Dollar angefallen."

„Ja, ich erinnere mich."

„Ich hätte da eine Idee, wie wir verhindern können, dass so etwas noch einmal passiert und das Haus außerdem noch zu einem Blickfang wird. Ich glaube, der Marktwert des Hauses würde dadurch ebenfalls steigen und den Geschäftsleuten in der Gegend würde es auch gefallen."

„In Ordnung, jetzt haben Sie mich wirklich neugierig gemacht."

„Der Sohn eines Mieters entwirft und baut Dachgärten, die nicht nur schön sind, sondern außerdem äußerst funktional. Sie nehmen im Frühjahr und Herbst Schmelz- und Regenwasser auf und verteilen es gleichmäßig auf eine große Fläche. Und im Sommer halten sie zusätzlich wie eine Isolierung die Hitze ab und dann sehen sie auch noch schön aus. Es wäre auf jeden Fall ein Aspekt, durch den Sie künftig noch höhere Mieten erzielen könnten. Langfristig ist so ein Gründach wegen der Kosteneinsparungen im Bereich Wartung und Energie sehr rentabel."

Ich lege eine kurze Pause ein, damit die Idee sich bei ihm setzen kann. Als ich spüre, dass er immer noch überlegt, werfe ich noch ein weiteres Argument in die Waagschale.

„Ihr Haus wäre das einzige in der Gegend, das so ein Dach besäße. Es wäre etwas Innovatives, und ich glaube, es würde auch bei Leuten, die es nicht so gerne sehen, dass immer mehr Menschen von außerhalb hier Immobilien erwerben, gut ankommen."

Ruben schweigt, und ich weiß nicht so recht, wie ich dieses Schweigen deuten soll.

Gerade, als ich nach weiteren Argumenten krame, fängt er an zu reden: „Wissen Sie, ich habe eine Vorliebe für Gärten. Das ist ein sehr reizvoller Gedanke. Und Sie sagen, die Sache wäre auch funktional? Das ist wirklich sehr reizvoll."

Ich habe schon Angst, dass er mich jetzt fragt, was das Ganze denn kosten würde, weil ich nicht die leiseste Ahnung habe. Ich hoffe deshalb, er tut es nicht. Und eigentlich ist es auch gar nicht so wichtig, denn Ruben ist schließlich Multimillionär.

Und er fragt auch nicht, sondern entgegnet: „Möchten Sie, dass der Mann sofort damit anfängt?"

Ich kann meine Begeisterung kaum bremsen. „Ja, er hat sogar zufällig auch Zeit für das Projekt. Er könnte also umgehend damit beginnen. Und, Ruben, sein Vater hat gerade einen Herzinfarkt hinter sich. Ich weiß also, dass es ihm sehr helfen würde, wenn er in Ihrer Wohnung wohnen könnte, solange er hier arbeitet und sein Vater sich erholt. Natürlich nur, wenn Ihnen das recht ist."

„Na, Sie haben aber auch wirklich an alles gedacht!"

Ja, ich bin die Königin der Ideen.

„Ich kann ihn also fragen, ob er den Auftrag übernehmen würde?", wage ich mich vor.

„Ja – ja, ich glaube, das sollten Sie tun. Rufen Sie einfach wieder an, wenn Ihnen der Kostenvoranschlag zu hoch erscheint. Ansonsten verlasse ich mich ganz auf Ihr Urteil. Das ist eine sehr interessante Idee, Rose. Ich muss schon sagen, ich kann gar nicht erwarten, das fertige Kunstwerk zu sehen."

„Ich glaube, es wird ganz großartig, Ruben. Vielen Dank, dass Sie mich das machen lassen."

„Gerne. Halten Sie mich aber bitte auf dem Laufenden, ja? Und teilen Sie mir möglichst schnell mit, wie viel Geld wir dafür brauchen. Außerdem möchte ich auch möglichst bald einen ersten Entwurf und dann einen Plan sehen. Können Sie mir beides schicken?"

„Aber sicher, Ruben."

„Gute Arbeit, Rose. Wir hören dann wieder voneinander. Grüßen Sie bitte auch Ihre Mutter von mir."

„Klar, mach ich."

Wir beenden das Telefonat und ich stoße einen kleinen Jubelschrei aus. Als ich von meinem Schreibtisch wieder aufblicke, sehe ich, dass meine Mutter in der Tür steht.

„Hast du mit Ruben gesprochen?"

„Ja." Ich stehe auf und greife nach meiner Handtasche. „Er lässt dich grüßen. Ich werde Ramsey bitten, zu bleiben und auf dem Dach des ‚Finnland' einen Garten anzulegen. Das macht er nämlich beruflich. Ruben hat ihm erlaubt, so lange in seinem Apartment zu wohnen."

Die Miene meiner Mutter drückt Verwirrung aus. „Was hat das eigentlich alles zu bedeuten, Rose?"

Ich habe jetzt wirklich weder die Zeit noch den Wunsch, ihr die ganze Sache zu erklären, also entscheide ich mich für die Kurzfassung. „Das ist die einzige Möglichkeit, wie ich Ramsey dazu bringen kann, Vater Laurent hier in seiner Wohnung bleiben zu lassen, während er sich von seinem Herzinfarkt erholt und die Strahlentherapie bekommt. Ramsey ist nämlich wild entschlossen, Vater Ramsey in einer Einrichtung in Duluth unterzubringen."

„Ach, du liebe Güte."

„Vater Laurent möchte nicht von hier weg, und ich möchte ganz sicher auch nicht, dass er uns verlässt. Sein Sohn meint, dass wir nicht genug Zeit haben, um uns um seinen Vater zu kümmern, und ich muss beweisen, dass wir es doch können. Durch die Sache mit dem Gründach bekommen wir ein wenig Zeit, um es ihm zu zeigen. Wo ist eigentlich Liam?"

„Ich glaube, er ist heute Nachmittag mit Max ins Studio gegangen. Er wollte irgendwelche Skateboardfahrer fotografieren."

Also, ich hätte gern Liams Zustimmung, wenn ich Ramsey die Sache vorschlage, aber ich gehe davon aus, dass Liam nichts dagegen hätte, den größten Teil seiner Sommerferien hier im „Finnland" zu verbringen. Er hat sich mit Max angefreundet, und ich bin sicher, ihm gefällt die Idee.

„Ich muss jetzt wieder ins Krankenhaus zurück, Mama. Können du und L'Raine euch um den Laden kümmern?"

„Natürlich, aber wir möchten heute auch noch irgendwann Vater Laurent besuchen."

„Ich bin nicht lange weg, versprochen."

Ich begebe mich wieder in Richtung Parkplatz hinter dem Gebäude und bin ziemlich sicher, dass ich wirklich nicht lange fort sein werde. Meine Idee wird Ramsey entweder gefallen oder er wird sie hassen.

Als ich in der Klinik ankomme, ist Vater Laurent allein in seinem Zimmer und schläft. Mein Blumenstrauß steht in einem Wasserkrug auf dem Nachttisch. Von Ramsey keine Spur.

Ich mache mich auf den Weg zum Schwesternzimmer, um zu fragen, ob jemand weiß, wo Vater Laurents Sohn ist. Die Schwestern schicken mich zum Besucherzimmer am Ende des Ganges, wo Ramsey auf einem Sofa sitzt und Zeitung liest. Im Hintergrund läuft ein Fernseher und ein Mann sitzt schlafend in einem Sessel. Als ich den Raum betrete, blickt Ramsey auf.

„Da sind Sie ja wieder." Er faltet die Zeitung zusammen und legt sie vor sich auf den Tisch. „Mein Vater schläft allerdings gerade."

„Ich weiß", sage ich. „Aber eigentlich wollte ich auch mit Ihnen sprechen."

Er sagt nichts, aber sein Blick signalisiert Neugier. Ich setze mich neben ihn auf das Sofa.

„Erinnern Sie sich, dass Sie vorhin gesagt haben, Sie sähen keine Alternative dazu, Ihren Vater mit nach Duluth zu nehmen?"

„Ja."

„Also, ich wüsste eine."

„Was soll das heißen?"

„Ich habe eine Möglichkeit gefunden, wie Ihr Vater im ‚Finnland' wohnen bleiben kann, Sie in seiner Nähe sein können und außerdem auch noch an einen Auftrag kommen."

Jetzt sieht er wirklich verblüfft aus.

„Der Eigentümer des Gebäudes, das ich verwalte, möchte gerne ein Gründach anlegen lassen."

„Das ist nicht Ihr Ernst, oder?" Die Verblüffung weicht langsam Misstrauen.

„Das ist mein völliger Ernst. Wir hatten im vergangenen Frühjahr eine Rechnung von über achtzehnhundert Dollar für einen Wasserschaden, und ich bin ganz sicher, dass so etwas nicht noch einmal passieren würde, wenn wir ein Gründach hätten. Außerdem würde es das Gebäude verschönern und es attraktiver für die Mieter machen. Und Ruben, der Hauseigentümer, besitzt eine Wohnung in dem Haus. Sie ist vollständig möbliert, wird aber nie genutzt, weil er in New York lebt und nur ein paar Mal im Jahr herkommt. Sie könnten also direkt in dem Gebäude wohnen, während sich Ihr Vater erholt und Sie oben das Gründach anlegen."

Er macht den Mund auf, um etwas zu sagen, schließt ihn dann aber gleich wieder und macht ihn noch einmal auf. Es ist, als hätte er dazu zwanzig Anmerkungen zu machen, wüsste aber nicht, mit welcher er anfangen soll.

„Wollen Sie damit sagen, dass Sie das alles innerhalb der letzten halben Stunde eingefädelt und organisiert haben?"

Ich weiß nicht so genau, ob er davon beeindruckt oder irritiert ist.

„Na ja, es war nicht schwer, Ruben von dieser tollen Idee zu überzeugen. Und es liegt doch eigentlich nah, dass Sie und Liam dann in der leerstehenden Wohnung bleiben könnten. Sie ist unbewohnt, möbliert und liegt neben der Wohnung Ihres Vaters."

„Aber Sie wissen doch noch nicht einmal, was ich für den Bau eines Gründaches verlange."

„Ich gehe mal nicht davon aus, dass Sie uns übers Ohr hauen. Wenn Sie das Projekt zu einem marktüblichen Preis verwirklichen, wird Ruben es gern bezahlen. Er findet die Idee jedenfalls großartig. Er liebt Gärten, genau wie ich. Und er hat gesagt, Sie können sich dafür so viel Zeit nehmen, wie Sie brauchen."

„Es dauert nur ein paar Wochen, ein Dach in der Größe Ihres Gebäudes anzulegen."

„Aber Sie können sich dafür so viel Zeit nehmen, wie Sie brauchen."

Ramsey schaut auf den Tisch vor sich, offenbar tief in Gedanken versunken. Als er den Kopf wieder hebt, ist sein misstrauischer Blick verschwunden und stattdessen strahlt er Unbehagen aus.

„Warum machen Sie das?", fragt er leise.

Was soll ich darauf entgegnen? Dass ich ein bisschen neurotisch bin, kürzlich einen Korb bekommen habe, die Vergangenheit nicht loslassen kann und ziemlich abhängig bin von der Art von Mitgefühl, die sein Vater zu bieten hat? Wahrscheinlich trifft das alles zu, aber ich bezweifle, dass es gut rüberkäme, wenn ich es ausspräche. Man kann die Wahrheit auf sehr unterschiedliche Weise sagen. Ich wähle jedenfalls andere Worte.

„Ihr Vater ist auch für mich wie ein Vater." Meine Stimme ist nur noch ein Flüstern. „Das letzte Jahr war für mich sehr schwer. Ich weiß nicht, ob ich es ohne die Freundschaft und den Rat Ihres Vaters geschafft hätte. Mein eigener Vater ist tot und er fehlt mir schrecklich. Um ehrlich zu sein, kann ich mir einfach ein Leben ohne Ihren Vater in der Nähe nicht vorstellen."

Ramsey blickt wieder auf den Tisch hinunter, ohne etwas Bestimmtes anzuschauen. Ich weiß, dass meine Worte in ihm das angerührt haben, was wir gemeinsam haben – unseren inneren Schmerz. Wir haben beide ein Jahr hinter uns, das uns an den Rand der Verzweiflung gebracht hat.

„Und auch weil Ihr Vater gar nicht weg möchte", füge ich noch hinzu. „Er hat es verdient, glücklich zu sein."

Es folgen mehrere Sekunden Schweigen.

„Aber es müsste einen Aufzug geben", sagt er und es klingt wie ein letztes Aufbäumen gegen meinen Vorschlag.

„Am anderen Ende des Gebäudes gibt es einen Lastenaufzug, der eigentlich nur von Mario benutzt wird, und das auch nur, wenn er irgendwelche schweren Sachen transportieren muss."

Ramsey wischt sich mit der Hand übers Gesicht.

Mir kommt in den Sinn, dass er nur ein paar Minuten von seiner Exfrau entfernt wohnen wird, wenn er für den Rest des Sommers im „Finnland" bleibt.

Ich warte.

„Was für ein Dach ist es denn?"

Ich stoße einen Seufzer der Erleichterung aus. Das ist ein Fortschritt, aber ich weiß nicht, was er meint. „Wie meinen Sie das?"

„Na, ob es flach ist, geneigt oder ein Satteldach?"

„Ach so. Es ist ein Flachdach und mit Kies bedeckt."

Er neigt den Kopf leicht zur Seite. „Sie sind schon mal da oben gewesen?"

„Ich bin dauernd dort."

„Und wozu?"

„Weil es da oben still ist und friedlich und unkompliziert. Da ist nichts als Himmel und Kies und andere Dächer."

Er denkt einen Moment lang nach. Dann atmet er aus, als ließe er den letzten Rest Widerstand entweichen.

„Ich werde mir heute Abend das Dach ansehen und dann sage ich Ihnen Bescheid."

„Vater Laurent kann also bleiben?"

„Ich gebe Ihnen Bescheid."

Er steht auf und geht. Der Mann in dem Sessel schnarcht so laut, dass er schließlich davon aufwacht. Er verändert seine Position und schläft wieder ein.

Fünfunddreißig

Liebe Harriet,

also gut, ich habe es so richtig vermasselt, als ich Ramsey heute Nachmittag als „egoistisch“ bezeichnet habe. Lass uns also gar nicht erst darüber reden. Ich bedaure meine Worte wirklich, auch wenn vielleicht ein winziges bisschen Wahrheit darin gesteckt hat.

Er hat kurz vor Einbruch der Dunkelheit noch das Dach des „Finnland“ begutachtet. Ich bin mit ihm nach oben gegangen. Einen Augenblick lang hat er zu den beiden Liegestühlen hingeschaut und ist dann die Dachfläche abgeschritten, hat über den Kalksteinrand gespäht und die Fugen der obersten Steine kontrolliert. Dann hat er die Hände in die Hüften gestemmt und gesagt: „Das geht. Ich kann es machen.“

Ich weiß nicht, ob er damit gemeint hat, dass er das Dach machen kann oder dass er es schafft, sein Haupt nur ein paar Kilometer von der Huperin entfernt aufs Kopfkissen zu betten. Aber egal, was von beidem, er hat damit gesagt, dass Vater Laurent bleiben kann. Zumindest fürs Erste.

Tatsache ist, dass Vater Laurent nicht umziehen will. Das hier ist sein Zuhause. Wir sollten alle alles geben, damit er bleiben kann. Ich weiß, dass ich dabei Hintergedanken habe. Mir ist natürlich klar, dass ich ihm auch eine kleine Schachtel voller blauer

Herzen nach Duluth schicken kann, damit er sie dort segnet und sie dann wieder zurückschickt, aber eigentlich geht es gar nicht um die kleinen, blauen Herzen. Es geht darum, dass sich meine Welt weiter um ihre neue Achse dreht. Ich will mich jetzt nicht mit Veränderungen abquälen müssen, die das, was ich mir mühsam innerlich und äußerlich aufgebaut habe, wieder völlig durcheinanderbringen. Jedes Mal, wenn ich glaube, dass ich wieder festen Boden unter den Füßen habe, fängt die Erde aufs Neue an, sich zu verändern und zu verschieben. Es ist, als gäbe es da irgendwo kleine Kobolde, die beobachten, wie ich versuche, das Gleichgewicht wiederzuerlangen, und wenn es so aussieht, als liefe mein Leben wieder in ruhigeren Bahnen, dann ziehen sie an dem Teppich, auf dem ich stehe. Ich bin einfach darauf angewiesen, dass um mich her einmal alles still steht und ruhig bleibt.

Und schon während ich das hier schreibe, ist mir klar, dass Ramsey wahrscheinlich ganz genauso empfindet. Wie eine Turnanfängerin auf einem Schwebebalken, unter dem glühende Kohlen ausgebreitet sind. Als ich heute Nachmittag versuchte habe, ihn davon zu überzeugen, in Minneapolis zu bleiben – in dem Glauben, dass er nur nach Duluth zurückwill, um sein Leben ebenfalls möglichst ungestört und in ruhigen Bahnen zu leben –, dämmerte mir, dass er Angst hat, auf dem Schwebebalken zu balancieren, während Kirsten direkt danebensteht und ihm dabei zuschaut. Er wird nur ein paar Minuten von ihr entfernt wohnen, solange Liam und er hier sind. Vielleicht trifft er sie und den Ehebrecher dann zufällig im Supermarkt, im Einkaufszentrum oder auf einem Spazierweg am See. Vielleicht begegnet er ihnen, wenn sie mit dem neuen Baby unterwegs sind – das schon unterwegs war, als sie Ramsey gesagt hat, dass sie ihn verlässt.

Ach, eines haben wir wirklich gemeinsam: Wir haben Zurückweisung in ihrer schlimmsten Form erfahren.

Ich frage mich, ob er in Bezug auf Kirsten so empfindet wie ich in Bezug auf Daniel. Ich liebe Daniel nicht mehr, jedenfalls nicht mehr so, wie ich es einmal getan habe. Es ist schwer, jemanden weiterzulieben, der einen nicht mehr will. Aber wenn dieser Mensch sich dann auch noch für jemand anderen entscheidet, wenn man durch jemanden ersetzt wird und miterlebt, wie dieser Mensch in den neuen Partner wirklich unglaublich verliebt ist?

Das ist das stärkste Gift, das es gibt. Es tötet die Liebe.

Aber es tötet nicht das Verletztsein und den Schmerz.

Den muss man selbst abtöten.

Vielleicht sollte das eine weitere Regel auf meiner „So entloben Sie sich richtig“-Liste werden: „Wählen Sie eine geeignete Hinrichtungsmethode aus.“ Übernehmen Sie einen aktiven Part dabei, wenn es darum geht, den Wunsch in sich abzutöten, dass alles wieder so wird, wie es war. Sie müssen diesen Wunsch eigenhändig umbringen. Das kann Ihnen niemand abnehmen. Die Liebe, die Sie für den Menschen empfunden haben, der Sie zurückgewiesen hat, weil er Sie nicht mehr will, lässt sich auf fast passive Weise abstreifen. Aber der Wunsch, die Uhr zurückdrehen zu können, den Lauf der Dinge zu verändern, den Augenblick zu identifizieren, als der andere angefangen hat, einen nicht mehr so sehr zu lieben – den müssen Sie selbst töten, Sie ganz allein. Und Sie dürfen kein Mitleid zeigen. Wenn Sie ihn nicht töten, dann bringt er Sie um. Und Sie merken noch nicht einmal, dass Sie sterben.

Liebe Rose,

ich versuche, mir vorzustellen, was Vater Laurent wohl gesagt hätte, wenn Du ihm und nicht mir diese Worte geschrieben hättest. Ich glaube, er hätte gesagt, dass es nicht so sehr darum geht, den Schmerz abzutöten, als vielmehr darum, ihn loszulassen. Man kann ein wütendes wildes Tier, das in der Falle sitzt, entweder töten oder freilassen. Ich habe den Eindruck, wenn man etwas tötet, dann gibt es immer Überreste, die man irgendwie entsorgen muss. Was tun wir normalerweise mit sterblichen Überresten? Wir vergraben sie.

Und dann setzen wir einen Grabstein, um die Stelle zu markieren.

Wenn man etwas freilässt – es von sich stößt und dann weggeht –, dann bleibt nichts, was an seine Existenz erinnert, außer der eigenen Erinnerung daran, es einmal gehabt zu haben. Und die Erinnerung, meine Liebe, ist ja nicht ausschließlich schlecht.

Ich bin stolz auf Dich, dass Du Dich bei Ramsey entschuldigt hast. Aber wir wissen ja beide, dass Du das nicht getan hast, weil Du etwas so Unfreundliches nicht hättest sagen sollen. Du konntest einfach nicht damit leben, etwas gesagt bzw. gedacht zu haben, was Vater Laurent Dir niemals zugetraut hätte. Das Bild, das Ramsey von Dir hat, basiert ganz klar auf dem Bild, das Vater Laurent von Dir hat. Und es ist Dir wichtig, dass dieses Bild positiv ist.

Und das ist auch richtig so.

Harriet

Sechsunddreißig

Max, Liam und ich dekorierten Vater Laurents Zimmertür mit Ballons und Luftschlangen, denn wir wollen ihn auf diese Weise willkommen heißen, wenn er am Morgen aus dem Krankenhaus entlassen wird. Rosalina hat einen Kuchen gebacken – selbstverständlich fettarm –, Mario hat den Lastenaufzug auf Vordermann gebracht und dessen Wände graublau gestrichen. Und meine Mutter und L'Raine haben sich noch einmal vergewissert, dass es keine Spinnen, Spinnweben und dicken Staubschichten in Rubens gemütlicher Wohnung gibt. Als Vater Laurent dann heute Morgen ankam, war das ganze Haus auf den Beinen, um ihn zu begrüßen. Man hätte meinen können, er wäre nach Jahren als Kriegsheld heimgekehrt. Liam sorgte dafür, dass sein Großvater erfuhr, dass auch er sich am Dekorieren des Hausflurs beteiligt hatte, und Ramsey schien das alles nur interessiert zur Kenntnis zu nehmen.

Ich bin ungeheuer froh, dass heute Samstag ist und dass meine großartigen Collegemädels unten das „Ein Traum in Weiß" schmeißen. Weder meine Mutter noch L'Raine, noch ich möchten verpassen, wie Vater Laurent nach Hause kommt – dahin, wo er hingehört. Natürlich hat ihm die tolle Begrüßung gefallen, aber sie hat ihn auch angestrengt. Sobald Vater Laurent unsere Begrüßungsumarmungen und guten Wünsche entgegengenommen hatte, zog er sich in seine Wohnung zurück, um sich hinzulegen. Kurz darauf machten sich auch Ramsey und Liam auf den Weg nach Duluth, um dort ihre Sachen für die Zeit hier bei uns im Haus zu packen. Aber erst, nachdem meine Mutter und ich ihm fest versprochen hatten, dass wir uns so lange um Vater Laurent kümmern würden.

Mittlerweile ist es später Nachmittag. Vater Laurent liest Zeitung, und ich versuche, meinen Kühlschrank sauber zu machen. Ich habe das schon so lange wie möglich aufgeschoben, weil es eine Tätigkeit ist, die ich wirklich hasse. Ganz hinten stehen Behälter, die mir richtig Angst machen. Es ist mir egal, welcher Inhalt sich darin schön luftdicht abgeschlossen befindet. Ich werde sie einfach alle entsorgen – mitsamt den Plastikdosen –, ohne auch nur einen Blick hineinzuwerfen.

Meine Mutter klopft an meine Haustür und steckt dann den Kopf zur Tür herein.

„Rose?“

„In der Küche, Mama“, rufe ich zurück.

Sie kommt um die Ecke und sieht von der anderen Seite der offenen Kühlschranktür auf mich herunter.

„Kellen hat gerade angerufen. Er kommt heute Abend nach Minneapolis.“

„Das ist ja schön. Kommt er bei uns vorbei?“

„Ja, das würde er gerne.“

„Heißt das, er hat keine Zeit, länger zu bleiben?“

„Doch, die hätte er schon, aber er hat gedacht, dass er dich abholen und mit dir essen gehen könnte.“

Ich werfe einen kleinen Behälter mit undefinierbarem Inhalt in den Mülleimer.

„Möchtest du denn nicht mitkommen?“

„Also, er hatte überlegt, dass diesmal vielleicht nur ihr beide zusammen ausgehen könntet.“

„Was? Ein kleines exklusives Bruder-Schwester-Treffen?“

Bei dem Gedanken muss ich lachen, denn Kellen ist für mich weniger wie ein Bruder als vielmehr wie ein Onkel.

„Nein, eigentlich nicht. Laura ist nämlich auch dabei."

Ich schaue zu ihr auf. „Mama, kannst du vielleicht mal sagen, was eigentlich los ist?"

„Er will ... na ja, also gut. Rose, Marshall Mitchell möchte dich gerne wiedersehen. Er und Kellen hatten irgendetwas Geschäftliches miteinander zu erledigen, und dann ist wohl dein Name gefallen, und er hat gefragt, ob du Lust hättest, ihn noch einmal zu treffen. Er hat Kellen gefragt, ob du dazu wohl bereit wärst."

Er hat Kellen gefragt?

„Und mich konnte er nicht fragen?"

„Na ja, vielleicht hat er ja gedacht, du würdest nein sagen."

„Aber wieso ist es einfacher, dann Kellen zu fragen?"

„Das weiß ich nicht, Rose. Kellen hat nur gesagt, dass er heute Nachmittag in Minneapolis ist, um irgendetwas Geschäftliches zu erledigen, und dass er und Laura dann später Marshall zum Essen treffen und er gedacht hat, du hättest vielleicht Lust mitzukommen."

Ich stehe auf und suche auf der Arbeitsfläche nach meinem Handy. „Wo ist er denn?"

„Das weiß ich nicht. Ich glaube, er ist schon irgendwo in der Stadt."

Ich finde das Handy neben dem Toaster, nehme es, drücke auf die Kurzwahltaste mit Kellens Nummer und warte. Beim vierten Läuten geht er ran. Am Hintergrundgeräusch erkenne ich, dass er im Auto unterwegs ist.

„Was soll das, Kellen?!"

„Entspann dich mal, Rose. Es ist nur eine ganz harmlose Verabredung zu viert. Er mag dich und möchte dich nur einfach gern wiedersehen."

„Er mag mich? Er kennt mich doch gar nicht!"

„Na und – jetzt möchte er dich eben kennenlernen."

„Und wieso konnte er mich dann nicht selbst anrufen?"

„Er wollte dich nicht abschrecken."

Ich fange an, in der Küche auf und ab zu gehen. Meine Mutter hat die Kühlschranktür geschlossen und schaut mir interessiert zu.

„Mich abschrecken?", frage ich nach. „Was soll denn das heißen?"

„Er wollte nicht aufdringlich wirken. Er hat gemerkt, dass du von jemandem verletzt worden bist und er …"

Ich mache mir gar nicht erst die Mühe, meine Lautstärke zu reduzieren. „Was soll das heißen, er hat gemerkt, dass ich verletzt worden bin? Was hast du ihm erzählt?" Die Augen meiner Mutter weiten sich angstvoll bei meinem Ausbruch.

„Jetzt beruhige dich doch, Rose. Er hat es selbst gemerkt. Wenn man mit einem verletzten Menschen zu tun hat, dann merkt man das doch. Es ist gar nicht so einfach, vor einem sensiblen Menschen zu verbergen, wenn man verletzt worden ist."

„Also ist Mitchell Maxwell ein sensibler Mensch!" Ich höre mich ein bisschen so an wie die böse Hexe des Ostens aus „Der Zauberer von Oz".

„Er heißt Marshall Mitchell, und ja, er ist ein sehr einfühlsamer und sensibler Mann. Ich glaube, du würdest ihn mögen, Rose. Gib ihm doch wenigstens eine Chance."

Einen Moment lang sage ich nichts, um die Dämonen in meinem Inneren zu beruhigen, die kurz davor sind, „Was hast du ihm gesagt, Kellen?" zu kreischen.

Es dauert eine Weile, bis ich ihn das fragen kann.

„Rose …"

„Was hast du ihm gesagt?"

„Nachdem er mir sagen konnte, dass du verletzt worden bist, habe ich ihm gesagt, dass du bis vor Kurzem verlobt warst, dass dein Verlobter dann aber die Hochzeit abgesagt hat."

Er kann mich zwar nicht sehen, aber trotzdem werde ich

rot. Meine Mutter sieht es. Sie blickt zur Seite. Sogar sie spürt, dass Kellen zu weit gegangen ist.

„Ich kann nicht glauben, dass du das gemacht hast, Kellen“, stöhne ich auf.

„Warum denn nicht? Es stimmt doch.“

„Aber es geht dich nichts an.“

„Rose, es ist jetzt wie lange her? Ein Jahr? Wann willst du eigentlich damit abschließen? Du musst wieder unter Menschen gehen.“

Ich bin ziemlich sprachlos.

„Ich dachte, du wärst die einzige Person, bei der ich mir keine Sorgen zu machen brauche, ob ich gut genug bin, Kellen! Als Mama versucht hat, mich an dem ersten Abend mit Marshall zu verkuppeln, da warst du noch auf meiner Seite.“

„Bei dieser Sache gibt es keine Seiten, Rose. Und das war, bevor ich ihn kannte. Er ist wirklich ein netter Kerl.“

„Das ist unser Briefträger auch.“

„Rose!“

Ich höre auf herumzutigern und zermartere mir das Hirn auf der Suche nach einer Aussage, die das hier einigermaßen friedlich und vernünftig zum Abschluss bringt. *Wo bist du, Harriet?* Ich wünschte, ich könnte nach oben in Vater Laurents Wohnung rennen und ihn fragen, was ich tun soll. Aber er wurde gerade erst aus der Klinik entlassen. Er erholt sich von einem Herzinfarkt. Das kann ich unmöglich tun.

Herr, sag mir bitte, dass ich mich in dieser Sache nicht lächerlich aufführe. Bitte sag mir, Herr, dass ich nicht unvernünftig bin.

„Rose?“

Und dann höre ich irgendwo in meinem Inneren das Echo dessen, was Harriet mir gestern Abend geschrieben hat – dass ich aufhören muss, nach Methoden zu suchen, wie ich meinen Schmerz abtöten kann. Stattdessen soll ich anfangen, mir Möglichkeiten zu überlegen, wie ich ihn loslassen kann.

Aber das ist leichter gesagt als getan. Es ist irgendwie schwer, etwas loszulassen, das an einem zu haften scheint wie Sekundenkleber.

„Bist du noch dran, Rose?"

„Ja, ich bin noch da."

„Und, kommst du mit?"

„Wenn Marshall mich wirklich wiedersehen will, dann sag ihm bitte, dass er irgendwann mal im Laden vorbeischauen kann. Vielleicht können wir ja mal zusammen einen Kaffee trinken gehen. Ich gehe nicht mit einem Mann aus, den ich nicht einmal kenne, Kellen."

„Es ist doch bloß eine Verabredung, Rose."

„Klar. Meine Beziehung mit Daniel hat auch mit ‚bloß eine Verabredung' angefangen."

„Genau wie meine mit Laura, und sieh doch mal, wie glücklich wir sind."

„Ich komme nicht mit, Kellen. Und zwar nicht, weil ich Angst davor hätte. Ich bin nicht auf Shoppingtour nach einem neuen Mann fürs Leben. Aber genau so würde ich mich fühlen, wenn ich mitkäme. Wie auf Shoppingtour. Es schmeichelt mir, dass Marshall mich wiedersehen möchte – ja, ich bin sogar überrascht. Wenn er mich wirklich als Freund kennenlernen möchte, dann richte ihm bitte aus, was ich dir gesagt habe."

Einen Moment lang schweigt Kellen. „Also gut. Bist du jetzt sauer auf mich?"

„Ich werd schon drüber hinwegkommen."

„Vergibst du mir? Es wäre auch gar kein Mitleidsdate gewesen."

Ach, wie tröstlich.

„Nein, aber es wäre ein Shoppingtourdate gewesen", entgegne ich. „Für uns beide. Und ich möchte noch nicht Shoppen gehen."

„Und irgendwann mal zusammen einen Kaffee trinken zu gehen ist kein Shoppen?"

„Für mich wäre es das jedenfalls nicht.“

Er atmet hörbar aus. „Okay. Ich sag’s ihm.“

„Du kannst ja trotzdem kurz vorbeikommen und Hallo sagen.“

„Du meinst, nur Laura und ich?“

„Ja.“

„Okay. Das machen wir.“

„Gut.“

„Du bist also nicht sauer?“

„Ich bin nicht sauer.“

Wir beenden das Gespräch, und ich drehe mich zu meiner Mutter um, als ich das Handy wieder auf die Arbeitsplatte lege.

„Er hat es nur gut gemeint“, versichert sie.

Das haben die Leute, die die „Titanic“ gebaut haben, auch.

Siebenunddreißig

Liebe Harriet,

ich glaube, mit mir ist ernsthaft was nicht in Ordnung.

Ich hatte die Gelegenheit, mich heute Abend mit einem Mann zu treffen, der sich aus unerfindlichen Gründen für mich interessiert, und habe abgelehnt.

Ich hatte auch wirklich das Gefühl, die richtige Entscheidung getroffen zu haben, und zwar ungefähr zwanzig Minuten lang.

Aber dann kamen die Selbstzweifel, und ich hatte das Gefühl, gerade wieder einmal die Chance vertan zu haben, endlich mein Brautkleid zu verkaufen. Dieser Gedanke überfiel mich, als ich die Treppe zu meiner langweiligen, leeren Wohnung hinaufging, nachdem Kellen und Laura aufgebrochen waren, um mit Marshall Mitchell essen zu gehen. Ich fühlte mich so, wie ich mich jedes Mal fühle, wenn jemand mein Kleid kaufen will und ich der Kundin dann sage, dass es unverkäuflich ist.

Heute Abend habe ich noch ganz kurz bei Vater Laurent vorbeigeschaut, aber Liam und Ramsey waren bei ihm, sodass ich mich nicht bei ihm ausheulen oder ihn um Rat fragen konnte. Ich war nach oben in den dritten Stock gegangen, um nachzuschauen, ob er allein war, und um festzustellen, ob ich kurz ein wenig an seiner Weisheit teilhaben konnte. Als ich sah, dass seine Wohnungstür offen stand und Liam und Ramsey ihm sein Abendessen brachten, tat ich so, als wolle ich nur die Luftballons und Luftschlangen wieder aus dem Hausflur wegräumen.

Max kam vorbei, als ich gerade versuchte, die Luftschlangen zu einer Kugel zusammenzuknüllen. Er schien überrascht, dass ich die Sachen schon so bald wieder wegräumte. Oder vielleicht war er auch nur überrascht über das Gesicht, das ich dabei machte. Er fragte mich, ob ich zum Hauskreis eines Freundes mitwollte. Sie würden gerade mit dem Buch Prediger beginnen. Ich brauchte nicht lange, um den Entschluss zu fällen mitzugehen. Ich fand die Vorstellung, mich mit einem Buch zu befassen, in dem die Hauptthese die ist, dass alles sinnlos ist, ziemlich ansprechend.

Ich ließ die heruntergerissenen Luftschlangen in einem chaotischen Knäuel genau in dem Augenblick zu Boden fallen, als Ramsey in der Wohnungstür auftauchte. Er sah das Luftschlangenknäuel und Max und mich, blinzelte einmal kurz und schloss dann wieder die Tür.

Ich kam mir so vor, als hätte ich seinen Vater beleidigt.

Das war wie die Sahne auf einem richtig schlechten Kuchen.

Die größte aller Eitelkeiten. Alles ist eitel.

Die Bibelarbeit brachte mir nicht viel, was ausschließlich an mir lag, und als wir zu Fuß wieder zurück ins „Finnland" gingen, fragte mich Max, was ich von Bettina hielte.

Bettina?

Das Mädchen, neben dem er gesessen hätte, natürlich.

Ich erinnerte mich vage an den Hauch eines kleinen blonden Dingelchens, mit einem winzigen Schmetterlingstattoo am Handgelenk. Hübsch. Bezaubernd. Dünn.

Ich sagte ihm, sie sei hübsch, woraufhin er strahlte.

Den Rest des Weges erzählte er mir, wie er sie in der vergangenen Woche im Hauskreis kennengelernt hätte und wie klug sie sei und wie nett und so begabt. Und dass ihr seine Zaubertricks gefielen.

Selbst im dämmrigen Licht der Straßenlaternen konnte ich an seinem Blick erkennen, dass das Mädchen ihn einfach umgehauen, zumindest aber schon mal an seinen Socken gezupft hatte.

Und alles, was ich denken konnte, war: Lernt man so den Menschen kennen, der das ganze Leben verändert? Bei einem zufälligen Treffen im Haus eines Freundes, wenn das Letzte, woran man denkt, ist, dass man den Partner fürs Leben kennenlernt?

Ich dachte an Shelby, die Dreizehnjährigen beigebracht hatte, Frösche zu sezieren, als Eric in ihre Welt getreten war. Und dass auch meine Mutter und L'Raine meinen Vater und meinen Onkel Warren auf ganz unspektakuläre Weise kennengelernt hatten – auf der Suche nach einer Mitfahrgelegenheit zu einem Chorkonzert.

Ich muss gestehen, Harriet, dass diese Vorstellung etwas mit mir macht, dass sie mich anspricht. Dadurch weiß man, dass es echt ist, oder? Wenn es in dem Augenblick passiert, in dem man gar nicht auf der Suche ist. Aber vielleicht ist das ja gar nicht bei jedem so. Vielleicht gehöre ich ja zu den Leuten, die aktiv suchen müssen.

Shoppen gehen sozusagen.

Das ist nicht die Art und Weise, wie ich es mir erträumt habe – und deshalb glaube ich auch, dass etwas mit mir nicht stimmt. Oder vielleicht sind es ja auch nur meine Träume, mit denen etwas nicht stimmt.

Liebe Rose,

als unverheiratete Stimme des Verstandes kann ich nur sagen, dass es viele Möglichkeiten gibt, den Menschen kennenzulernen, mit dem man den Rest des Lebens verbringen möchte. Ich glaube, Vater Laurent würde sagen, man weiß, dass es „echt" ist, wenn man das eigene Leben nicht mehr getrennt von dem des Anderen sehen und sich vorstellen kann; wenn es der größte Wunsch ist, Liebe zu geben, und nicht, sie sich zu holen. Ich glaube, dass es dann gar keine Rolle mehr spielt, wie man den betreffenden Menschen kennenlernt.

Ich würde nicht sagen, dass mit Deinen Träumen etwas nicht stimmt. Vielleicht sind sie einfach nur ein wenig zu klein. Vielleicht könntest Du ja in Betracht ziehen, folgende Regel zu Deinen „So entloben Sie sich richtig"-Weisheiten hinzuzufügen: „Sei bereit, die Größe und die Form Deiner Träume anzupassen."

Übrigens, es war klug von Dir, die zusammengeknüllten Luftschlangen wegzuräumen, als Du nach Hause kamst.

Noch klüger wäre es allerdings gewesen, sie einfach hängen zu lassen, weil Du ja eigentlich gar nicht die Absicht hattest, sie vor dem Ende des Wochenendes abzunehmen.

Aber was passiert ist, ist passiert.

Harriet

Achtunddreißig

Die Tür zu Rosalinas und Marios Wohnung steht sonntagnachmittags immer offen. Es ist die einfachste Methode, um die Mieter des „Finnland“ daran zu erinnern, dass es die Dauereinladung zum gemeinsamen Essen bei den Gallardos gibt. Ab fünfzehn Uhr nachmittags wabern quälend die unwiderstehlichsten Düfte durchs Treppenhaus, mit Spuren von Koriander und Kurkuma und Knoblauch. Da ist es ziemlich unwahrscheinlich, dass man vergisst, wer da gerade kocht.

Heute bereitet Rosalina *Llapingachos Rellenos* – gefüllte Kartoffeltaler – zu. Ich weiß das nur deshalb, weil sie mich auf dem Weg zum Gottesdienst angehalten und gebeten hat, ihr doch bitte noch ein paar Schalotten aus dem Supermarkt mitzubringen. Außerdem hat sie allen ausrichten lassen, ihre *Llapingachos Rellenos* wären nicht so scharf, es sei denn, man ertränke sie in Tamarillosauce, so wie Mario es immer täte. Sie sagt das in erster Linie wegen meiner Mutter und L'Raine, weil die beiden vor allem zurückschrecken, was einen Kick verursacht. Solomon denkt tatsächlich darüber nach zu kommen – eine schöne Überraschung – und auch Wendy und Philip werden da sein. Max wird jedoch unterwegs sein und Bettina den Hof machen.

Ich habe den Auftrag bekommen, Ramsey unsere Sonntagstradition zu erklären. Ich verstehe zwar nicht, wieso er eine Extraeinladung bekommen soll, denn Liam weiß doch alles darüber und Vater Laurent ebenfalls. Aber Rosalina glaubt, dass Ramsey Laurent zu höflich ist, um ohne Einladung einfach so zu kommen.

Jetzt ist es also siebzehn Uhr und ich bin im Treppenhaus unterwegs in den dritten Stock.

Auf dem Treppenabsatz geht die erste Tür zu meiner Rechten auf und Solomon steckt den Kopf heraus.

„Rose! Sie sind genau die Person, die ich brauche!"

„Sie kommen also?"

„Kommen? Wohin denn?"

„Natürlich zu Rosalina und Mario. Ich habe gehört, dass Sie heute auch dabei sind."

„Ich kann gar nicht. Ich muss heute Abend in der St.-Patrick's-Kirche spielen, weil dort in letzter Minute jemand ausgefallen ist. Kommen Sie und spielen Sie das hier für mich."

Er drückt mir ein Notenblatt in die Hand.

Brahms' „Wie lieblich sind deine Wohnungen" aus dem Deutschen Requiem. Nur drei bs, aber mindestens zehn Seiten, und auf jeder davon unzählige unterschiedliche Vorzeichen. Ab dem Augenblick, in dem meine Finger die Tasten anschlagen, werde ich das Stück ziemlich verhunzen.

„Solomon, Sie wissen doch, wie ich spiele. Sie wissen, was ich mit den Klassikern mache. Sie sollten moderne Melodien spielen. Vielleicht könnte ich Ihnen dann helfen."

„Ich muss es doch nur einmal durchspielen."

„Ich bin sicher, dass Sie auch gar nicht mehr ertragen könnten."

„Dieses Stück ist gar nicht so schwer, aber ich habe es schon länger nicht mehr gespielt, und deshalb bin ich ein bisschen eingerostet."

Es amüsiert mich immer, wenn außergewöhnlich begabte Personen Fehler an sich finden. Ich weiß nicht, ob ich Solomon schon jemals einen falschen Ton habe spielen hören. Ich gebe ihm die Noten zurück.

„Also gut. Ich bin gleich wieder da. Ich muss aber erst noch alle Laurents zum Essen bei den Gallardos einladen. Und ich warne Sie, Solomon: Es wird nicht schön werden."

„Okay, aber trödeln Sie nicht herum. Ich muss in einer Stunde da sein."

Er geht zurück in seine Wohnung, während ich über den Gang zu Rubens normalerweise leer stehender Wohnung gehe.

Ich klopfe an die Tür und warte dann. Keine Antwort. Liam und Ramsey sind entweder nicht zu Hause oder nebenan bei Vater Laurent. Ich drehe mich um, gehe die paar Stufen zu Vater Laurents Wohnungstür und klopfe. Einen Augenblick später öffnet Liam mir die Tür.

„Hallo, Liam."

„Hallo."

„Ich wollte euch nur Bescheid sagen, dass es um sechs Uhr bei Rosalina und Mario Essen gibt, falls ihr kommen möchtet."

Bevor Liam etwas sagen kann, höre ich, wie Vater Laurent aus der Wohnung meinen Namen ruft.

„Kommen Sie doch herein, Rose."

Liam tritt zur Seite und hält mir die Tür auf und ich betrete etwas zögerlich die Wohnung. Vater Laurent sitzt in einem seiner bequemen Ledersessel. Die Füße hat er hochgelegt und in der Hand hält er eine Tasse mit etwas Dampfendem. Ramsey sitzt ihm gegenüber auf dem Sofa, auf dem überall verstreut Seiten der Sonntagszeitung herumliegen. Auch er trinkt immer wieder einen Schluck von etwas Heißem.

„Hallo, Vater Laurent." Ich betrete jetzt den Raum.

„Möchten Sie eine Tasse Tee mit uns trinken?" Vater Laurents Stimme klingt wie immer freundlich. Ramsey wirkt abwesend.

„Tut mir leid, ich kann nicht. Ich habe Solomon versprochen, ihm bei etwas zu helfen."

„Ach so."

„Aber Sie sehen schon wieder ganz wie der Alte aus, Vater. Das freut mich."

„Ja, es ist auch ganz wunderbar, wieder zu Hause zu sein." Seine Stimme betont das „zu Hause" kaum merklich, so als versuche er zu vermitteln, dass er dankbar ist für den Beitrag, den ich dazu geleistet habe.

„Ich wollte Sie nur noch einmal daran erinnern, dass heute ja Sonntag ist und Rosalina für alle Hausbewohner kocht." Ich wende mich an Ramsey. „Es gibt für den Sonntagabend eine Dauereinladung, um sechs zu den Gallardos zum Essen zu kommen. Rosalina kommt aus Ecuador und sie ist eine besonders gute Köchin."

„Das ist sie wirklich", bestätigt Vater Laurent. „Ich bin noch nicht fit genug dafür, aber, Ramsey, du und Liam könntet doch hingehen."

„Ich möchte aber nicht, dass du dir dein Abendessen selbst machen musst, Vater." Ramsey setzt sich im Sofa ein bisschen aufrechter hin, als er das sagt, und stellt seine Tasse auf dem Couchtisch ab. So als müsste er seine Hände frei haben.

„Ich komme schon zurecht. Ich wärme mir einfach eine Dose Suppe auf."

Ramsey schüttelt den Kopf und will gerade etwas entgegnen, als ich ihm zuvorkomme. „Ich kann hier bei ihm bleiben. Sie und Liam können gern gehen."

„Oh ja, lass uns gehen, Papa! Lass uns gehen!" Liam hat sich ganz offensichtlich am Nachmittag ziemlich gelangweilt. „Ist Max auch da?"

Er klingt hoffnungsvoll, aber ich muss ihm gestehen, dass Max etwas anderes vorhat.

„Normalerweise ist er aber auch dabei."

Einen Moment lang sieht Liam niedergeschlagen aus. „Können wir trotzdem gehen?"

„Ich weiß nicht …“, entgegnet Ramsey.

„Es macht mir wirklich nichts aus hierzubleiben“, beteuere ich nochmals.

„Es braucht niemand hierzubleiben.“ Vater Laurent klingt jetzt resolut. „Es ist alles in bester Ordnung und ich komme wirklich gut allein zurecht.“

„Ich halte das für keine gute Idee.“ Ramsey setzt sich wieder auf die Polster zurück.

„Warum denn nicht?“, frage ich und spüre, wie Harriet in meinem Inneren fast vom Stuhl fällt. Sie hasst es, wenn ich unverschämt werde.

Ramsey ist verdutzt. Ich glaube, über meine Frage und über die Art und Weise, wie ich sie gestellt habe – irgendwie schnippisch.

„Weil mein Vater gerade einen Herzinfarkt gehabt hat.“ Seine Worte kommen in fast genauso schnippischem Tonfall heraus.

„Aber ich habe doch gesagt, dass ich hier bei ihm bleiben kann.“

„Trotzdem, danke.“

Er hat diesen „Hier-stehe-ich-und-ich-werde-meine-Meinung-nicht-ändern“-Blick.

„Kann ich denn gehen?“, fragt Liam.

„Natürlich kannst du das“, antwortet Vater Laurent, bevor Ramsey etwas sagen kann. „Sind Sie sicher, dass Sie nicht auf einen Tee bleiben können, Rose?“

Ich drehe mich zu Vater Laurent, damit ich ihn ansehen kann. „Nein, ich habe wirklich Solomon versprochen, ihm zu helfen. Trotzdem, vielen Dank. Ich komme aber morgen gerne vorbei.“ Ich mache einen Schritt auf Vater Laurent zu und gebe ihm einen Kuss auf die Stirn. Aus den Augenwinkeln sehe ich, dass Ramsey mich anstarrt. Irgendwie mit großen Augen. Verstört.

So, so. Ich glaube wirklich, dass er eifersüchtig ist, weil ich eine so gute Beziehung zu seinem Vater habe.

„Gute Nacht, Vater." Ich verlasse das Zimmer, praktisch kopfschüttelnd darüber, dass Ramsey auf meine Beziehung zu seinem Vater offenbar neidisch ist. Als ob es so schwierig sei, eine gute Beziehung zu Vater Laurent zu haben, und oh wie sehr er sich wünscht, auch eine zu haben. Meine Güte, das ist doch das Einfachste von der Welt.

Als ich gehe, fragt Liam, ob er auch schon jetzt mitkommen kann, statt noch eine Stunde hier zu warten, und ich erwidere: „Na klar", und zwar sehr laut und munter, damit Ramsey nicht auch dem noch einen Riegel vorschiebt. Sonst ist er als Nächstes auch noch eifersüchtig darauf, dass sein Sohn gern mit mir zusammen ist.

„Ich gehe mit Rose!", ruft Liam über die Schulter zurück in die Wohnung und macht, so schnell er kann, die Tür hinter uns zu. Augenscheinlich weil er die gleiche Befürchtung hegt wie ich: dass jemand, wenn er es nicht tut, protestiert und ich es mitbekomme.

„Ich muss noch ganz schnell etwas für Solomon spielen, Liam. Die Tür zu Rosalinas Wohnung ist offen. Du brauchst nicht bis sechs zu warten. Und ich bin ganz sicher, dass es Andrea gefällt, wenn noch jemand in ihrem Alter da ist und ihr Gesellschaft leistet."

Er wirft mir einen pikierten Blick zu, der besagt, dass es absolut uncool ist, absichtlich die Gesellschaft eines Mädchens zu suchen, und rennt dann, immer zwei Stufen auf einmal nehmend, die Treppe hinunter.

Ich bleibe vor Solomons Wohnungstür stehen und klopfe an. Er macht auf und führt mich schnell zu seinem glänzenden Klavier.

Als ich anfange zu spielen, machen die Töne seiner Geige das, was sie immer tun. Sie tragen mich davon an einen wunderschönen Ort und ich fange an zu patzen.

„An dieser Stelle ‚forte', Rose. Geben Sie mir mal ein bisschen mehr Lautstärke!", kommentiert Solomon, seine linke Wange gegen den Kinnhalter gepresst.

Ich spiele die Töne so gut und laut ich kann, und als wir fertig sind und ich die letzten Noten spiele, dreht er sich zu mir um.

„Das war besser als das letzte Mal."

„Sie sind so nett, Solomon."

„Sie sollten wirklich mehr üben."

„Also, Sie sollten sich wirklich eine andere Pianistin zum Proben suchen." Als ich mich von der Klavierbank erhebe, fällt mir plötzlich ein, dass Liam mir erzählt hat, Ramsey spiele auch Klavier. Und das finde ich wirklich seltsam. Ich weiß gar nicht so recht, weshalb. Vielleicht, weil Musik etwas so Schönes ist. Fast romantisch.

Ramsey vermittelt eigentlich eher nicht den Eindruck, als würde er sich besonders für schöne Dinge interessieren.

„Ich habe gehört, dass Vater Laurents Sohn auch spielt", fahre ich fort. „Er wird eine Weile hier im ‚Finnland' bleiben, und ich bin sicher, dass er besser spielt als ich, Solomon."

„Wirklich? Also, das habe ich gar nicht gewusst. Ich werde ihn mal fragen. Ich mag es, wie Sie spielen, Rose. Sie haben einen sehr schönen Anschlag. Wenn Sie die richtigen Töne treffen."

Das ist wohl mein Schicksal: ein schöner Anschlag, wenn ich die richtigen Töne treffe.

Neununddreißig

Die Wolken über mir sind regenschwer. Eine verirrte und nichts Gutes verheißende Brise schlängelt sich zwischen ihnen hindurch und fährt mir durchs offene Haar, als ich mit einer Tasse Kaffee oben auf dem Dach sitze. Die Montagmorgen-Sonne hat sich versteckt und am Horizont ist ein dumpfes Donnergrollen zu hören. Der Wetterbericht hat Regen vorhergesagt.

Ich schließe die Augen, lehne mich in meinem Liegestuhl zurück und genieße das Alleinsein, solange es geht. Wenn es anfängt zu regnen, muss ich wieder nach unten gehen, wo mich der Alltag mit all seinem Chaos in all seiner Pracht erwartet.

Shelby will heute Nachmittag mit Eric vorbeikommen, um ihn mir vorzustellen. Natürlich braucht sie meine Zustimmung nicht, aber ich glaube, ihr liegt trotzdem etwas daran, diese zu bekommen. Die beiden wollen auf eine Matinee und dann essen gehen. Ach ja, das beschauliche Leben von Lehrern während der Sommermonate! Shelby hat mich gefragt, ob ich nicht mitkommen möchte, aber ich habe dankend abgelehnt. Deshalb schauen sie jetzt auf dem Weg ins Theater einfach kurz im „Ein Traum in Weiß“ vorbei.

Ich versuche, mir vorzustellen, wie Eric wohl aussieht. Shelby hat ihn mir als mittelgroß, mit braunem Haar, schlank und fit beschrieben. Aber ich kann ihn mir beim besten Willen nicht anders vorstellen als den Fitnesstrainer aus dem Film „Die Braut, die sich nicht traut“ – den Typen, den Julia Roberts beinahe heiratet (in einem wunderschönen Kleid übrigens), es dann aber doch nicht tut. Wenn ich mir auch nur *vorstelle*, dass Eric wie dieser Mann aussieht, muss ich schon lachen. Ich hoffe, dass ich nicht hysterisch loskichere, wenn er dann tatsächlich vor mir steht.

Wissen Sie, als meine Hochzeit abgesagt wurde, gab es tatsächlich Leute, die gedacht haben, dass ich die Braut sei, die sich nicht traut. Sie dachten, ich wäre diejenige, die im letzten Moment kalte Füße bekommen hatte, dass ich wie ein verschrecktes Kaninchen vor dem gutaussehenden Bräutigam davonrannte. Während ich immer wieder einen Schluck von meinem Kaffee trinke, versuche ich, mir Richard Gere vorzustellen, wie er im Smoking vor Julia Roberts davonrennt und in den Lieferwagen vom Paketdienst springt, um so weit wie möglich von ihr wegzukommen. Der Gedanke ist einfach nur absurd. So etwas würde doch nie wirklich passieren.

Ich sitze mit der Kaffeetasse in der Hand im Liegestuhl auf dem Dach und kichere vor mich hin. Und dann halte ich plötzlich inne, weil ich erkenne, dass das so ziemlich genau das ist, was mir passiert ist.

Mein Bräutigam ist vor mir davongelaufen.

Ich verjage diesen Gedanken und fange an, meine Lieblingsmelodie aus dem Soundtrack des Films zu summen. Natürlich habe ich den Film auch schon Dutzende Male gesehen. Der Text von „Never saw blue like that“ kommt mir einfach so über die Lippen, während meine Augen noch schläfrig-träge geschlossen sind. Er ist wirklich ziemlich schön …

Und dann räuspert sich jemand.

Ich öffne mit einem Ruck die Augen, meine Kaffeetasse katapultiert sich von selbst aus meiner Hand, und ich starre Ramsey Laurent an.

„Entschuldigung!“ Er macht genau so große Augen wie ich. Ramsey bückt sich, um meine Tasse aufzuheben, deren Inhalt sich trotz eines Deckels über den Kies auf dem Dach ergießt. Als er mir die Tasse reicht, könnte ich schwören, dass seine Hand dabei zittert.

„Sie haben mich zu Tode erschreckt“, flüstere ich, als ich ihm die Tasse abnehme.

Okay, meine Hand zittert also auch.

„Ich ... ich bin nur hier hochgekommen, um mit der Planung anzufangen. Ich kann aber auch später noch mal wiederkommen.“ Er macht kehrt.

Ich erhebe mich aus meinem Liegestuhl. „Nein, warten Sie, Ramsey. Es fängt sowieso bestimmt gleich an zu regnen. Erledigen Sie doch bitte, was Sie sich für heute vorgenommen hatten. Ich will nicht, dass Sie in den Regen hineingeraten. Wie Sie sehen, hatte ich hier oben auch gar nichts Wichtiges zu tun.“

Ich schüttele gerade verschütteten Kaffee von meinem Handgelenk, als er sich wieder umdreht.

„Haben Sie sich verbrannt?“

„Er war gar nicht mehr heiß. Ich bin schon eine ganze Weile hier oben.“

„Ach so.“

Schweigen.

„Wenn Sie mit dem Plan fertig sind, würde Ruben ihn gern sehen. Er hat mich gebeten, ihn ihm zu faxen.“ Jetzt klinge ich ach so geschäftsmäßig. „Ist Ihnen das recht?“

„Aber klar. Sicher.“

Wieder Schweigen.

„Na, dann lasse ich Sie jetzt mal in Ruhe arbeiten.“ Ich mache Anstalten zu gehen. „Es sei denn, Sie brauchen noch etwas.“

„Ja. Nein. Ich meine, ich komme schon zurecht.“

„Okay.“ Ich gehe an ihm vorbei und er sagt meinen Namen. Dafür, dass wir jetzt schon seit einer Woche ziemlich viel miteinander zu tun haben, hat er meinen Namen noch nicht besonders oft ausgesprochen. Normalerweise fängt er einfach an zu reden, wenn er mir etwas zu sagen hat. Aus irgendeinem Grund zerrt der Tonfall, in dem er meinen Namen sagt – wenn er es denn tut –, an mir. Ich drehe mich noch einmal um. „Ja?"

Er zögert und holt dann einmal tief Luft. „Also, ich muss mich bei Ihnen entschuldigen. Für gestern."

Eine Entschuldigung? Für gestern?

„Es ist ja gar nicht so, dass ich Ihnen nicht zutraue, meinem Vater beim Öffnen einer Dose Suppe zu helfen. Ich weiß natürlich, dass Sie das hätten tun können. Und ich weiß, dass mein Vater gern Ihre Gesellschaft gehabt hätte. Er hält sehr viel von Ihnen. Aber ich ..."

Er stockt. Ich stehe da und blinzle vor lauter Überraschung und Staunen.

„Ich habe einfach nicht ... Ich bin seit meiner Scheidung einfach nicht viel unter Leute gekommen, und irgendwie hatte ich das Gefühl, ich schaffe es nicht, so plötzlich wieder damit anzufangen. Es lag an mir, nicht an Ihnen. Es dauert sicher eine Weile, bis ich mich unter Menschen wieder so wohlfühle wie früher. Aber wahrscheinlich kann jemand wie Sie das auch gar nicht verstehen."

Erneut stockt seine Stimme, so als wüsste er nicht so recht, was er sonst noch auf dem Herzen hat. Ich bezweifle, dass er seine Rede eingeübt hat. Und ich weiß nicht so genau, was er mit „jemand wie Sie" meint. Trotzdem irrt er sich.

„Natürlich verstehe ich das."

„Wirklich?"

Langsam glaube ich, dass er in Wirklichkeit überhaupt nichts Persönliches über mich weiß. Wahrscheinlich sollte mich das auch nicht weiter überraschen. Es sieht Vater Laurent nämlich gar nicht ähnlich, über andere zu reden, nur um Neuigkeiten zu verbreiten.

„Ja, ich verstehe das, Ramsey. Sie brauchen sich nicht zu entschuldigen."

Offenbar ist er jetzt schon ein bisschen entspannter.

„Nein, nein. Ich versuche wirklich, damit fertig zu werden, aber es gelingt mir nicht immer, und manchmal stehe ich mir dabei auch selbst im Weg."

Ich lächle. „Das könnte auch Ihr Vater gesagt haben."

Er lächelt. „Das hat er auch."

Mein Lächeln wird ein bisschen schwächer, als ich überlege, dass ihm ja vielleicht auch jemand den Rat gegeben hat, sich bei mir zu entschuldigen.

„Hat Ihr Vater Sie hergeschickt, um mir zu sagen, dass es Ihnen leidtut?"

Seine Miene drückt Erstaunen aus. „Nein. Ganz und gar nicht. Es hat mir nur keine Ruhe gelassen, das ist alles."

„Also, ich weiß nicht, für welche Art von Mensch Sie mich halten, aber ich weiß sehr gut, wie es ist, verletzt zu werden. Sie brauchen mir nichts zu erklären."

Er blickt eine Weile zu Boden, so als wollte er vermeiden, mich anzusehen. Vielleicht hätte ich nicht verraten sollen, dass ich weiß, dass er derjenige war, der verlassen worden ist.

Ach, du liebe Güte. Nein, das hätte ich wirklich nicht verraten sollen.

„Ramsey, es tut mir leid."

Er blickt wieder auf, und es ist, als wäre in dem kurzen Augenblick, in dem er weggeschaut hat, sein Gesicht ein wenig gealtert.

„Und wie viel wissen Sie?"

Ich schlucke. „Wir brauchen nicht darüber zu reden."

„Hat mein Vater Ihnen gesagt, was passiert ist?"

„Also, wissen Sie, bevor Sie aus Tokio zurückgekommen sind und Liam die Wochenenden hier verbracht hat, hat Ihre Exfrau immer draußen vor dem Haus gehupt, wenn sie ihn wieder abgeholt hat, was ich irgendwie unhöflich fand. Eines Tages wollte Liam nicht gehen, als sie vor dem Laden im Wagen auf ihn wartete, und er sagte, das läge daran, dass er keine Lust auf das Geplärr von Allegra hätte. Ich dachte, dass er den Hund seiner Mutter meinte oder so, und darauf sagte Liam, nein, das sei seine kleine Schwester. Nachdem Liam weg war, habe ich dann Ihrem Vater anvertraut, wie schockiert ich darüber sei, dass es schon ein neues Baby gäbe, und Vater Laurent sagte, das Baby sei ..."

Ich halte den Mund, als Ramsey sich abwendet.

Ich bin echt ein Super-Schwachkopf. Ich merke, wie mein Kopf in tausend Rotschattierungen anläuft. Warum habe ich nicht einfach den Mund gehalten? Wo warst du, Harriet? *Herr, bitte hilf mir, das wieder in Ordnung zu bringen.*

„Bitte vergeben Sie mir, Ramsey. Ich bin so eine Idiotin. Bitte!"

Er dreht sich ganz langsam wieder zu mir um. „Da gibt es nichts zu vergeben."

„Bitte seien Sie nicht böse auf Ihren Vater, weil er mir erklärt hat, wieso die beiden so schnell ein Baby bekommen haben. Ich habe ihn praktisch danach gefragt."

„Was gibt es da zu erklären? Das ist doch eine ganz einfache Rechnung. Das kann doch jeder nachrechnen. Sogar Liam weiß es."

Wieder werde ich rot, weil mir das Ganze so entsetzlich peinlich ist. Seine Stimme klingt so unbeteiligt. Wenn ich es nicht besser wüsste, würde ich sagen, dass L'Raine irgendwo in der Nähe ist und darauf besteht, dass ich stellvertretend für diesen Mann weine – meine Augen brennen nämlich.

Ramsey muss gemerkt haben, dass mir die Tränen kommen, denn seine Miene wechselt von „gleichgültig" zu „verblüfft".

„Es geht mich nichts an", flüstere ich. „Ich wollte meine Nase nicht in Angelegenheiten stecken, die mich nichts angehen."

Er sagt nichts. Ich schüttele den Kopf und blinzle meine Tränen zurück und er steht einfach nur da und sieht mich an. Fast wie angewurzelt. Er fragt sich vermutlich, wieso um alles in der Welt mich das, was ihm zugestoßen ist, so berührt. Er weiß nicht, dass ich genau wie er mit diesem Gefühl lebe, zurückgewiesen worden zu sein. Jeden Tag und jede einzelne Minute des Tages.

Ein Tropfen fällt auf meine Stirn, und ich greife hin, um ihn zu berühren. Ein weiterer folgt.

Es hat angefangen zu regnen.

„Ich schätze, dann werde ich heute Morgen wohl doch nicht dazu kommen, einen Entwurf zu machen", sagt er.

„Das hat keine Eile."

Wir stehen eine Weile einfach nur da, während es richtig zu regnen beginnt. Dann gehen wir schweigend zur Mitte des Daches, von wo aus die Treppe hinunter ins Treppenhaus führt. Als wir wieder im Haus sind, fängt es richtig an zu schütten, und das Trommeln des Regens auf dem Dach klingt wie eine Million trippelnder Füße.

Vierzig

Liebe Harriet,

Du hast ja noch nie etwas gesagt, das du hinterher bereut hast, also kannst Du wahrscheinlich absolut nicht nachvollziehen, wie schlecht es mir heute nach meinem Anfall von Sprachdiarrhö oben auf dem Dach ging. Es wäre sehr schön gewesen, wenn Du zu meiner Rettung gekommen wärst, um mich vor der Peinlichkeit zu bewahren, Ramsey an den Kopf zu werfen, dass seine Frau ihn wegen eines anderen Mannes verlassen hat – wegen eines Mannes, von dem sie bereits schwanger war. Ich kann selbst nicht fassen, dass ich einfach immer weitergeredet habe.

Und als ich dann fast angefangen habe zu weinen, da hättest Du mal Ramseys Gesicht sehen sollen. Ich glaube nicht, dass ich schon jemals zuvor einen so irritierten Mann gesehen habe.

Eigentlich bin ich diejenige, die irritiert ist. Bevor ich Ramsey heute sein ganzes Elend ins Gesicht gesagt habe, hat er erzählt, dass sein Vater sehr große Stücke auf mich hält. Findest Du das nicht merkwürdig? Vater Laurent ist doch mein Anker in tosender See, mein Leuchtturm in der Finsternis. Ich verstehe wirklich nicht, was ich für ihn anderes sein könnte als ein permanenter Störfaktor.

Und dass er so etwas auch noch seinem Sohn sagt. Er weiß bestimmt, dass ich verlobt war. Ich glaube aber nicht, dass er weiß, dass mein Verlobter die Hochzeit abgesagt, die Verlobung gelöst, mir mitgeteilt hat, dass er mich nicht wirklich liebt, und dass mich das Ganze dann in eine Abwärtsspirale geschickt hat – in Untiefen, an denen ich noch nie zuvor gewesen bin.

Ramsey war sicher, dass ich nicht verstehen würde, weshalb er nur so zögerlich wieder unter Leute geht. Das kann nur eines bedeuten: Er glaubt, dass ich die Hochzeit abgesagt habe. Oder dass es eine gemeinsame Entscheidung von Daniel und mir war.

Ich muss wissen, was Vater Laurent ihm erzählt hat. Und was nicht.

Und frag mich jetzt bloß nicht, warum ich das wissen muss. Ich *muss* einfach.

P.S. Shelby hat Eric heute in den Laden mitgebracht, damit ich ihn kennenlerne. Er ist ein echt netter Kerl. Sieht kein bisschen wie der Fitnesstrainer in „Die Braut, die sich nicht traut" aus. Shelby hat glücklich ausgesehen, wie sie da so neben ihm stand. Und ich habe genau gemerkt, dass er ganz vernarrt in sie ist.

Es ist wirklich erstaunlich, was einem passieren kann, wenn man einfach seinem Tagwerk nachgeht und Mittelstufenschülern das Verdauungssystem von Fröschen erklärt.

Liebe Rose,

es gibt einen absolut guten Grund dafür, weshalb Du heute vor Ramsey mit dem rausgeplatzt bist, was Du da gesagt hast. Ich war gar nicht abgetaucht; Du hast nur nicht haltgemacht, um mich erst zurate zu ziehen. Und ich bin nun mal keine, die jemanden unterbricht. Wenn Du Dir einen Augenblick Zeit genommen hättest, um zu überlegen, was Du eigentlich sagen wolltest, dann wäre es wahrscheinlich ganz anders herausgekommen. Aber Du lebst Dein Leben in der wirklichen Welt und das ist nun mal schnelllebig. Man kann ja nicht einfach mitten in einem Gespräch innehal-

ten und dann über verschiedene Reaktionsalternativen nachdenken. Dein Vater würde Dir sagen, dass Du dieses Erlebnis zu den Akten legen sollst, um beim nächsten Mal, wenn Du mit einer Flut von Emotionen konfrontiert wirst, darauf zurückzugreifen und erst dann den Mund aufzumachen, wenn Du nachgedacht hast.

Und ich habe nicht das Bedürfnis zu fragen, warum Du wissen musst, was Vater Laurent Ramsey über Dich erzählt hat.

Ich weiß ganz genau, warum es Dir wichtig ist.

Und Du weißt es auch.

Harriet

Einundvierzig

Die Zeichnung liegt vor mir auf Hochzeitszeitschriften und *eBay*-Ausdrucken. Es ist eine zweidimensionale Skizze, die veranschaulicht, wie das Gründach des „Finnland" einmal aussehen wird. Ramsey weist auf alle Technika und Ausstattungsdetails hin, die Ruben mit Sicherheit wissen will: wie die Bepflanzung das Regenwasser aufnimmt und langsam verteilt, sodass es kontrolliert abfließen kann; wie es den städtischen „Hitzeinsel"-Effekt um das Gebäude herum abmildert, dass darauf unterschiedliche Dickblattgewächse wie Mauerpfeffer wachsen werden, um den Dachgarten möglichst pflegeleicht zu machen. In die Zeichnung eingearbeitet sind Pflanzennamen wie: *Aster novae-angliae, Monarda didyma, Perovskia atriplicifolia* und *Phlox paniculata „David"*. Schon allein die Namen klingen zauberhaft.

Er hält einen Moment lang inne. „Und, wie finden Sie es?"

„Es sieht wunderschön aus. Aber ich weiß leider nicht, was all diese Namen bedeuten. Und was ist ein Sedum?"

„Seda sind bestimmte Pflanzengruppen. Sie sind widerstandsfähig, winterhart, trocknen kaum aus, und sie sind daher sehr pflegeleicht. Und sie gedeihen zu allen Jahreszeiten. Man nennt sie auch Steingartenpflanzen. Sie sind auf den meisten Gründächern zu finden."

„Und diese lateinischen Namen?“

„Also, ‚Phlox paniculata »David«‘ macht sich auf Gründächern besonders gut.“ Ramsey redet so, als wären er und der Phlox gute alte Freunde. „Sie war sogar die ‚Staude des Jahres 2002‘. Phlox wird etwas über einen Meter groß, hat duftende weiße oder rosa Blüten und blüht besonders lange.“

„Das klingt hübsch.“

„Es ist eine schöne Staude.“

Ich zeige auf eine Reihe *Aster novae-angliae.* „Und was sind das hier für Pflanzen?“

Ramsey folgt meinem Finger mit den Augen. „Sie werden auch ‚Herbstastern‘ genannt. Die Blüten gibt es in verschiedensten Violetttönen. Von zartem Flieder bis hin zu dunkellila. Astern sehen vom Aufbau her ein bisschen so aus wie Gänseblümchen. Sie gefallen Ihnen bestimmt.“

Aus irgendeinem Grund muss ich darüber lächeln. „Und die hier?“ Ich zeige auf die *Perovskia atriplicifolia.*

„Diese sind ausgesprochen einzigartig. Die Blätter sind bis in den Frühsommer grün-silbrig, dann wachsen aus dem Stängel ganz zarte lila Blüten, die stark duften. Man nennt sie auch ‚Blauraute‘ oder ‚Silberbusch‘.“

„Und was ist das hier?“

Ramsey wirft kurz einen Blick auf die Zeichnung und zieht sich dann ein wenig zurück. „Das sind Ihre Liegestühle.“

Er sagt das leise, fast zärtlich.

Ich werfe ihm unauffällig von der Seite einen Blick zu.

„Das gefällt mir“, sage ich dann. „Und auch Ruben wird es ganz sicher gefallen.“

Ramsey räuspert sich. „Wir können es ihm dann also so faxen?“

„Die Kosten pro Quadratmeter sind doch sicher auch irgendwo hier notiert, oder?“

„Ja. Hier unten in der linken Ecke. Ich habe zweihundert

Dollar pro Quadratmeter kalkuliert. Diese Summe beinhaltet die Pflanzerde, ein einfaches Verrieselungssystem und die ersten sechs Monate Wartung. Auch die Kosten für die Baugenehmigung sind schon inklusive."

„Sechs Monate Wartung?"

Er blickt zu mir auf. „Das heißt, dass ich in den ersten sechs Monaten einmal im Monat vorbeischaue und kontrolliere, ob alle Pflanzen angewachsen sind und gedeihen. Wenn Sie gern zusätzlich noch eine jährliche Wartung haben möchten, dann können Sie sich immer gern bei mir melden. Ich kann aber auch Mario in die Wartung einweisen, sodass er sich um alles kümmern kann."

„In Ordnung. Wie lange wird es dauern, bis alles fertig angelegt ist?" Ich blicke bei meiner Frage nicht vom Plan auf. Fast habe ich Angst vor seiner Antwort.

„Wenn ich die Genehmigung habe, dauert es etwa eine Woche, vorausgesetzt, das Wetter spielt mit."

Nur eine Woche.

„Und wie lange dauert es schätzungsweise, bis die Genehmigungen erteilt sind?"

„Ein, zwei Wochen. Vielleicht drei."

Ich weiß nicht so genau, was das für Vater Laurent bedeutet – und damit auch für mich. Die Bestrahlung soll erst in einem Monat beginnen. Und das nur unter der Voraussetzung, dass er sich weiterhin gut von seinem Herzinfarkt erholt.

„Was bedeutet das genau?", frage ich. „Für Ihren Vater."

Ramsey lehnt sich auf dem Stuhl, der am Schreibtisch mir gegenüber steht, zurück. „Nun, ich sehe ja, dass es meinem Vater hier gefällt und dass Sie alle ihn behandeln, als würde er zur Familie gehören. Dafür bin ich sehr dankbar. Aber ich glaube, dass es am besten ist, wenn wir erst einmal abwarten und einen Tag nach dem anderen angehen."

Ich kann nicht verhindern, dass sich mein Gesicht vor Enttäuschung verzieht. Mir wäre lieber gewesen, er hätte gesagt, dass sein Vater so lange hier bleiben kann, wie er möchte.

„Also“, fährt er fort, „ich habe mir überlegt, dass mir das Gründach, das ich hier plane und anlege, auch helfen könnte, in der Stadt geschäftlich Fuß zu fassen. Ich könnte den Garten ja vielleicht Interessenten als eine Art Prototyp vorführen ... Wenn Ihnen das recht ist, natürlich.“

Ich weiß nicht so genau, um was er mich da gerade bittet, aber wenn es bedeutet, dass Vater Laurent seine Krebstherapie ruhig angehen kann, dann bin ich damit absolut einverstanden.

„Natürlich. Ich wusste nicht, dass Sie Ihre eigene Firma aufbauen.“ Ich kann mich wirklich nicht erinnern, dass Liam oder Vater Laurent das schon einmal erwähnt haben.

Er zögert, so als hätte er Hemmungen, etwas Persönliches preiszugeben. „Ich habe einen Geschäftsplan erstellt, aber zurzeit ist es noch ein Ein-Mann-Unternehmen. Ich wollte den Plan eigentlich fertigstellen, als ich aus Tokio zurückgekommen bin. Durch meine Beratungstätigkeit war ich ja dauernd unterwegs, aber ich merke, dass ich nicht mehr so gerne reise wie früher. Nach der Scheidung hatte es mir gar nicht so viel ausgemacht, aber Liam fehlt mir, und nun auch mein Vater.“

„Und Sie haben ihnen auch gefehlt.“

Plötzlich scheint ihm klar zu werden, dass er über höchst private Angelegenheiten gesprochen hat. Ein wachsamer Blick tritt auf sein Gesicht.

„Und, möchten Sie das jetzt faxen?“, wechselt er abrupt das Thema.

„Ja, klar.“ Ich schiebe den Plan in mein Faxgerät und drücke die Schnellwahl von Rubens Faxgerät. Ramsey wirkt rastlos, während er wartet, dass das Faxgerät die Skizze sendet. Als das Blatt wieder aus dem Gerät herauskommt, nimmt er es sofort an sich.

„Vielen Dank.“ Und dann stürmt er geradewegs zur Tür.

Ich warte, bis ich sicher sein kann, dass Ramsey und Liam das Haus verlassen haben, bevor ich zu Vater Laurent hinaufgehe. Es ist jetzt schon ein paar Tage her, dass ich eine Weile ungestört mit ihm zusammen sein konnte, und jetzt muss ich mich unbedingt mit ihm unterhalten.

Er ruft laut „Herein!“, als ich klopfe. Ich finde ihn vor dem Computer in ein Schachspiel vertieft vor.

„Rose!“

„Hallo, Vater Laurent.“

„Und, wie geht es Ihnen?“

„Sollte ich das nicht eher Sie fragen?“

„Mir geht es wirklich gut.“ Er steht auf. „Möchten Sie eine Tasse Tee?“

„Lassen Sie mich das doch machen, Vater.“

„Unsinn.“ Er geht mit Hausschuhen an den Füßen in die Küche, wohin ich ihm folge.

„Und?“ Er greift nach dem Wasserkessel und füllt ihn an der Spüle. „Erzählen Sie doch mal, wie es bei Ihnen so aussieht.“

„Ist alles ganz in Ordnung, Vater.“

Er stellt den Kessel auf den Herd, schaltet die Platte an und dreht sich zu mir um. „Wir können doch auch einfach hier sitzen, oder?“ Er deutet auf den kleinen Küchentisch. Wir nehmen uns beide einen Stuhl.

„Ich habe Shelbys neuen Freund kennengelernt“, erzähle ich ihm und spiele dabei mit dem Salzstreuer herum.

„Ach ja?“

„Er ist offenbar ein toller Kerl, und ich spüre, dass sie ihn wirklich mag. Ich kann mich nicht erinnern, dass ich sie schon jemals so glücklich erlebt habe.“

„Das macht Sie doch sicher auch froh, oder?“

„Ja, das tut es.“

Einen Moment lang schweigen wir beide.

„Vater, weiß Ramsey von Daniel?"

Es ist offensichtlich, dass er sehr überrascht darüber ist, dass ich diese Frage stelle. „Sie meinen, ob ich Ramsey von Daniel erzählt habe?"

„Ja."

Er lächelt. „Was zwischen Ihnen und Daniel passiert ist, das müssen Sie schon selbst erzählen, wenn Sie es denn erzählen wollen. Deshalb – nein, ich habe Ramsey nichts von Daniel gesagt."

„Können Sie mir dann sagen, was Sie ihm über mich erzählt haben?"

Jetzt sieht Vater Laurent sehr amüsiert aus. Ich werde rot und habe das Gefühl, dass ich ihm für diese Frage eine Erklärung schuldig bin. „Ich habe bloß den Eindruck, dass er glaubt, ich bekäme alles ganz wunderbar auf die Reihe und hätte keine Probleme, Vater. Ramsey hat gesagt, er glaube nicht, dass ich der Typ Mensch bin, der versteht, wie es ist, wenn man sich davor schützen möchte, verletzt zu werden. Ich finde das ziemlich seltsam. Wenn er mich kennen würde, hätte er so etwas nicht gesagt."

„Ich habe ihm gesagt, dass Sie ein innerlich wie äußerlich schöner Mensch sind, dass Sie sehr kreativ sind, voller Ideen stecken und einer der freundlichsten Menschen sind, die ich kenne."

Während er das sagt, lächelt er. Ich berge mein Gesicht in den Händen und stöhne auf. Ich bin es nicht gewohnt, dass jemand so nette Dinge über mich sagt. Und ich hasse den Gedanken, dass meine Frage den Eindruck erweckt haben könnte, dass ich auf Komplimente aus bin.

Der Kessel fängt an zu pfeifen und Vater Laurent steht auf. Ich hebe den Kopf und beobachte, wie er Teebeutel in die Tassen hängt, diese dann mit Wasser füllt und zum Tisch trägt. Er stellt meine Tasse vor mich hin. Doch ich starre sie nur an.

„Rose."

Ich blicke auf.

„Ich glaube wirklich, dass Sie einer der freundlichsten Menschen sind, die ich kenne."

Einen Moment lang sage ich gar nichts. Dann platze ich mit meiner neuesten Beichte heraus. „Ich wollte, dass Sie im ‚Finnland' bleiben, damit Sie mir weiter Ratschläge geben und meine kleinen, blauen Herzen segnen können."

Er lächelt. „Sie wissen genau wie ich, dass das nicht der einzige Grund ist."

Ich spüre, wie es in meiner Kehle eng wird. „Ja ... äh, also, aber das ist einer der wichtigen Gründe."

Vater Laurent beugt sich vor. „Aber Sie wissen doch sicher, dass das ebenfalls die Gründe sind, aus denen ich hier bleiben möchte. Ich lebe gern hier. Sie alle sind für mich wie eine Familie. Es ist eine große Bestätigung für einen pensionierten Pfarrer wie mich, noch gebraucht zu werden. Ich gehöre hierher. Genauso wie Sie."

Ich weiß nicht, wie er es macht, aber Vater Laurent vermittelt mir immer das Gefühl, liebenswert zu sein, wenn ich mit ihm zusammen bin.

„Sie glauben also wirklich, dass ich kreativ bin?", frage ich verlegen.

„Und wie!"

Ich schwenke meinen Teebeutel noch ein wenig im Becher hin und her, damit er sein Aroma entfalten kann. Da kommt mir eine weitere Frage in den Sinn.

„Weiß Ihr Sohn denn, warum ich das ‚Ein Traum in Weiß' eröffnet habe?"

„Ich weiß wirklich nicht, was Ramsey über das ‚Ein Traum in Weiß' weiß, Rose. Er hat mich nicht danach gefragt, und ich habe ihm nicht gesagt, dass es da unten ein Kleid gibt, das Ihnen gehört, falls Sie das gemeint haben."

„Ach so."

„Wenn Sie mich fragen, würde ich sagen, dass er wahrscheinlich denkt, Sie hätten eine super Geschäftsidee gehabt, als Sie einen Secondhandladen für Brautkleider eröffnet haben. Denn es war wirklich eine tolle Idee."

Er zwinkert mir zu.

„Und was für eine tolle." Ich zwinkere schwach zurück.

Der Rest des Monats Juni ist irgendwie nervtötend. Ramsey kann mit der Arbeit an dem Gründach erst anfangen, wenn die behördliche Genehmigung da ist. So verbringen er und Liam ihre Tage damit, mit Vater Laurent „Monopoly" zu spielen, ihn zu seinen Arztterminen zu bringen und mir aus dem Weg zu gehen. Na gut, das ist nicht die ganze Wahrheit. Vater Laurent freut sich allem Anschein nach immer darüber, mich zu sehen, und Liam hat so oft Langeweile, dass er zur Abwechslung immer häufiger in den Laden hinunterkommt. Ich glaube allerdings, dass Ramsey nicht so gerne mit Frauen zusammen ist. Er geht mir nämlich wirklich aus dem Weg.

In gewisser Weise ist er schlimmer dran als ich. Ich weiß, dass ich erst einmal nichts mit Dates – und sogar ganz normalen Verabredungen mit Leuten – am Hut habe, seit Daniel mit mir Schluss gemacht hat, aber ich habe nicht der gesamten männlichen Weltbevölkerung abgeschworen. Ramsey ist ein attraktiver Mann. Wenn er wollte, könnte er ganz bestimmt wieder Frauen kennenlernen. Es ist, als hätte er die Frauen völlig aufgegeben. Und ich muss sagen, dass es ihm ja vielleicht so gefallen mag, aber besonders glücklich sieht er dabei nicht aus.

Ich möchte nicht so sein. Das nächste Mal, wenn Marshall Mitchell zur Tür hereinkommt, werde ich ihn fragen, ob er Lust hat, einen Kaffee trinken zu gehen. Er ist vor ein paar Tagen hier im Laden gewesen, als ich gerade bei einem Treffen der Geschäftsleute aus unserem Stadtteil war. Er hat mir dann über meine Mutter ausrichten lassen, dass er demnächst noch einmal vorbeischauen würde. Sie schien gar nicht so begeistert darüber, dass er da war, was mich ein wenig überrascht. Ich hätte eher gedacht, dass sie mich mitten in der Sitzung anrufen würde, um mir zu sagen, dass er da ist. Aber das hat sie nicht getan. Es ist, als hätte sie die Sache mit ihm noch mal überdacht, was ich irgendwie nicht verstehen kann, denn schließlich war es ja ihre Idee, dass ich ihn kennenlerne.

Bis jetzt ist er noch nicht wieder da gewesen.

Ich versuche, nicht im „Countdown-Modus" zu leben, allerdings mit wenig Erfolg. Ich zähle die Tage, bis Daniel heiratet, die Tage bis zu meinem dreißigsten Geburtstag, die Tage, bis Marshall Mitchell beschließt, noch einmal vorbeizuschauen, und die Tage, die Ramsey auf dem Dach zu tun haben wird, sodass Vater Laurent noch im „Finnland" bleiben kann.

Ich mag es nicht, Tage zu zählen.

Zweiundvierzig

Liebe Harriet

ich habe an diesem Wochenende das Schlaueste getan, was ich hätte tun können. Du solltest mir gratulieren. Es war der vierte Juli, Daniels Hochzeitstag. Shelby und Eric hatten mich eingeladen, mit ihnen und ein paar Freunden das Wochenende am See zu verbringen, und ich bin mitgefahren. Bettina war bei ihrer Familie in Florida und deshalb ist Max ebenfalls mitgekommen.

Es hätte jede Menge Gründe gegeben, zu Hause zu bleiben, unter anderem die Tatsache, dass Ramsey endlich die Baugenehmigung für das Gründach bekommen hat und jetzt nicht weiß, wie viele Tonnen Spezialpflanzerde für Dachgärten er nach oben auf unser Dach schaffen muss. Aber ich bin trotzdem mitgefahren. Ich habe meine kleine Tasche gepackt und bin in eine hochgradig geselligkeitsgeladene Atmosphäre eingetaucht. Ein paar der Jungs waren Singles wie ich, deshalb habe ich darauf geachtet, zwar freundlich zu sein, aber nicht zu flirten.

Dazu, dass Max auch mit von der Partie war, kann man sagen, was man will. Jedenfalls hatte ich ihn dieses Mal nicht eingeladen, um beim Essen nicht mit mir unbekannten Männern reden zu müssen. Er hatte sich darüber beklagt, dass er nicht wüsste, wo er den Feiertag verbringen solle, und Shelby und Eric hatten nichts dagegen, dass er mitkam. Das war alles.

Ich hatte einen schönen Tag und habe kaum an Daniel gedacht.

Als ich heute Nachmittag zurückkam, wollte ich zu Vater Laurent, aber er, Liam und Ramsey sind gestern an den Lake Superior gefahren, um sich dort das Feuerwerk zum Nationalfeiertag anzuschauen, und waren noch nicht wieder zurück. Ich nehme an, sie haben in Ramseys Haus in Duluth übernachtet.

Heute Abend haben meine Mutter, L'Raine und ich uns den Film „Eine Braut für sieben Brüder" angeschaut. Wir hatten auch Maria Andrea und Rosalina dazu eingeladen und haben viel Spaß gehabt. Es war ein richtiger Mädelsabend. Wir hatten alle Schlafanzüge an und meine Mutter hat uns Pudding gemacht.

Ich bin froh, dass Daniel dieses Wochenende geheiratet hat. Wirklich. Jetzt, wo er tatsächlich vergeben ist, brauche ich mir wenigstens keine Gedanken mehr darüber zu machen, dass er mich vielleicht eines Tages doch noch wieder zurückhaben will.

Ich hoffe, es war für Vater Laurent nicht zu viel, über Nacht weg zu sein. In den letzten Tagen ging es ihm so gut. Es wäre schrecklich, wenn er einen Rückfall hätte. Vor allem, wo ja seine Bestrahlungen bald beginnen sollen.

Ich habe am Abend gehört, wie die drei Laurents nach Hause gekommen sind. Der Lastenaufzug macht ziemlich viel Lärm.

Ich bin sicher, dass alles in Ordnung ist.

Natürlich ist alles in Ordnung! Ich bin endlich frei von Daniel.

Morgen soll Ramsey das erste Viertel des Dachgartens bepflanzen. Ich kann es gar nicht erwarten, die wunderschön duftenden, weißen Blüten zu sehen.

Liebe Rose,

gratuliere, dass Du kaum an Daniel gedacht hast.

Harriet

Dreiundvierzig

Die Julihitze flimmert über dem Asphalt und sorgt dafür, dass die wenigen Kunden, die sich ins „Ein Traum in Weiß" verirren, den Laden eher betreten, um sich dort ein bisschen abzukühlen, als um Brautkleider zu kaufen. Jedenfalls kommt es mir so vor. In den letzten paar Tagen hat niemand etwas gekauft. L'Raine sagt, dass die Hitze die Menschen übellaunig macht und dazu führt, dass sie kein Geld ausgeben wollen.

Ich glaube, es liegt einfach am Monat selbst. Jedes Mädchen, das im Juli oder August heiratet, hat sein Brautkleid schon längst gekauft. Eigentlich sollten jetzt die Herbstbräute auf Kleidersuche sein, aber die sind zu sehr damit beschäftigt, sich noch die erforderliche natürliche Sonnenbräune zuzulegen.

Maria Andrea und Liam waren vorhin schon auf dem Dach und haben Ramsey dabei geholfen, meinen Dach-Garten-Eden anzulegen, aber die Hitze dort oben hat sie wieder nach unten vertrieben. Jetzt sind sie bei Vater Laurent, leisten ihm Gesellschaft und bringen ihm bei, auf einer *Xbox* Basketball zu spielen. Liam hat das Spiel von zu Hause mitgebracht. Ja, die Huperin hat es sogar vor ein paar Tagen vorbeigebracht. Ich bin ihr bei der Gelegenheit allerdings nicht begegnet. Sie ist einfach in den Laden gekommen, hat meiner Mutter gesagt, dass Liam wegen seiner *Xbox* angerufen habe, hat das Gerät auf den Ladentisch gestellt, dann auf dem Absatz kehrtgemacht und ist wieder gegangen. Ich war gerade dabei, einer Kundin beim Ankleiden zu helfen, und habe sie deshalb gar nicht gesehen.

Ich musste allerdings meine gesamte Selbstbeherrschung aufbieten, um meine Mutter nicht zu fragen, ob die Ex von Ramsey Laurent hübsch ist.

Im Laden ist absolut nichts los. Das ist eine gute Gelegenheit, einmal kurz bei Vater Laurent vorbeizuschauen. Ich winke meiner Mutter und L'Raine kurz zu, gehe in den hinteren Teil des Ladens und von dort ins Treppenhaus. Als ich im dritten Stock ankomme, vernehme ich die Stimmen einer jubelnden Menge, einen Summer und das Prellen eines Balles auf einer harten Unterfläche. Die Tür zu Vater Laurents Wohnung steht offen, sodass die Geräusche des Video-Basketballspiels bis ins Treppenhaus hinaus zu hören sind. Wortlos stecke ich meinen Kopf zur Tür herein.

Vater Laurent sitzt mit zur Seite gesunkenem Kopf in seinem Sessel und schläft. Liam und Andrea – jeder mit einem Joystick in der Hand – sitzen im Schneidersitz vor Vater Laurents Fernseher. Ihre Finger drücken mit einer unglaublichen Geschwindigkeit auf die verschiedenen Knöpfe.

„Du hast mich gefoult!“, verkündet Andrea.

„Der Schiri hat es aber nicht gepfiffen.“

„Blödes Programm.“

„Das Programm ist total in Ordnung.“

Einen Moment lang sind beide still und dann meint Liam: „Von da aus kannst du doch keinen Wurf machen.“

Eine Sekunde später erklingt wieder das Geräusch der jubelnden Menge.

„Ha!“, sagt Andrea triumphierend.

„Man kann es einfach nicht von da aus schaffen!“

„Da muss was mit dem Programm nicht in Ordnung sein!“ Andreas Ton ist vergnügt ironisch.

Ich drehe mich um und verschwinde wieder, denn Vater Laurent geht es ja offensichtlich gut.

Beim Hinausgehen fällt mein Blick auf die Treppe zum Dach, und da wird mir bewusst, dass ich Ramsey schon eine ganze Weile nicht mehr gesehen habe. Er muss da oben in der Hitze schmoren. Vielleicht möchte er ja etwas trinken. Ich steige also die Treppe hinauf, öffne die Tür, die wiederum zur Treppe nach oben aufs Dach führt. Als ich ins Freie trete, trifft mich die feuchte Hitze wie eine Wand. Oben angekommen, bin ich erstaunt, wie viel Ramsey trotz der Temperaturen in den zwei Tagen geschafft hat. Es ist, als hätte man einen kleinen Teil des Central Park vor sich. Der Garten wird so schön und ist schon fast zu drei Vierteln fertig. Ich betrete den künftigen Steinweg zum anderen Ende des Gartens, wo Ramsey gummierte Abschlussfolie verlegt. In den vergangenen Tagen ist er richtig braun geworden. Sein Gesicht ist schweiß- und schmutzverschmiert. Er blickt auf.

„Irgendwie heiß hier, oder?“, sage ich.

„Das können Sie laut sagen“, erwidert er.

Er zieht ein großes, buntes Tuch aus seiner Gesäßtasche und wischt sich damit die Stirn ab.

„Es sieht so schön aus, Ramsey. Wirklich!“

Er belohnt mich mit einem halben Lächeln. „Danke.“

„Kann ich Ihnen etwas Kaltes zu trinken bringen?“

Ramsey greift nach einer Kühltasche, die zu seinen Füßen steht, und hebt den Deckel ab.

„Das wäre wirklich nett. Ich habe schon alles ausgetrunken, was ich dabeihatte.“

„Okay. Möchten Sie Wasser oder Eistee oder was anderes?“

„Wasser ist gut.“

„Gut. Ich bin gleich wieder da.“

Ich gehe wieder zurück in Richtung Treppe.

„Rose?“

„Ja?“

„Danke.“

„Nicht der Rede wert.“

Ich gehe rasch hinunter in meine Wohnung und suche in meinem Kühlschrank nach einer Flasche Wasser mit Himbeergeschmack. Ich finde sie ganz hinten. Gut, denn das bedeutet, dass sie richtig kalt ist.

Ich frage mich, ob Ramsey wohl Hunger hat, und schaue auf die Uhr. Es ist Viertel nach zwei. Vielleicht sollte ich ihm ein Sandwich machen.

Nein, Sandwiches sind was für die Frühstückspause. Und außerdem weiß ich ja nicht einmal, was für Sandwiches er mag.

Ich könnte ihm vielleicht einen Apfel oder eine Banane mitbringen.

Aber er hat ja total verdreckte Hände. Wahrscheinlich würde er gar nichts mit den Händen essen wollen.

Ich mache die Kühlschranktür wieder zu. Okay, also bringe ich ihm nur das Wasser.

Ich verlasse meine Wohnung und gehe wieder nach oben. Da höre ich vor mir Stimmen. Eine ist eindeutig die meiner Mutter, die andere kann ich nicht richtig zuordnen. Als ich am oberen Treppenabsatz ankomme, sehe ich den Rücken meiner Mutter und den einer blonden Frau, die durch die Tür zum Dach verschwinden.

Liam und Andrea haben die Stimmen anscheinend auch gehört, denn sie stecken ihre Köpfe aus Vater Laurents Wohnungstür heraus.

„Weißt du, wer das da bei meiner Mutter ist?“, frage ich Liam.

Er nickt. „Das ist *meine* Mutter.“

Die Huperin.

„Ach so.“

Liam scheint weder interessiert noch besorgt darüber, dass seine Mutter hier ist. Ich nehme an, für ihn ist es nichts Besonderes, dass sie herkommt, um mit seinem Vater zu reden.

„Weißt du, warum sie hier ist?" Ich frage mich, ob ich mich genauso pubertär anhöre, wie ich mich fühle.

„Nee."

„Ach so."

Ich stehe einfach nur an der Tür am Ende des Ganges. Liam und Andrea verschwinden wieder, um weiterzuspielen. Kurz darauf geht die Tür zum Dach wieder auf und ich erstarre. Meine Mutter taucht auf. Allein.

Sie kommt mit bestürzter Miene auf mich zu.

„Hast du gesehen, wer hier ist?", flüstert sie, als hätten die Wände Ohren.

„Ist das Kirsten?"

„Sie ist in den Laden gekommen und hat nach Ramsey verlangt. Sie müsse mit ihm reden, und zwar sofort. Als wäre sie der Mittelpunkt des Universums!"

„Was will sie denn?" Ich flüstere ebenfalls, ohne genau zu wissen, weshalb.

„Ihren Willen bekommen, da bin ich mir ganz sicher. Was auch immer der sein mag." Meine Mutter geht an mir vorbei zur Treppe. Ich bin froh, dass sie L'Raine zutraut, den Laden im Augenblick allein zu managen. Meine Gedanken sind nämlich ganz woanders als beim Geschäft.

Die Schritte meiner Mutter sind schon längst verhallt, als ich immer noch wie angewurzelt dastehe.

Aber dann blicke ich auf die Flasche Wasser in meiner Hand, und ein verlockender Gedanke schießt mir durch den Kopf – ein sehr verlockender sogar. Ich gehe zu der Tür, die aufs Dach hinausführt, und öffne sie vorsichtig, ganz langsam, damit sie kein Geräusch macht.

Und du kümmerst dich jetzt mal kurz um deine eigenen Angelegenheiten, Harriet.

Langsam ziehe ich die Tür wieder hinter mir zu.

Ich betrete die erste Stufe der Treppe, die vom Treppenhaus hinauf aufs Dach führt. Wenn ich auf der zweiten oder dritten Stufe von unten stehe, dann kann ich bestimmt verstehen, was sie sagt, ohne selbst gesehen zu werden. Wenn ich auf der vierten oder fünften Stufe stehe, könnten sie mich entdecken, also bleibe ich lieber auf der zweiten Stufe.

„Bitte, Ramsey“, sagt die Huperin gerade. Sie ist ganz nah. Ramsey arbeitet jetzt augenscheinlich gerade an einem Dachabschnitt, der näher an der Treppe liegt. Oder vielleicht ist er auch nur zum Aufgang gekommen, um sie zu begrüßen, als meine Mutter sie nach oben gebracht hat.

Ich merke, dass mein Herz ein bisschen stärker klopft. Teils aus Angst, entdeckt zu werden, teils, weil ich mich frage, was die Huperin wohl von ihm will.

„Wir hatten eine Absprache, Kirsten.“

Ramseys Stimme klingt beherrscht, aber traurig – eine seltsame Mischung.

„Ich weiß, Ramsey. Ich würde ja auch nicht fragen, wenn es nicht so wichtig wäre. Es wäre nur eine so tolle Gelegenheit. Liam ist noch nie in Mexiko gewesen, und ich weiß, es würde ihm gefallen. Deshalb möchte ich unbedingt, dass er mitkommt. Es ist doch nur für eine Woche. Du kannst ihn dann dafür über Thanksgiving haben.“

Eine Weile ist es ganz still.

„Liam sollte das wohl selbst entscheiden“, meint Ramsey schließlich. „Wenn er mitfahren möchte, kann er das tun, aber wenn er nicht will, dann bleibt er hier. Ich werde ihn nicht drängen und erst recht nicht zwingen mitzufahren.“

Die Huperin seufzt. „Also gut. Danke, Ramsey. Das ist mir sehr wichtig.“

„Ja, klar.“

„Und, geht es dir gut?“

„Ja, alles in Ordnung.“

„Das klingt aber nicht so.“

„Du brauchst dir keine Gedanken mehr darüber zu machen, wie ich mich anhöre, Kirsten.“

„Ich habe nur etwas festgestellt. Sei doch nicht so empfindlich.“

„Mir geht es gut.“

Wieder Schweigen.

„Mir liegt immer noch etwas an dir, Ramsey. Ich möchte nicht, dass du den Rest deines Lebens allein bleibst. Ich möchte, dass du weitermachst, dass du neue Menschen kennenlernst, Reisen machst, unter Leute gehst, etwas unternimmst. Doch du arbeitest nur! Hattest du eigentlich schon mal wieder eine Verabredung?“

Darauf antwortet Ramsey ihr nicht.

Ich spüre, dass sich etwas in mir regt. Etwas, das an die Bande der Mitglieder des Clubs der einsamen Herzen appelliert. Etwas Heftiges. Ich möchte plötzlich etwas tun, das sehr viel provozierender ist, als nur zu lauschen. Etwas, das Harriet mit Sicherheit nicht gutheißen würde. Aber Harriet ist dem Ort des Geschehens entflohen.

Auch gut.

Ich greife hinter mich, öffne die Tür und lasse sie geräuschvoll wieder zufallen. Dann gehe ich die Treppe hinauf, bis ich zu sehen bin. Ramsey hockt gebückt, mit der kleinen Pflanzschaufel in der Hand, auf dem Mutterboden. Die Huperin steht ihm gegenüber. Sie trägt eine Sonnenbrille, sodass ich ihre Augen nicht sehen kann, aber der Rest ihres Gesicht sieht relativ makellos aus. Reine Haut, rosige Wangen, volle Lippen, Diamantohrringe. Sie hat einen beigefarbenen Rock an und ein cremefarbenes Top. Sie passt mit Sicherheit in Größe 34.

„Ach, hallo!“ Ich verleihe meinem Tonfall einen Hauch von Überraschung. Ich gehe zu Ramsey hinüber und beuge mich mit der Flasche Wasser zu ihm hinab.

Dann lege ich meine andere Hand auf seine Schulter, nur einen ganz kleinen Moment lang. Eine ganz winzig kleine Liebkosung. Gerade lange genug, dass die Huperin es sieht und es mir einen unerwarteten Kick gibt.

„Hier ist dein Wasser, Ramsey.“ Ich halte ihm die Flasche Wasser hin. Es gelingt mir nur mit Mühe, meine Stimme so lieblich und freundlich klingen zu lassen wie die einer routinierten Stewardess.

Ramsey blickt mit sehr seltsamer, nicht zu beschreibender Miene zu mir auf. Aber als sich dann unsere Blicke begegnen, geschieht etwas zwischen uns, das mich beinahe umhaut. Ich richte mich rasch wieder auf und wende mich an Kirsten. Ich reiche ihr meine rechte Hand und sie ergreift sie ganz langsam.

„Ich bin Rose Murien. Mir gehört die Boutique unten. Sie müssen Liams Mutter sein. Er ist wirklich ein großartiger Junge. Wir mögen ihn hier alle sehr."

Kirsten schüttelt mir ganz langsam die Hand. „Ich bin Kirsten Dorris." Sie ist hinreichend verblüfft, würde ich sagen. *Das hat gesessen, Huperin.*

„Freut mich, Sie kennenzulernen." Meine Stimme klingt extrem herzlich.

Ich wage nicht, zu Ramsey zu schauen.

Ich spüre, wie er mich ansieht, aber ich drehe mich keinen Millimeter in seine Richtung, sondern gehe einfach wieder zu der Treppe, die hinunter ins Treppenhaus führt, als hätte ich noch viel Wichtiges zu erledigen.

Hinter mir ist kein Laut zu hören, als ich die Tür zur dritten Etage öffne und dadurch verschwinde.

Wie benebelt gehe ich ins „Ein Traum in Weiß" zurück und frage mich, was da eigentlich gerade passiert ist, was Ramsey jetzt wohl von mir denkt – und die Huperin erst! Und ich frage mich auch, was ich möchte, das sie denkt. Und wie mich das Gefühl von Ramseys warmer Haut und den Muskeln unter meiner Berührung ungeheuer überrascht hat.

Ich fange an, völlig abwesend und durcheinander an Schleiern und Kleidern herumzuzupfen. Meine Mutter und L'Raine beobachten mich, sagen aber nichts.

Als etliche Minuten später die Tür geöffnet wird, die vom Treppenhaus in den Laden führt, und ich dann die Stimme der Huperin höre, spute ich mich, um schnell hinter den Verkaufstresen vorn im Laden zu kommen. Liam, Kirsten und Ramsey gehen zur Eingangstür, offenbar, um Kirsten zu ihrem Wagen zu begleiten. Ich tue so, als wäre ich gerade dabei, ein Formular auszufüllen, aber ich mache nur eine lange Reihe von Ms.

„Und es ist ein riesiges Kreuzfahrtschiff?", fragt Liam.

„Ja, richtig groß. Mit einem Pool an Deck und allem Drum und Dran." Kirsten schäumt regelrecht über vor Begeisterung. „Wir werden schnorcheln gehen und paragliden. Es wird bestimmt toll."

Jetzt haben sie den Ladeneingang erreicht.

„Wir holen dich dann am Samstagmorgen um sieben ab, okay?"

„Okay." Liam klingt aufgeregt.

„Danke, Ramsey", sagt Kirsten, als sie sich von ihrem Sohn trennt.

Ramsey nickt nur wortlos.

Die Huperin öffnet die Ladentür, ruft noch einmal munter „Auf Wiedersehen!" und winkt dazu.

Liam dreht sich zu mir um. „Ich gehe auf eine Kreuzfahrt nach Mexiko!"

„Wow. Wie cool ist das denn?" Ich versuche, dem Augenblick ein wenig Aufregung zu verleihen.

„Mama sagt, dass man da immer Eis bekommen kann, wenn man will, sogar mitten in der Nacht."

„Fantastisch."

Liam nickt. „Ich muss jetzt zu Opa und es ihm erzählen", und damit verschwindet er durch die Tür ins Treppenhaus.

Ramsey bleibt vor mir stehen, als wollte er noch etwas sagen. Ich blicke auf meine Reihe Ms hinab. Er ist entweder sehr unglücklich über das, was ich da oben auf dem Dach getan habe, oder einfach nur sehr verwirrt.

Er öffnet den Mund – ich bin ganz sicher, um zu sagen: „Was war denn das da gerade zwischen uns beiden?"

Doch bevor er etwas sagen kann, geht die Ladentür auf. Wir wenden beide unsere Aufmerksamkeit dorthin, weil wir glauben, dass Kirsten zurückgekommen ist, um Liam noch letzte Anweisungen für die gemeinsame Reise zu geben.

Aber es ist nicht Kirsten, die da durch die Tür tritt. Es ist Marshall Mitchell.

Vierundvierzig

Ich will nicht behaupten, dass dies das erste Mal in meinem Leben ist, dass ich sprachlos bin, denn das ist schon häufiger vorgekommen. Als ich zum Beispiel in meinem letzten Jahr auf der Highschool die Hauptrolle in einem Musical bekam. Und als meine Mutter mich aus dem Krankenhaus anrief, um mir zu sagen, dass mein Vater gestorben sei. Und als Daniel mir trockenen Auges sagte, dass er mich nicht mehr heiraten wolle.

Ich bin also schon zuvor vor Überraschung sprachlos gewesen. Aber irgendwie ist das hier anders. Als Marshall Mitchell mit einem freundlichen Lächeln auf mich zukommt, ist es, als hätte jemand bei mir die Lautlos-Taste gedrückt.

„Hallo, Rose."

Ich murmele so etwas wie „Mmpf".

„Ich hoffe, ich störe nicht gerade."

Ich zwinge meine Zunge, aus ihrem komatösen Zustand zu erwachen. „Nein. Nein, gar nicht", murmele ich.

Marshall sieht zu Ramsey hin, der in schmutziger, verschwitzter Kleidung und löchrigen Jeans vor mir steht. Marshall trägt übrigens einen anthrazitfarbenen Anzug und eine saphirblaue Seidenkrawatte.

„Wenn Sie erst noch Ihren … Kunden bedienen möchten, ich kann warten."

Bevor ich antworten kann, kommt meine Mutter angerauscht, um mich zu retten. „Marshall, wie geht es Ihnen? Wie schön, Sie wiederzusehen."

Sie sichert sich Marshalls Aufmerksamkeit und seinen Arm, so als wäre er ihret- und nicht meinetwegen gekommen.

„Es geht mir gut, vielen Dank, Mrs Murien." Marshalls Stimme ist liebenswürdig, aber er scheint über die extrem herzliche Begrüßung meiner Mutter doch etwas verblüfft. Er wirft mir einen Blick zu, der besagt: *Ist sie immer so?*

Ramsey steht immer noch einfach da und sieht mich an.

„L'Raine, sieh doch mal, wer hier ist!", verkündet meine Mutter. „Marshall."

Ich bin mir nicht sicher, ob L'Raine überhaupt weiß, wer Marshall ist – oder ob er weiß, wer sie ist. Mir wird ganz schwindelig.

„Es ist großartig, Sie wiederzusehen", begrüßt Marshall entweder meine Mutter oder L'Raine – ich weiß nicht so genau, welche von beiden – und wendet sich dann wieder mir zu.

„Hätten Sie Lust, irgendwo einen Kaffee trinken zu gehen, Rose? Würde es Ihnen jetzt gleich passen?"

„Äh … ja klar. Das passt wunderbar", lüge ich. „Ich hole nur schnell meine Handtasche."

Als ich zu meinem Büro gehe, versuche ich, Ramsey nicht anzusehen.

Das passt *alles andere* als wunderbar.

Aber ich nehme meine Handtasche und gehe, den Blick auf meine Füße gerichtet, wieder zurück nach vorn, wobei ich mich frage, ob ich es wagen soll, einen kurzen Blick zu Ramsey hinüberzuwerfen. Als ich wieder beim Ladeneingang ankomme, beschließe ich, es zu wagen, aber als ich aufblicke, stelle ich fest, dass er nicht mehr da ist. Er ist gegangen.

„Alles klar?" Marshall ist aufgekratzt.

Nein.

„Ja."

Er lächelt und hält mir die Tür auf und ich trete hinaus in die schwüle Nachmittagshitze.

„Gibt es ein Lokal oder ein Café, das Sie besonders mögen?"

„Ja, es gibt eine italienische Eisdiele ein Stück die Straße hinauf. Dort gibt es hervorragenden echten italienischen Kaffee."

„Klingt toll." Er lächelt. Ich versuche es ebenfalls. Wir gehen los.

„Und, wie geht es Ihnen so, Rose?"

Ich bin völlig verwirrt und orientierungslos.

„Gut. Und Ihnen?"

„Gut. Aber ich habe viel zu tun. Tut mir leid, dass ich nicht schon früher vorbeigekommen bin. Ich war beruflich unterwegs. Hat Ihre Mutter Ihnen gesagt, dass ich schon mal da gewesen bin, um Sie wiederzusehen?"

„Ja, das hat sie."

„Ich hoffe, es ist Ihnen recht, dass ich vorbeischaue. Kellen hat gesagt … Also, Kellen hat gesagt, Sie hätten nichts dagegen."

„Ja. Ja, das stimmt."

Marshall legt seinen Kopf ein wenig schräg und schaut zu mir herüber. „Aber ich habe nicht den Eindruck, dass es Ihnen wirklich recht ist."

Im Grunde bin ich froh, dass er so völlig ehrlich zu mir ist. Dadurch fällt es mir leichter, auch ihm gegenüber ganz offen zu sein.

„Tut mir leid, Marshall. Ich hatte einen ziemlich verwirrenden Tag. Aber das hat nichts mit Ihnen zu tun. Wirklich nicht."

Na ja, so ganz stimmt das zwar nicht, aber ich bezweifle, dass ich es erklären könnte.

„Das tut mir leid. Möchten Sie darüber reden?"

Ich lächle, und im selben Moment ist mir schon klar, dass er dieses Lächeln falsch verstehen wird – als Dankbarkeit für unsere aufkeimende Freundschaft. Ich lächle, weil der Gedanke, Marshall Mitchell zu erzählen, dass es mir einen Riesenkick gegeben hat, Ramseys verschwitzte Schulter zu berühren, und zwar unter den Augen seiner Exfrau, einfach zum Lachen ist.

„Ich glaube, das wollen Sie lieber gar nicht wissen."

„Aber klar will ich das."

Nein, wollen Sie nicht.

„Es ist eigentlich auch gar nicht der Rede wert. Ich komme schon zurecht."

Wir gehen ein Weilchen schweigend nebeneinander her.

„Also, Rose, es tut mir leid, dass dieses Date anlässlich des Essens mit Ihrer Familie Sie verletzt hat. Als ich Sie durch Kellen habe fragen lassen, ob Sie Lust hätten, gemeinsam mit uns essen zu gehen, da wollte ich wirklich nicht irgendwelche Spielchen treiben. Ich wollte nur, dass Sie wenigstens die Möglichkeit haben, gegebenenfalls auch nein zu sagen, ohne ein schlechtes Gewissen zu haben."

Ich werfe ihm einen Blick zu. Er scheint ja tatsächlich ein ganz netter Kerl zu sein.

„Ich war nicht verletzt, wirklich nicht. Ich hatte nur … Ach, ich weiß auch nicht. Ich wollte bloß nicht mehr, dass andere irgendwelche Dates für mich organisieren. Das ist alles so oberflächlich."

„Dann haben Sie also eine Menge übler Dates hinter sich, was?", sagt er wie einer, der weiß, wovon er spricht.

„Nicht üble, sondern einfach hohle, sinnlose. Ich weiß auch nicht. Eben einfach nicht so, wie ich mir den Beginn einer Beziehung vorstelle, die ein Leben lang halten soll."

„Ach so. Und wie stellen Sie sich dann den Beginn einer Beziehung vor, die ein Leben lang halten soll?"

Ich denke an Gespräche zurück, die ich in letzter Zeit mit Harriet geführt habe.

„Na ja, eigentlich weiß man doch gar nicht, wann so etwas beginnt. Es passiert vermutlich, wenn man nicht damit rechnet."

Wenn man eine Mitfahrgelegenheit zu einem Chorkonzert braucht.

Wenn man gerade eine Klasse in Biologie unterrichtet.

In dem Augenblick, als wir so nebeneinander hergehen, wird es mir klar. Es wird mir schlagartig und drastisch klar. Es haut mich so um, dass ich fast auf dem Bürgersteig aufschlage. Ich bin eine Planerin. Ich muss alles genau planen, das ist eben so meine Art. So führe ich mein Leben. Und jetzt wird mir auch bewusst, warum mein Leben im Augenblick so schwierig scheint. Was ich mir am allermeisten für mein Leben wünsche, ist etwas, das man nicht planen kann und das ich auch gar nicht planen will. Und das macht mich fast wahnsinnig. Die Planerin in mir möchte planen. Aber Liebe lässt sich nicht planen.

„Rose?"

Ich bin ruckartig stehen geblieben.

„Rose, ist alles in Ordnung?"

„Ich ... ja, mir geht's gut. Hier ist es jetzt gleich." Ich gehe den Tischen, die draußen auf dem Gehweg stehen, und nehme an einem davon Platz.

„Kann ich Ihnen etwas bestellen?" Marshall blickt irritiert auf mich herunter.

„Einen Eiskaffee, bitte", entgegne ich so freundlich wie möglich.

Er geht in die Eisdiele hinein, um unsere Bestellung aufzugeben, und ich sitze einfach nur da und denke über diese neue Erkenntnis über mich selbst nach und über die Tatsache, dass ich an demselben Tisch sitze, an dem Daniel mir gesagt hat, dass er eine andere heiraten würde.

Kurz darauf kommt Marshall mit zwei Eiskaffee zurück an den Tisch. Offenbar hat er sich von meinem seltsamen Benehmen ein wenig erholt. Er sitzt mir gegenüber und fängt an, von sich zu erzählen. Gar nicht auf egozentrische oder gar selbstverliebte Weise. Ich spüre genau, dass er mir nur vermitteln möchte, was für ein Mensch er ist.

Ich höre ihm zu.

Aber während ich zuhöre, betrachte ich aufmerksam sein Gesicht, seine Hände, seine kleinen Eigenheiten. Marshall Mitchell ist höflich, interessiert am Weltgeschehen und an notleidenden Menschen, und er hat einen netten Sinn für Humor. Er geht in eine tolle Gemeinde, liebt Gott und seine Eltern, spielt Golf und hasst es, Zeit zu verschwenden. Er ist reich, ein bisschen übergewichtig, aber nicht unattraktiv, und er ist Single.

Und dennoch fühle ich mich einfach nicht zu ihm hingezogen. Er rührt nichts in meinem Inneren an und bewirkt auch nicht den leisesten Hauch von Anziehung.

Nichts, was sich auch nur annähernd so anfühlt wie das, was ich gerade eben noch für Ramsey empfunden habe.

Als wir zum „Ein Traum in Weiß" zurückgehen, glaube ich, dass Marshall bereits weiß, dass uns beide nie mehr verbinden wird als eine lockere Freundschaft.

Er scheint ein bisschen traurig zu sein, als wir uns voneinander verabschieden. Ein bisschen angefressen vielleicht, aber nicht wirklich sauer. Sauer scheint er eher auf die Vorsehung zu sein, darüber, dass er endlich ein nettes, akzeptables Mädchen gefunden hat, das leider nicht geschaffen wurde, um ihn zu ergänzen.

Ach, wie gut ich ihm das nachfühlen kann.

Ich gehe wieder in den Laden zurück und weiß jetzt sehr viel mehr über mich selbst als zu dem Zeitpunkt, als ich das Geschäft verlassen habe.

Aber auch viel weniger über andere Dinge, einschließlich der Frage, was Ramsey wohl durch den Kopf gegangen sein mag, als ich ihn berührt habe.

Und was er gerade zu mir sagen wollte, als Marshall zur Tür hereinkam.

Fünfundvierzig

Liebe Harriet,

ich habe noch eine weitere Regel für meine „So entloben Sie sich richtig"-Liste: Es gibt Dinge, die man planen kann – eine Hochzeit zum Beispiel, eine Party oder einen Urlaub und manche chirurgischen Eingriffe. Aber es gibt auch Dinge, die definitiv nicht planbar sind, wie beispielsweise wann oder wo man den Menschen kennenlernt, mit dem man alt werden wird, vorausgesetzt, derjenige, mit dem man verlobt gewesen ist, war es nicht. Diesen Termin kann man einfach nicht in seinen Terminkalender eintragen. *Dass* es passiert ist, merkt man eben erst dann, *wenn* es passiert ist.

Entlobte Frauen – sprich: sitzengelassene Bräute – verstehen das, wenn sie einmal darüber nachgedacht haben. Wir wissen besser als jeder andere, dass man entscheiden kann, mit welchem Typ Mensch man das Leben verbringen möchte, und man kann sogar planen, einen solchen Menschen zu heiraten, aber dann hört es mit der Kontrolle auch schon auf.

Ich hatte heute Begegnungen mit zwei sehr unterschiedlichen Männern. Beide Male hatte ich den Eindruck, dass ich die Situation unter Kontrolle hatte. Inzwischen glaube ich allerdings, dass das bei beiden nicht der Fall war. Und dennoch habe ich das Gefühl, dass ich etwas tun muss, und ich bin völlig verwirrt. Auf der einen Seite ist da Marshall. Er ist reich, höflich, offensichtlich an mir interessiert, nett zu meiner Mutter und hat eine sensible Wahrnehmung. Er sieht nicht unbedingt wie ein Filmstar aus, ist aber dennoch ganz ansehnlich. Und trotzdem fühle ich mich nicht zu ihm hingezogen. Das soll mal einer verstehen.

Und dann ist da auf der anderen Seite Ramsey. Launisch, in sich gekehrt, abwesend, distanziert, manchmal sanft, verletzt wie ich, attraktiver als Marshall, aber nicht besonders an mir interessiert. Und trotzdem muss ich ununterbrochen an ihn denken.

Als ich ihm heute die Hand auf die Schulter gelegt habe, hätte ich schwören können, dass er dabei das Gleiche empfunden hat wie ich. Und frag mich jetzt bitte nicht, was es war, das ich empfunden habe, weil ich nicht so genau weiß, was es anderes war als schlichtes Verlangen. Was mich wie verrückt überrascht hat, das kannst du mir glauben.

Ich wünschte, ich wüsste, was er mir sagen wollte, bevor Marshall im Laden aufgetaucht ist.

Ich hätte einfach noch mal aufs Dach hochgehen und ihn fragen sollen. Aber das habe ich einfach nicht fertiggebracht. Als ich mit Marshall vom Kaffeetrinken zurückkam, habe ich den Rest des Nachmittags nur im Laden herumgewerkelt und überlegt, ob ich noch einmal zu Ramsey hinaufgehen soll, habe es dann aber doch gelassen.

Ich hatte Angst davor. Seien wir doch ehrlich – Ramsey war entweder vor den Kopf gestoßen oder angenehm überrascht. Merkst du, wie unterschiedlich das Ergebnis wäre, je nachdem, was zutrifft?

Ich sehe mir gerade die Kinofassung von „Stolz und Vorurteil" an und verdrücke dabei Unmengen an Schokolade. Es gibt in dem Film keine Brautkleider zu beurteilen. Es müsste eigentlich welche geben, aber es gibt keine.

Liebe Rose,

ich weiß genau, warum Du den Drang hattest, Ramseys Schulter zu berühren. Ich weiß genau, warum Du mich da oben vom Dach weggeschickt hast, damit Du es tun konntest.

Deine Stimme der Vernunft hätte nämlich versuchen können, es Dir noch auszureden, aber nicht aus den Gründen, die einem dazu spontan einfallen. Du hattest die Befürchtung, ich würde Dir sagen, Du sollst Dich gefälligst um Deine eigenen Angelegenheiten kümmern – und dabei hätte ich das noch nicht einmal gesagt. Du bist nicht eingeschritten, um die Huperin aus dem Konzept zu bringen, sondern um zu verhindern, dass sie Ramsey noch weiter wehtun kann. Du hast nicht etwa deshalb versucht, Kirsten zu brüskieren und Ramsey zu schützen, weil Du Mitleid mit ihm hattest. Du fühlst Dich einfach zu ihm hingezogen. Bei dem, was Du getan hast, ging es nur um Ramsey und kein bisschen um seine Exfrau. Je schneller Du Dir das eingestehst, desto besser für Dich. Und desto besser bist Du auch vorbereitet, wenn Du erfährst, was Ramsey Dir später unten im Laden sagen wollte.

In „Stolz und Vorurteil" gibt es keine Brautkleider, weil es keine Geschichte über Hochzeiten ist, sondern darüber, was es heißt, jemanden wirklich zu lieben; was man für einen Menschen, den man wirklich liebt, zu tun und zu opfern bereit ist.

Harriet

Sechsundvierzig

Das Brautkleid, das ich da vor mir habe, hängt an der Schneiderpuppe wie ein aufgebauschter Futterbeutel, der aus einer Zeitkapsel geborgen wurde. Ich habe noch nie ein Brautkleid gesehen, das sich in einem derart erbärmlichen Zustand befand. Zerknittert und zerknautscht, dass man gar nicht auf die Idee kommt, dass es ein Brautkleid ist. Zerknüllte Spitze am Ausschnitt und den Ärmeln lassen seine frühere Eleganz nur noch erahnen, und das auch nur, wenn man genau hinsieht und dann die Augen schließt und es sich vorstellt.

Rosalina steht in der Änderungsschneiderei neben mir und hat die Arme vor der Brust verschränkt. Maria Andrea steht auf der anderen Seite und kopiert die Körperhaltung ihrer Tante.

„Das ist hoffnungslos." Ich hebe den zerknitterten Rock des Kleides ein bisschen an und lasse ihn dann wieder fallen.

Rosalina schüttelt den Kopf. „Nein, nicht hoffnungslos. Es wird nur nicht ganz einfach werden. Wir müssen erst einmal mit Dampf vorsichtig all diese Knitterfalten entfernen. Und der Tüllpetticoat darunter muss ganz neu gemacht werden. Das sind ja nur noch Fetzen. Und damit wäre dann schon die Hälfte der Gründe behoben, weshalb dieses Kleid so schrecklich aussieht."

„Als ich mit der Dame telefoniert habe, hat sie gesagt, dass dieses Kleid noch von guter Qualität sei“, spöttele ich. „Wahrscheinlich hat sie es in der Garage aufbewahrt, eingequetscht in einer Kleidertasche direkt neben dem Rasenmäher.“

Rosalina schüttelt erneut den Kopf. „Nein, es riecht nach Tannen. Sie hat es an einem sicheren Ort aufbewahrt, glaube ich. Sie hat es nur nie herausgenommen, sondern wahrscheinlich immer mehr Zeugs obendrauf gepackt. Das bekommen wir wieder hin, Rose. Es sieht jetzt zwar ziemlich schlimm aus, aber unter all den Knitterfalten ist immer noch ein sehr schönes Kleid. *Verdad*, Andrea?“

Maria Andrea zuckt mit den Achseln. „Wenn du meinst, *Tía*.“

„Der Saum ist stark ausgefranst“, fährt Rosalina fort. „Aber die Frau, die es getragen hat, ist recht groß gewesen. Wir könnten es vielleicht einfach ein paar Zentimeter kürzen und dann neu säumen. Andrea, du kannst den Saum auftrennen, während ich ins Stoffgeschäft gehe. Wir haben keinen Tüll mehr.“

Maria Andrea greift hinter uns auf den Arbeitstisch und nimmt einen Nahttrenner mit blauem Griff zur Hand. „Wir haben auch kein Schrägband mehr, *Tía*. Du hast gesagt, ich soll dich daran erinnern.“

„*Sí, sí. Gracias*. Ich bin bald zurück.“ Rosalina winkt uns noch einmal zu und ist dann auch schon zur Tür hinaus.

Ich hole das Formular hervor, das auswärtige Verkäufer ausfüllen, wenn sie mir ein Kleid online verkaufen. Die Dame, von der ich das Kleid bekommen habe, hat das Formular sorgfältig ausgefüllt, was mich ein wenig überrascht angesichts des Zustandes, in dem sich das Kleid befindet. Ich streiche das Blatt glatt und richte den Blick auf die Stelle, an der es heißt: „Schreiben Sie bitte etwas über die Herkunft und die Geschichte des Kleides.“ Ich fange an zu lesen:

Dieses Kleid hat meiner Großmutter gehört. Sie war eine „Katalogbraut“, die um die Jahrhundertwende des letzten Jahrhunderts die Ostküste verließ, um einen Holzfäller aus Seattle zu heiraten, den sie noch nie gesehen hatte. Sie war mit einem reichen Geschäftsmann aus New Jersey verlobt gewesen, der aber drei Tage vor der Hochzeit an Grippe starb. Dieses Kleid hätte sie bei der Hochzeit tragen sollen. Stattdessen trug sie es dann drei Monate später, als sie meinen Großvater heiratete. Sie wurden im Bahnhof des Ortes getraut, weil die Kirche in der neuen Siedlung, in der mein Großvater lebte, noch nicht fertiggestellt war.

Meine Großmutter hat mir erzählt, dass sie meinen Großvater nicht geliebt habe, als sie ihn heiratete. Aber irgendwann, so gegen Ende des ersten gemeinsamen Jahres, sei sie eines Morgens neben Großvater aufgewacht und habe festgestellt, dass sie ihn liebte, und zwar zutiefst und von ganzem Herzen. Und dabei habe sie nicht einmal genau sagen können, wann sich diese Gefühle für ihn eigentlich eingestellt hätten.

Ich habe keine Kinder, an die ich dieses Kleid weiter vererben könnte, und ich ziehe demnächst in eine Anlage für betreutes Wohnen, wohin ich es nicht mehr mitnehmen kann.

Ich habe aber ganz stark den Eindruck, dass jemand anderer es haben soll.

Ich habe nie zwei Menschen erlebt, die sich mehr geliebt haben als meine Großeltern.

Ich bin so froh, dass ich Ihre Website gefunden habe.

Hochachtungsvoll,
Margaret Dearwood

P.S. Der Name meiner Großmutter war Elisabeth Erdahl.

Im Geiste beschwöre ich noch einmal das Bild meiner Anziehpuppenbraut mit dem Reifrockbrautkleid herauf. Ich schaue das zerknitterte Brautkleid an der Schneiderpuppe an, dessen Saum Maria Andrea behutsam auftrennt.

Es sieht schon gar nicht mehr so schlimm aus.

Ich falte den Brief wieder zusammen und lege ihn auf den Arbeitstisch, als Liam seinen Kopf zur Tür hereinsteckt. Ich kann nicht anders: Ich blicke an ihm vorbei und schaue, ob Ramsey auch dabei ist. Aber Liam ist allein.

„Rose, mein Vater lässt fragen, ob es in Ordnung ist, wenn ich heute hierbleibe, während er meinen Opa ins Krankenhaus bringt."

Ins Krankenhaus?

„Was ist denn los?", frage ich. „Geht es deinem Opa nicht gut? Ist alles in Ordnung?"

„Sie machen heute diese Sache mit der Bestrahlung. Er muss den ganzen Tag dableiben und ich will nicht mit."

Das Letzte, was ich gehört habe, war, dass Vater Laurent den Termin für seine erste Bestrahlung erst in drei Wochen hat. „Wieso denn heute schon?"

Liam zuckt die Achseln. „Keine Ahnung."

„Klar kannst du hierbleiben. Ich bin gleich wieder da."

Ich verlasse die Änderungsschneiderei und gehe die Treppe hinauf. Als ich Vater Laurents Etage erreicht habe, kommt er gerade aus seiner Wohnung. Er teilt Ramsey, der direkt hinter ihm geht, mit, dass er heute gern die Treppe nehmen möchte.

Als er mich sieht, lächelt er. „Hallo, Rose."

„Guten Morgen, Vater."

Ramsey sieht mich nicht an.

„Liam sagt, dass Sie schon heute die erste Bestrahlung bekommen." Ich tue so, als würde ich Ramseys Schweigen gar nicht bemerken. „Haben die Ärzte sie vorverlegt?"

„Mein Kardiologe hat grünes Licht gegeben und der Onkologe möchte gern so schnell wie möglich mit der Therapie beginnen. Und wir haben gedacht, wo doch Liam morgen wegfährt, wäre es auch ganz günstig, weil er dann nicht mitbekommen muss, dass es mir schlecht geht, falls ich die Bestrahlungen nicht vertrage."

„Ach so. Aber es ist doch eine ambulante Behandlung, oder?"

„Ja. Gegen Abend sind wir wahrscheinlich wieder zu Hause." Vater Laurent dreht sich um und blickt Ramsey an. Sein Sohn hat die Wohnungstür abgeschlossen und spielt jetzt mit seinen Autoschlüsseln herum. Vater Laurent wendet sich wieder mir zu und wirkt irritiert. Ganz offensichtlich spürt er, dass zwischen Ramsey und mir irgendetwas vorgefallen ist. Etwas Beunruhigendes.

Ein Teil von mir möchte am liebsten schreien: „Ja, es stimmt! Ich habe Ihren Sohn an der Schulter berührt und es hat mir gefallen! Und wissen Sie was, ich glaube, ihm hat es auch gefallen! Und darüber ist er so wütend!" Der andere Teil von mir möchte wegrennen und sich verstecken.

„Ramsey, wolltest du Rose nicht noch etwas fragen?", sagt Vater Laurent.

„Was?" Ramsey schaut mich kurz an und wendet sich dann wieder seinem Vater zu.

„Wegen Liam?"

Ramsey dreht sich wieder zu mir um. „Ist es Ihnen recht, wenn Liam heute Nachmittag hier im Haus bleibt, während ich mit meinem Vater in der Klinik bin?"

Seine Stimme klingt geschäftsmäßig.

„Aber sicher."

Er nickt wortlos und meint dann an seinen Vater gewandt: „Wir sollten uns jetzt lieber auf den Weg machen, Papa."

Vater Laurent mustert mich kurz und sagt dann zu Ramsey: „Du kannst ja nach unten gehen und den Wagen starten, damit die Klimaanlage ihn schon etwas abgekühlt hat, wenn ich einsteige. Ich komme gleich nach. Ich möchte nur kurz mit Rose reden."

Ramsey rauscht an mir vorbei und sein Ellbogen berührt meinen.

„Entschuldigung“, murmelt er, ohne mich dabei anzusehen. Er geht zur Treppe und ist verschwunden.

Als seine Schritte nicht mehr zu hören sind, wendet Vater Laurent sich mir zu. „Was ist hier eigentlich los, Rose?“

„Ich glaube, er ist sauer wegen etwas, das ich getan habe.“ Mir wird ganz heiß und das will ich nicht.

„Was um alles in der Welt haben Sie denn getan?“ Vater Laurent kann sich ganz offensichtlich nicht vorstellen, dass ich jemandem zu nahetreten oder ihn gar vor den Kopf stoßen könnte. Mir wird noch heißer.

Und dann dauert es keine dreißig Sekunden, da habe ich ihm alles erzählt über den Besuch der Huperin, ihre herablassenden Bemerkungen und meine spontane Geste der Solidarität – die, bei der mir die Luft weggeblieben ist.

„Und bevor ich ihn fragen konnte, ob ihm das, was ich getan habe, etwas ausgemacht hat, kam Marshall in den Laden und wollte wissen, ob ich mit ihm einen Kaffee trinken gehe!“, jammere ich. „Das Timing hätte nicht ungünstiger sein können. Und dabei mag ich Mitchell noch nicht mal besonders. Und Ramsey wollte noch irgendetwas sagen, bevor Marshall hereingekommen ist, aber ich weiß nicht, was. Jetzt wird er mich sicher gar nicht mehr ansehen.“

Vater Laurent sieht völlig überrascht aus. „Sie empfinden also etwas für Ramsey?“

Auf diese Frage bin ich absolut nicht vorbereitet. Oh diese Hitze. Mir ist so heiß.

„Ich weiß nicht. Schon möglich. Ich bin mir nicht sicher. Ach, das ist alles ein solches Chaos.“

Vater Laurent berührt meinen Arm. „Durcheinander kann man ordnen, Rose. Hören Sie mir jetzt bitte mal zu. Wenn Ramsey über das, was Sie da oben auf dem Dach getan haben, überrascht war, dann doch vielleicht deshalb, weil er keine Ahnung hat, dass Sie nachempfinden können, was er fühlt. Sie bezeichnen es als Geste der Solidarität, aber er weiß doch gar nicht, dass Sie jemanden geliebt haben, der

Ihre Liebe nicht erwidern konnte. Und er weiß auch nicht, dass Sie mit angehört haben, was Kirsten auf dem Dach zu ihm gesagt hat. Er weiß nicht, dass es eine Geste der Solidarität war."

Dieser Gedanke ist mir bis jetzt noch gar nicht gekommen! Um Himmels willen, was muss Ramsey von mir denken!

Ich schließe die Augen, so sehr schäme ich mich.

„Ich kann mit ihm reden, Rose."

„Nein!" Ich schüttle den Kopf und mache ruckartig die Augen wieder auf. „Nein, ich finde schon einen Weg, um die Sache wieder in Ordnung zu bringen. Schließlich habe ich dieses Durcheinander ja auch angerichtet. Ich rede selbst mit ihm."

Vater Laurent schweigt kurz. Dann: „Darf ich Sie um einen Gefallen bitten, Rose?"

„Aber natürlich." Ich wische mir die Stirn, weil mir so heiß ist.

„Bitte seien Sie behutsam mit Ramsey. Er ist auf die schlimmste nur erdenkliche Weise verletzt worden. Ich weiß, dass Sie glauben, Sie wüssten, wie er sich fühlt, aber was zwischen Ihnen und Daniel passiert ist, ist etwas anderes als das, was zwischen ihm und Kirsten vorgefallen ist. Also, meine Liebe, seien Sie bitte vorsichtig. Behalten Sie den Weg im Blick, den Gott für Sie vorgesehen hat. Und für ihn. Darf ich Sie darum bitten?"

Ich kann nur verwirrt blinzeln und nicken.

„Gut, so kenne ich Sie auch. Und jetzt muss ich wirklich gehen." Er drückt meinen Arm und geht an mir vorbei, und da finde ich plötzlich meine Sprache wieder.

„Vater Laurent!", rufe ich ihm nach, sodass er sich noch einmal umdreht.

„Ich bete für Sie."

Er zwinkert mir zu, dreht sich wieder um und ist Augenblicke später verschwunden.

Siebenundvierzig

Nachdem Vater Laurent und Ramsey losgefahren sind, gehe ich direkt in die Kapelle, um für seine Heilung zu beten. Ich bete, dass er die Bestrahlungen gut verträgt, dass sie bewirken, was sie bewirken sollen: dass der Krebs besiegt wird.

Als ich damit fertig bin, tue ich das andere, worum er mich gebeten hat. Vater Laurent hat mich gebeten, nach Gottes Weg für mich und Ramsey zu fragen. Ich sage Gott, dass ich Ausschau halte.

Zeig mir den Weg, Gott. Wenn ich Ramsey verletzt habe, dann hilf mir, das wieder in Ordnung zu bringen. Hilf mir, ihm zu erklären, warum ich mich so verhalten habe.

Ach ja, Gott, und wenn ich mich über meine Gefühle für Ramsey täusche, würdest du dann bitte, bitte, bitte dafür sorgen, dass diese Gefühle verschwinden?

Zeige Ramsey genauso klar, wohin sein Weg führt. Hilf ihm, seine Verletzungen loszulassen, so wie du mir hilfst, meine loszulassen.

Und bitte hilf mir, die Person zu sein, die Vater Laurent in mir sieht.

Im Namen Jesu, amen.

Ich stehe nicht sofort wieder auf. Hier in der Kapelle ist es völlig still. Es gibt nur noch einen weiteren Ort, an dem es so still ist, und das ist mein Dach.

Ich ziehe mich von der Bank hoch und betrete den Verkaufsraum des „Ein Traum in Weiß“ so unauffällig, wie ich kann. L'Raine hilft jemandem bei der Auswahl eines Brautmutter-Outfits. Meine Mutter steht an der Kasse und öffnet gerade eine Rolle mit Fünfundzwanzig-Cent-Stücken. Sie sieht mich.

„Ach, da bist du ja, Rose. Rate mal, wer gerade angerufen hat?“

Ich hoffe, dass es nicht Marshall gewesen ist.

„Wer denn?“

„Ruben. Er wollte wissen, wie es mit dem Dachgarten vorangeht, und als ich ihm gesagt habe, dass Ramsey fast fertig ist, hat er gesagt, dass er kommen will, um es sich anzusehen.“

Eigentlich dürfte mich das ja nicht weiter überraschen, aber es ist trotzdem der Fall. Sofort fange ich an, mir Gedanken darüber zu machen, ob ich jetzt Ramsey und Liam aus Rubens Wohnung ausquartieren muss. Und ob Vater Laurent wohl die Bestrahlung so gut verträgt, dass er im „Finnland“ bleiben kann, egal, wo Liam und Ramsey am Ende abbleiben.

„Hast du gehört, was ich gesagt habe, Rose?“

„Ja, ja. Ich habe dich gehört. Wann will er denn kommen? Und was ist dann mit Ramsey und Liam?“

„Er hat gesagt, dass du dir darüber keine Sorgen zu machen brauchst. Er geht dieses Mal einfach in ein Hotel. Er hat vor, am Dienstag mit dem Flieger zu kommen.“ Meine Mutter wirft einen Blick in einen Terminkalender, der an der Kasse liegt. „Das ist der Tag vor deinem Geburtstag, Rose! Ach, du meine Güte. Ich kann nicht glauben, dass es schon wieder so weit ist. Wir sollten ihn ganz besonders feiern.“

Ich gehe zu ihr hinüber und schüttele höflich, aber bestimmt den Kopf. Ich möchte eigentlich gar nichts machen.

„Lass uns doch einfach machen, was wir immer machen. Lass uns einfach zusammen mit Laura und Kellen im

‚Ping's' essen gehen. Wir könnten ja Shelby und Eric fragen, ob sie Lust haben mitzukommen. Und Ruben kann auch dabei sein, wenn er möchte."

„Aber, Rose, es ist dein Dreißigster!"

Autsch, autsch.

„Es ist nur ein Geburtstag, Mama. Und ich möchte wirklich nichts Besonderes."

Meine Mutter zieht einen Flunsch. „Können wir nicht wenigstens eine kleine Party veranstalten oder so?"

„Ein gemeinsames Essen bei ‚Ping's' wird auf jeden Fall eine kleine Party werden. Genau richtig."

„Als Kellen dreißig wurde, haben wir auch eine Party für ihn veranstaltet."

„Ja, aber das war eine Überraschung. Du hast ihn gar nicht gefragt, ob er eine Party wollte. Und ich will wirklich keine. Mir gefällt das ‚Ping's'. Ich rufe Shelby an und frage sie, okay?"

„Du solltest nicht auch noch selbst deine Freunde zu deiner Party zum dreißigsten Geburtstag einladen müssen."

Es ist doch gar keine Party.

„Ich rede doch sowieso dauernd mit ihr, Mama. Es macht mir wirklich nichts aus, sie zu fragen."

„Na gut, wenn du es wirklich so willst ..."

„Ja, das will ich."

Sie macht eine Pause. Mütter wissen, wann ihre Kinder Kummer haben, oder? Sie schaut mich eine Weile an und dann blickt sie mich mit großen Augen an.

„Es ist Ramsey, oder?", murmelt sie und mir stockt kurz der Atem.

„Was meinst du?"

„Ich habe doch genau gesehen, wie er dich ansieht. Und ich habe auch gesehen, wie du ihn ansiehst."

„Da liegst du aber völlig daneben, Mama!"

„Nein, tu ich nicht. Was glaubst du denn, wieso ich gestern zu Marshall rübergerauscht bin und ihn begrüßt habe wie einen uralten Freund der Familie? Ich wusste, dass zwischen Ramsey und dir irgendetwas im Gange war."

Mein Gesicht ist mittlerweile flammend rot. „Zwischen uns ist nichts ‚im Gange'. Ich glaube nicht einmal, dass Ramsey mich besonders mag." Besonders im Augenblick nicht.

„Na, da irrst du dich aber, glaube ich. Er mag dich sehr wohl." Der Blick meiner Mutter wird nachdenklich. „Aber aus irgendeinem Grund macht es ihn traurig, dich zu mögen. Er muss glauben, dass du immer noch in Daniel verliebt bist."

„Er weiß gar nichts von Daniel."

„Ach, er weiß es nicht?"

„Nein."

„Ach so." Sie schürzt die Lippen, tief in Gedanken darüber versunken, wieso es Ramsey wohl traurig machen könnte, mich zu mögen.

Ich muss irgendwie aus diesem Gespräch herauskommen. „Ich will nicht mehr darüber reden. Deshalb gehe ich jetzt wieder zu Maria Andrea und helfe ihr mit dem neu eingetroffenen Kleid. Ruf mich doch bitte, wenn es voll wird."

„Mmm." Sie hat mich zwar gehört, aber sie ist immer noch in Gedanken versunken.

Ich verlasse sie und wünschte, mir würde es nicht ebenso gehen.

Der Rest des Vormittags kriecht nur so dahin. Ich verbringe ihn damit, mich bei Maria Andrea, Rosalina und Liam in der Änderungsschneiderei zu verstecken. Gegen Mittag biete ich mich an, für die beiden Kids etwas zu essen zu machen, ein Angebot, das sie auch gern annehmen, und die nächste halbe Stunde verbringen wir dann mit Kartoffelpuffern und Apfelmus. Nach dem Essen zieht Liam los, um seine *Xbox* zu holen und sie in meiner Wohnung anzuschließen, damit Maria Andrea und er spielen können und nicht ganz allein in der dritten Etage sind. Während er weg ist, kann ich mir nicht verkneifen, Andrea zu fragen, ob sie und Liam mehr als nur Freunde sind. Sie ist zwar erst zwölf, und deshalb rechne ich eigentlich bloß mit einer angeekelten Grimasse, aber sie gibt mir einfach nur den Teller und sagt, dass sie noch viel zu jung ist für einen Freund.

„Aber wenn du anfängst, mit Jungen auszugehen, wie müsste ein Junge sein, dass du dich für ihn interessierst?"

Ich frage so locker und unauffällig wie möglich. Ich könnte wirklich die Sichtweise von jemandem gebrauchen, der/die noch keine Fehler gemacht hat.

Maria Andrea reicht mir auch Liams Teller. Sie scheint nicht im Mindesten über meine Frage überrascht.

„Er muss zunächst nur ein guter Freund sein. Und nett zu allen Leuten. Nicht nur zu mir, sondern zu jedem."

Ich spüle die Teller ab und formuliere in Gedanken eine Frage. „Andrea, glaubst du, dass es nur einen Menschen auf der Welt gibt, der für dich gedacht ist und in den du dich verlieben und den du heiraten sollst?"

Sie lehnt sich gegen den Küchentresen, verschränkt die Arme vor der Brust und antwortet: „Ja, ich glaube schon."

„Und wie findet man diesen einen Menschen?"

„Na ja, wenn man sich in einen bestimmten Menschen verlieben und ihn heiraten soll, dann braucht man nicht nach ihm zu suchen, sondern es passiert einfach."

Einfach so.

Liam kommt durch die offene Tür hereingepoltert, beladen mit allem möglichen Krimskrams.

„Warte!" Andrea geht zu ihm und nimmt ihm ein paar Sachen ab, die herunterzufallen drohen.

„Ich gehe wieder zurück ins Änderungsatelier", sage ich den beiden.

„Okay", ruft Liam.

„Tschüss. Danke für das Essen", ruft Andrea mir nach.

Ich überlasse sie dem Kabelsalat, der entsteht, wenn man eine *Xbox* anschließt, weil man ein virtuelles Skateboardrennen machen will.

Den Nachmittag verbringe ich damit, per Hand und mit Dampf die Knitterfalten aus Elisabeth Erdahls Brautkleid zu entfernen und mich mit anderen kleinen Aufgaben zu befassen, um die sich sonst immer Rosalina kümmert. Sie hat mir schon mehr als einmal gesagt, dass ich davon wirklich nichts zu tun brauche, aber ich muss mich irgendwie beschäftigen, um mich abzulenken. Wir lassen die Tür zur Änderungsschneiderei offen, in erster Linie wegen Liam und Maria Andrea, aber ich horche auch auf Anzeichen dafür, dass Ramsey und Vater Laurent wieder zurück sind.

Gegen vier Uhr nachmittags sind sie immer noch nicht wieder da.

Um Viertel nach vier steckt Max den Kopf zur Tür herein. „Hey, dieses komische Geräusch, das Wendy und Philip immer in ihrer Wohnung haben, das höre ich jetzt auch bei mir“, erzählt er mir. „Mir macht es nichts aus, aber ich habe es Wendy gesagt, und sie meint, du müsstest es auch hören.“

„Es hört aber immer auf, wenn ich da bin, Max.“

„Also, jetzt kannst du es jedenfalls hören, wenn du willst.“

„Hast du es gerade eben gehört?“

„Ja.“

Ich wende mich an Rosalina. „Ist Mario irgendwo in der Nähe?“

„Nein, er hilft heute einer Familie aus der Gemeinde beim Umzug.“

„Also gut.“ Ich folge Max zu seiner Wohnung.

„Ich höre es im Bad, genau wie Wendy und Philip.“ Max führt mich in seine Wohnung, die muffig und junggesellenchaotisch ist.

„Du solltest deine Klimaanlage höher stellen, Max. Hier drinnen herrschen ja tropische Temperaturen.“

„Ach ja?“, sagt Max, der sich solcher nebensächlicher Dinge hoffnungslos unbewusst ist.

Wir betreten sein Bad. Die Ablagefläche ist ein Durcheinander von Rasierutensilien, Zahnpflegezeugs und Haargel. Haargel nicht in einer Flasche oder einem Tiegel, sondern auf der Ablagefläche selbst.

„Ups.“ Max nimmt ein kleines Knäuel Toilettenpapier, um es wegzuwischen.

„Ist schon in Ordnung, Max. Wo hörst du es denn?“

„Bleib einfach mal kurz stehen und sag nichts.“ Max betätigt die Toilettenspülung, und wir stehen schweigend da, bis der Vorgang beendet ist. Da vernehme ich ein leises, krabbelndes Geräusch, so als würden ungeduldige Fingernägel auf eine Tischplatte klopfen.

„Was meinst du, was das ist?“, frage ich.

„Wahrscheinlich Fledermäuse. Aber ich glaube nicht, dass Wendy das gerne hören wird. Vielleicht sollte Mario mal die Öffnungen und all das Zeugs überprüfen, um festzustellen, wo sie hereinkommen.“

„Toll. Und wie kriegen wir sie dann raus?“

„Keine Ahnung. Ich nehme an, wenn man herausfindet, wo sie hereinkommen, wartet man einfach bis zur Dunkelheit, wenn sie ausfliegen, und verschließt ihre Fluglöcher.“

„Sehr gut, Max. Vielen Dank.“ Ich verlasse sein Bad wieder und er folgt mir.

„Rose?“

„Was ist?“

„Was ist eigentlich los?“

Bei Max hat es überhaupt keinen Sinn, etwas vorzutäuschen. Er ist wie meine Mutter. Wie Shelby. Er kennt mich einfach zu gut.

„Ich bin im Moment nur ein bisschen durcheinander.“ Ich setze meinen Weg zur Wohnungstür fort.

„Weshalb denn?“

„Ach, wegen allem.“

„Allem?“

Ich bleibe an der Tür stehen, drehe mich zu ihm um und sehe ihn an. „Ich war gestern mit Marshall Mitchell Kaffee trinken.“

„Ich dachte, er heißt Mitchell Marshall.“

„Nein, heißt er nicht. Er heißt Marshall Mitchell.“

„Und?“

„Und er ist ein netter Kerl, der wahrscheinlich ein toller Fang wäre. Aber ich habe kein bisschen das Bedürfnis, mein Netz auszuwerfen, Max. So ist es einfach.“

„Wie kommt's?“

„Ich weiß es nicht.“

„Du hoffst doch nicht mehr auf Daniel, oder?“

„Um Himmels willen, nein. Er hat geheiratet, du erinnerst dich?“

Max kratzt sich am Kinn. „Dann muss es jemand anderen geben, für den du schwärmst.“

„Da ist sonst niemand, Max. Und wie steht es mit dir und Bettina?“

Max lächelt. „Ich glaube, sie mag mich. Ja, vielleicht. Heute Abend gehen wir zu einer Dichterlesung. Sie hat angerufen und mich gefragt.“

„Klingt doch toll, Max.“ Ich öffne seine Wohnungstür.

„Willst du mitkommen?“

Gerade als ich „Nein, danke“ sagen will und mich umdrehe, sehe ich, dass Vater Laurent und Ramsey aus dem Krankenhaus zurück sind. Sie stehen direkt vor Vater Laurents Wohnungstür und Ramsey schließt auf. Als er Max' Stimme hört, dreht er sich genau in dem Augenblick zu uns um, als ich aus der Wohnung trete. Unsere Blicke begegnen sich nur ganz kurz. Er schaut weg, bevor ich es tue.

„Tschüss, Max. Ich schicke Mario vorbei, damit er es sich noch mal anhört, ja?“ Ich versuche, nicht so zu klingen, als bräuchte ich eine Ausrede für den Umstand, dass ich aus Max' Wohnung komme, aber genau so hört es sich an. Unerschrocken gehe ich zu Vater Laurent hinüber. „Wie war es, Vater? Geh es Ihnen gut?"

„Es war das reinste Zuckerschlecken." Er sieht blass und erschöpft aus, lächelt aber trotzdem. „Danke fürs Beten, Rose."

„So, Papa, dann wollen wir mal reingehen." Ramsey ignoriert mich völlig. Er hält die Tür für seinen Vater weit auf und tritt beiseite, um ihn hereinzulassen. Als Vater Laurent in der Wohnung ist, wendet Ramsey sich mir zu. „Können Sie Liam bitte hochschicken, wenn Sie Zeit haben?" Seine Augen sind heute stahlgrau.

„Natürlich. Kann ich sonst noch was für Sie tun? Soll ich was für Sie zu Essen bestellen?"

„Nein. Wir kommen schon zurecht." Sein Tonfall ist geschäftsmäßig.

Das macht mich wahnsinnig.

„Könnte ich kurz mit Ihnen reden, Ramsey?"

„Jetzt passt es gerade gar nicht. Ich muss mich um meinen Vater kümmern."

„Und wie wäre es dann nachher, wenn Sie fertig sind und er versorgt ist?"

„Es war ein langer und anstrengender Tag, Rose."

„Ja, klar. Tut mir leid. Na ja, vielleicht dann morgen?"

„Vielleicht."

Ich versuche es mit einem letzten Friedensangebot. „Sind Sie ganz sicher, dass ich nichts mehr für Sie tun kann?"

Er hält kurz inne und schüttelt dann noch einmal den Kopf. „Schicken Sie einfach nur Liam rauf, wenn Sie Zeit haben."

Ramsey dreht sich um, geht in die Wohnung seines Vaters und schließt die Tür hinter sich.

Achtundvierzig

Liebe Harriet,

erinnerst Du Dich noch an den Tag, als mir klar wurde, dass Skip, der Junge, den ich in den Sommerferien kennengelernt hatte, bevor ich in die neunte Klasse kam, mich vergessen hatte? Als ich schließlich begriff, dass ich wahrscheinlich nie wieder von ihm hören würde? Klar, daran musst Du Dich noch erinnern. Damals hatte ich Dir erst drei- oder viermal geschrieben.

Wenn ich wüsste, wo dieses Tagebuch ist, würde ich es jetzt hervorkramen und noch einmal lesen, was ich damals geschrieben habe. Ich glaube, ich habe Dir gesagt, dass ich mich innerlich ganz leer fühlte.

Erinnerst Du Dich noch daran, wie Daniel mich beiseitegenommen und mir gesagt hat, dass er mich eigentlich gar nicht heiraten wollte? Ich war so wütend, voller Ablehnung, Schmerz, Trauer und Angst.

Aber heute fühle ich mich wieder leer. Wie damals, als Skip weg war.

Ich muss mir immer wieder selbst gut zureden und mir vor Augen führen, dass ich das Ganze ein paar Jahre nach der Geschichte mit Skip eigentlich nur noch ziemlich blöd fand.

Ich glaube, ich verliebe mich gerade in den falschen Mann ... wieder einmal.

Liebste Rose,

ich erinnere mich noch gut daran, wie Du damals Skip loslassen musstest. Ich erinnere mich, dass ich Dir gesagt habe, es sei das Klügste, die ganze Geschichte hinter Dir zu lassen. Wieso sollte man auch weiterhin an jemandem hängen, der gar nicht den Wunsch hat, mit einem zusammen zu sein? Vielleicht hast Du Dich damals so leer gefühlt, weil die Gefühle, die Du für den Jungen hattest, gar nicht so tief gewesen waren, und als die Gefühle dann aus Dir rausplatzten, gab es noch nicht einmal eine Pfütze.

Die Gefühle, die Du für Daniel gehabt hast, gingen tief. Als dort alles aus Dir herauskam, gab es quasi eine Überschwemmung. Das ist doch gar nicht so schwer zu verstehen.

Was das andere betrifft: Bitte definiere doch mal „falsch".

Harriet

Neunundvierzig

„Was gefällt dir denn an ihm nicht?“ Shelby nimmt ihre Bräunungsstreifen unter die Lupe, während wir auf Liegestühlen am Ufer des Lake Calhoun sitzen.

„Du kriegst einen Sonnenbrand“, warne ich sie.

„Nein, krieg ich nicht.“

„Kriegst du wohl.“

„Ist er so einer, der sich nur für sich selbst interessiert?“

„Nein, so ist er nicht.“ Ich seufze und blicke wieder auf den tiefblauen See vor uns. „Marshall ist zwar höflich und freundlich und erfolgreich, aber eindeutig kein Snob. Ich weiß nicht, Shelby. Ich habe einfach nichts empfunden, als ich mit ihm zusammen war. Müsste ich nicht wenigstens etwas fühlen, wenn ich einen Mann kennenlerne und mich frage, ob wir vielleicht füreinander bestimmt sind?“

„Doch, ich glaube, das müsstest du schon.“

„Gab es nicht an Eric etwas ganz Besonderes, das dir gleich aufgefallen ist, als du ihn kennengelernt hast?“

„Äh, also – nein, eigentlich nicht. Wir haben uns bei einer Fachbereichssitzung kennengelernt. Er ist mir auf den Fuß getreten, als er versuchte, sich auf den Stuhl neben mich zu setzen.“

„Er hat sich also neben dich gesetzt?“

„Ja, weil es der letzte freie Platz war.“

„Und wahrscheinlich ging kein Feuerwerk los, als er dir auf den Fuß getreten ist, oder?“

Shelby lacht. „Nein, eher nicht.“

„Aber wann kam sie denn dann, die Sache mit dem Feuerwerk?“

Jetzt schaut Shelby genauso intensiv hinaus aufs Wasser wie ich. „Ich weiß es nicht. Es ist einfach passiert.“

Einen Moment lang sagen wir beide nichts.

„Ich muss eine Möglichkeit finden, Ramsey zu sagen, weshalb ich seine Schulter berührt habe und was ich damit ausdrücken wollte.“ Das sage ich mehr zu mir selbst als zu Shelby. „Ich glaube, dass es ihm wirklich etwas ausgemacht hat.“

„Na ja, das ist doch aber eigentlich nicht nötig. Er sollte dir lieber dankbar sein, dass du die – wie nennst du sie noch mal?“

„Die Huperin.“

„Dass du die Huperin in ihre Schranken gewiesen hast.“ Shelby wendet sich zu mir um. „Aber was hast du denn damit sagen wollen, als du seine Schulter berührt hast?“

Ich richte mich in meinem Liegestuhl auf. „Meine Güte, Shelby, ich wollte damit gar nichts sagen. Ich wollte einfach nur erreichen, dass sie nicht glaubt, sie hätte ihn immer noch in der Hand und er wäre für andere Frauen nicht auch begehrenswert und er würde ihr immer noch nachweinen. Ich wollte nicht, dass sie all das denkt.“

„Ach so.“

Wieder schweigen wir beide ein Weilchen.

„Wieso willst du denn nicht, dass sie glaubt, er würde ihr immer noch nachweinen?“, fragt Shelby mit gerunzelter Stirn hinter ihrer blau schimmernden Sonnenbrille.

„Weil er das nicht tut!“

„Ach so.“

Schweigen.

„Und wieso interessiert dich, was sie denkt?“, fragt sie.

Ich habe keine Ahnung. „Willst du mich eigentlich ärgern?"

„Nein, natürlich nicht. Ich frage mich nur, was du denkst."

„Aber ich weiß, was ich denke."

Ich weiß sehr wohl, was ich denke.

„Lass sein, Shelby."

„Du magst ihn, und zwar nicht einfach nur so, sondern ein bisschen mehr."

„Ich möchte nicht darüber reden. Außerdem bekommen wir beide einen Sonnenbrand. Wir sollten jetzt lieber aufbrechen." Ich stehe auf und zerre meinen Liegestuhl aus dem Sand. Shelby macht ein großes Getue wegen des kleinen Sandschauers, der dabei auf ihren Armen und Beinen niedergeht.

„Tut mir leid."

„Es ist nichts dagegen einzuwenden, dass du ihn magst, Rose."

„Und was soll daran bitte schön gut und richtig sein? Er will ja nicht mal mit mir reden."

Shelby erhebt sich jetzt ebenfalls und zieht ihren eigenen Liegestuhl behutsam aus dem Sand heraus.

„Dann rede doch du mit ihm."

Ich komme zurück ins „Finnland" und bin fest entschlossen, Shelbys Rat zu befolgen, doch Ramsey ist nicht da. Ich treffe stattdessen Vater Laurent unter der Obhut meiner Mutter und L'Raine an.

„Es ist nicht so schlimm", sagt er, als ich mich auf seine Couch sinken lasse und ihn frage, wie es ihm geht. Er liegt auf einem Ruhesessel. Sein Gesicht ist bleich. Neben ihm steht ein Becher Wasser, sonst nichts.

„Es geht Ihnen also richtig mies?", gebe ich zurück.

Blöde Frage, aber ich stelle sie trotzdem. Es ist ganz offensichtlich, dass er sich nicht wie das blühende Leben fühlt.

„Ich werde jedenfalls nicht die Treppe hinunterrennen", scherzt er. „Der Arzt hat gesagt, das hier würde mich ziemlich umhauen, und das war offenbar kein Scherz."

„Kann ich Ihnen irgendwas zu essen besorgen?"

Er schüttelt den Kopf.

„Wir versuchen schon den ganzen Nachmittag, ihn dazu zu bringen, etwas zu essen", ruft L'Raine aus der Küche. „Jetzt kochen wir gerade Milchreis mit echter Vanille."

„Milchreis klingt doch gut", versuche ich es.

Vater Laurent verzieht das Gesicht. „Nichts klingt gut. Aber ich werde versuchen, es herunterzubekommen."

Ich tätschle ihm den Arm und er blickt zu mir auf.

„Haben Sie schon mit Ramsey geredet?", flüstert er.

Ich schüttle den Kopf. „Ich glaube, er geht mir aus dem Weg."

„Er macht sich Sorgen um mich. Und außerdem ist Liam heute Morgen nach Mexiko abgereist. Ihm geht also wirklich eine Menge durch den Kopf."

„Klar. Sicher, das stimmt wohl."

„Geben Sie ihn nicht auf", fügt er noch leiser hinzu.

Diese Bitte kommt für mich völlig überraschend. Ich frage mich, ob Vater Laurent weiß, wer hier wohl wen aufgegeben hat. Ich habe nicht das Gefühl, dass ich diejenige bin, die jemanden abgeschrieben hat, sondern umgekehrt.

„Rose?"

„Ich glaube, dass eher er mich aufgibt, Vater."

„Dann lassen Sie es nicht zu."

„Vater, ich glaube nicht, dass ich …", aber ich beende den Satz nicht. L'Raine kommt mit einem kleinen Schälchen und einem Löffel in der Hand aus der Küche, gefolgt von meiner Mutter.

„Warmer Milchreis, Vater Laurent. Einen besseren Seelentröster gibt es gar nicht."

„Sie sind so gut zu mir, meine Damen.“ Unsere Blicke treffen sich und er grinst.

„Rose“, sagt meine Mutter mit einem Blick auf meine bloßen Arme, „du hast ja einen Sonnenbrand.“

Ich werfe einen Blick auf meine Schultern. „Ach, das ist nicht so schlimm.“

„Du solltest dich eincremen, damit du dich nicht schälst.“

Ich stehe auf. „Wiedersehen, Vater Laurent.“

„Sehe ich Sie noch?“

„Klar.“

Sein Blick folgt mir, als ich zur Tür hinausgehe.

Als es langsam zu dämmern beginnt, kommt Ramsey zurück, aber er begibt sich sofort zur Wohnung seines Vaters.

Ich überlege erst, anzuklopfen und ihn zu fragen, ob ich mit ihm reden kann, wenn er mir die Tür öffnet.

Aber bei der Vorstellung, dass er nein sagen könnte, fällt es mir dann ganz leicht, es mir wieder auszureden.

Einen Mann zu fragen, ob man mit ihm reden kann, und dann eine Abfuhr zu bekommen, hat ein bisschen zu viel Ähnlichkeit damit, einen Korb zu bekommen, und dazu bin ich gerade nicht in Stimmung.

Stattdessen lade ich Maria Andrea ein, sich gemeinsam mit mir „30 über Nacht“ anzusehen. Wir lachen uns schlapp über die Ironie dieses Films.

Es kommt darin auch ein Hauch von Hochzeit vor, so gegen Ende, als die Figur, die von Jennifer Garner verkörpert wird, merkt, dass sie nicht mit dem Mann zusammen sein kann, den sie wirklich liebt, weil sie zu lange gebraucht hat, um sich zu entscheiden, und er eine andere heiratet. Das ist eine Szene, die einen zum Weinen bringt.

Und das tun wir dann beide auch ausgiebig.

Als Andrea wieder zu ihrer Tante und ihrem Onkel geht, verspüre ich das dringende Bedürfnis, noch einmal aufs Dach hinaufzuschleichen und es mir bei Mondschein anzusehen. Aber es besteht dabei ja doch ein klitzekleines Risiko, dass ich im dritten Stock Ramsey im Treppenhaus begegne. Und weil ich schon im Pyjama bin, traue ich mich dann doch nicht.

Zum ersten Mal seit vielen Monaten laden Rosalina und Mario am Sonntag nicht zum gemeinsamen Essen in ihre Wohnung ein. Sie sind bei einem Familienfest in Apple Valley.

Es ist Sonntagnachmittag, und ich weiß nicht, was ich mit mir anfangen soll. Meine Mutter und L'Raine sind bei einer Freundin zum Bridgespielen, Max ist bei Bettina, und Wendy und Philip sind im Urlaub. Auch Solomon ist nicht zu Hause. Ich habe keine Ahnung, wo er ist. Das „Finnland" ist, abgesehen von Vater Laurent, Ramsey und mir, leer.

Den größten Teil des Tages verbringe ich damit, Mut zu fassen für das Gespräch mit Ramsey.

Ich weiß noch nicht so genau, was ich sagen soll. Etwas in Richtung „Ramsey, also dazu, dass ich Sie einfach so an der Schulter berührt habe, wollte ich Ihnen nur sagen, dass ich Ihr Gespräch mit Kirsten mit angehört habe, auch dass sie gesagt hat …" Nein. „Ich wollte wirklich nicht aufdringlich erscheinen …" Nein, nein, nein. „Ich wollte einfach, dass es ihr leidtut, wie schlecht sie Sie behandelt hat, weil ich auch schon mal abserviert – sitzengelassen – worden bin …"

Und tausendmal nein.

Es gibt wirklich nichts, das ich sagen könnte, außer dass es mir leidtut.

Und dann abzuwarten, ob er sagt, dass es da nichts gibt, für das ich mich entschuldigen müsste.

Um kurz nach acht, also kurz vor Sonnenuntergang, mache ich mich eingeschüchtert auf den Weg in den dritten Stock. Als ich auf der obersten Stufe angekommen bin, sehe ich, wie Ramsey durch die Tür zum Dachaufgang verschwindet.

Gut. Wenigstens brauche ich dann nicht zu fragen, ob ich mit ihm sprechen kann. Ich kann auf unser Dach gehen und so tun, als wollte ich nachschauen, wie er mit seiner Arbeit vorangekommen ist, und dann: „Ach ja, übrigens, Ramsey, neulich, da …"

Ich gehe weiter zu der Tür, die aufs Dach führt. Als ich genau davorstehe und den Knauf schon in der Hand habe, fliegt sie regelrecht auf. Ich trete einen Schritt zurück, damit ich nicht getroffen werde, und falle dabei fast hin. Ramsey hat vor Schreck geweitete Augen, als er nach meinem Arm greift, um mich festzuhalten. In der anderen Hand hat er eine Sonnenbrille – wahrscheinlich, so nehme ich an, der Grund, weshalb er sich nicht einmal eine Minute lang oben auf dem Dach aufgehalten hat.

„Rose! Ich habe Sie wirklich nicht gesehen!"

Seine Hand liegt auf meinem Ellbogen und stützt mich, sodass ich mein Gleichgewicht wiederfinde. Seine Berührung ist behutsam, aber fest.

„Alles in Ordnung", stammle ich.

Er nimmt seine Hand wieder weg. „Wollten Sie nach oben aufs Dach?"

„Nein, ich wollte … ich …" Es hat keinen Zweck. Ich kann ihn einfach nicht anlügen. „Also, eigentlich wollte ich aufs Dach, um mich bei Ihnen zu entschuldigen, Ramsey."

Er starrt mich nur an. „Entschuldigen?"

„Ich habe den Eindruck, dass ich Sie neulich da oben auf dem Dach vor den Kopf gestoßen habe, als ich … als Kirsten da war, und dafür möchte ich mich entschuldigen. Das war nicht meine Absicht."

„Ihre Absicht."

„Ich …“ Ich halte inne und sehe ihn an. Was will er eigentlich damit erreichen, dass er dauernd wiederholt, was ich sage? „Es tut mir leid, wenn ich Sie vor den Kopf gestoßen habe.“

„Ja. Das haben Sie schon gesagt.“

Oh Herr, hilf mir, hilf mir, hilf mir doch. Was mache ich nur falsch?

„Habe ich Sie denn vor den Kopf gestoßen?“ Ich gebe mir Mühe, meine Stimme fest klingen zu lassen, allerdings ohne Erfolg, wie ich glaube.

„Sie haben mich überrascht.“

„Sehen Sie, Ramsey, ich habe gehört, was Kirsten zu Ihnen gesagt hat. Ich hätte Ihr Gespräch nicht mit anhören dürfen, aber ich habe es trotzdem getan. Irgendetwas in mir hat einfach ausgesetzt. Ich hatte das Bedürfnis, ihr zu zeigen, dass es Ihnen auch ohne sie gutgeht. Ich hätte mich um meine eigenen Angelegenheiten kümmern sollen, aber ehrlich gesagt, weiß ich, wie Sie sich fühlen. Deshalb habe ich es getan. Es tut mir leid.“

An seiner Miene kann ich nichts ablesen. Es ist, als hätte er kein Wort von dem gehört, was ich gesagt habe.

„Machen Sie sich darüber keine Gedanken.“ Ramsey dreht sich um und geht von mir weg.

Ich stehe da oben an der Tür zum Dach und sehe ihn an.

Nach ein paar Schritten bleibt er stehen, dreht sich um und deutet mit einem kleinen Nicken zum Dach. „Ich werde morgen hier fertig.“ Dann geht er weiter zu Vater Laurents Wohnung.

„Ich habe gesagt, dass es mir leidtut!“, rufe ich ihm nach.

Er dreht sich wieder um. „Und ich habe gesagt, dass Sie sich deshalb keine Gedanken machen sollen.“ Ramsey öffnet die Tür zur Wohnung seines Vaters und schließt sie hinter sich.

Plötzlich scheint das „Finnland“ still wie ein Grab.

Fünfzig

Rosalina ist stolz auf das, was wir gemeinsam erreicht haben, das merke ich genau. Sie strahlt, als sie Elisabeth Erdahls Kleid betrachtet. Der zerknitterte Stoff und die zerdrückte Spitze sind wie neu. Alle Falten sind verschwunden. Der Tüllpetticoat wurde erneuert, und der Saum ist nicht mehr ausgefranst, sondern gerade und glatt. Bevor wir Hand an das Kleid gelegt hatten, sah es gelblich blass und leblos aus, jetzt atmet es cremefarbene Eleganz.

„Du hattest recht", sage ich zu ihr.

„Natürlich hatte ich das."

„Es ist ein wunderschönes Kleid."

„*Sí.*"

Ich spiele mit dem kleinen Herz herum, das ich in der Hand habe, und frage mich, ob es wohl unverschämt wäre, nach oben zu Vater Laurent zu gehen und ihn zu bitten, es zu segnen, damit Rosalina es in Elisabeths Kleid einnähen kann.

Dabei ist mir durchaus bewusst, dass ich genau so ein kleines Herz auch in der Hosentasche mit mir herumtrage. Das Herz, das Vater Laurent im vergangenen Monat für mich gesegnet hat. Ich habe das Gefühl, dass ich ihn, wenn ich nach oben gehe, noch einmal um eine Extradosis Kraft für mich bitten sollte.

Ich fühle mich zurzeit nicht besonders stark.

Ich teile Rosalina mit, dass ich gleich wieder zurück bin, verlasse die Änderungsschneiderei und gehe nach oben. Im Hausflur im dritten Stock ist es still. Max arbeitet bei seinen Eltern im Fotostudio, Solomon gibt in einer Schule wie jeden Montag Geigenunterricht, und Wendy und Philip sind immer noch im Urlaub.

Ich atme noch einmal tief durch, bevor ich an Vater Laurents Wohnungstür klopfe.

Als die Tür geöffnet wird, setze ich ein höfliches Lächeln auf, nur für den Fall, dass Ramsey aufmacht.

Aber es ist L'Raine.

„Hallo, Rose, na, willst du dem Patienten einen Besuch abstatten?"

„L'Raine, was machst du denn hier?"

Sie tritt zur Seite und lässt mich herein. „Ich bin heute hier die Florence Nightingale. Ramsey bringt die Arbeiten am Dach zu Ende, und ich habe ihm angeboten, dass ich mich so lange um seinen Vater kümmere und ein bisschen aufräume und putze. Du weißt ja, wie Junggesellen so sind." L'Raine schließt hinter mir wieder die Tür. „Er ist im Wohnzimmer."

Dann verschwindet sie in die Küche und ich gehe ins Wohnzimmer. Vater Laurent liegt heute auf dem Sofa und liest Zeitung. Er sieht müde aus.

„Guten Morgen, Rose."

„Guten Morgen, Vater. Wie geht es Ihnen heute?"

„Ein bisschen müde, ein bisschen benebelt. Der Doktor hat gesagt, dass ich damit rechnen müsse. Es ist auszuhalten. Und wie geht es Ihnen?"

Ich lasse mich in den Sessel neben dem Sofa sinken, in den Sessel, auf dem normalerweise er sitzt. „Ganz gut."

„Nein, geht es nicht." Sein Tonfall ist sanft.

Ich sage nichts, als ich meine Schultern hochziehe und sie dann wieder fallen lasse.

„Haben Sie mit ihm geredet?"

„Irgendwie schon."

„‚Irgendwie schon'?"

„Ich habe versucht, mich zu entschuldigen, aber er hat nur gesagt, ich solle mir keine Gedanken darüber machen. So als wäre das keine große Sache."

Vater Laurent reibt sich das Kinn mit der Hand. Er denkt nach. „Glauben Sie denn auch, dass es keine große Sache war?"

„Ich wollte nicht, dass es eine große Sache ist, aber ich glaube, es war eine. Ich glaube, es war eine große Sache, und zwar für uns beide."

„Lassen Sie mich doch mit ihm reden, Rose."

„Bitte nicht, Vater. Er weiß dann, dass ich mit Ihnen darüber gesprochen habe, und ich glaube nicht, dass er das gut fände. Bitte lassen Sie es lieber."

Einen Moment lang sagt er nichts. „Ich habe gehört, dass Ruben kommt, um sich den Dachgarten anzuschauen."

„Ja, er hat sich für morgen angekündigt, aber Ramsey braucht deshalb nicht auszuziehen. Ruben hat gesagt, dass er ins Hotel geht."

„Ja, das hat Ihre Mutter auch erwähnt, aber Ramsey möchte das nicht. Ich glaube, er hat vor, heute noch abzureisen, wenn alles oben fertig ist, Rose."

Wenn Vater Laurent gerade versucht, mir einen Rat zu erteilen, dann weiß ich nicht so recht, worin der besteht.

„Was soll ich denn nur machen?", flüstere ich.

„Was Ihr Herz Ihnen sagt", flüstert er zurück.

„Aber ich weiß nicht, was es sagt."

„Doch, das wissen Sie."

Ich höre, wie L'Raine in der Küche die Schränke öffnet und wieder schließt. Dabei summt sie eine Melodie.

Einen Moment lang schweigen wir beide. Dann zeige ich ihm das kleine, blaue Herz in meiner Hand.

„Fehlt Ihnen Ihre Arbeit?", frage ich.

„Ja, das tut sie wirklich." Sein Lächeln ist breit und echt. „Möchten Sie mir etwas über das Kleid erzählen, für das dieses Herz gedacht ist?"

„Es ist für ein Kleid gedacht, das hundert Jahre alt ist. Es gehörte einer ‚Katalogbraut'. Sie kannte den Mann, den sie heiraten würde, nicht, aber eines Morgens wachte sie auf, und ihr war klar, dass sie den Mann an ihrer Seite von Herzen liebte, und zwar schon seit Monaten. Sie wusste nicht einmal, wann es angefangen hatte. Ihre Enkelin hat mir geschrieben, dass sie nie zwei Menschen getroffen hat, die sich so sehr liebten wie ihre Großeltern."

Vater Laurent lächelt. „Das ist eine wunderschöne Geschichte." Er nimmt mir das Herz aus der Hand, legt es in die seine und deckt diese mit seiner anderen Hand zu. Dann fängt er an, ein Segensgebet zu sprechen. Ich verstehe zwar nicht jedes Wort, aber ich höre kleine Bruchstücke davon.

Liebe.

Zuneigung.

Hingabe.

Vertrauen.

Segen.

Vater Laurent lächelt und gibt mir dann das kleine Herz zurück.

L'Raine kommt ins Wohnzimmer geschneit. „Willst du Tee, Rose?"

„Nein, danke. Ich muss noch ein paar Dinge erledigen." Ich stehe auf, beuge mich zu Vater Laurent hinunter und gebe ihm einen Kuss auf die Stirn. „Machen Sie's gut."

„Bis später, Rose."

Ich gehe, während L'Raine im Wohnzimmer herumwerkelt, die Zeitung zusammenräumt und mit Vater Laurent über einen Artikel in *Reader's Digest* redet.

Elisabeths Herz stecke ich in meine Gesäßtasche, meines befindet sich in der vorderen Hosentasche.

Ich gehe hinauf aufs Dach.

Ich schaue schon seit einer Weile immer wieder einmal nach, wie die Arbeiten auf dem Dach vorangehen. Also bin ich nicht sonderlich überrascht über das, was mich erwartet, als ich die Treppe vom Dachaufgang bis ganz oben aufs Dach des „Finnland“ hochgestiegen bin und meinen Blick über all das wandern lasse, was Ramsey dort geschaffen hat.

Fasziniert trete ich einen Schritt zurück, weil ich weiß, dass der Garten jetzt fertig ist. Vielleicht liegt es auch daran, dass alles so wunderschön und friedlich ist oder dass es Ramsey gewesen ist, der das alles geschaffen hat.

Ich gehe den Steinpfad entlang, der wie eine riesige Acht einmal über das gesamte Dach führt – wie ein Symbol der Unendlichkeit –, und entdecke auf dem Schnittpunkt der Acht die beiden Liegestühle. Auf einem der beiden hat Ramsey einen offenen Werkzeugkasten abgestellt. Zuerst kann ich Ramsey gar nicht entdecken, sondern sehe nichts als die Farben dieses Paradieses. Grün, Lavendel, Weiß, Gelb, Rosa, Hellblau. Man kann sich nur schwer vorstellen, dass dieses Meisterwerk lediglich eine Vorrichtung ist, die verhindern soll, dass bei starken Regenfällen oder Schneeschmelze die Wasserrinnen überlaufen.

Ich gehe um die in runde Beete gepflanzten Stauden und niedrigen Pflanzen herum und entdecke schließlich Ramsey, der am anderen Ende des Daches auf dem Boden kniet und einen abgestorbenen kleinen Zweig entfernt.

Ich nähere mich ihm leise. Er hört mich nicht.

„Hallo, Ramsey.“ Ich hoffe, ich erschrecke ihn nicht.

Er wendet sich ruckartig herum. „Ach. Hallo.“

Er steht auf und wischt sich die Hände an seinen Jeans ab. „Ich wollte gerade nach unten gehen und Sie holen.“

„Wirklich?“

„Ja. Ich bin fertig. Ich wollte es Ihnen noch zeigen, bevor ich mich wieder auf den Weg nach Duluth mache.“

„Sie fahren zurück?"

„Wie ich höre, kommt der Eigentümer, und der braucht meine Wohnung ja sicher. Und mein Vater scheint die Bestrahlung ja einigermaßen zu vertragen. Ich kann auch telefonisch nach ihm schauen. Und, sind Sie zufrieden?"

Ich weiß, dass er jetzt den Garten meint. Aber ich möchte am liebsten schreien: „Nein, ich bin nicht zufrieden."

„Der Garten ist absolut traumhaft, Ramsey." Meine Kehle ist wie zugeschnürt.

„Freut mich, dass es Ihnen gefällt." Seine Stimme hat einen unpersönlichen, geschäftsmäßigen Tonfall. „Ich bin mit Mario die allgemeinen Wartungsaufgaben durchgegangen. Mit den Pflanzen wird er auf jeden Fall gut zurechtkommen, aber ich werde trotzdem ein Mal im Monat herkommen und alles überprüfen und kontrollieren, wie ich es in meinem Angebot ja auch beschrieben habe. Und vielleicht bringe ich ab und zu auch mögliche Kunden und Interessenten mit, wenn Ihnen das recht ist."

„Natürlich ist mir das recht."

„Schön. Also dann. Ich packe jetzt meine Sachen zusammen, damit ich Ihnen nicht im Weg bin."

Er geht an mir vorbei und ich strecke meinen Arm aus und berühre ihn. „Ramsey, Sie sind mir nicht im Weg."

Ramsey schaut auf meine Hand, die auf seinem Arm liegt, und ich nehme sie wieder weg.

„Das Projekt ist abgeschlossen, meinem Vater geht es den Umständen entsprechend gut, und deshalb ist es für mich jetzt Zeit, wieder nach Hause zu fahren." Er geht weiter. Ich folge ihm.

„Ramsey, ich möchte nicht, dass Sie so gehen."

„Was soll das heißen, ‚so'?" Er geht weiter.

„Sie sind wütend auf mich!"

„Ich bin nicht wütend auf Sie." Er dreht sich nicht um.

Wir sind jetzt wieder beim Schnittpunkt der Acht angelangt. Genau bei meinen beiden Stühlen.

„Würden Sie mir bitte wenigstens sagen, was ich getan habe? Bitte? Was habe ich getan, das Sie so verletzt oder beleidigt hat?“

Da dreht er sich um, aber nur seinen Kopf und den Oberkörper. „*Mir* haben Sie gar nichts getan.“

Bevor dieser Satz richtig bei mir ankommt, setzt Ramsey seinen Weg zur anderen Seite des Daches fort, vorbei an den beiden Liegestühlen in Richtung der Treppe, die nach unten führt. Er verschwindet im Treppenabgang, und ich höre noch, wie die Tür geöffnet wird und dann wieder zuschlägt.

„Wie vom Donner gerührt“ ist eine ziemlich treffende Beschreibung für das, was ich gerade empfinde.

Was um alles in der Welt kann es für einen Sinn haben, mich zu einem Mann hingezogen zu fühlen, der mich so offensichtlich nicht leiden kann? Ich kann es mir einfach nicht erklären.

Ich habe ihn doch bloß an der Schulter berührt.

Ja, es war vor den Augen seiner Exfrau, aber es war nur eine Berührung. Wie kann ihm das dermaßen zuwider sein?

Ich kann mich nicht erinnern, schon einmal jemanden so vor den Kopf gestoßen zu haben wie Ramsey Laurent.

Eigentlich müsste ich es sein, die beleidigt ist. Eigentlich müsste ich *auf ihn* wütend sein. Ich sollte ihn einfach abschreiben.

Aber das kann ich nicht. Ich will seine Absolution.

Die Luft um mich her ist feucht und eine leichte, laue Brise zupft ein bisschen an den Zweigen der neuen Sträucher. Ein Vogel hat sich auf einem Strauch neben mir niedergelassen. Er zirpt jetzt, als wollte er sich bei mir dafür bedanken, dass ich ihm einen so schönen Aufenthaltsort geschaffen habe.

Ach, wie schön wäre es doch, ein Vogel zu sein und sich um nichts auf der Welt sorgen zu müssen.

Ich blicke nachdenklich nach unten und sehe, dass Ramseys Werkzeugkasten auf dem Stuhl neben mir steht. Er wird sicher noch einmal zurückkommen, um ihn zu holen, bevor er abfährt.

Als ich so dasitze und den Kasten anschaue, kommt mir ein Gedanke.

Ich greife in meine vordere Hosentasche und hole das kleine, blaue Herz heraus, das Vater Laurent für mich gesegnet hat. Das Herz, das er eigentlich für Ramsey bestimmt hatte.

Ich halte es zwischen den Fingern. „Es tut mir leid, es tut mir leid“, flüstere ich ihm zu. Schon allein das Aussprechen der Worte bewirkt, dass mir die Tränen kommen. Ich weiß ja noch nicht einmal, was ich getan habe! Aber Vater Laurent hat gesagt, ich solle meinem Herzen folgen. In meinem tiefsten Inneren weiß ich, dass ich Ramsey mit irgendetwas tief verletzt habe, und ich finde es schrecklich, dass ich das getan habe.

Ich beuge mich über den Stuhl und lege das kleine Herz in die Werkzeugkiste. Dann schließe ich sie und lege meine Hand darauf.

Was kann ich sonst noch tun, Herr? Was kann ich sonst noch tun?

Einundfünfzig

Liebe Harriet,

ich habe eigentlich noch nie gedacht, dass ich nicht liebenswert sei, auch wenn mir natürlich klar ist, dass ich alles andere als vollkommen bin. Ich habe Fehler und Macken wie jeder andere Mensch auch, aber ich habe noch nie erlebt, dass ich jemandem wirklich missfalle, und das auch noch ohne einen für mich ersichtlichen Grund.

Klar, es gab damals in meiner Schulzeit Mädchen, die mich damit aufgezogen haben, dass meine Eltern so alt waren wie ihre Großeltern. Aber das hat mich eigentlich nie persönlich getroffen. Es war mir peinlich, und ein bisschen angefressen war ich darüber auch, aber ich habe es nicht als persönliche Beleidigung empfunden.

Aber diese Sache mit Ramsey – sie macht mich ganz verrückt.

Stellst Du mir ehrlich immer noch die Frage, ob ich mich in den falschen Mann verliebe oder nicht?

Willst du, dass ich „falsch" definiere?

Okay, dann mache ich das mal.

„Falsch" heißt, dass ich mich zu einem Mann hingezogen fühle, der nicht mit mir zusammen in einem Raum sein will, der nicht mit mir reden will, der nicht ehrlich zu mir ist und der es kaum erwarten kann, von mir wegzukommen. Das ist der Typ von Mann, in den ich mich verliebe.

Was um alles in der Welt hat Ramsey gemeint, als er gesagt hat: „*Mir* haben Sie nichts getan"?

Wen könnte ich verletzt haben, wenn nicht ihn?

Ich kann kaum glauben, wie wichtig es mir ist, dass er mir verzeiht.

Ich schaue mir gerade „Der Vater der Braut" an, aber ich werde die DVD wieder ausschalten.

Ich vermisse meinen Vater.

Liebe Rose,

es gibt keine andere Möglichkeit herauszufinden, was Ramsey mit seinen Worten gemeint hat, als ihn zu fragen. Ich bezweifle jedenfalls, dass sie bedeuten, dass das, was Du getan hast, mit ihm persönlich nichts zu tun hat. Es ist schwer, wütend auf jemanden zu sein, dessen Handeln einem völlig gleichgültig ist.

Ich weiß, dass Du Deinen Vater vermisst.

Harriet

Zweiundfünfzig

Ruben ist um kurz vor elf in einem schwarzen Mietwagen eingetroffen. Er sieht gut aus. Sein erster Tagesordnungspunkt war es, meine Mutter zu begrüßen.

Sie umarmen sich wie zwei Freunde, die sich lange Zeit aus den Augen verloren hatten. Er sagt ihr, wie schön sie aussieht. Sie sagt ihm, er bräuchte wohl eine stärkere Brille. Dann lachen beide.

Danach wendet er sich mir zu. „Ich habe schon von der Straße aus einen Blick hoch aufs Dach geworfen und kann es kaum erwarten, mir die Sache aus der Nähe anzusehen. Wo ist denn der Architekt?"

Ich muss Ruben leider mitteilen, dass der Verantwortliche schon wieder nach Duluth abgereist ist.

„Aber wieso denn? Haben Sie ihm denn nicht gesagt, dass ich mir ein Hotelzimmer genommen habe?"

„Doch, Ruben, das habe ich ihm gesagt."

„Nun, dann rufen Sie ihn bitte an, und sagen Sie ihm, dass er noch einmal zurückkommen soll. Ich möchte ihn kennenlernen, und außerdem habe ich noch ein paar Gebäude an der Ostküste, über die ich gern mit ihm reden würde. Schauen Sie bitte, ob er morgen Nachmittag noch einmal herkommen kann. Am Vormittag muss ich leider ein paar geschäftliche Angelegenheiten erledigen."

„Mach ich, Ruben. Ich rufe ihn an."

Ich begleite Ruben nach oben, damit er sich das Dach aus nächster Nähe ansehen kann, und er ist wirklich begeistert. Meine Mutter und L'Raine sind ebenfalls mit uns nach oben gekommen, und auch Vater Laurent wäre gern dabei gewesen, aber ihm war schwindelig. Er hat mich gebeten, später noch einmal bei ihm vorbeizuschauen.

Ich weiß, worüber er mit mir reden will.

Nachdem ihn der neue Dachgarten wirklich umgehauen hat, hat Ruben meine Mutter, L'Raine und mich zum Mittagessen eingeladen.

L'Raine hat dankend abgelehnt, und ich habe keinen besonderen Appetit, also sind meine Mutter und Ruben allein gegangen. Das war vor einer Viertelstunde. Ich sitze jetzt an meinem Schreibtisch und denke über das Telefonat nach, das ich führen muss. L'Raine ist nach oben gegangen, um nach Vater Laurent zu sehen, und macht ihm eine Kleinigkeit zu essen.

Ich frage mich, ob Ramsey wohl inzwischen das kleine Herz in seinem Werkzeugkasten gefunden hat.

Ich nehme den Hörer vom Telefon und wähle seine Handynummer. Es läutet, und ich versuche, ruhig zu atmen.

Als ich mit seiner Mailbox verbunden werde, bin ich erleichtert und enttäuscht zugleich. Ich räuspere mich und hinterlasse eine Nachricht: „Hallo, Ramsey. Hier ist Rose Murien. Ruben Tarter, der Hauseigentümer, ist hier und möchte Sie gern kennenlernen. Ihm gefällt der Garten sehr gut, und er möchte mit Ihnen über ein paar weitere Gebäude sprechen, die er an der Ostküste besitzt. Er möchte wissen, ob Sie morgen Nachmittag noch einmal herkommen könnten. Ich hoffe, dass daraus etwas für Sie wird. Wenn Sie möchten, können Sie auch hier übernachten. Ruben hat sich in der Innenstadt ein Hotelzimmer genommen. Bis dann also. Tschüss."

So, das wäre erledigt.

Ich stehe auf und gehe in den Laden zurück. Mein Blick schweift zum Schaufenster, wo immer noch mein Brautkleid an der kopflosen Schaufensterpuppe hängt.

Spontan gehe ich hinüber und berühre den bauschigen Rock. Er raschelt leise. Die Frau, die das Kleid genäht hat, ist drei Monate, nachdem ich eigentlich hätte heiraten sollen, gestorben. Es war das letzte Kleid, das sie genäht hat. Sie war achtundsiebzig. Sie hat mir einmal erzählt, dass sie in ihrer Zeit als Schneiderin über einhundertfünfzig Brautkleider genäht hat und dass mein Kleid ihr Lieblingskleid gewesen sei.

Ihr Lieblingskleid.

Das kleine Glöckchen an der Ladentür bimmelt, und ich wende mich von dem Kleid ab, von dem ich weiß, dass ich es niemals tragen werde.

Ramsey reagiert nicht auf meinen Anruf, aber eigentlich überrascht mich das nicht sonderlich. Ruben geht davon aus, dass es eine Zusage ist, wenn Ramsey bis zum Ende des Arbeitstages nicht abgesagt hat.

„Lassen Sie uns Italienisch essen gehen, ja?“, verkündet Ruben, als ich den Laden schließe.

„Ich bin dabei“, antwortet meine Mutter. „Was ist mit dir, L’Raine?“

„Na ja, meinst du, wir können Miles alleinlassen?“, fragt L’Raine.

Ich möchte eigentlich gar nicht ausgehen. Deshalb biete ich an, Vater Laurent etwas zum Abendessen zu kochen.

„Wir sind bestimmt nicht lange weg“, versichert mir meine Mutter, als sie zur Ladentür hinausgehen. Ich schließe hinter ihnen ab und mache die Lichter aus.

Ich bin schon früher am Tag einmal oben bei Vater Laurent gewesen, um nach ihm zu sehen, aber da hat er geschlafen. Ich weiß, dass er wissen möchte, wie es mir mit Ramsey ergangen ist, und ich bin traurig, weil es darüber so wenig zu berichten gibt.

Ich klopfe leise an die Wohnungstür und warte, dass er mich hereinbittet. Er sitzt an seinem Computer; das ist ein gutes Zeichen.

„Geht es Ihnen besser?“, erkundige ich mich.

„Ach, gar nicht so übel. Solange ich nicht viel herumlaufe, geht es.“

„Also, ich bin heute Abend Ihr Date zum Abendessen, Vater. Meine Mutter und L'Raine sind mit Ruben essen gegangen.“

„Ich bin gar nicht so schrecklich hungrig, Rose.“ Er lehnt sich auf seinem Computerstuhl zurück.

„Wie wäre es denn dann einfach mit ein paar Pfannkuchen?“

„Meinetwegen“, erwidert er achselzuckend.

Während ich den Teig zubereite und eine Pfanne erhitze, kommt Vater Laurent sehr langsam in die Küche und setzt sich an den Tisch. Er fragt nicht nach Ramsey. Er fragt nach mir.

„Geht es Ihnen gut, Rose?“

„Ach, solange ich nicht so viel herumlaufe, geht es.“

Er lächelt über meinen kleinen Scherz. Dann fügt er hinzu: „Wissen Sie, ich muss mich ständig selbst daran erinnern, dass es eine Liebe gibt, die vollkommen ist, ewig hält und einen niemals enttäuscht.“

Ich schlage den Teig mit einem Schneebesen, damit die Mehlklümpchen sich auflösen und ein glatter Teig entsteht.

„Und wo finden wir die dann, wenn ich fragen darf?“ Ich will gar nicht zynisch wirken und hoffe, dass es auch nicht so klingt. Es ist nämlich eine ehrliche und ernst gemeinte Frage.

„Das habe ich Ihnen schon gesagt. Sie haben sie schon. Das haben Sie nur vergessen, Rose!“ Vater Laurent beugt sich vor und sagt: „Es die Liebe, die Gott Ihnen schenkt, damit Sie sie weitergeben. Jetzt sagen Sie bloß nicht, Sie haben das kleine Herz verloren, das ich Ihnen gegeben habe."

Ich höre auf zu rühren und mir entwischt ein kleines freudloses Lachen.

„Ich habe es nicht verloren, Vater, aber ich habe es auch nicht mehr."

„Sie haben es nicht mehr?" Er ist angemessen erstaunt.

„Nein."

„Und wo ist es dann?"

„Ich habe es an dem Tag, als er wieder gefahren ist, in Ramseys Werkzeugkiste geschmuggelt."

Wortlos lehnt Vater Laurent sich in seinem Stuhl zurück.

Am Morgen meines dreißigsten Geburtstags wache ich mit leichten Kopfschmerzen auf. Ich versuche, sie mit einer Tasser starkem, schwarzem Kaffee zu vertreiben, aber sie wollen nicht verschwinden.

Max schaut auf dem Weg zur Arbeit vorbei, um mir zu gratulieren und mir ein Geschenk zu geben: ein Futterhäuschen für den neuen Dachgarten.

Als ich nach unten ins „Ein Traum in Weiß" gehe, haben meine Mutter und L'Raine meinen Schreibtisch mit Luftschlangen geschmückt und die kopflosen Schaufensterpuppen mit Luftballonköpfen versehen, denen sie lächelnde Gesichter aufgemalt haben. Sie sehen alle so aus, als hätten sie im Lotto gewonnen.

Kurz darauf trudelt Shelby mit einem Karton mit gefüllten Donuts ein und einem Angebot, das ich unmöglich ausschlagen kann, nämlich einen Tag mit ihr zusammen in dem großen Einkaufszentrum nach Herzenslust zusammen shoppen und bummeln zu gehen.

Das ist wirklich eine schöne Art und Weise, seinen Geburtstag zu verbringen, und holt mich eine Weile aus dem „Finnland" und meinem Alltagstrott heraus.

Um kurz vor zehn machen wir uns auf den Weg und sind erst nachmittags gegen vier wieder zurück. Ramsey ist schon da gewesen, um mit Ruben über weitere Gründachprojekte zu sprechen.

Meine Mutter betont mir gegenüber immer wieder, dass Ramsey offenbar nach mir Ausschau gehalten habe.

Es fällt mir ein bisschen schwer, das zu glauben.

Außerdem berichtet sie mir, Ramsey habe gesagt, er habe einige Termine in Minneapolis, werde aber später noch einmal kurz bei seinem Vater vorbeischauen, bevor er sich dann wieder auf den Heimweg nach Duluth mache.

Wahrscheinlich werde ich ihn dann ebenfalls verpassen, weil wir bis dahin sicher schon auf dem Weg ins „Ping's" sind, um meinen Geburtstag zu feiern. Alle außer L'Raine, denn die hat sich angeboten, bei Vater Laurent zu bleiben, obwohl dieser lautstark dagegen protestiert hat. Ich werde den beiden etwas zu essen mitbringen.

Das Essen ist ganz wundervoll – das heißt die Sachen, die wir essen sind es, und die Gesellschaft auch. Ruben kann ausgesprochen witzig sein. Er ist schon überall auf der Welt gewesen und weiß über jeden Ort, an dem er war, eine Geschichte zu erzählen.

Außerdem habe ich den Eindruck, dass er nach all den Jahren doch noch das Herz meiner Mutter erobert. Ich muss sagen, ich kann meiner Mutter nicht verübeln, dass sie Interesse an Ruben zeigt, denn schließlich ist mein Vater jetzt schon seit fast fünf Jahren tot. Aus irgendeinem Grund macht es mir gar nichts aus, dass sie schließlich doch noch Rubens Zuneigung nachgibt. Ich glaube, mein Vater wäre ebenfalls damit einverstanden, denn er hätte nicht gewollt, dass meine Mutter für den Rest ihres irdischen Lebens allein bleibt.

Als wir um kurz vor neun im „Finnland“ ankommen, steht Ramseys Wagen noch auf dem Parkplatz.

Während sich alle nach oben oder nach Hause begeben, gehe ich noch einmal ins „Ein Traum in Weiß“, denn dort werde ich Ramsey auf keinen Fall begegnen. Ich kann die letzten Stunden meines dreißigsten Geburtstages in der Stille und Einsamkeit der Boutique verbringen.

Es ist schon ein bisschen unheimlich, im Halbdunkeln im Laden herumzuwerkeln. Ich habe nur ein paar kleine Lichter eingeschaltet, um nicht die Aufmerksamkeit möglicher Passanten zu wecken, und meine Schaufensterpuppen tragen immer noch ihre fröhlichen Ballongesichter. Auch sie sehen ein bisschen gruselig aus.

Um mich etwas zu beruhigen, fange ich an, ein paar der Lieblingsmelodien meines Vaters vor mich hinzusummen. Ich streiche Kleider auf den Bügeln glatt und habe gerade das Lied „Someone to watch over me“ halb durch, als ich hinter mir ein Geräusch höre. Ich drehe mich um und sehe Ramsey auf mich zukommen. Knapp einen halben Meter von mir entfernt bleibt er stehen. Er streckt seine Hand aus und öffnet sie. Auf seiner Handfläche liegt ein kleines, blaues Herz.

„Gehört das Ihnen?“

Der bohrende Kopfschmerz, den ich verschwunden glaubte, rauscht in meinem Schädel ganz nach vorn. Ich starre das kleine Herz an und spüre dabei, wie mein Puls in meinen Adern tanzt.

„Nicht mehr.“

„Sie haben es in meinen Werkzeugkasten gelegt?“

„Ja.“

„Warum?“

Pochender Kopf, pochender Puls, Pochen, Pochen.

„Weil ich wollte, dass Sie es bekommen.“

Ramsey steht einfach mit dem kleinen Herz in der offenen Hand da und sagt nichts.

„Ich weiß, Sie haben gesagt, dass ich nichts getan habe, womit ich Ihnen zu nahe getreten bin, Ramsey, aber ich bin nicht dumm. Ich weiß, dass ich Sie irgendwie ganz furchtbar verletzt oder verärgert habe. Und ich wollte nur, dass Sie wissen, wie leid mir das tut. Und außerdem wollte ich auch, dass Sie mir verzeihen, wenn das nicht zu viel verlangt ist. Es tut mir wirklich sehr, sehr leid."

Er weicht meinem Blick nicht aus, und es kostet mich große Mühe, nicht wegzuschauen. „Sie wissen noch nicht einmal, wofür Sie sich eigentlich entschuldigen, nicht wahr?"

Jetzt bin ich es, die einfach nur dasteht, ohne etwas zu sagen.

„Denken Sie eigentlich auch jemals nach, bevor Sie etwas tun, Rose? Halten Sie jemals inne, um zu überlegen, wie das, was Sie tun, auf andere wirkt? Glauben Sie wirklich, dass Sie einfach immer tun können, was Sie wollen, egal, was Sie dadurch bei anderen Leuten anrichten?"

Begriffe wie „benommen" und „verwirrt" beschreiben nicht einmal annähernd, wie ich mich fühle.

„Wovon reden Sie eigentlich?"

„Ich rede von Menschen, die wirklich etwas riskieren, um andere Menschen zu lieben. Wie können Sie so leichtfertig abwerten, was das bedeutet?"

Ich bin absolut sprachlos und bringe daraufhin nur heraus: „Ramsey, ich habe keine Ahnung, was Sie meinen."

Jetzt sieht er mich nur völlig fassungslos an. Sein wütender Gesichtsausdruck verschwindet langsam.

„Das glaube ich Ihnen aufs Wort."

Ramsey legt das kleine, blaue Herz auf den Ladentisch zu seiner Rechten, macht auf dem Absatz kehrt und geht wieder.

Die Tür fällt leise hinter ihm ins Schloss, und ich kann nichts tun, außer in einem Meer von Brautkleidern dazustehen und das kleine, blaue Herz auf meinem Verkaufstresen anzustarren.

Dreiundfünfzig

Liebe Harriet,

eigentlich müsste ich wütend sein.

Eigentlich müsste ich mich aufregen.

Eigentlich müsste ich beleidigt sein.

Aber ich bin nichts von alledem. Ehrlich, ich sitze hier mitten in der Nacht in meiner Wohnung, bin hellwach, und was ich fühle, ist Sehnsucht. Ich sehne mich nach Ramsey. Ich sehne mich danach, dass er mit sich im Reinen ist.

Bin ich verrückt?

Ist es absolut unsinnig, dass ich nichts anderes will, als ihn in meine Arme zu schließen und ihn zu halten, bis es aufhört? Bis der Schmerz in seinem Inneren endlich verschwindet?

Sag mir bitte, dass das nicht unsinnig ist.

Er hat die Sache mit dem blauen Herz irgendwie völlig missverstanden. Ich habe keine Ahnung, wie ich es ihm verständlich machen soll. Und das, was er zu mir gesagt hat, hat mich tief getroffen.

Und trotzdem sehne ich mich nach ihm.

Sag mir, dass ich nicht verrückt bin.

Liebe Rose,

Du bist nicht verrückt.

Du liebst ihn einfach, mit allem Drum und Dran.

Und diese Art von Liebe ist das Vernünftigste, was es gibt.

Harriet

Vierundfünfzig

Wendy und Philip sind aus dem Urlaub zurück. Vergangene Nacht sind sie angekommen. So gegen zwei Uhr morgens habe ich sie im Treppenhaus gehört. Nicht, weil sie so laut gewesen wären, sondern weil ich immer noch wach war.

Jetzt ist es kurz nach neun, und Wendy ist bei mir im Büro, um mir zu sagen, dass sie wieder diese Geräusche im Bad hört. Sie sieht nicht besonders gut aus.

„Ihr seid früher als geplant zurückgekommen, oder? Ist alles in Ordnung?"

„Nein, ich glaube, ich werde krank. Ich fühle mich schrecklich. Könntest du nicht kurz mitkommen und dir das Geräusch anhören, Rose? Gerade eben war es wieder da."

„Also, Max hat es auch gehört, als ihr weg wart. Er hat mich mit hoch in seine Wohnung genommen, damit ich es mir anhöre, und bei ihm war es auch im Bad zu hören. Wir glauben, dass es Fledermäuse sind, die in den Wänden hausen."

„Fledermäuse!? Igitt, ich hasse Fledermäuse!"

„Ja, aber sie sind doch nur in den Wänden und nicht direkt in eurer Wohnung."

„Na ja, aber ein großer Unterschied ist das nun wirklich nicht!"

„Mario kümmert sich darum, ja? Er versucht herauszufinden, wo sie hereinkommen, und wenn er die Stelle findet, dann verschließt er sie."

„Und wie lange wird das dauern?"

„Das kann ich dir wirklich nicht sagen, Wendy. Aber ich bin sicher, es dauert nicht lange."

„Na gut."

„Du solltest mal nach oben gehen und einen Blick auf den Dachgarten werfen. Ramsey ist damit fertig und er ist ganz wunderschön geworden."

„Später vielleicht. Mir geht es gerade nicht so gut."

Sie macht kehrt und verlässt mein Büro. Schon allein die Erwähnung des Gartens erfüllt mich mit der Sehnsucht, sofort hinaufzugehen und mit meinem erschöpften Körper die Schönheit dort aufzunehmen.

Meine Mutter will gerade den Laden aufschließen, als ich ihr sage, dass ich noch einmal in meine Wohnung gehe, um mir eine Tasse Kaffee zu holen und ein paar Sonnenstrahlen auf dem Dach zu tanken.

Sie winkt mir nach.

Ein paar Minuten später mache ich mich mit einer Tasse Kaffee in der Hand auf den Weg in den dritten Stock. Auf Rubens Bitte hin ist Ramsey gestern Abend noch dageblieben. Meine Mutter hat mir heute Morgen erzählt, dass Ruben Ramsey ein paar alten Freunden vorstellen will, die Immobilien in der Innenstadt von Minneapolis besitzen. Außerdem hat er mehrere Geschäftsfreunde, die Interesse an Ramseys Gründächern haben. Für Ramsey könnten das ein paar ausgesprochen profitable Tage werden und das freut mich natürlich sehr für ihn.

Ich bin selbst überrascht, dass ich gar keine Angst davor habe, durch das Treppenhaus zu gehen. Ich habe keine Angst, dort Ramsey zu begegnen, aber ich hoffe, dass es nicht passiert. Ich habe keine Ahnung, was ich sagen sollte für den Fall, dass es passiert. Es scheint ja so, dass ich bei ihm sowieso immer das Falsche sage, sobald ich auch nur den Mund aufmache. Als ich an der Tür der Wohnung vorbeigehe, in der er übernachtet hat, streiche ich einmal kurz darüber und spreche ein stilles Gebet für ihn.

Als ich das Dach betrete, scheint die Morgensonne schon prachtvoll, und meine Stühle sind bereits angewärmt. Ich lasse mich in einen davon hineinsinken und nehme die Pracht um mich herum in mich auf. Das kleine, blaue Herz steckt in meiner Gesäßtasche, wo es wahrscheinlich auch hingehört.

Ganz in der Nähe zwitschert ein Vogel, Blütenduft erfüllt die Luft und ich kann die Farbe Grün förmlich riechen. Das wird vermutlich der einzige schöne Augenblick dieses Tages bleiben, aber wenigstens gibt es den.

Es fällt mir nicht leicht, mich heute auf Brautmoden zu konzentrieren. Ramsey und Ruben sind fast den ganzen Tag unterwegs. Ich bekomme jedenfalls im Laufe des Vormittags keinen von beiden zu Gesicht, und ich bin sicher, dass Ramsey das „Ein Traum in Weiß“ gar nicht betreten wird, wenn es nicht unbedingt sein muss. Und Ruben hält sich ja genau genommen gar nicht im „Finnland“ auf. Irgendwann um kurz vor fünf kommt L'Raine wieder in den Laden zurück, nachdem sie nach Vater Laurent geschaut hat, und sagt, dass Ramsey zurück sei. Meine Mutter sei mit Ruben Essen gegangen, fügt sie noch hinzu und schaut mich dabei besorgt an.

„Du siehst so müde aus, Rose. Lass mich doch den Laden schließen. Du siehst völlig fertig aus.“

„Wirklich?“

„Ja. Geh jetzt.“

Sie scheucht mich hinaus und ich widerspreche ihr nicht. Ich gehe nach oben und mein Gang ist alles andere als federnd. Ich setze einen Kessel Wasser auf, als ich in meiner Wohnung ankomme, und ziehe mein rosa Sommerkleid an, in dem ich mich hübsch und feminin fühle.

Ich möchte eine positive Einstellung dazu behalten, wie sich alles entwickelt hat, aber ich spüre, wie sich Einsamkeit in mir breitmacht. Max hat Bettina, Shelby hat Eric, Wendy hat Philip, Mario hat Rosalina, und ich glaube langsam, dass meine Mutter anfängt, Ruben zu haben.

Ich stelle den Kessel wieder ab. Ich will gar keinen Tee. Ich weiß nicht, was ich will.

Gott, bitte rede mit mir. Rede mit mir.

Ich lehne mich an die Küchenwand, schließe die Augen und warte auf meinen Retter. Sekunden später höre ich Musik. Geige und Klavier. Ich erkenne die Melodie sofort, es ist eine Arie aus Händels „Messias" – „Er weidet seine Herde, ein guter Hirt". Mein Vater hat dieses Stück geliebt. Es war immer seine Lieblingsarie im gesamten Oratorium, sodass auch ich es immer gemocht habe. Schon allein, wie der Klang dieser Noten mir durch Kopf und Herz geht und mich ebenso mit zärtlichen wie bittersüßen Gedanken erfüllt. Es ist fast wie der Klang eines erhörten Gebets.

Ich öffne die Wohnungstür und lasse die Musik herein. Dann folge ich dem Klang dieser Schönheit in den dritten Stock. Solomons Wohnungstür steht offen und die Musik schallt heraus. Wie verzaubert betrete ich auf Zehenspitzen die Wohnung. Wendy und Philip sitzen auf Solomons Sofa, ebenfalls angelockt durch die Schönheit der Musik. Auch Vater Laurent ist da.

Ramsey sitzt am Klavier und Solomon steht neben ihm. Er spielt mit seiner Geige die Sopranstimme. Es ist so unglaublich schön ...

Vater Laurent sieht mich hereinkommen, aber er merkt selbst kaum, dass er mich gesehen hat. Ich lehne mich an die Wand von Solomons Wohnzimmer und lasse die Musik auf mich einströmen. Ich höre den Text, obwohl er gar nicht gesungen wird.

Kommt her zu ihm, die ihr mühselig seid,
mit Traurigkeit Beladene,

und er verleiht euch Ruh'!
Nehmt sein Joch auf euch und lernet von ihm,
denn er ist sanft und demutsvoll,
dann findet ihr Ruh' für euer Herz.

Mir ist noch nie zuvor aufgefallen, wie viel Ähnlichkeit diese Arie mit einem Liebeslied hat. Die Melodie, das trällernde Metrum, das fehlerlose Spiel – das alles macht es zu einem Liebeslied, das von der größten Liebe von allen kündet. Vollkommen und ewig und zu schön, um sie in Worte zu fassen. Sie ergießt sich in mein leeres Herz und ich kann sie kaum aushalten. Genau daran hat mich Vater Laurent erinnern wollen. Das ist die Liebe, die er gemeint hat, die Liebe, die mich vollständig und heil macht und die meiner Seele Ruhe schenkt. Es ist die Liebe, die mir sagt, dass ich kostbar bin, auserwählt und es wert, dass jemand dafür sein Leben hingibt. Die Liebe, von der alle kleinen Mädchen träumen.

Mir ist gar nicht bewusst, dass ich anfange zu weinen. Ich merke nur, dass es im Raum plötzlich still wird und das Stück zu Ende ist. Wendy, Philip und Solomon – sie sehen mich alle an, als hätte ich den Verstand verloren. Vater Laurents Miene drückt Sorge aus. Auch Ramsey starrt mich an. Ich kann seinen Ausdruck nicht anders beschreiben als verärgertes Erstaunen.

Ich renne aus dem Zimmer.

Es gibt nur einen Ort, an den ich rennen kann.

Die Kapelle.

Der Laden ist schon geschlossen, als ich hineingerauscht komme. L'Raine ist Gott sei Dank schon nach oben gegangen. Ich haste zur Tür der Kapelle, zerre sie auf und knalle sie dann hinter mir wieder zu. Ich lehne mich mit dem Rücken an die Tür und warte auf die Geräusche möglicher Verfolger. Aber nur ein Mensch von denen, die oben in der Wohnung waren, käme auf die Idee, mich hier zu suchen.

Und Vater Laurent kommt nicht.

Ich halte die Luft an und warte, aber ich höre nichts.

Es kommt niemand.

Ich taumele zum Altar nach vorn und breche davor zusammen. Die Tränen laufen unaufhörlich. Sie scheinen von überallher zu kommen, aus jeder wunden und verletzten Stelle, die ich je gehabt habe.

Wahrscheinlich klingen sie wie Tränen der Verzweiflung, aber so fühlen sie sich nicht an. Sie fühlen sich an wie Tränen der Befreiung – schmerzhaft zwar, aber nicht unerträglich. Qualvoll, aber ganz und gar nicht unerwünscht. Und ich lasse sie einfach zu. Die eine Hälfte von mir leidet unter den Schmerzen darüber, dass ich einen Mann liebe, der mich nicht liebt.

Wieder einmal.

Die andere Hälfte ist einmal mehr fasziniert darüber, von Gott geliebt zu sein. Immer und immer und immer wieder.

Als das Schluchzen schließlich nachlässt, liege ich einfach nur da in der friedlichen Stille des wunderschönen heiligen Raumes.

Allein und doch nicht allein.

Fünfundfünfzig

In meinem Traum steht mein Vater über mir. Ich sitze an seinem Klavier und er steht direkt hinter mir. Ich lege meine Finger auf die Tasten und drücke sie herunter, aber es kommt kein Ton. Ich drücke fester. Nichts.

„Ich kann es nicht zum Klingen bringen, Papa."

Er berührt meine Schulter. „Rose?"

Ich drücke mit den Fingern auf die Tasten. Kein Ton.

„Es spielt nicht!"

„Rose?"

Rose.

Mit einem Ruck öffne ich die Augen. Es ist kein Klavier da. Mein Vater ist verschwunden. Ramsey kniet neben mir am Altar. Es ist seine Hand, die auf meiner Schulter liegt, nicht die meines Vaters. Er ist es gewesen, der meinen Namen gesagt hat.

In einer einzigen fließenden Bewegung setze ich mich auf, jede Faser in meinem Körper ist angespannt und wachsam. Ich habe geschlafen. Wieso bin ich in der Kapelle? Was ist los?

Und dann erinnere ich mich wieder.

Ich drehe mich zu Ramsey um und seine Augen erinnern jetzt nicht mehr an kaltes Metall. Sie sind sanft geworden. Er sieht aus, als hätte er ebenfalls geweint. Ich strecke meine Hand aus, um sein Gesicht zu berühren. Und er berührt meine Hand mit seiner.

Träume ich etwa immer noch?

„Rose, ich habe dich überall gesucht."

Bin ich wach? Ich schaue auf meine Uhr, um mich zu orientieren. Ich habe nur etwa zwanzig Minuten geschlafen, aber es kommt mir viel länger vor.

„Es tut mir leid", gesteht Ramsey.

Ich weiß, was er gesagt hat. Ich verstehe die vier Worte. Aber mein Verstand scheint noch ein bisschen benebelt und verschlafen. Ich weiß nicht, wieso er sich entschuldigt.

„Was?", flüstere ich.

„Es tut mir so leid."

Ich ziehe meine Hand aus seiner, um mir das Haar aus dem Gesicht zu streichen. Verwirrung legt sich über mich wie eine viel zu dicke Decke. Ich fühle mich immer weniger wach, statt wacher.

„Ich habe es nicht gewusst, Rose."

Sein Gesicht ist ganz nah an meinem; er sucht Blickkontakt. Ich sehe ihm in die Augen.

„Was? Was hast du nicht gewusst?", will ich wissen.

Er schließt die Augen und seufzt, als würde er sich vor sich selbst ekeln.

„Nichts. Ich habe *nichts* gewusst." Er öffnet die Augen wieder. „Ich habe lauter falsche Dinge angenommen."

„Wovon denn?"

„Von dir."

„Das verstehe ich nicht." Noch nie wurden wahrere Worte gesprochen: Ich habe absolut keine Ahnung.

Er atmet aus. „Ich dachte, du wärst mit Max zusammen."

„Mit Max?"

Max?

„Ich dachte, er wäre dein Freund. Das habe ich aus dem geschlossen, was Liam immer so erzählt hat. Und ich habe ja auch selbst gesehen, dass ihr zusammen Dinge unternommen habt, zusammen weggegangen seid. Auch im Krankenhaus wart ihr zusammen, als mein Vater eingeliefert worden war. Er war mit dir und deinen Freunden über den vierten Juli am See und manchmal warst du auch in seiner Wohnung. Ich habe daraus einfach geschlossen, dass ihr zusammen seid."

„Aber Max ist wie ein Bruder für mich. Er hat sogar eine feste Freundin."

„Ich weiß, ich weiß ja. Aber ich hatte eben etwas anderes gedacht. Als du mich berührt hast, als Kirsten oben bei mir auf dem Dach war, als du deine Hand ausgestreckt und mich berührt hast, ich ... also, mein erster Gedanke war, dass es mir gefiel. Ich wollte, dass du mich so berührst. Ich habe es mir so gewünscht. Ich habe es mir schon gewünscht, als ich dich zum ersten Mal am Flughafen dabei beobachtet habe, wie du der Frau mit den Taschen geholfen hast, und dann wieder, als ich gesehen habe, wie du dich um meinen Vater kümmerst, und noch mal, als du oben auf dem Dach warst und gesungen hast. Aber du warst Max' Freundin. Und ich habe gedacht, dass du einen Mann nicht so berühren solltest, wenn du einen festen Freund hast. Und als dann noch dieser andere Typ aufgetaucht ist, um mit dir Kaffee trinken zu gehen, da habe ich dann natürlich angenommen, dass Max es nicht verdient hat, so von dir hintergangen zu werden. Dass du mit mir flirtest und mit einem anderen Mann Kaffee trinken gehst. Ich habe das alles in den falschen Hals bekommen."

Ich mache den Mund auf, aber es kommt kein Ton heraus. Seine Worten schwirren in meinem Kopf herum, pieksen mich, als wären sie elektrisch geladen: *Ich wollte, dass du mich so berührst. Ich wollte, dass du mich so berührst.*

„Rose, ich wusste nicht, dass dieser andere Mann ein Blind Date war, das deine Mutter für dich arrangiert hatte. Ich wusste auch nicht, dass Max ein Jugendfreund ist. Und ich wusste ebenfalls nicht, dass dir genau so wehgetan worden ist, wie mir wehgetan wurde. Dass du genau wusstest, wie schwer es für mich gewesen ist, wieder in mein normales Leben zurückzufinden."

„Dann hat dir dein Vater also von Daniel erzählt." Meine Kehle ist wie zugeschnürt.

„Ja, er hat es mir erzählt. Nachdem du aus Solomons Wohnung gerannt bist, hat er mich gefragt, was du mir getan hättest. Ich habe ihm gesagt, dass müsste er schon dich fragen. Da ist er richtig böse geworden und hat mich aufgefordert, mit nach oben in seine Wohnung zu kommen. Ich bin also mitgegangen und habe angefangen, ihm zu erzählen, was für Spielchen du mit Max treibst. Ich habe ihm gesagt, dass ich mit ihm darüber nicht geredet hätte, weil er so viel von dir hielte, und ich nicht gewollt hätte, dass er wüsste, was du da treibst. Da hat er mir dann gesagt, wie falsch ich mit all meinen Vermutungen liege."

Ich merke, wie mein Gesicht ganz heiß wird. Die Schamröte verbraucht die gesamte Kühle der Klimaanlage.

„Er hat dir alles erzählt?"

Wieder spüre ich, dass Ramsey den Blickkontakt mit mir sucht, aber ich kann ihn nicht ansehen. „Er hat mir erzählt, dass du dich im vergangenen Jahr verlobt hast und dass dein Verlobter die Verlobung zehn Tage vor der Hochzeit gelöst hat. Dass du deinen Laden eröffnet hast, um zu versuchen, dein Brautkleid zu verkaufen, und dass du es immer noch hast."

Ja, das wäre wohl so ziemlich alles.

„Ich weiß jetzt, warum du das, was du da auf dem Dach getan hast, getan hast." Sein Gesicht ist immer noch sehr nah an meinem. „Du hast gewusst, was ich durchgemacht habe."

Wieder verschleiern Tränen meine Augen. Ich schaue auf und mein Blick begegnet dem von Ramsey. Auch er hat Tränen in den Augen.

„Ich wollte nicht, dass sie glaubt, sie hätte noch Macht über dich", flüstere ich. „Ich wollte nicht, dass *du* glaubst, sie hätte noch Macht über dich."

Ramsey ergreift wieder meine Hand. „Und genau das ist auch passiert, Rose. Als du mich berührt hast und ich dich dann angesehen habe, da wusste ich, dass sie keine Macht mehr über mich hat. Da wusste ich es."

Es war also wirklich etwas Magisches zwischen uns geschehen.

„Da habe ich es auch gewusst", murmele ich, „dass ich Daniel nicht mehr liebe."

„Aber ich dachte ja, dass du zu Max gehörst, und der Gedanke, dass ich mich trotzdem zu dir hingezogen fühle, hat mich total verrückt gemacht. Ich habe mir immer wieder gesagt, dass es nicht richtig sei, so für dich zu empfinden. Das war mir klar. Und als ich dann an deinem Blick sah, dass du auch etwas für mich empfindest, da bin ich einfach nur wütend geworden. Ich musste wieder an Kirsten denken, daran, wie sie sich einfach dazu hat hinreißen lassen, mich mit einem anderen Mann zu hintergehen. Es tut mir leid, Rose. Ich habe die Situation völlig falsch erfasst."

Endlich fange ich an zu begreifen. „Der Augenblick, als Marshall in den Laden kam und du etwas zu mir sagen wolltest, was war es?"

Ramsey schüttelt den Kopf. „Ich wollte dich zur Rede stellen. Ich wollte dich fragen, was um alles in der Welt du dir dabei denkst, mit mir zu flirten, obwohl du mit Max zusammen bist."

„Du hast gedacht, dass ich Max untreu bin."

„Ja."

Ramsey hält meine Hand immer noch in seiner. Er blickt auf unsere Hände hinab.

„Rose, mein Vater hat mir gesagt, dass du dich ihm anvertraut hast, was deine Gefühle für mich betrifft, und dass du etwas für mich empfindest."

Ich muss schlucken. „Ja, das habe ich ihm erzählt."

„Ist es zu spät?"

Er streichelt meinen Daumen.

„Was?" Meine Stimme ist unstet. „Zu spät wofür?"

Er hebt den Kopf, um mich anzusehen. Ihm stehen Tränen in den Augen.

„Ist es zu spät für mich? Für uns?"

Alles, was ich tun kann, ist, den Kopf zu schütteln. Nein. Nein. Nein.

Er sieht beunruhigt aus, so als fürchte er, dass ich ja sage.

„Es ist nicht zu spät", flüstere ich.

Ramseys Gesicht verzieht sich, und er blickt etwas gequält drein, doch ich weiß, dass es nicht der Schmerz über den Verlust ist, der ihn gepackt hat. Es ist das Gefühl, endlich zu haben, wovon man geglaubt hat, dass man es nie bekommen würde. Eine Träne läuft ihm über die Wange. Ich strecke die Hand aus, um sie aufzuhalten, und dieses Mal hindert er mich nicht daran.

Ramsey dreht seinen Kopf, um seine Wange in meine geöffnete Hand zu schmiegen.

„Als ich es endlich begriffen hatte, war ich ganz sicher, dich endgültig verloren zu haben."

„Ich bin die ganze Zeit hier gewesen."

Er zieht meine Hand weg und küsst meine Fingerspitzen. Dann beugt er sich vor, berührt mein Gesicht, das genau wie seines tränennass ist, und küsst mich.

Und endlich verstehe ich, wie einem die Liebe „einfach so" widerfahren kann, wenn man die ganze Zeit damit beschäftigt ist, nach dem zu suchen, wovon man meint, dass es einem am wichtigsten ist.

Sechsundfünfzig

Liebe Harriet,

ich habe Vanessa angerufen, das schöne Mädchen, das so gern mein Brautkleid kaufen wollte.

Es war spät, schon kurz nach acht, aber ich habe trotzdem bei ihr angerufen und ihr gesagt, dass sie das Brautkleid haben kann. Ich habe ihr auch erklärt, weshalb ich es ihr plötzlich doch verkaufen kann. Sie hat geweint, als ich es ihr erzählt habe.

Sie kommt morgen früh, um es abzuholen.

Während wir in der Kapelle auf dem Boden saßen, hat Ramsey mich gefragt, ob ich glaube, dass es zu noch zu früh sei. Er meinte, dass wir vielleicht lieber noch ein bisschen warten sollten. Ich habe daraufhin gesagt, dass ich im vergangenen Jahr genug Zeit gehabt hätte, um über alles nachzudenken.

Es ist nicht die Zeit, die alle Wunden heilt, Harriet, sondern die Liebe.

Und ich weiß jetzt, dass es nicht das Kleid selbst war, das mich gefangen gehalten hat. Es war meine Sehnsucht, gewollt, wertgeschätzt, geliebt und erwählt zu werden, die mich an die paar Meter Stoff gefesselt hat.

Ich nehme an, du hältst es für verfrüht, schon wissen zu können, ob Ramsey der einzige Mann ist, den ich jemals lieben werde. Ich kenne ihn ja erst seit so kurzer Zeit. Ich kann mir nicht vorstellen, dass er es nicht sein sollte, aber selbst wenn du recht hättest, selbst wenn es zu früh ist, das zu wissen, kann ich nicht erkennen, was es bringen soll, weiter an einem Kleid zu hängen, dessen Bedeutung sich wie ein Dunstschleier verflüchtigt hat. Seit Daniel mich verlassen hat, steht mein Brautkleid jeden Tag für die Sehnsucht, die Zeit noch einmal zurückdrehen zu können. Das Kleid gehört zu einem Traum, der jetzt durch einen ganz neuen ersetzt wurde. Ich habe nur noch Augen für die Zukunft.

Vanessa wird wunderschön darin aussehen.

Ich kann nicht schlafen. Ich möchte nicht, dass dieser Tag zu Ende geht, und kann den morgigen Tag nicht erwarten.

Ich bin überrascht darüber, wie ich mich heute Abend fühle, wenn ich daran denke, dass ich Ramseys Kuss noch auf meinen Lippen und seine Tränen noch auf meinen Fingerspitzen spüren kann.

Ich fühle mich dem Himmel sehr nah. Einem Ort uneingeschränkter Heiligkeit und Vollkommenheit. Ist das zu verstehen?

Liebe Rose,

die Stimme der Vernunft kann nicht erfassen, was allein der Glaube offenbart, aber ich muss sagen, dass ich dabei an eine Zeile aus dem Film „Les Misérables" erinnert werde.

Du weißt schon, die Zeile, die Du so magst.

„Einen anderen Menschen zu lieben heißt, in Gottes Angesicht zu schauen."

Genieße den Anblick.

Harriet

Epilog

Irgendwann werde ich meinen Kindern erklären müssen, wieso ich ihren Vater schon nach vier Monaten Bekanntschaft geheiratet habe. Wenn sie noch so jung sind wie Liam, als ich Ramsey geheiratet habe, ist es ihnen wahrscheinlich gleichgültig. Einem Kind kommen Monate wie Jahre vor. Wenn sie dann aber anfangen, sich Fragen über die Liebe zu stellen, wenn sie anfangen, nach dem Menschen zu suchen, mit dem sie ihr restliches Erdenleben verbringen wollen, dann werde ich ihnen sagen, dass man es nicht planen kann. Sich zu verlieben ist nichts, das man organisieren oder anhand der Summe der Tage messen kann, wie oft die Sonne auf- und wieder untergegangen ist. Die Liebe findet einen, auch wenn man nicht danach sucht, ja, sogar wenn man an den falschen Stellen danach sucht.

Ich werde ihnen sagen, dass ich ihren Vater an einem strahlenden Oktobertag auf dem Dach des alten „Finnland"-Hotels in Minneapolis geheiratet habe, und zwar in einem Garten, den er im selben Sommer angelegt hatte. Es waren nur eine Handvoll von Personen dabei, nur die Menschen, die ich auf dieser Welt am meisten liebe. Großmutter Chloe und Großvater Ruben, die ein halbes Jahr nach mir heirateten, sowie Großvater Laurent und Großmutter L'Raine – deren anhaltende gegenseitige Bewunderung mir die Hoffnung gibt, dass es über kurz oder lang eine weitere Hochzeit zu planen gilt. Shelby und Eric sowie Onkel Max, der Zauberer, und Bettina waren da und ihr echter Onkel Kellen, Tante Laura und Mia auch. Und Wendy und Philip, die ihr erstes Kind erwarteten, und Solomon und Rosalina und Mario. Wir standen alle mitten auf dem Dach auf dem Schnittpunkt des Weges, der wie eine Acht übers ganze Dach verläuft. Ich werde meinen Kindern sagen, dass ihr Großvater Laurent uns getraut hat und dass er die Zeremonie vor lauter Rührung und Tränen kaum bewältigen konnte. Ich werde ihnen die Bilder zeigen, die Max von ihrem Onkel Kellen gemacht hat, der mich dem Bräutigam zuführt, und ich werde ihnen sagen, dass ihr großer Bruder Liam Papas Trauzeuge war. Und Solomon spielte Geige, als ich auf dem Kiesweg zu ihrem Vater trat.

Ich werde ihnen erzählen, dass ich ein wunderschönes einhundert Jahre altes Kleid getragen habe, das einmal einer Frau gehört hat, die damals im Wilden Westen als „Katalogbraut" geheiratet hat. Ich werde ihnen das Kleid zeigen und das eingenähte kleine, blaue Herz, das von ihrem Großvater gesegnet worden ist und das ich viele Wochen lang immer bei mir getragen habe, in denen ich lernte, was es heißt, jemanden wirklich zu lieben.

Ich werde ihnen sagen, dass ich einen Brautstrauß aus Rosen hatte, die Lieblingsblumen meines Vaters, und wie sehr ich mir damals gewünscht habe, dass sie ihn noch kennengelernt hätten.

Sie werden vermutlich wissen wollen, ob wir uns den Dachgarten anschauen gehen können, in dem ich ihren Papa geheiratet habe, und ich werde sagen: „Aber natürlich können wir das."

Und ich werde von unserem Haus am Ufer des Lake Superior aus in die belebte Straße in Minneapolis fahren, wo sich das „Finnland" befindet und wo Onkel Max und seine Frau Bettina immer noch wohnen. Ich werde ihnen den wunderschönen Garten zeigen, in dem ich mich in ihren Papa verliebt habe und in dem er mich geheiratet hat. Ich werde sie mit hinunter nehmen in den Laden voller Brautkleider, der mir einmal gehört hat und den jetzt Bettina und Tante L'Raine führen. Ich werde ihnen erzählen, dass Bettina Opa Laurent, der in einem kleinen Häuschen auf unserem Grundstück wohnt, einmal im Monat eine Schachtel voller kleiner, blauer Herzen schickt, damit er diese segnet und dann zurückschickt. Und wenn sie dann fragen, warum er das macht, werde ich ihnen erzählen, dass das Herz für die Hoffnung steht. Und dass Segen allein von Gott kommt. Ein gesegnetes Herz ist erfüllt mit Hoffnung und der Gunst Gottes. Und wer wünscht sich das nicht?

Vielleicht werden sie mich eines Tages fragen, wann ich mich in ihren Vater verliebt habe. Und ich werde ihnen sagen, dass es passiert ist, als ich gar nicht auf der Suche nach Liebe war. Als ich auf der Suche nach etwas völlig anderem war.

Ich werde ihnen sagen, dass unsere Liebesgeschichte in gewisser Weise die Liebe Gottes zu uns allen widerspiegelt, als er seinen Plan zur Erlösung – *plumps* – mitten auf eine Welt fallen ließ, die eigentlich nur vorhatte, eine Volkszählung möglichst korrekt durchzuführen.

Ich werde ihnen sagen, dass Liebe nichts ist, in das ich einfach so hineingestolpert bin – sondern etwas, das mich bedeckt hat.

Ich werde ihnen sagen, dass ich im einen Moment noch Socken an den Füßen trug und im nächsten schon barfuß dastand.

Und dass ich in dem zweiten Augenblick plötzlich Ramsey – ihren Vater – neben mir herlaufen sah.

Barfuß wie ich.